À ta merci

GAIL

McHUGH

À ta merci

Traduit de l'anglais (États-Unis)
par Sylvie Del Cotto

J'AI LU

Titre original :
COLLIDE

Éditeur original :
Atria, a Division of Simon & Schuster Inc.

À ma mère. Tu avais raison.

1

Le hasard des rencontres

D'après ses calculs, le vol du Colorado à New York durait trois heures et quarante-cinq minutes. Ensuite, sa vie changerait du tout au tout. Agrippant les accoudoirs, Emily Cooper ferma les yeux au moment où les moteurs se préparaient au décollage. Elle n'avait jamais aimé prendre l'avion ; ça lui fichait une peur bleue. Toutefois, elle se disait qu'endurer un vol à trente mille pieds pouvait avoir du bon. Sans cela, elle n'aurait pas tous ces merveilleux souvenirs : son départ pour la fac, un séjour sur une île tropicale, ou les visites à sa famille adorée. Cependant, ce voyage-là était teinté d'un sentiment de perte et de chagrin.

Son petit ami, Dillon, assis à ses côtés, était devenu l'une de ses rares raisons de se lever le matin. Il avait l'art de deviner ses incertitudes. Lui tenant la main, il se pencha pour écarter une mèche de cheveux de son visage.

— Tout va bien se passer, Em, murmura-t-il. Tu vas voir, en un rien de temps, nous aurons déjà atterri.

Avec un sourire forcé, elle tourna la tête vers les montagnes aux sommets enneigés qui disparaissaient sous les nuages. Le cœur serré, elle dit au revoir à sa terre natale, le seul endroit où elle se sentait chez elle. Elle appuya la tête contre le hublot, s'abandonnant aux souvenirs de ces derniers mois.

Elle avait reçu l'appel fatidique fin octobre, lors de sa dernière année de fac. Avant cela, sa vie lui semblait paisible. Dillon était entré dans sa vie un mois plus tôt, ses notes étaient satisfaisantes et sa colocataire, Olivia Martin, était devenue son amie la plus proche. En répondant au téléphone, ce jour-là, elle ne s'attendait pas à une telle nouvelle.

« Nous avons eu les résultats des examens, Emily, lui avait annoncé Lisa, sa sœur aînée. Maman a un cancer du sein de stade quatre. »

Ces quelques mots avaient bouleversé la vie d'Emily. Son roc, celle qu'elle adorait par-dessus tout et son unique parent n'avait plus que trois petits mois à vivre. Rien n'aurait pu la préparer à la suite. Les longs trajets depuis l'université de l'Ohio avaient alors occupé tous ses week-ends. Elle avait vu sa mère, à la personnalité forte et pétillante, dépérir et devenir de plus en plus faible.

Une turbulence fit sursauter Emily et elle serra la main de Dillon. Elle lui adressa un petit sourire et il hocha la tête d'une manière qui se voulait rassurante. Calant la tête contre son épaule chaude, elle repensa au rôle qu'il avait joué : un nombre incalculable d'allers-retours entre New York et le Colorado juste pour être avec elle, de beaux cadeaux qu'il lui envoyait pour chasser le chagrin, des appels tardifs pour s'assurer qu'elle tenait le coup. Il était allé jusqu'à prendre en charge l'enterrement, la conseiller dans la vente de la maison de son enfance, et enfin, organiser son déménagement à New York. Autant de raisons de l'adorer.

Alors que l'avion entamait sa descente vers La Guardia, Emily pressait si fort la main de Dillon que ses articulations étaient blanches. Avec un petit rire, il se pencha pour l'embrasser.

— Tu vois, ce n'était pas si terrible, dit-il en lui caressant la joue. Tu es officiellement new-yorkaise, mon cœur.

Après avoir mis une éternité à trouver leur chemin, Dillon héla un taxi et ils prirent la direction de l'appartement qu'Emily allait partager avec Olivia. C'était devenu un sujet délicat. Dillon voulait qu'Emily vive avec lui, mais elle préférait, au moins dans un premier temps, s'installer avec Olivia. Traverser le continent était déjà un énorme changement, et elle aimait autant éviter de rendre la situation plus angoissante encore. Malgré ses sentiments pour lui, une petite voix l'exhortait à attendre. Après une grosse dispute, il avait fini par céder.

Dès qu'ils arrivèrent, Emily mit le pied sur le trottoir. Elle fut aussitôt frappée par les bruits de la ville. Les alarmes, les crissements de pneus, les hurlements des sirènes déchiraient l'air. Les gens parlaient et criaient, leurs pas martelant les trottoirs bondés. Les voitures collées les unes contre les autres avançaient en un flot incessant. Elle n'avait jamais rien vu de semblable.

Les arbres tentaculaires et les lacs limpides du Colorado étaient remplacés par l'acier et le béton et un fatras de véhicules. Autant de choses auxquelles elle allait devoir s'habituer. Prenant une profonde inspiration, Emily suivit Dillon dans l'immeuble. Le portier les salua en soulevant le bord de son chapeau et informa Olivia de leur arrivée par l'interphone. Ils montèrent au quinzième étage, se réjouissant qu'il y ait un ascenseur.

Quand ils entrèrent dans l'appartement, Olivia poussa un cri suraigu et se précipita vers Emily pour l'enlacer.

— Je suis si contente que tu sois là ! s'exclama Olivia en prenant le visage de son amie entre ses mains. Comment s'est passé le voyage ?

— J'ai tenu le coup sans médicaments ni alcool, alors je crois qu'on peut dire que ça a été, répondit-elle en souriant.

— Sans aucun souci, confirma Dillon en passant un bras possessif autour de la taille d'Emily. Il ne peut rien lui arriver tant que je suis avec elle.

Olivia croisa les bras en le dévisageant.

— Comme si tu pouvais empêcher un avion de s'écraser, Dillon le cornichon.

Il la regarda de travers et déposa le bagage d'Emily sur le sol.

— C'est ça, Oliver Twist, je suis Superman, ne l'oublie pas.

Emily soupira.

— Ça faisait longtemps, j'avais oublié à quel point vous vous appréciez.

Avec un sourire en coin, Olivia prit la main d'Emily.

— Viens, je vais te faire visiter. (L'attirant derrière elle dans le couloir, Olivia se retourna vers Dillon.) Rends-toi utile, déballe ses affaires, Roi des ânes.

L'ignorant, Dillon se laissa tomber sur le canapé et alluma la télévision.

— Mon Dieu, Olivia, où vas-tu chercher tous ces surnoms ? gloussa Emily en la suivant.

— Pff. Facile avec lui, répondit-elle en balayant la question d'un geste.

— Vous allez me rendre dingue, tous les deux. Je le sens.

— Je ne te promets rien mais je vais faire de mon mieux pour éviter ça, copine.

Emily remarqua l'élégance moderne du logement, qui comptait deux chambres et deux salles de bains. Bien que de dimension modeste, la cuisine disposait de placards anciens, de plans de travail en granit et d'appareils ménagers en acier inoxydable. La large fenêtre du salon donnait sur Columbus Avenue, un beau quartier de l'Upper West Side. L'appartement était à couper le souffle, et sans l'aide de Dillon et la présence d'Olivia, Emily n'aurait jamais pu se l'offrir. Même si son amie travaillait et était indépendante, elle était issue d'une famille aisée pour qui l'argent n'était pas un problème. Ils avaient beau avoir grandi sur la côte nord de Long Island, Olivia et son frère Trevor comptaient parmi les personnes qui, à sa connaissance, avaient le plus les pieds sur terre.

Après avoir aidé Emily à s'installer, Dillon les laissa entre filles. Olivia entraîna Emily sur le canapé non sans s'être emparée d'une bouteille de vin rouge et de deux verres.

Rejetant ses cheveux blonds sur le côté, elle adressa un petit sourire à sa colocataire.

— Je sais que tu as traversé une période difficile mais je suis vraiment heureuse que tu sois là.

La moue d'Emily refléta les sentiments de son amie. Elle était partagée entre la tristesse des circonstances qui l'amenaient à New York et le bonheur d'avoir fait un grand pas dans sa relation avec Dillon – même si elle ne vivait pas avec lui. Elle but une gorgée de vin et posa les pieds sur l'ottomane.

— Moi aussi je suis heureuse, copine.

Olivia semblait intriguée.

— Dillon a arrêté de te casser les pieds parce que tu t'installais avec moi ?

— Oui, mais il s'attend à ce qu'on emménage ensemble avant la fin de l'été.

— Tu peux lui dire qu'il devra d'abord me passer sur le corps, affirma-t-elle d'un air renfrogné. (Secouant la tête, Emily rit.) Je suis sérieuse, Em. Il faut qu'il te laisse respirer.

— Ne t'inquiète pas. Je reste là pour l'instant. (Survolant le salon des yeux, elle s'attarda sur la pile de cartons entassés dans un coin.) Je ne suis pas pressée de m'occuper de ça, dit-elle en les désignant d'un mouvement de tête.

— Je ne travaille pas demain, répondit Olivia en se servant un deuxième verre de vin. Je t'aiderai. Pour l'instant, on se détend un peu.

Et c'est ce à quoi elles se consacrèrent toute la soirée. Sans évoquer le cancer. La mort. L'avenir. Elles étaient juste deux amies partageant une bouteille de vin chez elles, l'une d'elles entamant un nouveau chapitre de sa vie.

Deux semaines plus tard, Emily se tenait devant un restaurant italien de Manhattan. Elle poussa la porte et scruta la salle en quête de l'homme qui l'avait engagée quelques jours plus tôt : Antonio D'Dinato, un New-Yorkais de naissance qui approchait de la trentaine.

— Te voilà, Emily, dit Antonio en venant vers elle, un sourire aux lèvres. Prête pour ta première journée chez nous ?

Souriant, elle remarqua ses cheveux noirs qui lui tombaient sur les épaules.

— On ne peut plus prête !

— Ça va être animé pour une fille du Colorado, mais je suis sûr que tu vas vite te mettre dans le bain.

Elle le suivit dans la cuisine où il lui présenta les deux employés en service. Malgré leur air amical, Emily savait d'expérience que leur amabilité ne durerait pas. Ils n'allaient pas tarder à lui hurler que les commandes étaient prêtes depuis le passe-plat avec un ton bien moins jovial. Elle noua son tablier noir tandis qu'Antonio la présenta à une serveuse de son âge. Sans se départir de son sourire, Emily examina les cheveux de la fille. Ses mèches multicolores formaient un joyeux arc-en-ciel dans sa tignasse teinte.

— Salut, je m'appelle Emily, dit-elle en allant à la rencontre de la jeune femme. Antonio m'a dit de te suivre aujourd'hui pour me familiariser.

Elle lui rendit son sourire et lui tendit un carnet de commandes et un stylo.

— Alors c'est toi, la petite nouvelle ? Je m'appelle Fallon. Ravie de faire ta connaissance.

— Yep, c'est moi. Enchantée, aussi.

— Bah, ne t'en fais pas. Je dois bosser depuis ma naissance environ. (Ses grands yeux gris étaient rieurs.)

Je vais te montrer toutes les ficelles, et tu seras bientôt capable de courir dans tous les sens les yeux fermés.

— Excellent programme, répondit Emily, amusée.

— On m'a dit que tu venais du Colorado ?

— Oui, de Fort Collins, pour être précise.

— Tu veux du café ? demanda Fallon.

— Merci, je ne peux pas vivre sans, dit Emily. Et toi, tu as toujours vécu à New York ?

— J'y suis née et j'y ai grandi, répondit Fallon en s'asseyant au comptoir, lui faisant signe de prendre place. Il est encore tôt. Les clients n'arriveront pas avant une heure.

Emily s'installa à côté d'elle et sirota son café. Elle jetait des coups d'œil dans la salle, observant les commis dresser les tables. Antonio s'adressait à eux en espagnol.

— Alors, qu'est-ce qui t'amène dans la ville qui ne dort jamais ? demanda Fallon. Tu es actrice ou mannequin ?

— Ni l'un ni l'autre, répondit-elle, tentant d'ignorer le chagrin ancré dans sa poitrine.

La blessure en son for intérieur la piquait comme si l'on venait d'y jeter du sel.

— Ma... ma mère est décédée en janvier. Je n'avais plus de raison de rester là-bas.

Le visage de Fallon s'adoucit.

— Je suis désolée. Ça craint. Mon père est mort d'une crise cardiaque il y a quelques années, alors je comprends. (Fallon soupira et détourna le regard un instant.) Quels que soient nos âges, origines ou classes sociales, la mort nous touche tous à un moment ou à un autre.

Emily trouva son commentaire empreint de sagesse pour une fille de son âge, mais elle savait que le décès d'un proche modifiait complètement le regard que l'on portait sur la vie.

— C'est vrai. Je suis désolée pour ton père.

— Merci. Il ne se passe pas un seul jour sans que je pense à lui. (Fallon se tut un instant.) Et le tien ? Il est venu vivre ici avec toi ?

Un autre sujet délicat, mais ils étaient devenus nombreux et inévitables...

— Je n'ai pas eu de contact avec lui et sa famille depuis mes cinq ans. Je ne me souviens pas vraiment de lui.

— Je fais bourde sur bourde, s'amusa Fallon. Désolée. On devrait peut-être parler chiots ?

Secouant la tête, Emily sourit.

— Il n'y a pas de mal. Et puis je n'ai pas de chiots, alors la conversation tournerait court.

— Moi non plus. Je les trouve mignons mais je ne sais pas si j'apprécierais d'avoir des crottes partout chez moi, dit Fallon en riant. Pourquoi as-tu choisi New York ? Tu as de la famille ici ?

Emily but une gorgée de café.

— Non, j'ai une sœur aînée en Californie. Mais mon petit ami, Dillon, habite ici. Nous nous sommes rencontrés pendant ma dernière année de fac.

Fallon sourit.

— Sur les bancs de l'école ?

— Non, en fait, il vivait déjà ici quand nous nous sommes rencontrés. Le frère de ma colocataire est venu la voir un week-end, et Dillon l'accompagnait.

— C'est fou, ce qui amène les gens à se croiser, non ? (Fallon regarda Emily dans les yeux.) Tu imagines, si ton Dillon n'avait pas suivi le frère de ta coloc, vous ne vous seriez jamais rencontrés. C'est dingue.

Emily se dit que Fallon lui plaisait déjà.

— Tout à fait d'accord avec toi. Le destin et la manière dont on croise le chemin des autres... c'est comme un immense puzzle.

— Exactement, acquiesça Fallon en souriant. Sinon, qu'est-ce que tu as fait comme études ?

— J'ai un diplôme d'enseignante. J'ai déjà commencé à envoyer des CV en espérant décrocher un job pour la rentrée.

Fallon fronça les sourcils, l'anneau qui lui perçait la lèvre renvoyant la lumière.

— Alors tu vas nous quitter à la fin de l'été ?

— Non, je continuerai sûrement à travailler ici à temps partiel.

— Chouette. (Elle se leva, sa longue silhouette longiligne dominant Emily.) Tu aimes clubber ?

— Clubber ?

— Aller en boîte, répondit Fallon en agitant les hanches.

— Ah, danser, tu veux dire, s'exclama Emily en riant. Oui, j'adore, mais je ne suis pas sortie depuis que je suis arrivée.

— Génial ! J'adore faire découvrir la vie nocturne aux nouvelles.

— Je te suis quand tu veux. Fais-moi signe quand tu sors.

— OK. Je fréquente un type d'une quarantaine d'années qui me fait entrer dans les meilleures boîtes de New York sans payer.

Emily hocha la tête en buvant une gorgée de café.

— Le sexe, c'est juste en bonus, ajouta Fallon.

Emily faillit s'étrangler.

— Oh, ça, c'est sûrement un sacré bonus.

— Bon, allez, la nouvelle, au boulot, conclut Fallon avec un grand sourire.

Emily la suivit pendant tout le service. Elle lui montra comment utiliser le logiciel de caisse, sur l'ordinateur, et lui présenta certains habitués. La clientèle était variée ; aussi bien composée d'hommes d'affaires en costume chic que d'ouvriers du bâtiment. Vers midi, alors que le restaurant était déjà bondé, une serveuse appela pour dire qu'elle était malade et Emily se chargea de quelques tables. Bien qu'elle ne maîtrisât pas encore le menu et qu'elle ne fût pas à l'aise avec l'ordinateur, elle s'en sortit sans encombre. À la fin de son service, Emily avait la tête remplie des conseils de Fallon, des clients les plus généreux en pourboires aux serveurs les plus compétitifs. Pour un premier jour, elle était plutôt satisfaite.

Alors qu'elle s'apprêtait à partir, Antonio l'arrêta en lui tendant une boîte de plats à emporter.

— Emily, mon livreur a démissionné, dit-il, angoissé. Tu ne vas pas vers le Chrysler Building par hasard ?

— Non, mais ce n'est qu'à quelques pâtés de maisons d'ici, non ?

— Oui, c'est sur Lexington et la 42e.

— Tu veux que je livre la commande ? demanda Emily en indiquant le carton.

— Oui, si ça ne t'ennuie pas.

Emily haussa les épaules.

— Pas de problème. Je vais y aller à pied et je rentrerai en taxi.

Il lui donna la boîte en soupirant de soulagement.

— Je te remercie, c'est gentil. J'ajouterai un petit supplément à ta paie de la semaine prochaine.

— Ce n'est pas la peine, Antonio. J'aime bien me balader en ville.

— Non, non, j'y tiens. À demain, Country.

Riant, Emily secoua la tête, amusée par son nouveau surnom. Les semelles souples de ses chaussures de serveuse grincèrent lorsqu'elle tourna les talons et sortit dans l'air chaud et humide. À New York, le mois de juin était plus étouffant que dans le Colorado. Elle traversa les rues les yeux écarquillés, en s'émerveillant de vivre ici. L'ambiance animée était nourrie par la circulation dense, et les effluves émanant des chariots des vendeurs de nourriture imprégnaient l'air. Elle s'adaptait mieux qu'elle ne l'aurait pensé. Tout l'enivrait, du métro qui vibrait sous ses pieds à la multitude de visages alentour. C'était d'une abondance sensorielle séduisante. Trois pâtés de maisons plus loin, en nage, elle arriva à destination.

Malgré les histoires que son père lui avait contées, avant cet après-midi fatidique, Gavin Blake ne croyait pas au coup de foudre. Alors qu'il profitait de l'attention de la jeune femme blonde de l'accueil, dès qu'Emily entra il ne la quitta plus des yeux. Il ne rata pas une miette du sourire qu'elle adressa à l'agent de la sécurité. Sa beauté le frappa instantanément. Mais surtout, c'était comme s'il était relié à elle par une corde. Clignant deux fois les yeux, il secoua la tête, incrédule devant cette connexion magnétique.

— Mademoiselle, je peux vous renseigner ? lui demanda l'agent de la sécurité.

— Bonjour, je viens pour une livraison, répondit Emily en consultant le reçu. Au soixante-deuxième étage.

Sans laisser à l'agent le temps de répondre, Gavin cria de l'autre bout du hall :

— Je vais la conduire en haut, Larry.

La réceptionniste délaissée fit la moue quand il s'éloigna.

Emily coula un regard en direction de la voix. Sa respiration se coupa devant cet homme grand, d'une beauté indéniable, qui marchait vers elle. Elle se sentit chanceler, comme si son sens de l'équilibre s'était évaporé. Elle scruta ses cheveux d'un noir de jais, coupés court et arrangés au petit bonheur. Il avait des traits anguleux renversants, sa bouche semblait avoir été taillée par un sculpteur. Elle devina un corps ferme caché sous ce costume trois-pièces gris. S'efforçant de dissimuler son trouble face à cet homme au charme fou, elle reporta son attention sur l'agent de sécurité courtaud.

— Vous êtes sûr, monsieur Blake ? Je peux lui indiquer le chemin.

— Tout à fait certain, Larry. J'allais monter, de toute manière. (Gavin se tourna vers Emily.) Laissez-moi vous aider, dit-il en indiquant la boîte.

Sa voix, suave comme du miel, remua le ventre d'Emily. Elle chercha ses mots.

— Non, ça va, merci. Ça ne me dérange pas de la porter.

— J'insiste, fit Gavin en souriant. De plus, c'est un vieux truc de boy-scout.

Plus encore que ses yeux bleus perçants, ce sont les fossettes creusées par son sourire qui persuadèrent Emily qu'aucune femme ne devait lui résister. Aucune.

Elle lui confia la boîte à contrecœur avec une décontraction feinte.

— Bon, d'accord, dit comme ça, je ne voudrais pas vous faire manquer un badge de bonne action.

— Je vous remercie. Ça fait longtemps que je n'en ai pas gagné.

Il rit, puis pivota d'un air tranquille vers les ascenseurs.

En le suivant, Emily aperçut son reflet dans les portes en aluminium brossé. Elle savait qu'elle ne ressemblait à rien, tout en sueur. Quand les portes s'ouvrirent, elle n'avait qu'une envie, s'enfuir.

— Après vous, dit Gavin avec un sourire.

Pendant qu'Emily entrait, Gavin dévora des yeux ses cheveux auburn soyeux qui lui battaient les reins. Il n'avait jamais été fan des queues-de-cheval - encore moins si elle était portée par une femme ayant l'air de sortir d'un combat - mais elle était la plus belle créature qu'il ait jamais vue. Entre son visage en forme de cœur, sa silhouette mince aux hanches marquées, son parfum qui flottait autour de lui, Gavin avait du mal à respirer normalement. Il entra en s'efforçant d'ignorer sa conscience aiguë d'elle - mais c'était peine perdue.

— On dirait qu'Armando a été remplacé ? dit-il en appuyant sur le bouton du soixante-deuxième étage.

Emily s'appliqua à ne pas frétiller lorsqu'elle croisa son regard. Avec une telle proximité, c'était difficile d'occulter ses charmes. Sa force virile s'imposait d'autant plus dans cet espace confiné. Ses lèvres s'écartèrent pour s'adapter à sa respiration accélérée.

— Armando ?

— Oui, Armando. (Avec un petit sourire, Gavin regarda la boîte.) *Bella Lucina*. Mon bureau leur passe commande presque toutes les semaines. C'est Armando qui nous livre d'habitude.

— Ah, oui, mais je ne suis pas le nouveau livreur. Enfin, je travaille au restaurant. Ça se voit, évidemment, puisque je porte l'uniforme mais je ne peux pas être livreur puisque je suis une fille, pas un garçon.

Emily eut envie de rentrer sous terre. Après une profonde inspiration, elle préféra recommencer :

— Je suis serveuse. Mon chef m'a demandé de déposer les plats en rentrant chez moi parce que le livreur a démissionné.

Se sentant rougir, elle regretta de ne pas tomber raide morte.

— Je vous jure que je suis capable de faire des phrases complètes.

— La journée de travail a été longue ? Je compatis.

Gavin gloussa en la dévisageant. Elle avait les yeux les plus verts qu'il ait jamais vus, et un minuscule grain de beauté parfaitement placé au-dessus de la lèvre.

Elle sourit.

— Oui, très longue.

Quand la sonnette tinta au trente-neuvième étage, les portes s'ouvrirent sur une femme. Elle était aussi grande que Gavin sur ses talons aiguilles. Elle portait un tailleur blanc, et ses cheveux roux étaient enroulés en chignon.

— Tiens, bonjour, monsieur Blake, lança-t-elle d'une voix rauque en appuyant sur le bouton du quarante-deuxième étage. (Un sourire aguicheur se dessina sur ses lèvres quand elle se pencha vers l'oreille de Gavin.) J'espère que nous aurons l'occasion de terminer ce que nous avons commencé la dernière fois que nous nous sommes vus.

Gavin recula d'un pas naturel, l'air impassible, et hocha la tête. Elle lui sourit puis se tourna face aux portes de l'ascenseur.

Il jeta ensuite un coup d'œil à Emily, embarrassé par la présence fortuite d'une de ses aventures.

— Alors, ça fait longtemps que vous travaillez chez *Bella Lucina* ?

Emily se mordit la lèvre et sourit.

— Non, c'est mon premier jour.

— Un nouvel emploi, ça peut être stressant, dit Gavin en lui rendant son sourire. J'espère que ça s'est bien passé.

— Très bien, oui. Merci.

Quand les portes s'ouvrirent, la femme descendit et se tourna vers Gavin.

— Appelle-moi.

Il opina d'un geste sec et elle disparut. Les portes se refermèrent, Emily et Gavin furent de nouveau seuls.

— Ce n'est pas ma petite amie, si jamais vous vous posez la question.

Emily lui lança un regard amusé.

— Et qui a dit que je me posais la question ?

Son accès d'espièglerie, si sexy, le fit frissonner. Il haussa les épaules d'un air neutre, tentant de la percer à jour.

— Et qui a dit que vous ne vous la posiez pas ?

— Vous ne me connaissez pas assez pour prétendre deviner ce que je pense, se moqua-t-elle, riant malgré elle.

— Vous marquez un point, dit-il avec un sourire narquois, faisant un pas de côté pour se rapprocher d'elle. Mais je ne demande qu'à mieux vous connaître.

Super. Il n'était pas seulement irrésistible dans son costume hors de prix. Il était présomptueux, aussi. Emily cligna les yeux pour sortir de sa torpeur, tentant d'ignorer son parfum envoûtant.

— Eh bien, ça ne va pas être possible. Je suis désolée.

Elle rabattit une mèche de ses cheveux derrière son oreille.

Avant qu'il n'ait pu répondre, les portes s'ouvrirent sur le soixante-deuxième étage. Emily lui fit face pour lui prendre la boîte des mains.

— C'est ici que je descends. Je vous remercie de l'avoir portée.

— Ce n'est rien. Je descends ici moi aussi.

— Vous travaillez à cet étage ? demanda Emily avec une confusion flagrante.

Préférant éviter de lui dire qu'il possédait l'entreprise dont les bureaux occupaient l'étage, il opta pour une vérité partielle. Un sourire enfantin se dessina sur ses lèvres.

— Oui, je suis coupable d'avoir passé cette commande.

Le regard d'Emily fut attiré par ses lèvres sensuelles.

— Alors dès mon arrivée, vous saviez que j'allais monter ici ?

— J'avais quelques minutes à perdre. Je suis descendu vous attendre dans le hall. (Il lui fit un grand sourire.) Enfin, j'attendais *Armando*, mais j'ai eu le plaisir de voir apparaître une belle jeune femme à sa place. Alors, en bon gentleman, je vous ai aidée à effectuer la livraison.

Il sortit de l'ascenseur d'un pas long et gracieux.

— Vous acceptez de dîner avec moi ? Il y en a largement assez pour deux.

— Je… je ne peux pas. Désolée, répondit Emily en appuyant sur le bouton du rez-de-chaussée.

— Attendez ! s'écria Gavin en retenant prestement la porte.

Il y était allé un peu fort, mais il devait tenter de se rattraper.

— C'était grossier de ma part, et je m'en excuse. Ma mère m'a mieux élevé que ça. (Il se passa une main nerveuse dans les cheveux.) Je suis conscient qu'un immeuble de bureaux n'a rien de romantique, je travaille trop, mais j'aimerais beaucoup vous emmener dîner, un de ces jours.

Avant qu'Emily ait pu répondre, une brune svelte les coupa :

— Monsieur Blake, vous avez un appel sur la deux.

Souriant, il se tourna vers elle.

— Merci de prendre un message, Natalie.

D'une main tremblante, Emily se hâta d'appuyer sur le bouton pour fermer les portes. Elles furent closes avant que Gavin ne se soit retourné vers elle. S'appuyant contre le mur, elle s'agrippa à la rambarde métallique pour se ressaisir. Cet inconnu avait un effet inquiétant sur elle. Elle secoua la tête, regrettant d'avoir accepté cette livraison. Elle quitta l'immeuble et rentra chez elle.

— Il est si beau que ça ? demanda Olivia, assise à la table de la cuisine.

Emily posa un doigt sur sa bouche.

— Fais attention, Dillon est à côté. Parle plus bas. Elle jeta un regard inquiet vers sa chambre. Oui, il est si beau que ça. À couper le souffle. Si séduisant qu'il te donne envie d'arracher tes vêtements pour le laisser te croquer vivante. Un vrai plaisir des yeux.

Olivia pouffa puis se plaqua la main sur la bouche.

— Il m'a l'air tout à fait baisable, murmura-t-elle. (Emily hocha la tête en gloussant.) Moi, ça me donnerait envie de m'occuper des livraisons à plein temps...

— Je n'avais jamais eu ce genre de réaction face à un homme. C'était vraiment embarrassant. Pire qu'une ado.

Avec un petit sourire en coin, Olivia but une gorgée de vin, les yeux brillants.

— Tu risques de bien t'éclater dans les bras de l'autre abruti si tu penses à ce bel homme grand, ténébreux et baisable.

Emily lui donna une petite tape sur le bras.

— Tais-toi. On arrête de parler de ce grand ténébreux très baisable. Et puis j'aime Dillon. Le grand ténébreux fera le bonheur d'une autre femme, crois-moi.

— Au moins, tu sais que tu as quelqu'un en réserve.

Avant qu'Emily puisse en dire plus, Dillon sortit de la chambre, vêtu de son costume le plus chic. Devant ses cheveux blonds humides et son joli visage, Emily oublia aussitôt l'existence du séduisant inconnu. Dillon était le seul homme dont elle avait besoin.

— Je croyais que nous passions la soirée ici ? demanda Emily en allant le prendre par la taille.

Il posa les bras sur ses épaules. C'était assez facile pour lui, qui était beaucoup plus grand qu'Emily.

— Une autre fois. Je dois dîner avec un client potentiel.

Il alla chercher une bouteille d'eau dans le réfrigérateur d'un pas décontracté.

Devant sa nonchalance, Emily se renfrogna.

— Combien de dîners de dernière minute as-tu par semaine, Dillon ?

Après avoir soufflé bruyamment, Olivia se leva et quitta la cuisine.

Dillon soupira.

— Tu sais que ça fait partie du métier, Emily. Les courtiers en Bourse sont obligés d'offrir des dîners bien arrosés à leurs clients pour décrocher des contrats.

— Ça, je le sais. (Emily alla se presser contre lui.) Mais je suis là depuis moins d'un mois et je suis tout le temps seule. (Elle tira sur sa cravate d'un air joueur.) Je passais plus de temps avec toi quand je vivais dans le Colorado.

Il s'écarta, les yeux plissés.

— Tu es aussi geignarde qu'une lycéenne. (Il dévissa le bouchon de sa bouteille et but une gorgée.) Détends-toi. Je ne pense pas rentrer trop tard.

Elle fronça les sourcils, creusant une ride entre ses yeux.

— Je geins comme une lycéenne ? Comment je dois le prendre ? Pourquoi tu es venu te doucher ici ?

— Quand il m'a appelé, j'étais déjà ici, voilà pourquoi.

Elle dénoua son tablier et le lança sur la table.

— Tu ferais peut-être mieux de dormir chez toi, cette nuit. Tu sors dîner avec tes soi-disant clients au moins cinq soirs par semaine.

Il haussa le ton en la regardant avec insistance.

— Qu'est-ce que ça sous-entend, Emily ? Tu crois que je te mens ?

— Je n'en ai aucune idée. J'imaginais juste que nous passerions plus de temps ensemble, répondit-elle en se passant la main dans les cheveux. Et peut-être que tu m'aiderais à m'adapter un peu ?

Après avoir bu une nouvelle gorgée, il pencha la tête sur le côté.

— Je t'ai fait déménager à mes frais. Qu'est-ce que tu attends de plus ?

— Quel coup bas, Dillon, dit-elle dans un souffle, ses yeux verts étrécis. Je ne t'ai jamais demandé de faire ça. J'aurais pu rester dans le Colorado, et nous aurions poursuivi notre relation à distance.

Dillon fit un pas vers elle et lui caressa tendrement la joue.

— Non, tu n'aurais pas pu. Tu m'aimes, et après tout ce qui s'est passé, tu as besoin de vivre près de moi. (Il passa le pouce sur son menton.) Et j'aime que tu sois ici, j'ai besoin de ta présence, moi aussi. Maintenant, arrête ces bêtises et laisse-moi aller m'occuper de ce client. Je reviens dans la soirée, d'accord ?

Emily se hissa sur la pointe des pieds et l'embrassa légèrement. Il accepta son geste avec avidité, en gémissant. Serrant les poings dans ses cheveux, il la pressa contre lui.

Emily parla au bord de ses lèvres.

— Très bien. Fais ce que tu as à faire, on se voit plus tard.

— Alors je ne suis pas obligé de rentrer chez moi ce soir ?

Il sourit.

— Arrête de faire le malin, Dillon. J'attendrai que tu rentres.

— Je te promets que tu seras l'objet de toute mon attention à mon retour.

Dillon entrelaça leurs doigts et elle le suivit dans l'entrée. Après un dernier baiser, Emily le regarda sortir.

Quand la porte se referma derrière lui, Olivia surgit de sa chambre. S'écroulant sur le canapé, elle l'invita à la rejoindre.

— Allez, raconte. Qu'est-ce qui t'arrive ?

— Je le trouve distant, répondit Emily en allant s'installer à côté de son amie.

— Tu sais que je ne peux pas blairer Dillon. (Olivia se tut un instant, et se tapota le menton.) Tout compte fait, je le déteste. (Emily leva les yeux au ciel, faisant rire Olivia.) Mais pour sa défense, et uniquement parce qu'il travaille dans le même bureau que mon frère, ils sont effectivement contraints de dorloter leurs clients potentiels.

— Oui, mais est-ce que Trevor sort cinq soirs par semaine pour bichonner ces gens ?

— Non, mais j'imagine que Dilling-dilling est plus agressif, vu que c'est un connard.

— Copine, on arrête de lui casser du sucre sur le dos, dit-elle en secouant la tête. J'ai peut-être réagi trop vivement. Je ne sais pas. Je crois qu'entre la mort de ma mère et mon déménagement, mon cerveau fait un court-circuit.

Olivia posa la main sur l'épaule d'Emily, le regard empli de compassion.

— Ça fait beaucoup de choses en même temps. Je ne sais pas comment je le vivrais à ta place. (Olivia l'étreignit.) Tu es une femme forte, tu t'en sortiras. Je le sais.

— Merci, Olivia. Je ne sais pas comment j'aurais fait sans toi. J'ai de la chance d'avoir été ta coloc à la fac, et maintenant ici. Je te serai éternellement reconnaissante, de tout mon cœur.

Olivia rit.

— Oh là, tu dramatises maintenant.

Après avoir lancé le film qu'Emily aurait dû regarder avec Dillon, elle revint s'installer sur le canapé.

— Cela devient officiellement une soirée filles !

2

Lait ou sucre

Lorsque Emily se réveilla le lendemain matin, malgré ses paupières lourdes, elle fut hypnotisée par le corps endormi de Dillon. Elle posa la tête sur son torse chaud et se laissa aller à penser à leur relation. Comme tout le monde, il avait ses bizarreries. Elle savait qu'elle finirait par s'y habituer, mais en attendant, son emploi du temps représentait un énorme défi pour elle. Au début, leurs différences ne l'avaient pas frappée parce que leur relation s'était épanouie dans son monde à *elle*. Maintenant qu'elle coexistait dans le sien, elle avait beaucoup à accepter.

Être une jolie petite amie à exhiber comme un trophée ne faisait pas partie de la liste de ses aspirations. Toutefois, depuis qu'elle vivait à New York, Dillon semblait l'inciter à tenir ce rôle. Quand elle était sortie avec lui, il l'avait fièrement promenée à son bras pour la présenter aux quelques amis qu'elle avait rencontrés. Elle avait aussi noté qu'il se montrait plus possessif qu'auparavant. Parfois, c'était mignon, mais la plupart du temps c'était étouffant. Néanmoins, en cet instant, alors que ses sens s'imprégnaient de lui et de tout ce qu'il avait fait de bien pour elle, Emily acceptait leur relation comme elle était. Elle se blottit tout contre lui, écartant une mèche de cheveux de son front.

Il bâilla puis lui sourit.

— Tu t'es réveillée tôt, dit-il d'une voix rauque. Je n'ai pas dû briller au lit sinon je t'aurais plongée dans le coma.

Enfouissant le nez dans le creux de son bras, elle sourit.

— Si tu m'avais fait l'amour au point de me plonger dans le coma, tu ne pourrais plus être avec moi, monsieur.

— Ah, objection, mon amour. Je ne me passerai jamais de toi, que tu sois ou non dans le coma.

— C'est dégoûtant, gloussa-t-elle en s'asseyant.

Ses yeux bruns pétillèrent comme ceux d'un prédateur.

— Prête pour la deuxième manche ?

— Tu ne m'emmènes pas prendre le petit déjeuner dehors comme promis ?

— Bien sûr que si.

— Je dois être au travail à 10 heures et je dois encore me doucher.

— Tu sais que je suis doué pour les petits coups rapides au besoin, précisa-t-il en se levant avant de l'attirer vers lui.

Incapable de refuser, elle le laissa les dévêtir tous les deux et le suivit sans protester vers la salle de bains. Elle s'assit sur le bord du lavabo et le regarda ouvrir le robinet. Elle sentit l'énergie nerveuse qui se dégageait de lui tandis qu'il venait vers elle, avec ce sourire enfantin qui la faisait craquer à tous les coups. Il l'embrassa si délicatement que ses lèvres frémirent contre sa bouche. Même si elle l'avait voulu, elle n'aurait pas pu se détacher de l'envoûtement de son baiser. Tandis qu'il la caressait, attisant sa peau, embrasant son corps, elle en demandait toujours plus. Sa bouche descendit dans le sillon plongeant entre ses seins, et il passa la langue sur son mamelon. Ça la rendit folle.

Les yeux levés vers elle, il suça et fit tourner sa langue autour de sa pointe raidie.

— Tu aimes ça, hein ?

— Oui, dit-elle dans un souffle en s'agrippant à ses cheveux.

Avec une lenteur affolante, il insinua les doigts dans son sexe humide. La délicieuse pression provoqua une soudaine contraction entre ses jambes. Quand il renforça la pression contre ses lèvres, elle enfonça ses ongles dans son dos. Dillon gémit lorsqu'elle caressa son torse, ses doigts retraçant à petits pas chacune des courbes musclées de son ventre. Elle enroula les jambes autour de sa taille, et il la porta sous la douche. Il la plaqua dos au mur et, quand il s'enfonça profondément en elle, un soupir de plaisir s'échappa de ses lèvres. Alors que leurs corps fusionnaient, elle se sentit entièrement transportée.

— Ah mon dieu, c'est si bon d'être en toi, Em, souffla-t-il d'une voix chargée de désir.

Emily s'accrocha à ses épaules tandis que l'eau chaude ruisselait sur leurs corps. Son désir pour lui augmentait à chaque mouvement, à chaque coup de reins. Leurs bouches unies, Emily resserra ses jambes autour de sa taille et s'arc-bouta pour profiter pleinement de lui. Les yeux de Dillon se dilatèrent quand il sentit Emily se contracter autour de lui. Elle gémit de satisfaction quand Dillon réagit en tressaillant. Le visage plongé dans son cou, il jouit dans un râle. Quand il s'écarta, ils se regardèrent dans les yeux tandis que leurs souffles redevenaient réguliers.

— Je t'aime, Emily, dit-il en la posant sur ses pieds pour l'enlacer. Je suis heureux que tu sois ici avec moi.

Elle recouvrit son torse de baisers légers et prit son visage en coupe.

— Je t'aime aussi. Je suis désolée d'avoir réagi comme ça hier. À partir de maintenant, je vais essayer d'être plus compréhensive.

Il lui sourit tendrement.

Ils passèrent la demi-heure suivante à se laver l'un l'autre. Dillon s'amusa à savonner son corps, et Emily lui rendit son geste en lui frottant le dos. Elle comprit que ce qu'il avait dit la veille était vrai : elle avait besoin d'être à New York à ses côtés. Elle l'aimait. Du plus profond de son être, elle se sentait incapable de vivre loin de lui.

Puisqu'ils n'avaient plus le temps d'aller prendre le petit déjeuner à l'extérieur, Emily se mit aux fourneaux. Après avoir débarrassé la table, Dillon partit travailler. Emily se prépara à aller prendre son service puis téléphona à sa sœur, Lisa, qui vivait en Californie. Elle lui manquait énormément. Lisa, qui était son aînée de dix ans, était comme sa deuxième mère. Elle avait épousé son amoureux du lycée, Michael, six ans plus tôt. Privée de père, c'est vers lui qu'Emily s'était tournée chaque fois qu'elle avait eu besoin des conseils d'un homme. Lisa et Michael étaient tout pour elle. Avant la mort de leur mère, ils avaient déjà du mal à se voir, mais maintenant qu'ils vivaient à deux extrémités du pays, les visites seraient encore plus rares. Toutefois, ils tentèrent de se mettre d'accord sur une date, dans plusieurs mois.

Après avoir raccroché, Emily sauta dans un taxi et se rendit au restaurant. Elle se surprit à repenser à sa mère qui rêvait de visiter New York. Cette dernière était allée jusqu'à réserver des billets pour un spectacle à Broadway, mais elle était tombée malade juste après. La progression fulgurante de sa maladie l'avait empêchée de voyager. Avec amertume, Emily se dit qu'elle traversait la ville que sa mère avait tant désiré découvrir, mais privée d'elle. Elle franchit la porte du restaurant en chassant ces tristes pensées.

— Hé ! Tu ne me dis pas bonjour ? demanda Roberto, le cuisinier espagnol. Moi t'aime bien, Emmy. Moi aimer toi bien beaucoup.

— Salut, Roberto, rit Emily. Moi aussi, je t'aime bien.

Fallon lui avait annoncé que, puisqu'elle avait fait ses preuves en période d'affluence la veille, ils la considéraient comme suffisamment formée pour lui attribuer un rang. Ses premiers clients furent des policiers. Elle les accueillit sous l'œil vigilant d'Antonio.

— Bonjour, je suis Emily. C'est moi qui vais m'occuper de vous aujourd'hui. (Souriant, elle sortit son stylo et son carnet de commandes de son tablier.) Messieurs, souhaitez-vous commencer par un apéritif, ou savez-vous déjà ce que vous désirez ?

L'agent le plus âgé, un homme aux cheveux poivre et sel, lui rendit son sourire.

— Vous n'êtes pas notre serveuse habituelle.

— Non, monsieur, c'est exact. J'ai commencé à travailler ici hier, alors soyez gentils avec moi, je vous prie. (Emily désigna Antonio d'un geste par-dessus son épaule.) Mon chef me surveille.

Ils ricanèrent amicalement, amusés par sa remarque. Le plus jeune intervint :

— Qui ça ? Antonio ? Nan, il ne ferait pas de mal à une mouche.

L'agent d'âge moyen eut un petit sourire satisfait.

— Ne vous en faites pas. Nous allons essayer d'être sympa, mais il peut nous arriver d'être casse-pieds.

— Eh bien ne soyez pas trop durs avec moi, les gars, dit Emily en se réjouissant qu'ils aient le sens de l'humour. Que puis-je vous servir comme rafraîchissements, messieurs ?

Emily prit leur commande et la transmit en cuisine. D'autres tables de son rang se remplirent avant le début de l'heure de pointe. L'établissement, d'abord assez calme, fourmilla de clients de toutes origines confondues.

Tandis que la jeune femme s'apprêtait à transmettre une nouvelle commande, Antonio lui indiqua un box plus isolé.

— Country, il y a quelqu'un à cette table. Tu peux t'en occuper aussi ?

Elle ajusta le plateau sur son épaule.

— Oui, pas de problème. J'y vais tout de suite.

Il hocha la tête et fila accueillir de nouveaux clients.

Elle attrapa un trépied, posa le plateau dessus et distribua les assiettes à une table de cinq.

— Tout se passe comme vous le souhaitez ?

Une petite brune séduisante en robe d'été leva son verre de soda vide.

— J'aimerais en avoir un autre, s'il vous plaît.

Avec un sourire, Emily saisit le verre.

— Je reviens tout de suite.

Elle se dirigea vers la fontaine à soda, jetant un coup d'œil vers la table où était assis un homme seul qu'elle distingua à peine et dont elle devait encore s'occuper.

— Merde, grommela-t-elle.

Retournant précipitamment vers la table de cinq, Emily servit son verre à la cliente.

— Désolée. Quelqu'un a besoin d'autre chose ? demanda-t-elle en priant pour que ce ne soit pas le cas.

Ils firent tous un signe négatif.

Soulagée, Emily soupira discrètement et leur dit qu'elle repasserait bientôt voir si tout allait bien. Elle s'éloigna en sortant son carnet de son tablier et bifurqua dans l'allée. Se passant la main sur son front en sueur, elle alla vers la table et fit tomber son stylo devant le box par mégarde. Elle se baissa pour le ramasser mais la main de l'inconnu la devança.

— Merci, dit Emily, toujours accroupie. C'est gentil. Puis-je...

Elle laissa sa phrase en suspens dès qu'elle croisa le regard du nouveau client.

C'était le beau ténébreux baisable de l'ascenseur. Il était assis là, en toute décontraction. Elle retint son souffle. Elle dut se retenir à la table pour garder l'équilibre. Il était encore plus beau et plus viril que dans son souvenir. Elle sentit sa peau la picoter d'une manière familière. Il avait enlevé sa veste de costume, qu'il avait suspendue à un crochet près du box, et portait une chemise d'une blancheur impeccable qui faisait ressortir le bleu clair de ses yeux.

Un sourire s'étira sur les lèvres de Gavin.

— Vous n'avez pas l'air ravie de me voir.

— Je suis juste un peu... je...

Emily était à court de mots.

Gavin n'allait sûrement pas lui confier qu'il avait eu le besoin impérieux de la revoir. L'envie avait été telle qu'il avait annulé une réunion avec un gros client dans l'espoir de la trouver sur son lieu de travail. Il ne pouvait pas non plus lui raconter que, la veille, au moment où les portes de l'ascenseur s'étaient refermées, il s'était senti étrangement contrarié par son départ.

— Vous avez disparu si vite hier que je n'ai pas eu le temps de vous donner un pourboire pour la livraison.

— Oh. (Emily prolongea ce son le temps de trouver quelque chose à dire. Cet homme semblait la priver de tous ses moyens.) Ah oui... je suis partie d'une manière... je suis désolée. Vous désirez boire quelque chose ?

Elle mordilla le bouchon de son stylo.

Gavin jeta un œil à ses belles lèvres et lui sourit nerveusement.

— Oui, un café, s'il vous plaît.

— Vous prenez du lait ou du sucre avec votre café ?

Il inclina la tête sur le côté.

— Et vous ?

— Moi quoi ?

— Vous mettez du lait ou du sucre dans votre café ?

Décontenancée, elle dansa d'un pied sur l'autre.

— Pourquoi me demandez-vous ça ?

Gavin hésita, un grand sourire adoucissant le pli de ses lèvres.

— Eh bien, j'essaie d'en apprendre le plus possible sur vous. Je me suis dit que le café était un sujet facile. Mais je me trompe peut-être.

Un rire léger s'échappa des lèvres d'Emily.

— Ça fait un peu fouine. Vous me traquez ?

— Mmm... c'est nouveau, et un peu fort. (Lorsqu'il rit, son regard pétilla d'amusement.) Je préfère parler de *douce curiosité*.

Elle secoua la tête et sourit.

— Bon, vous n'avez pas répondu à ma question. Vous désirez du lait ou du sucre ?

— Vous n'avez pas répondu à *ma* question. (Il haussa son sourcil impeccable.) Prenez-vous du lait ou du sucre avec votre café ?

Certaine de perdre la bataille, elle céda.

— Les deux.

— C'est donc vrai, les opposés s'attirent. Parfait. (Il se carra dans la banquette, et croisa les bras.) Je prends le mien noir, s'il vous plaît.

Emily cligna les paupières, admirant ce visage sensuel pendant quelques secondes supplémentaires. Elle pivota sur ses talons et repartit vers la table de cinq pour leur remettre l'addition, non sans leur avoir demandé s'ils désiraient autre chose. Elle se dirigea ensuite vers la machine à café, oppressée par la présence de l'inconnu. Tandis qu'elle préparait son café noir, Fallon surgit.

Les cheveux teints en noir, elle resta bouche bée lorsqu'elle regarda à la dérobée en direction de Gavin.

— Country, tu connais ce type ?

Emily prit une profonde inspiration et lorgna Gavin. Il était absorbé dans la lecture de son journal.

— Non... enfin... plus ou moins.

Elle plaça son café sur le plateau.

Fallon extirpa le carnet d'Emily de son tablier, griffonna son nom et son numéro de téléphone, et le lui tendit.

— Je t'en supplie, donne-lui ça. Mes yeux ne s'étaient jamais posés sur un canon aussi farouchement craquant de toute ma vie.

— C'est le moins qu'on puisse dire. (Alors qu'elle s'éloignait, Emily se retourna.) Au fait, et ton copain qui pourrait être ton père ?

Les mains sur les hanches, Fallon fit un petit sourire en coin.

— Quand les circonstances l'exigent, je suis ouverte aux opportunités de tout âge, toutes origines et tous genres confondus.

Secouant la tête, Emily pouffa en retournant vers la table. Tout en s'efforçant de maîtriser les tambourinements de son cœur, elle essaya de deviner son âge. Vingt-cinq ans, à tout casser. D'une main tremblante, elle posa la tasse devant Gavin. Il lui sourit, et reposa le journal à côté de lui.

— Avez-vous choisi ce que vous souhaitiez manger ? demanda-t-elle en baissant les yeux vers ses boutons de manchette en onyx et sa montre de luxe.

— Pour tout vous dire, je n'ai pas encore consulté la carte, répondit-il en la prenant pour la parcourir.

— Très bien, je reviens un peu plus tard.

— Attendez, dit-il en souriant à belles dents. Avez-vous un conseil à me donner ?

— La seule chose que j'ai mangée ici, c'est le panini au fromage Asiago et aux champignons Portobello.

— Bonne suggestion. Je vais prendre ça.

Alors qu'elle s'apprêtait à le noter, elle se ravisa.

— Ils sont farcis aux épinards. Ça vous convient ?

Saisissant sa lèvre inférieure entre ses dents, Gavin sourit.

— Votre nom et votre numéro de téléphone sont-ils également inclus dans le sandwich ?

Qu'il aille au diable avec sa superbe bouche, se dit Emily.

Feignant de ne pas être clouée sur place, elle lui tendit le petit mot de Fallon.

— Non, pas le mien mais ma collègue m'a demandé de vous donner ça, dit Emily en désignant Fallon, qui les observait depuis l'accueil.

Gavin ne quitta pas Emily des yeux.

— Elle ne m'intéresse pas, répondit-il d'une voix neutre en poussant le bout de papier vers le bord de la table.

— Comment savez-vous qu'elle ne vous intéresse pas ? Vous ne l'avez même pas regardée.

Posant le coude sur la table, il fit un sourire qui ramena l'attention d'Emily sur sa bouche désirable.

— Je sais qu'elle ne m'intéresse pas parce que la seule femme de Manhattan dont je veuille le nom et le numéro se tient devant moi.

Emily s'agita, incapable de reprendre son souffle.

— Eh bien, désolée mais je suis prise.

— Je me doutais que vous aviez un petit ami, répondit-il en croisant les jambes avec décontraction. Le contraire m'aurait étonné.

— Vous vous en doutiez et vous m'avez tout de même demandé mon numéro ?

Son regard survola sa main gauche, et il sourit.

— Oui, car je ne vois pas de bague à votre doigt, et tant qu'il n'y en a pas, l'espoir est permis.

— Si je vous comprends bien, l'infidélité ne vous dérange pas ? fit-elle remarquer en le toisant d'un air incrédule.

— Je n'ai rien dit de tel, répondit-il dans un rire.

Souriant, elle inclina la tête sur le côté.

— Supposer que je pourrais tromper mon petit ami fait de vous quelqu'un de très à l'aise avec ce concept.

— J'espère que vous allez rompre avec lui pour sortir avec moi, protesta-t-il vivement avec un sourire sournois. Dit comme ça, ça fait de moi un homme honnête.

Elle nota sa commande.

— Honnête, non. Présomptueux, oui.

— Je préfère dire « optimiste », conclut-il en remarquant la nervosité avec laquelle elle se mordillait la lèvre. Puis-je au moins connaître le nom de la belle serveuse qui s'occupe de moi ?

Touchée, elle préféra néanmoins éviter de lui donner son vrai prénom.

— Molly. Je m'appelle Molly.

Gavin s'apprêta à répondre mais Antonio l'appela depuis le fond de la salle.

— Country, tu as un appel.

Emily détourna son attention de Gavin à contrecœur. Elle se dirigea vers l'accueil pour aller chercher le téléphone.

— Alors, qu'est-ce qu'il a dit ? demanda Fallon.

Emily fronça les sourcils.

— Il a une copine.

— Putain, j'ai poireauté pour rien. (Fallon prit son sac à main avant de gagner la sortie.) Bon, je vais devoir me contenter du vieux pour l'instant. À demain.

La saluant d'un geste, Emily s'empara du combiné et apprit que Dillon avait des projets pour la soirée. Après avoir raccroché, elle se réjouit qu'il lui ait remis les idées en place. Prenant une profonde inspiration, elle alla entrer la commande de Gavin dans l'ordinateur. Ensuite, elle accueillit une famille de trois personnes et les installa.

Assise au comptoir le temps d'attendre sa commande, elle jeta un œil à Gavin. L'émotion qu'elle ressentit quand leurs yeux se croisèrent était disproportionnée. Elle ignorait pourquoi son regard insistant lui faisait tant d'effet, et elle se détestait d'apprécier cela. Elle sortit de sa torpeur lorsqu'un cuisinier cria son nom. Elle prit l'assiette de Gavin et une cafetière.

— Un panini au fromage Asiago et aux champignons Portobello avec épinards, dit-elle en posant le sandwich devant lui. Et un peu plus de café.

— Merci.

Lorsqu'elle se pencha pour remplir sa tasse, le regard de Gavin coula dans son cou. Son odeur aguichait ses sens. Imaginant ses lèvres sur sa peau, il ramena son attention sur son visage et sourit. Il s'éclaircit la voix tout en s'efforçant de chasser cette image.

Sous son regard pénétrant, le cœur d'Emily battait la chamade.

— Vous désirez autre chose ?

— Oui, désolé, dit-il en essayant de s'extirper de la torpeur dans laquelle elle l'avait plongé. J'ai reçu un appel, je dois retourner au bureau. Vous pouvez m'emballer tout ça pour que je l'emporte ?

— Oh, je suis navrée si ça a été trop long, dit-elle en prenant l'assiette. Je vais le mettre dans une boîte.

— Ne vous inquiétez pas. J'aurais dû le préciser.

Il se leva et passa les bras dans sa veste.

Emily retourna à la cuisine.

Après avoir lancé un billet de vingt dollars sur la table, Gavin sortit une carte de visite et deux billets de cent dollars. Il enveloppa le tout dans un billet de cinq.

Emily revint avec la boîte et la lui tendit.

— Je vous présente de nouveau mes excuses pour la lenteur du service.

Elle le regarda dans les yeux, en proie à une vague de chaleur.

Gavin se pencha à quelques centimètres de son visage. Il lui prit la main, et plaça la carte de visite cachée dans le rouleau des billets dans sa paume, son haleine frôlant son oreille.

— Et je vous ai dit qu'il n'y avait aucun problème.

Alors que sa respiration se fit aussi saccadée que les battements de son cœur, Emily se figea. Son souffle chaud, si près de son corps, jouait avec ses sens. Il dégageait une énergie sexuelle intense – et elle n'était sûrement pas la seule à y être sensible. Incapable de prononcer une phrase, elle le regarda sans répondre.

Il lui fit un sourire séduisant.

— Appelez-moi si vous changez d'avis, Molly.

Sans attendre, il tourna les talons et sortit. Toutes les femmes présentes le suivirent du regard.

Emily exhala longuement. En dépliant les billets, elle reçut un choc en découvrant qu'il lui avait laissé non seulement un pourboire exorbitant mais aussi sa carte de visite. Comme elle la tenait du côté vierge, elle s'interdit de la retourner. Elle soupira, furieuse contre elle-même tandis qu'elle s'efforçait de cesser de penser à lui.

Elle ne pouvait pas nier qu'elle le trouvait attirant au-delà du possible ; la première fois qu'elle l'avait regardé, elle était restée abasourdie. Il y avait quelque chose de mystérieux dans ses yeux, d'un bleu si clair qu'ils semblaient presque la supplier de se soumettre, de lui obéir, de faire avec lui les choses les plus coquines qu'elle puisse imaginer. C'était peut-être dû à la forme de ses pommettes, qui n'étaient pas loin d'être trop hautes. Possible que cela vienne de sa voix suave, aux tonalités rauques, qui, dès les premières paroles qu'il lui avait adressées, l'avait désarmée et privée de toute faculté de raisonner.

Sa voix et ses yeux sont de véritables appels au sexe.

Il était définitivement un spécimen baisable, à la voix et au regard transpirant la luxure. Baisable ou non, Emily savait qu'elle devrait résister aussi longtemps que son bon sens l'emporterait sur son subconscient. Alors qu'elle regagnait les cuisines, elle recourut à toute sa volonté pour s'interdire de découvrir son nom de famille et son numéro de téléphone. Terrassant le démon qui lui criait de céder à la tentation, elle jeta la carte à la poubelle, ses doigts picotant déjà de cette perte.

3

Respire à fond

Les jours suivants, Emily déballa ses cartons sans enthousiasme. La société de transports, victime d'un afflux de commandes, avait retardé la livraison. Ce soir-là, même si cette idée la décourageait d'avance, elle allait ranger ses ultimes affaires. Olivia l'aida à se plonger dans des années de souvenirs. Ils étaient tout ce qu'il restait à Emily, et elle s'accrochait à eux. Le dernier objet du dernier carton lui comprima la poitrine et la plongea dans un tourbillon d'émotions incontrôlables. Emily s'effondra sur son lit en serrant une photo de sa mère, souriant avec fierté le jour de la remise de son baccalauréat. L'armure qu'elle s'était forgée au cours des mois précédents éclata et des larmes inondèrent ses joues. La dure réalité, le fait qu'elle ne reverrait plus jamais sa mère, la frappa de plein fouet.

Devant son amie effondrée, la tristesse envahit les yeux d'Olivia.

— Je ne sais pas quoi dire, Emily. J'aimerais tant pouvoir soulager ton chagrin.

Emily prit la main d'Olivia, reconnaissante de l'avoir auprès d'elle. Les deux amies partagèrent quelques minutes de silence, conscientes que les mots étaient vains. Emily se leva en adressant un faible sourire à Olivia et essuya ses joues baignées de larmes d'un geste.

Elle l'étreignit puis se rendit dans la salle de bains d'un pas ralenti. Elle était épuisée, mentalement et physiquement. Au restaurant, elle avait accepté deux services trois jours d'affilée et elle accusait le coup. Elle avait tenu en espérant passer une soirée à paresser avec Dillon. Se faufilant sous le jet de la douche, elle chassa de ses pensées tout ce qui avait trait à sa mère. C'était difficile, mais elle y parvint malgré tout. Elle sortit, se sécha et enfila un pyjama confortable avant d'aller s'installer sur le canapé avec un verre de vin bien mérité.

Au bout d'un moment, Olivia la rejoignit dans le salon dans une robe d'été, avec ses cheveux relevés et une pochette à la main. Elle considéra Emily avec espoir.

— Sors avec Tina et moi ce soir. Ça te fera du bien.

Souriant à Olivia, Emily pensa à la nouvelle amoureuse de son amie, Tina Reed, une jeune diplômée de l'université de Columbia âgée de vingt-quatre ans. Après avoir essuyé plusieurs échecs douloureux avec les hommes, Olivia les avait rejetés de sa vie, convaincue d'être faite pour sortir avec une femme.

Emily se passa la main dans les cheveux en soupirant.

— J'ai vraiment envie de me détendre à la maison ce soir. (Elle souleva la bouteille de vin en souriant.) J'ai prévu de la vider.

Olivia l'embrassa sur le dessus de la tête.

— D'accord, mais si tu changes d'avis, tu m'appelles.

Emily hocha la tête puis Olivia sortit.

L'horloge indiquait 22 h 15.

Dillon aurait déjà dû être là. Elle se demanda s'il était retenu en réunion. Une demi-heure plus tard, ses rêveries furent interrompues par la sonnerie du téléphone. Son copain lui annonçait qu'il se trouvait dans une boîte de nuit de SoHo, où il fêtait un nouveau contrat. Il insista pour qu'elle vienne le rejoindre. Emily avança qu'elle était trop fatiguée pour sortir et qu'elle s'était déjà installée douillettement à la maison, mais il ne voulut rien entendre. Elle finit par céder et traîna les pieds jusqu'à sa chambre pour se préparer à sortir malgré son état.

Je rêve, se dit Gavin. Il se frotta le visage d'une main, scrutant l'obscurité dans sa direction. Pourtant, c'était bien elle. Molly – la serveuse qui ne l'avait jamais appelé. Molly – celle qui embrasait son instinct viril. Molly – encore plus séduisante que toutes les femmes de ses rêves. Gavin l'observa se frayer un chemin dans le club, entre les corps pressés les uns contre les autres.

Il admira ses longs cheveux auburn qui tombaient en cascade sur ses épaules, sa robe noire moulante qui s'arrêtait au-dessus du genou. Son cou et son décolleté parfaits mirent ses sens en émoi, éveillant son désir instinctif et indéniable de la ravir. Il dévora ses jambes du regard – fines, longues et galbées – prolongées par des escarpins noirs à talons. Se passant la main dans les cheveux, Gavin dut admettre que son cœur battait plus vite à mesure qu'elle approchait. Alors qu'il s'apprêtait à aller la trouver pour lui parler et respirer son parfum, Dillon toussota. Il détacha son regard d'elle.

— Elle est avec moi, Blake, lui fit remarquer Dillon avec un sourire en coin.

Gavin ouvrit la bouche, mais aucun son n'en sortit. Ses yeux bleus se reportèrent sur la belle jeune femme, puis se tournèrent vers Dillon.

— Attends, c'est… *Emily* ? demanda Gavin, une pointe d'étonnement dans la voix.

— Eh ouais, mon pote. Je t'avais dit qu'elle était sublime.

Dillon fit signe à Emily de se hâter. Elle était figée sur place, à quelques pas de Gavin, qui connaissait la raison de sa stupéfaction.

Celui-ci but une longue gorgée de bière pour dissoudre la boule qui lui bloquait la gorge et s'accouda au comptoir. Incapable de tourner la tête, il soutint le regard de la femme dont son ami venait d'affirmer qu'elle était avec lui.

Quand elle comprit que le beau ténébreux baisable était avec Dillon, Emily se mordit la lèvre dans l'espoir de maîtriser le sentiment de panique qui croissait en elle. L'air lui semblait plus lourd. À chaque pas, son sens de l'équilibre était un peu plus compromis.

C'est impossible qu'ils se connaissent. Nous sommes à Manhattan, tout de même, se dit Emily.

Plus elle avançait, plus les battements de son cœur s'accéléraient. Gavin lui décocha un sourire curieux, enfantin, qui creusa une adorable fossette sur sa joue. Il la fixait intensément, sans ciller. Emily baissa le regard vers son torse. Ses larges pectoraux se devinaient aisément sous le tissu. Si c'était possible, il était encore plus irrésistible dans sa tenue décontractée composée d'un tee-shirt à encolure en V et d'un jean qui épousait ses hanches à la perfection. Elle eut l'impression qu'il la transperçait du regard, vidant ses poumons de tout oxygène. Prenant une longue inspiration, Emily se rapprocha des deux hommes en s'efforçant de se focaliser sur Dillon.

Ce dernier la prit par la taille et l'embrassa plus longtemps que d'ordinaire. Après lui avoir commandé un verre, il la fit se placer devant lui, son dos contre son torse. Lorsque Dillon prit la parole, elle bénéficiait d'une vue privilégiée sur l'étranger.

— Gavin, je te présente ma petite amie, Emily Cooper. Emily, voici Gavin Blake.

Incapable de la quitter des yeux, Gavin lui prit la main pour la porter à ses lèvres. Déposant un baiser délicat sur le plat de celle-ci, il fit durer ce moment, absorbant la chaleur qui irradiait de sa peau. Il finit par la lâcher contre son gré.

— C'est un immense plaisir pour moi, *Emily*.

S'émerveillant intérieurement du contact subtil de sa barbe naissante sur ses phalanges, Emily répondit d'un bref hochement de tête en souriant.

— Je suis contente qu'on se rencontre enfin.

— Elle est belle, non ? demanda Dillon à Gavin.

Baissant les yeux, Emily rougit, gênée par son commentaire. Néanmoins, elle fit un grand sourire et tenta de se remettre du choc qui lui faisait perdre ses moyens.

Le regard de Gavin se porta sur sa bouche, ses lèvres fascinantes peintes en rouge rubis. Il remonta vers ses yeux, un camaïeu de vert tirant sur le doré. *Belle*, se répéta-t-il. Pinçant sa lèvre inférieure entre ses dents, Gavin déclara en articulant clairement :

— Tu es un homme très chanceux, Dillon.

Celui-ci acquiesça, et vida le fond de son whisky.

— Viens danser avec moi, mon trésor.

Il prit Emily par la taille et l'entraîna vers la piste. Consciente de prendre un risque, elle jeta un œil vers Gavin par-dessus son épaule.

Gavin afficha délibérément un air détendu lorsqu'elle tourna la tête vers lui. Il était forcé de noter que Dillon la tenait tout contre lui, et qu'en retour, elle manifestait pour lui un amour irréfutable. Il observa sa manière de regarder Dillon dans les yeux, de lui accorder toute son attention. Commandant une autre bière, Gavin lutta contre le vif désir de foncer sur la piste de danse, d'assommer son camarade et de la prendre dans ses bras.

Comme s'il n'y avait pas de place pour une autre dans ses pensées, Gavin repoussa les avances de plusieurs femmes. Il savait qu'il se trouvait en territoire protégé, et ses pensées étaient d'autant plus irrationnelles que Dillon était un ami proche, mais il ne pouvait pas échapper au magnétisme d'Emily. Cet afflux de nouvelles émotions n'était pas en phase avec son corps et ses principes.

Et Gavin n'aimait pas cela.

Au bout d'un certain temps, Dillon revint près de Gavin alors qu'Emily était partie aux toilettes. Il s'accouda au comptoir avec un sourire irrévérencieux.

— Tu aimerais bien être à ma place. Pas vrai, mon pote ?

Même s'il éprouvait une pointe de jalousie, il n'allait sûrement pas l'admettre.

— Je me demande surtout comment tu as fait pour lui plaire.

C'était plus une affirmation qu'une question. D'ordinaire, Dillon évoluait parmi des femmes plus délurées qu'Emily.

Dillon rejeta la tête en arrière en éclatant de rire et commanda un shot de tequila.

— Tu te prends pour l'unique dieu de la ville.

— Je ne suis pas un dieu, Dillon, et toi non plus, rétorqua Gavin en allongeant l'avant-bras sur le rebord arrondi du comptoir. Par contre, tu devrais prendre soin d'une femme comme elle.

Dillon fit onduler son bassin d'avant en arrière.

— T'en fais pas, je prends soin d'elle. Elle n'a pas à se plaindre de ce côté-là.

— Ce n'est pas à ça que je faisais allusion, lança Gavin en essayant de chasser cette image de son esprit. (Il poursuivit d'une voix radoucie.) Sois gentil avec elle.

Penchant la tête sur le côté, Dillon fronça les sourcils.

— Depuis quand tu t'intéresses à la manière dont je traite les femmes, toi qui n'es pas fichu de t'engager ? Tu couches avec tout ce qui se jette à ton cou, et elles peuvent s'estimer heureuses si tu les rappelles le lendemain.

— Nous ne sommes pas en train de parler de moi. Je dis juste que tu devrais veiller sur elle.

— Gavin Blake veut m'apprendre comment on traite les femmes. C'est à mourir de rire. (Dillon avala son verre d'un trait et le reposa bruyamment.) Je vais l'épouser. Tu verras. Et juste pour te voir souffrir, tu seras invité au mariage. (Il secoua la tête et rit avant de se renfrogner.) Je te l'ai dit, elle est à moi. Tu en as assez comme ça, tu les fais toutes tomber, partout où tu passes.

Avant que Gavin ait eu le temps de répondre, Emily reparut. Dillon lui tendit une bière.

— Merci. Alors, de quoi parlez-vous ? dit-elle en souriant.

Gavin décida de s'amuser un peu puisque Dillon le provoquait. Il fixa son regard sur la joue d'Emily avant de plonger ses yeux dans les siens.

— Je me demandais juste comment mon ami ici présent avait fait pour tomber sur une si belle femme. Alors qu'il n'est pas à la hauteur, manifestement.

Emily sentit le regard pressant de Gavin. Ses pupilles semblaient la sonder, si bien qu'elle se sentait l'envie de lui révéler toutes ses émotions, tous ses secrets. *C'est un talent dangereux pour les yeux d'un homme*, se dit-elle.

Alors qu'elle s'apprêtait à répondre, la voix de Dillon domina la musique assourdissante.

— Va te faire voir ! C'est quoi, cette remarque ? Pas à la hauteur, moi ?

Gavin posa la fesse sur un tabouret haut avec décontraction.

— Vraiment pas, non.

Un grand sourire étira les lèvres de Dillon.

— Si ça peut t'aider à mieux dormir, mec. Mais c'est avec moi qu'elle rentrera.

Dillon baissa les yeux vers son téléphone et tourna le dos à Emily, mortifiée par le tournant que prenait cette conversation.

— Trevor est en chemin, bébé. J'ai besoin d'aller aux toilettes, mais ne laisse pas ce clown te baratiner en mon absence. C'est un grand dragueur.

Il déposa un baiser chaste sur la joue de sa petite amie avant de disparaître dans la foule.

Gavin observait avec attention Emily qui sirotait sa bière dans le silence qui s'installait entre eux. Elle lui lançait des petits regards nerveux qui malmenaient ses instincts les plus rationnels. Dès que leurs regards se croisaient, il était submergé par l'envie de plonger dans ses yeux pour l'éternité. Il se demanda si elle avait éprouvé la même connexion que lui lorsqu'il lui avait fait le baisemain. Il but une longue gorgée de bière pour réhydrater sa gorge sèche.

— Alors, Molly, tu te plais à New York ?

L'ayant vu venir, Emily rit.

— Oui, j'aime cette ville, la fouine. Merci de demander.

— Je ne suis ni une fouine ni un dragueur, dit-il, amusé par ce surnom.

— Pour le côté fouine, c'est à voir, mais j'ai entendu certaines anecdotes accablantes pour le côté dragueur.

Emily se mordit la lèvre en se rendant compte qu'elle devait lui sembler agressive. Toutefois, c'était vrai. Olivia lui avait raconté des anecdotes sur Gavin, l'ami fortuné de Dillon, l'homme à femmes. Elle avait également prévenu Emily qu'une fois qu'elle l'aurait rencontré, elle aurait du mal à se retenir de lui arracher sa chemise pour jeter ses inhibitions sexuelles aux quatre vents.

Yep, totalement baisable.

Ajustant sa position sur son tabouret, Gavin lui décocha un sourire.

— Et qui t'a raconté ça ?

— Olivia Martin.

— Mmm, alors tu ne dois pas la connaître si bien que ça, répondit-il en faisant signe au serveur d'apporter une autre tournée.

— Voyons voir. Nous avons partagé la même chambre à la fac, et je vis avec elle en ce moment. Je la considère comme une source assez fiable.

— Excuse-moi, ma mémoire me joue des tours. C'est vrai, tu es Emily et pas Molly. (Avec un sourire en coin, il se passa la main dans les cheveux.) Bien sûr, tu connais bien Olivia.

Elle sourit.

— Maintenant que tu connais mon vrai prénom, j'ai l'impression que je ne vais pas m'en tirer à si bon compte ?

Il lui fit un grand sourire lumineux.

— Ah, ah, possible. On verra bien. Je connais la réponse, mais c'est à toi de la découvrir. (Ils rirent, se détendant légèrement.) Alors, qu'est-ce qu'Olivia t'a raconté d'autre à mon sujet ?

— Ah, ah, je connais la réponse, mais c'est à toi de le découvrir.

Amusé par son sens de la repartie, Gavin baissa la tête en riant. Ses traits s'adoucirent et il la regarda dans les yeux.

— Pour ma défense, je ne suis pas un homme à femmes. Je n'ai simplement pas encore rencontré celle qu'il me faut.

— Pourtant, il y a en a tout un tas qui essaient d'attirer ton attention en ce moment même.

D'un geste vague, Emily désigna un groupe de femmes au bout du bar, qui lui lançaient des œillades éhontées.

— Elles sont plutôt pas mal, si tu veux mon avis.

Malgré ses efforts, il n'arrivait pas à détacher son regard d'elle. Il fixait Emily pour lui faire savoir – une fois de plus – que la seule qui lui plaisait était déjà prise.

— Malheureusement, la plupart ne s'intéressent qu'à une seule chose.

Confuse, elle fronça les sourcils.

— Ce n'est pas ce que veulent les hommes, de toute façon ?

— Pas vraiment, mais j'aime ta façon de penser.

Il nota la nervosité avec laquelle elle rabattit une mèche de cheveux derrière son oreille. Ça lui plaisait plus qu'il ne l'aurait voulu.

— Non, plus sérieusement, ça m'ennuierait de passer pour un abruti imbu de sa personne, mais je ne me résume pas à ma fortune.

Sa remarque toucha étrangement Emily. Elle savait qu'il avait de l'argent - toute la ville était au courant. Cependant, le fait qu'il suppose que les femmes ne s'intéressaient à lui que pour son pécule révélait une certaine faille.

— Ah, donc, à tes yeux, les femmes ne sont que des croqueuses de diamants ? fit-elle remarquer en portant la bouteille à ses lèvres tout en avançant le buste d'un air naturel.

Gavin s'efforça de se concentrer sur ses yeux plutôt que sur ses lèvres.

— Non, pas du tout. Je me suis mal exprimé, pardon. (Il posa son verre vide sur le comptoir.) J'ai du mal à faire le tri entre celles qui sont sincères et les autres. Je cherche une femme qui m'aime pour ce que je suis, pas pour mon argent. (Il lui fit un sourire penaud.) En plus, pour une raison que j'ignore, je n'attire que des filles sans cervelle.

Embarrassée par ce qu'elle osait à peine prendre pour un sous-entendu, Emily se décala sur son siège. Elle reprit en tentant de modérer ses propos.

— Alors à mon avis, c'est parce que tu dois traîner dans les mauvais endroits.

Gavin rit, appréciant grandement son honnêteté. Le barman resservit une tournée.

— On dirait bien, oui. (Il fit un sourire qui se révéla contagieux.) Tu as dit que tu traînais où en ce moment, quand tu n'es pas au *Bella Lucina* ?

— Chez Dillon, mais merci de retenter le coup, railla-t-elle. (Levant la bouteille pour boire, elle s'accorda le loisir de soutenir son regard.) Tu devrais peut-être chercher dans les bibliothèques ? Ça pourrait écarter le problème des filles sans cervelle.

— Tu es jolie et drôle, Emily, dit-il en pivotant face à elle. Je commence à sérieusement regretter que Dillon t'ait trouvée en premier.

Le cœur d'Emily fit une pirouette dans sa poitrine. Ne lui laissant pas le loisir de répondre, une main chaude s'abattit sur son épaule, certainement celle de Dillon.

Elle fit volte-face pour se retrouver face à Trevor, avec son grand sourire de vainqueur, ses épais cheveux blonds lui barrant le front.

— Je suis là ! Que la fête commence ! s'exclama-t-il en tapotant l'épaule de Gavin. (Il embrassa Emily et se faufila entre eux pour commander un verre.) Ce soir, on se prend une cuite !

Contente de voir Trevor, Emily sourit. Ils étaient devenus proches, ces derniers mois. En plus d'être le frère d'Olivia, c'était quelqu'un de foncièrement bon. Avant qu'elle ne vienne vivre à New York, il prenait souvent de ses nouvelles.

Trevor survola la boîte du regard derrière ses lunettes.

— Où est Dillon ? demanda-t-il en prenant son verre des mains du barman.

— Il a dû tomber dans le trou, ironisa Gavin en indiquant les toilettes d'un geste.

— Ça lui ressemblerait bien, surtout s'il a picolé, blagua Trevor. Alors, comment ça va en ce moment, mon pote ? J'ai l'impression que ça fait une éternité que je ne t'ai pas vu.

— Ça va. J'ai pas mal voyagé pour le boulot. Tu sais ce que c'est. Mais je devrais passer une grande partie de l'été à New York.

— Tu fais une fête pour le 4 juillet dans les Hamptons, comme d'habitude ?

— Absolument, répondit Gavin. D'ailleurs, j'y vais cette semaine pour ouvrir la maison.

Trevor se tourna vers Emily, qui n'écoutait plus la conversation. Ses yeux bruns rieurs pétillaient d'excitation.

— Ouh, ouh, Emily. Tu y vas, hein ?

Elle scrutait la boîte de nuit d'un air perplexe, cherchant Dillon qui était parti depuis un certain temps.

— Où ça ? demanda-t-elle avec détachement sans regarder Trevor.

— À la fête de Gavin dans les Hamptons, le 4 juillet. Dillon t'en a parlé, non ?

Elle haussa les épaules, ramenant son attention sur Trevor.

— Il n'y a pas encore fait allusion mais ça a l'air sympa. Nous viendrons sûrement.

La voix de Dillon interrompit la conversation.

— Aller où ? (Il embrassa Emily dans le cou.) J'espère que les gars n'ont pas profité de mon absence pour te faire des avances.

Pivotant vers lui, Emily sourit.

— T'en fais pas. Ils m'ont tenu compagnie. Tu es as mis, du temps. Tout va bien ?

— J'avais un coup de fil à passer.

Gavin fit un sourire malicieux.

— Nous étions sur le point d'organiser les recherches. Mais ne te monte pas le bourrichon, nous n'aurions pas cherché trop longtemps.

— Oh là, vous êtes durs, gloussa Emily.

Trevor but une gorgée de bière.

— Tu n'as encore rien vu, Em. Ils s'échauffent, là.

Dillon secoua la tête et lança un coup d'œil à Gavin.

— Blake ne peut pas s'empêcher de la ramener. Ça ne rate jamais.

Gavin se tint la tête et rit. Il but une longue gorgée de bière, posa soudain les yeux sur Emily puis regarda Dillon sans enthousiasme.

— Alors ? Vous venez à la fête tous les deux ?

— J'avais oublié, répondit Dillon. Mais oui, nous viendrons, évidemment.

Trevor pencha la tête sur le côté.

— Comment ça, tu as oublié ? Mec, tu es venu aux deux dernières.

Dillon serra Emily contre lui, plaçant son corps devant lui. Il passa les bras autour de ses épaules.

— J'ai les idées ailleurs, avec madame ici présente. J'ai du mal à penser à autre chose quand elle est là.

Emily sourit et remarqua une belle blonde élégante qui venait vers eux. Celle-ci glissa un bras autour de la taille de Gavin et planta un baiser au coin de sa bouche.

— Je me disais bien que c'était toi, Gavin. (Elle commanda un verre, et fit savoir au barman qu'il pouvait le mettre sur l'addition de l'intéressé.) Où tu te caches, en ce moment ? bafouilla-t-elle d'une voix alcoolisée.

Manquant perdre l'équilibre, elle se raccrocha à lui.

— Pas assez loin apparemment, marmonna Trevor à voix basse.

La femme n'entendit pas sa réflexion, mais ce n'était pas nécessaire. Son expression en disait long. Dillon l'observait en plissant les yeux.

Comme il la connaissait bien, Gavin s'efforça de rester décontracté. Avec un sourire facile, il la tint par la taille pour l'empêcher de tanguer.

— J'étais en voyage d'affaires. Et toi, comment ça va ?

— Oh, super. Merci de demander, répondit-elle en se penchant vers lui. (Elle lança un regard vers Emily.) Tiens, qui c'est ? On ne se connaît pas, je crois. Tu es mignonne. Tu es sa dernière conquête ?

Emily en resta bouche bée. Elle opta pour le silence, préférant éviter de l'insulter. Elle trouvait sa remarque ridicule puisque Dillon la tenait par la taille.

Gavin fit un sourire narquois en fixant Emily.

— Non, c'est la petite amie de Dillon. Je fais tout ce que je peux pour séduire une certaine Molly, mais malheureusement, elle est déjà prise.

Emily se mordit la lèvre et détourna le regard.

La femme se rembrunit et lança un regard noir à Dillon.

— Vraiment ? J'ignorais que tu avais une femme dans ta vie, Dillon.

Gavin se leva et prit la femme par le bras.

— Viens avec moi. Nous avons plein de choses à nous raconter. On va aller faire un tour.

Tandis qu'il la guidait vers la sortie, Emily observa la manière dont la femme lui rendait son regard tout en essayant de se dégager de l'emprise de Gavin.

— C'est qui, celle-là ? demanda Emily en faisant face à Dillon.

— Personne, répondit-il, tout sourire, en écarquillant les yeux d'un air innocent. (Il se passa la main dans les cheveux.) Une fille avec qui il est sorti à la fac.

— C'est l'une de ses ex ? insista Emily.

Trevor regarda Dillon mais ne dit rien.

— Ouais, juste une fille avec qui il couchait de temps en temps, répondit Dillon après avoir commandé des shots. Allez, on va se saouler, bébé.

Gavin se fraya un chemin parmi les danseurs en sueur. Entraînant la fille à l'extérieur, il la coinça contre un mur et s'appuya d'une main au-dessus de sa tête. Il la toisa.

— À quoi tu joues, Monica ?

Elle redressa le menton d'un air de défi et le regarda de ses yeux vitreux.

— Qu'est-ce que tu veux dire, Gavin ? Il s'imagine qu'il peut me baiser comme il veut, disparaître d'un coup et coucher avec une autre tout de suite après ?

Soupirant, il serra les dents.

— Entre toi et Dillon, c'était purement sexuel. Passe à autre chose.

Elle plissa les yeux.

— Non, Gavin. Si je ne cherchais que ça, c'est avec toi que j'aurais couché. (Elle promena un doigt sur son torse.) Tu veux me ramener chez moi ce soir ? Je pourrais graver un trait de plus dans ta colonne de lit.

— Hors de question, et tu le sais très bien, répondit-il sans hésiter, la prenant par les poignets. Ça fait un bon moment que vous ne vous voyez plus. Alors arrête ton cirque.

— La bonne blague ! Nous n'avons jamais arrêté de nous voir, lança-t-elle. Je viens juste de me le faire à l'étage.

Baissant la tête, Gavin l'obligea à le regarder en face.

— À l'étage ?

— Ouais, d'ailleurs, je devrais peut-être aller en toucher deux mots au modèle de vertu qui l'accompagne, répondit-elle en essayant de lui échapper.

— Ne t'avise pas de faire ça, gronda-t-il. Si jamais tu t'approches d'elle...

Écarquillant les yeux, elle fit un sourire intrigué et haussa le ton.

— Quoi ? Tu en pinces pour elle ?

Elle lui laissa le temps de répondre, mais comme il ne réagissait pas, elle poursuivit :

— C'est ça, hein ? Tu parles d'un ami ! (Elle rit, rejetant sa chevelure en arrière.) Tous les mecs, tous autant que vous êtes dans votre petit groupe de friqués, vous n'êtes que des salauds détraqués ! Je regrette que nos parents soient amis !

Serrant les dents, Gavin la fixa un instant. Il fit signe au videur.

— Tenez, cent dollars. Appelez un taxi pour elle et faites-la partir d'ici, tout de suite.

— Bien sûr, monsieur Blake.

Il saisit le billet et Monica. Elle lutta pour échapper à ses gros bras, se donnant en spectacle tandis qu'elle traitait Gavin de tous les noms.

Poussant un profond soupir, Gavin retourna dans la boîte de nuit. Il allait devoir limiter les dégâts le lendemain matin, puisque Monica Lemay était effectivement la fille de l'un des amis intimes de son père. Se frayant un chemin jusqu'au bar, Gavin se demanda quelle était la part de vérité dans ses affirmations. Il ne pensait pas Dillon tout blanc dans cette histoire : il était réputé pour ses tromperies. D'un autre côté, Gavin pensait possible que Monica ait menti. Ce ne serait pas la première fois qu'elle tentait désespérément de se rabibocher avec lui.

Dillon repéra Gavin non loin. Il dit à Emily qu'il revenait et alla à sa rencontre. Il le prit par le cou.

— C'est réglé ?

Croisant les bras, Gavin s'écarta.

— Oui, elle est partie. C'est quoi, ce bordel ? Tu la vois encore ?

Dillon haussa les épaules avec nonchalance.

— Je la revoyais pendant un moment mais c'est fini. Elle a continué de me téléphoner et à me harceler. Tu sais comment elle est.

Quand Dillon voulut retourner vers le bar, Gavin le rattrapa par le bras.

— Sérieusement, tu sors avec une fille bien, maintenant. Qu'est-ce qui te prend ?

Dillon dégagea son bras.

— Tu recommences à mettre ton nez dans mes affaires. Tu ne penses qu'à toi. Je t'ai dit que je ne voyais plus l'autre pute. (Il vida son verre cul sec.) Viens, j'ai assez gaspillé de temps avec elle. (Il fit quelques pas puis se retourna.) Au fait, j'ai dit à Emily que tu avais couché avec elle pendant un temps.

Sans laisser à Gavin le temps de répondre, Dillon retourna auprès d'Emily, le sourire aux lèvres, et l'embrassa. Gavin assista à la transformation de Jekyll en Hyde, subterfuge qui lui était devenu familier au fil du temps. Tout en se hissant sur son tabouret, Gavin fut forcé de remarquer le regard insistant d'Emily.

— C'est vrai que tu choisis bien tes copines, Gavin. La bibliothèque, pense à aller à la bibliothèque, le taquina-t-elle en portant sa bière à ses lèvres.

Gavin termina la sienne avant de fixer Dillon d'un regard glacial. Puis il se tourna vers Emily.

— C'est sûr, j'ai eu mon lot de filles à problèmes. (Il fit signe au barman de les resservir.) Je vais écouter tes conseils, Emily. Je vais foncer à la bibliothèque.

Quelques heures plus tard, Dillon était complètement ivre. Le mélange de bières et de tequilas avait eu raison de lui. Trevor et Gavin durent l'aider à sortir de la boîte de nuit puis à monter dans le SUV de Trevor. Gavin qui, à ce stade, était à bout de patience, le poussa sur la banquette arrière et referma la portière. Trevor serra la main de son ami et se mit au volant.

Emily se tenait sur le parking, pétrie d'embarras devant l'état d'ébriété de Dillon.

— Je suis désolée. Il se laisse un peu trop aller quand il décroche un contrat.

Gavin s'appuya contre le véhicule, le regard fixé sur ses lèvres.

— Tu n'as pas à t'excuser pour lui. (Lorsqu'il releva la tête, leurs regards se croisèrent.) Je le connais depuis assez longtemps pour savoir dans quel état il est capable de se mettre.

Prenant une profonde inspiration, Emily tendit la main. Elle faisait de son mieux pour paraître détendue mais elle se contrôlait tant que sa voix en tremblait.

— Bon, je suis contente de t'avoir officiellement rencontré, Gavin. J'imagine que nous nous reverrons.

Se rapprochant d'elle, il saisit sa paume. Lorsqu'il plongea dans ses yeux verts, il se sentit cloué sur place. Il lui serra la main, et lui sourit.

— Moi aussi, ça m'a fait plaisir de faire ta connaissance, Emily. Nous nous reverrons à la fête du 4 juillet, j'espère.

Se hissant sur le siège passager, elle hocha la tête et lui sourit sans le regarder.

— Au 4 juillet.

Tandis que Gavin les regardait disparaître dans la circulation encombrée de Manhattan, il prit conscience du choc qu'il venait de vivre en découvrant qui Emily était vraiment.

4

Détails inattendus

— Monsieur Blake, le Conseil se réjouit des bénéfices de ce trimestre. Nous prévoyons également une croissance au cours du trimestre suivant pour Blake Industries, compte tenu du contrat Armstrong que nous venons de remporter.

Gavin caressait méthodiquement le plateau de la table de conférence en ébène.

— C'est une excellente nouvelle, Barry. Avons-nous du nouveau au sujet du contrat Kinsman ?

Deux paires d'yeux se tournèrent vers l'homme qui parcourait des dossiers d'un geste nerveux.

Un autre directeur intervint avec un enthousiasme exagéré.

— Oui, monsieur Blake. Ils ont accepté notre offre et devraient être prêts à passer à l'action avant la fin du mois, monsieur. J'ai transmis tous les documents nécessaires à votre frère.

Gavin se leva de son fauteuil, hocha la tête d'un air satisfait et annonça que la réunion était terminée.

Dès que le dernier membre du Conseil quitta la salle, Gavin marcha vers la fenêtre haute de son bureau. Il observa les rues animées de Manhattan, la vie chaotique des passants tout en bas. Il n'avait que vingt-huit ans, mais le monde lui appartenait. Blake Industries était l'une des plus grosses agences de publicité de New York. Néanmoins, il lui manquait l'essentiel : l'amour. Même s'il menait une vie légère depuis la fin de sa longue relation, peu, voire aucune femme ne lui avait inspiré de sentiments. Depuis sa rupture, trouver quelqu'un qui l'appréciait pour lui était devenu... un défi de taille.

Tandis qu'il contemplait les minuscules silhouettes qui fourmillaient sur les trottoirs, ses pensées le ramenèrent à Emily. Ça faisait moins de vingt-quatre heures qu'il avait pris une claque en apprenant qui elle était. Gavin bouillonnait de rage envers Dillon qui s'était servi de lui comme d'un pion avec Monica. Mais même si Emily l'attirait, Gavin devait couvrir son ami.

Cependant, il oscillait entre le dégoût d'avoir été forcé de mentir et le regain de désir qu'il éprouvait dès qu'elle s'immisçait dans ses pensées. Bien sûr, c'était en partie de l'attirance sexuelle. Emily était d'une beauté renversante, c'était indéniable. Néanmoins ce n'était pas ce qui alimentait son désir pour elle. Il avait du mal à définir précisément ce que c'était, mais ça ne ressemblait à rien de ce qu'il avait connu jusqu'alors. Il y avait un truc entre eux, un appel instinctif assorti de la conviction que sa place était à ses côtés.

Entre eux, l'alchimie était flagrante, comme un courant magnétique explosif. Gavin ne doutait pas qu'elle l'ait senti, elle aussi. Il l'avait éprouvé la première fois qu'il avait posé les yeux sur elle, cette énergie qui irradiait de ses yeux lorsque leurs regards se croisaient. Trônant au sommet de l'empire qu'il avait bâti, tandis que le soleil se reflétait sur les géants d'acier qui bordaient les rues, il lutta contre le besoin envahissant de lui rendre une autre visite surprise. Secouant la tête pour chasser ce projet insensé, Gavin traversa la pièce. Il alla s'asseoir à son bureau et consulta quelques rapports trimestriels dans le but d'oublier la femme qu'il ne pourrait jamais posséder.

C'est alors que son frère aîné, Colton, entra dans le bureau.

Agacé, Gavin croisa les bras et le fixa d'un regard noir.

— Où étais-tu passé ? Tu n'as pas eu le message que j'ai laissé à Natalie à propos de la réunion ?

Colton décocha un sourire désabusé à Gavin.

— Tu tiens très bien ton rôle, petit frère, dit-il en traversant la pièce d'un pas tranquille, un rire étouffé lui échappant.

— Arrête de faire le mariole. Franchement, qu'est-ce qui t'est arrivé ?

— Ça va, Gavin, j'étais coincé à la maison avec Melanie et les gosses. Teresa et Timothy avaient une comédie musicale à la maternelle.

— Pourquoi tu ne me l'as pas dit ? (Il fronça les sourcils, se berçant d'avant en arrière dans son fauteuil de cuir. Il avait un faible pour sa nièce et son neveu.) Je serais allé les voir.

Colton chassa cette idée d'un geste de la main, ses yeux verts pétillant.

— Ne t'en fais pas pour ça. Ils s'en sont sortis sans tonton Gavin. (Il rit et donna une tape sur l'épaule de son frère.) Comme je suis sûr que tu t'en es très bien sorti sans moi pendant la réunion.

Gavin ricana et marmonna :

— Ce sont de vrais requins dès que les chiffres ne leur semblent pas satisfaisants.

— C'est ça, les affaires. (Colton haussa les épaules et s'assit sur le canapé de cuir noir.) Des gens investissent dans l'entreprise et nous nous devons de produire les bénéfices escomptés en échange.

Gavin ignora sa remarque et retourna se poster devant la fenêtre.

— Alors, tu vas te décider à arranger un dîner avec Alicia ? s'enquit Colton.

Sans lui faire face, Gavin croisa les bras et rit sous cape.

— Je ne peux pas nier que j'admire la facilité avec laquelle tu passes du coq à l'âne, Colton.

— Il y a un compliment caché derrière cette affirmation. Mais franchement, mec, ça fait un moment que Melanie me rebat les oreilles avec son envie de vous présenter. Tu n'as qu'à sortir avec nous un soir, et tu verras si elle peut éventuellement te plaire.

— Je constate que vous êtes repartis en mission « trouver une fille sérieuse pour Gavin ».

— En mission ? Pas tout à fait. Mais je pense qu'il est temps que tu tournes la page.

Pivotant vers Colton, Gavin lui lança un regard amusé.

— Tu crois vraiment que je n'ai pas tourné la page ? Mais ça fait deux ans ! s'exclama-t-il.

— Eh bien, manifestement, tu as du mal à t'engager dans une relation – à long terme, j'entends. (Colton se leva du canapé.) Elles ne sont pas toutes pareilles, petit frère. Ton ex sortait avec toi pour de mauvaises raisons, voilà tout.

Gavin serra les dents de manière presque imperceptible.

— Je n'ai vraiment aucune envie de parler de ça, répondit-il d'une voix légèrement menaçante.

— Très bien. Tu viens dîner chez nos parents, ce soir ?

Il enfila sa veste de costume, un sourire ténu sur les lèvres.

— Oui, je serai là. À moins que toi et ma merveilleuse belle-sœur ne me cachiez un rendez-vous mystérieux.

Colton prit ses clés dans sa poche, fit un petit sourire espiègle et sortit du bureau.

Lorsque Gavin partit du travail, les embouteillages bloquaient les rues de Manhattan. Soupirant, il se passa la main sur le visage, accroché au volant de sa

BMW noire. Tout en attendant qu'une foule de piétons traversent la rue, il prit conscience qu'il se trouvait à l'angle de la rue où Emily travaillait. Lorsqu'il la vit pousser la porte et déboucher sur le trottoir, il pâlit. Il se pinça l'arête du nez en envisageant de s'arrêter pour la saluer, mais à peine cette idée lui était-elle venue à l'esprit qu'un coup de klaxon le sortit de sa torpeur. Adressant un doigt d'honneur au conducteur impatient, Gavin passa la première et s'enfonça dans la circulation. Il jeta un œil dans le rétroviseur dans l'espoir de l'apercevoir. Tout à coup, l'histoire tirée par les cheveux de son père sur le coup de foudre lui revint à l'esprit.

« Elle est quelque part, mon fils, et quand tu la trouveras, tu la reconnaîtras au premier coup d'œil. Elle mettra tes sens en émoi, réveillera tes instincts. Bouleversant l'ordre naturel des choses, elle... apparaîtra. »

— C'est à mourir de rire, se dit-il en tapotant le volant. Je dois avoir perdu l'esprit.

En proie à toutes ces émotions contradictoires, pendant une heure, Gavin analysa ses convictions. Tandis que les gratte-ciel de Manhattan s'éloignaient, remplacés par les arbres tentaculaires de la campagne, il se fit la promesse de tout faire pour chasser Emily de ses pensées – même s'il n'était pas certain que ce soit possible.

Appliquant une dernière retouche de mascara, Emily détacha son attention du miroir. La porte de l'entrée claqua, annonçant l'arrivée d'Olivia. Elle se précipita dans le salon.

— Je t'ai appelée et envoyé des messages toute la journée, dit Emily, essoufflée, tout en enfilant ses escarpins rouges à talons. Pourquoi tu ne m'as pas répondu ?

Olivia lança son sac à main sur le canapé.

— J'ai oublié mon fichu téléphone à la maison.

Elle se rendit dans la cuisine où elle saisit son téléphone sur le plan de travail. Elle regarda Emily avec un grand sourire.

— Ouah, le canon ! Qu'est-ce que tu fêtes ?

— Dillon et moi fêtons nos neuf mois. Il va arriver, répondit rapidement Emily. Tu dormais quand je suis rentrée hier soir. Tu ne devineras jamais sur qui je suis tombée.

— Je me demandais aussi pourquoi tu étais sortie. (Olivia entra son code d'accès dans le téléphone.) Laisse-moi deviner... euh, Brad Pitt ?

— Je suis sérieuse, Liv. Tu ne devineras jamais, pas la peine d'essayer.

— Attends ! Je veux une dernière chance. (Olivia réfléchit.) Le président Obama ?

— Tu refroidis, dit Emily en riant, s'asseyant autour de la table. J'ai rencontré le seul et unique... attention, prépare-toi... Gavin Blake.

— Hyper craquant, hein ? demanda Olivia en portant son téléphone à son oreille.

Emily sourit.

— Oui, carrément.

— Admets que je n'ai pas exagéré en le décrivant comme un dieu vivant puisque, si mes souvenirs sont bons... (Olivia se tapota le menton du bout du doigt)... quand je t'ai dit que c'était un dieu vivant, tu as affirmé qu'aucun homme ne pouvait être aussi irrésistible.

— Pourtant, tu avais vu juste. Mais je suis certaine que tu as envie d'entendre les détails de nos rencontres *précédentes.*

Olivia raccrocha rapidement.

— Précédentes ?

Elle traversa la pièce en deux enjambées et prit place à table.

— Vas-y, raconte !

Posant les coudes sur la table, Emily croisa les doigts sous son menton.

— Voyons voir… ah, oui… C'est l'homme que j'ai rencontré au Chrysler Building quand j'ai livré les plats.

Olivia écarquilla les yeux mais, accusant le coup, ne dit rien.

Emily poursuivit d'une voix rauque :

— Oui, c'est celui qui est venu me harceler au restaurant, qui m'a laissé son nom et son numéro… et un gros pourboire aussi.

— Arrête ! Le beau ténébreux baisable, c'est Gavin ? s'écria Olivia.

Emily hocha la tête en riant.

— Tu te moques de moi, Em ? Parce que ça, c'est un truc de ouf.

S'adossant à sa chaise, Emily croisa les bras avec un petit sourire en coin.

— Je te le jure.

— Alors tu devrais sortir avec lui. (Olivia haussa les épaules.) Apparemment, il t'a marquée, et tu l'as marqué aussi.

Sa désinvolture prit Emily au dépourvu.

— Comment ça ?

— Tu as cet air rêveur, un peu niais. Je sais que tu t'imagines en train de lui sauter dessus.

— Tu dis ça pour rire, j'espère ?

Olivia se leva et partit vers sa chambre.

— Tu me demandes si je rigole à propos de ton air niais, de sortir avec lui ou de lui sauter dessus ?

— Olivia, tu as très bien compris ce que je voulais dire.

— On dirait que ça t'étonne, Em.

Choquée, cette dernière la suivit. Elle s'appuya contre le montant de la porte de sa chambre et posa les mains sur ses hanches.

— Tu es sérieuse ?

Olivia se dévêtit, marcha d'un pas tranquille vers la salle de bains, et entra sous la douche.

— Je n'ai jamais caché mes sentiments envers l'autre espèce d'abruti.

— Mmm, c'est vrai. Comme si tes sentiments envers mon petit copain étaient essentiels, rétorqua Emily avec sarcasme en entrant dans la salle de bains.

— Pourquoi tu ne tenterais pas ta chance avec Gavin ? demanda tranquillement Olivia.

Emily compta les raisons sur ses doigts.

— Premièrement, j'aime Dillon. Deuxièmement, j'aime Dillon. Et troisièmement, devine ? J'aime Dillon !

Imitant Tina Turner, Olivia chanta de sa voix la plus sensuelle : « *What's love got to do with it*[1] *?* », puis elle éclata de rire.

— Tu as perdu la boule, Liv. Et même si je ne sortais pas avec Dillon, vu comme tu m'as présenté Gavin, tu l'as éliminé d'office.

La tête d'Olivia surgit de derrière le rideau de douche.

— Comment ça, je l'ai éliminé d'office ?

— Attends voir... c'est un homme à femmes, c'est la première chose qui me revient en mémoire. (Prenant une profonde inspiration, Emily se tut un instant.) Ah oui, aussi, tu le penses incapable de rester avec une femme plus d'une semaine. Je continue ?

Olivia ferma les robinets et sortit de la douche. Emily lui passa une serviette.

— Oui, mais il a commencé à se comporter comme ça *après* que Gina, sa fiancée, a rompu avec lui. Avant, il avait tout pour lui.

Olivia s'enroula dans la serviette.

— Il était fiancé ?

— Eh oui, ma belle. (Olivia s'essuya avant d'enfiler un short noir et un débardeur blanc.) Ils sont sortis ensemble pendant presque cinq ans. Un jour, il est rentré chez lui, et elle n'était plus là. Elle avait pris

1. Qu'est-ce que l'amour vient faire là-dedans ?

tout son barda et évacué les lieux pendant qu'il était au boulot.

Emily eut l'air confus.

— Pourquoi ?

— Pour te dire la vérité, il n'a jamais raconté à mon frère ce qui s'était passé. Quand je lui ai posé des questions, il n'avait pas envie d'en discuter alors je n'en sais rien. (Olivia sortit sa trousse à maquillage d'un tiroir.) Mais tu l'as vu. Il a le gène de la créature irrésistible. Il pèse des millions, et c'est un mec bien.

— Pourquoi tu n'es jamais sortie avec lui alors ?

— Oh, je le connais depuis trop longtemps pour ça. Même si son glorieux patrimoine m'inspire un immense respect, je le vois plutôt comme un grand frère. Ça me ferait trop bizarre.

Olivia fronça le nez de dégoût.

— Depuis combien de temps est-il ami avec Trevor ?

— Dis donc, tu as des tonnes de questions à poser pour une sainte-nitouche, déclara Olivia sur un ton malicieux.

Faisant peu de cas de sa remarque, Emily se tourna face au miroir.

— J'essaie juste de savoir dans quoi je mets les pieds. Dillon ne me parle jamais de ses amis ou de ses collègues.

— Eh bien, si tu cherches à savoir si Dillon et Gavin sont amis depuis aussi longtemps que mon frère et lui, la réponse est non.

— C'est marrant, j'avais cru comprendre qu'ils avaient tous fait leurs études ensemble.

Olivia prit le sèche-cheveux sous le lavabo et l'alluma à la puissance maximale. Pendant qu'elle séchait ses cheveux blonds, elle poursuivit en haussant le ton :

— Non, Trevor et Gavin sont allés à la fac ensemble. Trevor travaille sous les ordres de Dillon, mais ça, tu le sais.

Emily hocha la tête.

— Quand mon frère a commencé à travailler chez Morgan et Buckingham, Dillon était déjà courtier dans la boîte. C'est comme ça que mon frère a fait la connaissance de ton crétin de copain. (Olivia rit, et Emily prit un air exaspéré.) Quand Trevor préparait sa validation du certificat de sécurité de la finance pour devenir courtier, Dillon lui a demandé s'il connaissait quelqu'un avec un gros compte en banque. Pour impressionner son supérieur, mon frère a présenté Dillon à Gavin, et tu imagines la suite. Ils sont amis depuis trois ans.

— Très sympa. *Ou pas du tout,* se dit Emily.

— Blake Industries est censé être le plus gros portefeuille dont Dillon soit responsable.

Emily haussa les épaules.

— Et alors ? La belle affaire.

— Alors... tu peux remercier Gavin pour une partie de l'argent que ton copain gagne.

Emily repensa aux nombreuses nuits que Dillon passait au bureau pour garantir un revenu décent à ses clients. Même si Gavin jouait un rôle dans l'aisance financière de Dillon, son petit copain ne tirait pas uniquement son argent de Blake Industries. Elle se contenta d'un signe de tête reconnaissant.

— Je te remercie pour cet historique enrichissant de la vie de ces trois hommes. Très aimable à toi.

Elles éclatèrent de rire.

Alors qu'Emily allait sortir de la salle de bains, Olivia l'arrêta en disant :

— Tu veux entendre quelque chose d'amusant, cocotte ? C'est Gavin qui devait accompagner mon frère le week-end où il est venu à la fac, pas Dillon. C'est dingue, c'est avec lui que tu sortirais s'ils n'avaient pas changé de plan.

Regardant son amie dans les yeux, Emily lui fit un petit sourire. La sonnerie de son téléphone interrompit ce court silence. Elle se rendit dans la cuisine pour répondre. C'était Dillon qui annonçait qu'il l'attendait en bas.

Emily s'empara de son sac à main et se dirigea dans l'entrée tandis qu'Olivia lui envoyait un baiser d'au revoir.

— Tu es magnifique, souffla Dillon dans les cheveux d'Emily tandis qu'ils pénétraient dans la salle d'un petit restaurant pittoresque niché sur la rive de Liberty State Park où les vagues clapotaient paisiblement. (La main posée sur le creux de ses reins, il lui mordilla l'oreille.) Je compte bien t'enlever cette jolie robe rouge dès que possible.

Amusée par ses avances, Emily se hissa sur la pointe des pieds pour l'embrasser en gloussant.

— Ça ne me dérangerait pas.

Elle prit un bref instant pour admirer ses traits, soupirant de plaisir devant son physique juvénile. Ses cheveux blond foncé étaient ébouriffés comme si elle venait de passer la main dedans, et ses yeux noisette lui évoquaient un mélange parfait de caramel et de chocolat.

Il avait réservé une table donnant sur la mer pour l'occasion. Le restaurant disposait de l'une des plus belles vues sur la Statue de la Liberté. Le serveur les guida vers une terrasse bordée d'arbres et d'un paysage naturel à peine perceptible dans la pénombre. La vue sur le port sous les étoiles coupa le souffle à Emily. Bien que ce soit le début du mois de juillet, ce soir-là, une brise fraîche soufflait.

Après avoir savouré deux verres de vin rouge chacun, Dillon regarda Emily. Elle rabattit une mèche de cheveux derrière son oreille. Elle sentit ses joues s'empourprer et sourit.

— Qu'est-ce qu'il y a ? demanda-t-elle.

Tendant le bras sur la nappe, il lui prit la main et caressa ses phalanges de son pouce.

— Tu n'as vraiment pas idée de ta beauté.

Il inclina subtilement le buste au-dessus de la table.

— Dis donc, tu te donnes du mal pour parvenir à tes fins, ce soir.

Avec un petit rire, il lui serra la main plus fort.

— Touché. Mais je sais déjà que je vais être gâté.

Emily secoua la tête, et pouffa malgré elle.

— Je te sens d'humeur séductrice, aujourd'hui.

Haussant les épaules, il s'adossa à sa chaise avec décontraction.

— Oui, c'est vrai. Mais comment ne pas l'être ? (Il désigna son décolleté discret de la tête.) Même si je préférerais que tu portes une tenue qui te couvre un peu plus.

Emily ajusta les bretelles de sa robe pour remonter l'échancrure.

— C'est si terrible que ça ?

— Eh bien, je n'aime pas partager ce qui est à moi. (Il s'éclaircit la gorge et but une gorgée de vin.) Mais parlons d'autre chose avant que je te prenne sur la table. Comment s'est passée ta journée ?

Tâchant d'éviter son regard, Emily suivit le rebord du verre avec deux doigts.

— Plutôt bien.

— Qu'est-ce qui t'arrive ?

— Je me sens mal à l'aise maintenant, Dillon, répondit-elle en jetant des regards autour d'elle.

— Emily, ce n'est pas ce que je voulais dire.

Il tendit le bras pour lui redresser le menton du doigt. Elle finit par le regarder dans les yeux.

— Je n'aime pas que les autres te matent. Tu es splendide, mais comme je l'ai déjà dit, tu es à moi.

— Très bien, je ferai plus attention à l'avenir. (Elle fit un faible sourire.) Mais pour être honnête, moi ça me plaît que d'autres femmes te regardent.

— Ah, vraiment ?

— Tout à fait. Je sais que nous sommes ensemble et c'est tout ce qui compte.

— Eh bien les hommes ont d'autres choses en tête quand ils te lorgnent comme ça.

Le serveur interrompit leur conversation en apportant une autre bouteille de vin et deux assiettes de bœuf Wellington. La suite de la conversation porta sur le projet de Dillon de l'emmener visiter quelques endroits de la ville. Elle était impatiente de vivre tout cela avec lui.

Quand le serveur revint débarrasser, il proposa la carte des desserts à Emily, avec un accent français prononcé.

— Le chef conseille le panachage façon crème brûlée.

— Ça m'a l'air parfait, répondit Emily en lui rendant la carte.

Les pleurs lointains d'un bébé attirèrent l'attention de Dillon. Il jeta un œil à Emily.

— Ce bébé me rend dingue. Tu tiens vraiment à prendre un dessert ?

Emily sourit timidement, lançant un regard vers le couple qui essayait de calmer leur enfant.

— Ce n'est qu'un bébé, Dillon. Et oui, j'en ai envie.

Dillon releva la tête d'un geste sec et fixa le serveur.

— Très bien, apportez-lui la crème brûlée. Mais pourriez-vous déplacer ces gens avec le bébé qui hurle ?

Sa brusquerie fit perdre son sourire à Emily.

— Je suis désolé, monsieur, mais je ne peux pas faire ça, répondit le serveur, mal à l'aise.

Le regard de Dillon s'endurcit.

— Alors il doit bien y avoir un manager à qui je pourrais parler.

Stupéfaite, Emily intervint. Elle leva les yeux vers le serveur.

— Ce ne sera pas nécessaire. Pourriez-vous me préparer le dessert à emporter ? Merci.

— Ce dessert risque de couler dans une boîte, mademoiselle. Puis-je vous conseiller le cheesecake à la place ?

— Oui, c'est très bien. Je vous remercie.

Le serveur hocha la tête et se précipita en cuisine. Emily arracha sa serviette et la jeta sur la table.

— Enfin, Dillon, c'est quoi, ce manège ?

Il s'agita sur sa chaise, tentant de détacher son attention du couple et du bébé en pleurs. Il se massa les tempes.

— Je suis désolé. J'ai eu une dure journée.

— Ce n'est pas une raison. C'était vraiment gênant, souffla-t-elle en appuyant son dos contre le dossier.

— J'ai dit que j'étais désolé, Em. Je suis épuisé, je bosse tard en ce moment.

Assaillie par la culpabilité, elle lui prit la main.

— Je sais que tu travailles dur. Mais que feras-tu quand nous aurons des enfants ?

Le serveur revint avec le dessert et l'addition. Dillon lui tendit sa carte de crédit. Un petit sourire se dessina sur son visage.

— Ça m'ennuierait qu'une grossesse abîme ton corps magnifique.

— Eh bien, je veux avoir des enfants un jour, alors tu devras supporter mon corps abîmé.

Une fois debout, il boutonna sa veste de costume et tendit la main à Emily. Elle se leva aussi.

— Nous avons le temps d'y penser, mon trésor, murmura-t-il près de sa joue. Viens, j'ai une surprise pour toi.

Emily le suivit sur les quais qui passaient devant le restaurant, admirant la vue. Les lumières à travers les fenêtres des gratte-ciel, l'émerveillaient. Une brise vivifiante souffla sur sa peau lorsqu'elle ôta ses escarpins pour éviter de coincer ses talons entre les planches.

La main dans la sienne, Dillon lui tenait ses chaussures et l'entraînait au bout du quai. Il la prit par la taille.

— Joyeux anniversaire. Je t'aime tant, Emily.

Il lui tendit une boîte en velours.

Le cœur d'Emily battit la chamade et elle se mit à trembler.

— Dillon... je... nous, bafouilla-t-elle sans parvenir à terminer sa phrase.

La tête inclinée sur le côté, il rit doucement.

— Tu viens de parler d'avoir des enfants avec moi, Em. (Il dégagea avec tendresse les cheveux de son visage.) Mais ce n'est pas ce que tu crois.

Poussant un soupir audible, Emily le fixa. Ses yeux d'un brun familier ne la quittaient pas. Elle ouvrit la boîte, révélant des boucles d'oreilles ornées d'un diamant d'un carat si belles qu'Emily retint son souffle. Dillon les sortit de l'écrin, enleva celles qu'Emily portait, et plaça les nouvelles sur ses lobes. La tête baissée, elle toucha l'un des diamants.

Dillon effleura sa joue.

— Elles sont magnifiques sur toi. (Il baissa la tête pour la forcer à le regarder dans les yeux.) Même si j'ai cru que tu allais t'évanouir quand je t'ai offert la boîte.

— Elles sont superbes. Merci beaucoup. Je me suis juste sentie un peu... nerveuse. Je ne sais pas si je suis prête à me marier.

Un petit sourire aux lèvres, il posa la main dans le creux de ses reins et l'attira vers lui.

— Prépare-toi, mon chou, parce que, bientôt, je t'épouserai.

Tandis que son souffle lui balayait l'oreille, il en dessina le contour avec sa langue. Enfonçant les mains dans ses cheveux, elle l'embrassa. Il lui rendit son baiser avec fougue, posant les mains sur sa taille et la pressant contre lui.

Sentant qu'elle s'enflammait trop pour rester correcte, Emily s'écarta et lui prit la main.

— Viens, on y va, dit-elle dans un souffle, tentant d'apaiser la vague de désir qui la submergeait. Discutons avant que je te saute dessus en public.

— D'accord, mais on arrête de parler dès qu'on arrive chez moi. (Il la déshabilla d'un regard séducteur.) Alors, de quoi allons-nous discuter… ah, oui, tu as bien posé tes congés mercredi, jeudi et vendredi ?

Emily s'arrêta net, fronçant les sourcils de confusion.

— Pour quoi faire ?

— La fête du 4 juillet chez Gavin. Nous t'en avons parlé hier soir.

— Oui, mais pourquoi veux-tu que je prenne trois jours de congé ?

Dillon la prit par la taille et la guida vers sa Mercedes.

— Parce que ce n'est pas une fête du 4 juillet comme les autres. (Il lui ouvrit la portière.) Chez Gavin, ça dure trois jours. Nous dormirons sur place, et nous rentrerons vendredi matin.

Emily s'installa dans la voiture et il referma la portière. À l'idée de passer deux nuits chez Gavin dans les Hamptons, son ventre se serra. Elle s'était préparée à le revoir puisque, après tout, c'était un ami de Dillon, et qu'il était inévitable qu'ils se croisent de temps à autre. Mais ça, c'était une autre paire de manches.

Dillon prit place à côté d'elle et le moteur s'anima en ronronnant. Se mordant la lèvre, Emily le regarda.

— Je ne peux pas m'absenter si longtemps, Dillon. J'ai parlé de mercredi à Antonio, et ça ne le dérange pas, mais ça m'étonnerait qu'il soit d'accord pour que je prenne plusieurs jours.

— Dans ce cas, j'irai lui dire deux mots, affirma-t-il avec un ton supérieur.

— Je lui demanderai en allant travailler demain, répondit-elle avec autorité… Ne t'avise pas d'aller lui en parler.

— Oh là ! rit-il, en lâchant le volant pour lever les mains en signe de reddition. Emily, c'était pour te rendre service.

Levant les yeux au ciel, elle appuya la tête contre la vitre. Si jamais Antonio acceptait, comment diable pourrait-elle survivre à deux nuits chez Gavin sans perdre la tête ?

5

Les faces cachées

— Mais enfin, Emily, tu as vu tout ce que tu as pris ? demanda Olivia en découvrant la valise de son amie. C'est seulement pour deux nuits, ma biche.

Tandis qu'elle terminait de ranger son maquillage dans une trousse, Emily releva la tête.

— Je n'ai pas pris tant d'affaires que ça.

— On dirait que tu as casé toute une petite ville là-dedans, la taquina Olivia en se rapprochant. (Rejetant sa chevelure blonde sur le côté, elle fronça les sourcils avec exagération.) Mais c'est vrai, tu vas passer quarante-huit heures aux côtés de Gavin alors tu vas avoir besoin d'un certain nombre de tenues. Il paraît qu'il aime la lingerie noire.

— Tu en fais des caisses, Liv. Tu veux bien arrêter de tirer des plans sur la comète ?

Emily entra dans la cuisine avec son sac, suivie par Olivia qui lui chatouilla les flancs. Sursautant, Emily rit en se tortillant.

— Au fait, merci, c'est cool de m'avoir prévenue que c'était la grosse bringue pendant deux jours. J'ai de la chance que Fallon puisse me remplacer.

Levant les mains en signe de défense, Olivia haussa les épaules.

— J'ai cru que tu étais au courant.

Après avoir donné un coup bref à la porte, Dillon passa la tête à l'intérieur.

— Tout le monde est habillé ici ?

Emily passa un doigt en travers de sa gorge en articulant le nom de Gavin.

Olivia acquiesça d'un air complice.

— Pour tout te dire, nous ne sommes pas visibles. Tu sais que j'aime les femmes, maintenant. Je tiens ta copine bras et jambes écartés sur la table de la cuisine.

Emily secoua la tête en riant.

— C'est vrai, j'avais oublié, Olive... Olivia, je veux dire. (Dillon alla rejoindre Emily.) Tous les spécimens masculins t'ont bannie.

— Va te faire foutre, Ducon, je veux dire, Dillon. C'est le contraire. *Je* les ai bannis, siffla Olivia en prenant son sac à dos. Et ma copine va me rejoindre alors tu ferais bien de faire attention à ce que tu dis, *trouduc*.

Dillon rit et lui sourit malicieusement.

— La limousine est arrivée.

— La limousine ? répéta Emily, confuse.

— Je te l'ai dit, bébé, c'est une fête déjantée du début à la fin. (Lorsque Dillon souleva la valise d'Emily, elle était si lourde que son biceps se contracta.) Gavin nous en envoie une tous les ans. Et il se trouve que oui, elle nous attend en bas. Allons-y. Il est déjà presque 3 heures, et l'heure de pointe va virer au cauchemar.

Dillon les devança jusqu'à l'ascenseur.

Emily prit Olivia par le coude et murmura :

— *Il* est dans la limousine ?

Secouant vivement la tête, Olivia répondit à voix basse :

— Non, il a dû dormir sur place hier soir pour s'occuper des derniers préparatifs dès le réveil.

Quand ils sortirent de l'immeuble, Emily découvrit la somptueuse limousine Hummer gris et noir. Le chauffeur tenait la portière ouverte avec un immense sourire. Il les déchargea de leurs bagages qu'il rangea dans le coffre.

Emily grimpa derrière Olivia, et elles s'assirent sur la longue banquette de cuir noir. Sans perdre de temps, Dillon alla droit au bar illuminé et se servit un verre.

— Jamais le dernier à picoler, Ducon... euh, Dillon, fit remarquer Olivia en s'examinant dans un miroir de poche.

Il lui décocha un sourire glacial.

— Tu te prends pour qui ? Ma mère ?

Emily poussa un profond soupir.

— Vous voulez bien arrêter, tous les deux ?

— C'est elle qui a commencé.

Comme si elle était retombée en enfance, Olivia fronça le nez et lui tira la langue.

Secouant la tête, Emily poussa un autre soupir.

— Bon, c'est loin ?

— C'est dans l'East Hampton. Il faut compter dans les trois heures de route avec la circulation. (Olivia prit ses aises et étira les jambes sur la banquette en cuir.) Mais Em, ça vaut le coup. C'est un vrai paradis, juste à côté de la plage.

— On passe prendre Trevor en chemin ? demanda Emily.

Olivia secoua la tête.

— Non, il est chez nos parents, il les aide à faire je ne sais quoi. Il nous rejoindra dans la soirée.

— Il y aura combien de personnes ?

Dillon prit Emily sur ses genoux et sourit.

— Ce soir, pas tant que ça. C'est un tour d'échauffement avec quelques amis. (Il but une gorgée de whisky sur glace.) Mais demain, ça sera différent. Il y a plus de cent invités, tous bourrés de fric.

Olivia rit en regardant Dillon.

— Tu es bien placé pour le savoir. Tous les ans, tu essaies de décrocher un nouveau client en t'immisçant dans le portefeuille d'un richard. Tu te débrouilles comme un pro dans ces soirées.

Son regard s'endurcit, mais Emily posa les mains sur sa bouche.

— Je ne veux plus vous entendre de tout le trajet.

Au cours des heures suivantes, tandis que son anxiété atteignait des sommets insoutenables, Emily observa le paysage de banlieue remplacer la métropole de béton et d'acier. Ils passaient devant des arbres en fleurs, de l'herbe et des pavillons, tout ce qui lui rappelait sa terre natale. Cette ambiance lui manquait depuis qu'elle vivait en ville.

Le décor de classe moyenne finit par se disperser, cédant la place à des demeures tentaculaires bâties en bordure de l'océan Atlantique. C'était le genre de maisons qu'elle avait vues dans des magazines. Emily ouvrait de grands yeux devant leur beauté évidente. Elle baissa la vitre pour respirer l'air iodé. Le chauffeur se gara devant une allée serpentée fermée par un portail. Il parla dans l'interphone puis la grille en fer forgé s'ouvrit lentement, laissant la limousine pénétrer dans la propriété. Derrière le portail s'étendait une vaste pelouse, et des arbres luxuriants bordaient l'allée pavée. Un jardin semé de fleurs de toutes les couleurs égayait le devant de la maison. Les colonnes massives flanquant une porte magistrale en ébène attirèrent l'attention d'Emily. Sur le côté, en contrebas, se trouvaient un terrain de tennis et de basket-ball. Dans le lointain, le soleil faisait scintiller l'océan. Cette image apporta à Emily un sentiment de paix – ne serait-ce que pendant un court instant.

Olivia lança un glaçon au visage de Dillon pour le réveiller de la sieste qu'il faisait après avoir trop bu. Elle rit avec Emily en le regardant cligner les yeux. Il considéra Olivia d'un air vengeur. Le chauffeur ouvrit la portière, puis ils sortirent l'un après l'autre. Dillon s'étira la nuque en bâillant. Il donna une tape dans le dos du chauffeur à qui il remit un pourboire.

Emily mit sa main en visière pour se protéger les yeux tout en admirant la massive demeure de pierre. Bien qu'elle soit stupéfiante, elle se demanda pourquoi une seule personne avait besoin d'autant d'espace. Tandis qu'elle se posait cette question, la raison de son nouvel accès d'angoisse et de sa respiration saccadée apparut sur le perron.

Torse nu.

Le cœur d'Emily faillit s'arrêter. Alors que Gavin venait à leur rencontre, elle ne put s'empêcher d'apprécier cette vision. Comme en transe, elle scruta ses abdos nettement dessinés, ses muscles formant des blocs durs des épaules aux hanches. Le V qui s'enfonçait sous son maillot de bain blanc relança les battements de son cœur.

Il avait un physique de marathonien – long et élancé – assez athlétique pour susciter le désir de n'importe quelle fille. C'est à ce moment-là qu'elle remarqua qu'il la dépassait d'une quinzaine de centimètres. Devant son bronzage doré, elle se surprit à se mordre l'intérieur de la joue, presque jusqu'au sang. Cerise sur le gâteau, un tatouage représentant un dragon finement dessiné jaillissait de son caleçon pour s'enrouler vers la gauche, autour de sa cage thoracique.

En cet instant, elle n'eut plus qu'une seule pensée : *Où commence ce tatouage, exactement ?*

Le feu aux joues, elle sentit ses jambes se tendre sous l'effet des tourbillons de désir dont elle avait bien conscience. Elle déglutit pour réhydrater sa bouche soudain asséchée, et se reprocha aussitôt d'être aussi nerveuse en sa présence. Il était sexy, interdit, dangereux, totalement désirable – et elle le savait.

Un sourire contagieux aux lèvres, Gavin descendit les marches du perron. Il serra la main à Dillon et fit un signe vers la limousine qui quittait la propriété.

— Vous avez fait bonne route ? J'espère que mon chauffeur s'est bien occupé de vous.

— Il s'occupe toujours bien de nous, répondit Dillon en s'emparant de son bagage et de celui d'Emily, que le chauffeur avait sortis du coffre.

Olivia prit Gavin par le cou et le serra dans ses bras.

— Alors, comment ça va, mon gars ?

Elle lui murmura quelques mots à l'oreille et pouffa de rire.

Emily crut deviner ce qu'elle venait de lui dire lorsque Gavin lui lança un bref regard, un sourire espiègle se dessinant sur ses lèvres. Il se tint le menton et rit, les yeux baissés et en secouant la tête. Il reporta son regard sur Emily.

— Je suis content que tu aies pu venir. Dillon m'a dit que tu ne pourrais peut-être pas rester les trois jours.

— Mais j'ai des relations, blagua Emily.

Si elle rit, ce n'était pas parce que sa blague l'amusait mais parce que son agitation devenait incontrôlable.

— Mmm, c'est toujours utile de connaître du beau monde, répondit-il en la fixant dans les yeux quelques secondes de plus. (Prenant une profonde inspiration, il se passa la main dans les cheveux.) Bon, allons faire la fête.

Les deux femmes emboîtèrent le pas aux hommes. Emily lança un regard à Olivia, sachant qu'elle avait dit quelque chose à Gavin sur leurs précédentes rencontres. Cette dernière rit et battit des cils comme une princesse tandis qu'elles marchaient vers la maison.

L'entrée à deux niveaux, avec une envolée de marches se déployant de part et d'autre du hall, était étonnamment chaleureuse et accueillante. Emily se surprit à chercher la vue splendide sur l'océan qu'elle finit par apercevoir au bout du couloir. La lumière du soleil entrait en abondance par les fenêtres hautes entourant l'arrière de la maison. Au milieu du salon trônait une cheminée en pierre à deux faces. Les parquets lustrés en merisier se prolongeaient vers une cuisine bien équipée, toute en granit noir. La bibliothèque, la salle de billard et la salle à manger étaient aménagées dans des tons de terre profonds. L'émerveillement d'Emily était flagrant. Olivia lui pressa le bras avec un grand sourire.

— Je t'avais bien dit que c'était somptueux. Et tu n'as pas encore vu la salle vidéo, le premier étage et l'oasis à l'arrière.

Le souffle coupé, Emily hocha la tête et suivit Dillon dans la chambre qu'ils allaient partager à l'étage. Olivia avait raison. En haut, c'était tout aussi époustouflant. L'étage était décoré dans les mêmes teintes chaudes. Emily eut le sentiment d'entrer dans un spa quand elle pénétra dans leur salle de bains en suite. Le mobilier européen et la douche en marbre encastrés, les parois vitrées allant du sol au plafond lui donnèrent envie de faire l'impasse sur la piscine pour se prélasser dans un bain de vapeur.

Dillon se prépara un verre dans le coin cuisine de leur chambre, et dit à Emily de le rejoindre dans le jardin, derrière la maison. Elle hocha la tête tout en farfouillant dans ses affaires. Après s'être généreusement enduite de crème solaire, elle passa son bikini noir, noua un paréo autour de sa taille et sortit dans le couloir.

Traversant le hall, Gavin fit une halte pour prendre ses lunettes de soleil sur l'îlot de la cuisine. Lorsqu'il aperçut Emily qui descendait les marches, il eut le tournis. Quelque chose vrilla en lui, lui brûlant le ventre d'une manière intime.

Lui qui avait pris la décision de la chasser de son esprit, c'était raté !

Il suffisait qu'il la regarde pour avoir du mal à respirer. Il lui était impossible de concentrer son attention sur un détail de son physique plutôt qu'un autre. Il la survola lentement du regard, prenant le temps d'admirer sa silhouette avantageuse. Il était prêt à parier que ses cheveux auburn drapés sur son haut de maillot de bain avaient de quoi provoquer un arrêt cardiaque au plus sain des hommes. Il ferma les yeux en s'exhortant à penser à autre chose. Quand il les rouvrit, elle se tenait encore là, mais dès que leurs regards se croisèrent, elle tourna la tête. Sans se laisser décourager, il sourit et alla la rejoindre au pied de l'escalier.

Emily s'arrêta sur la deuxième marche, d'où elle fixa Gavin. Ses yeux l'engloutissaient. Ils étaient vifs, hypnotiques et ourlés d'épais cils noirs. Elle esquissa un sourire timide.

— Salut, dit-elle, le souffle court malgré elle.

L'énergie entre eux était palpable. Gavin le sentit, et il était convaincu qu'elle aussi. Il s'humecta les lèvres et la fixa un instant.

— Salut.

L'intensité manifeste de ses prunelles la laissait sans voix. Elle porta le regard sur l'océan qui s'étalait de l'autre côté des fenêtres et attendit qu'il bouge.

À son grand regret, Gavin dut constater qu'il la rendait nerveuse. Il aspira sa lèvre inférieure entre ses dents et posa une main hésitante sur la rampe.

— Je sais que la situation est assez particulière. (Il se tut un instant et sourit.) Enfin, même plus que ça, mais je voulais te dire que ça me fait autant flipper que toi. (Son visage s'adoucit et l'inquiétude assombrit son visage.) Mais surtout, j'aimerais que tu te sentes à l'aise ici. Que tu te détendes.

Emily prit une profonde inspiration sans le quitter du regard, consciente que c'était presque impossible. Elle avait besoin de quelque chose pour détourner son attention de ses yeux bleus perçants.

Elle descendit la dernière marche, s'efforçant de paraître nonchalante.

— C'est gentil de t'inquiéter pour moi mais honnêtement, ça va.

Gavin croisa les mains derrière sa nuque et lui sourit.

— Tu es sûre ?

— Tout à fait certaine, répondit-elle en cherchant le chemin de la piscine des yeux.

— C'est par ici, dit Gavin en lui indiquant une direction. Je vais t'accompagner. J'aimerais te présenter à quelques amis qui sont dehors.

Ses lunettes de soleil à la main, il la guida à l'extérieur.

Dans une grande inspiration, Emily laissa l'air iodé lui picoter les narines. Une piscine et un jacuzzi donnaient sur le rivage de l'Atlantique. De la colline sur laquelle la maison était bâtie, la vue était fabuleuse. Une cheminée extérieure, une cabane renfermant un bar et un pavillon d'invités agrémentaient ce paradis en plein air. Emily suivit Gavin vers l'endroit où Dillon et Olivia bavardaient avec deux hommes.

Dès que Dillon remarqua sa présence, il s'excusa auprès du groupe. À son air, elle comprit qu'il désirait lui parler en privé. Confuse, Emily inclina la tête sur le côté. Elle s'apprêta à parler mais se ravisa dès qu'elle vit son expression de plus près.

Il avait l'air furieux.

Olivia leva les yeux au ciel en secouant la tête, signifiant son agacement. Emily sourit aux deux hommes, dont elle n'avait pas encore fait la connaissance, et suivit Dillon sur la pelouse.

— Tu joues à quoi, Em ? demanda Dillon en la scrutant de la tête aux pieds une fois qu'ils furent assez éloignés des autres. Merde, c'est quoi cette tenue ?

Elle s'efforça de contrôler sa voix.

— Et toi, Dillon, à quoi tu joues ?

— À rien, putain. Je ne joue pas. Nous en avons déjà parlé. Tu n'as pas de maillot une pièce ?

— Non, mais j'ai un bikini et un paréo.

Soufflant d'exaspération, il se frotta le visage de ses deux mains.

— Aie au moins la décence de remonter enfiler un short.

— Sûrement pas, souffla-t-elle, les mains sur les hanches. Tu exagères. Il fait une chaleur à crever, il y a une piscine dans laquelle j'ai prévu de me baigner et j'ai envie de bronzer.

— Je suis sérieux, Emily. Si jamais l'un de ces types te mate...

Elle examina son comportement la tête penchée. Son ton ne laissait pas la place à la discussion, et la dernière chose qu'elle désirait, c'était qu'il se saoule et cherche des noises aux autres. Elle s'éloigna sans lui accorder un seul regard, et monta faire ce qu'il lui avait demandé. Fulminant, elle choisit le short en jean le plus court et le plus moulant de sa garde-robe. Pour couronner le tout, elle garda ostensiblement son haut de bikini.

Lorsqu'elle regagna le jardin, Olivia se prélassait dans une chaise longue rembourrée et parlait au téléphone. Emily se dirigea vers les quatre hommes, adressa un sourire sournois à Dillon et lui demanda poliment de lui servir un rhum-Coca light. Visiblement, sa tenue ne le réjouissait pas, mais l'expression d'Emily lui suggérait de faire avec. Se pliant à sa demande, il alla lui servir son verre.

Gavin regarda Dillon d'un mauvais œil avant de baisser les yeux sur le short d'Emily. Il savait que Dillon l'avait obligée à se changer. Il serra les dents, sans comprendre pourquoi son ami ne pouvait pas être fier d'elle. Toutefois, il fit un sourire charmant à Emily en la regardant dans les yeux.

— J'aimerais te présenter mes amis Chris et Joe. Les gars, c'est Emily, la copine de Dillon.

Elle leur serra la main en souriant. Notant qu'ils pouvaient passer pour des frères – leurs yeux, leurs cheveux et les traits de leur visage étaient d'une ressemblance frappante – elle demanda :

— Vous avez un lien de parenté ?

Chris prit la parole, l'air étonné.

— Excellent sens de l'observation. Nous sommes cousins.

Il passa la main dans ses cheveux blonds.

Joe fit un petit sourire en coin et tapota le dos de Chris.

— Oui, malheureusement, nos mères sont sœurs.

Emily se joignit à leur rire. Elle apprit qu'ils étaient tous deux allés au même lycée que Gavin et Trevor. Ils étaient partis vivre en Floride où ils avaient monté une entreprise d'aménagement paysager après avoir obtenu leurs diplômes universitaires. Quand Dillon revint avec son verre, elle s'excusa et alla s'installer dans un transat avec Olivia.

— Em, il commence vraiment à devenir...

Emily l'interrompit d'un geste.

— S'il te plaît. Laisse tomber pour l'instant, Liv.

Olivia se redressa sur un coude et fronça les sourcils.

— Laisse tomber ?

— Oui, s'il te plaît. Je n'ai pas envie de parler de ça, d'accord ?

— Je laisse tomber, copine, mais Cornichon est officiellement un gros connard, fit-elle remarquer en remontant ses cheveux en chignon. (Elle s'empara de sa crème solaire et l'appliqua sur sa peau laiteuse.) Et tu vas devoir apprendre à t'imposer avec lui.

Ignorant la remarque d'Olivia, Emily regarda les vagues se fracasser sur le rivage. Tout en prenant un bain de soleil, elle se concentra sur la musique de Bob Marley qui jouait en fond sonore, annonçant qu'il venait d'abattre le shérif.

Au cours des heures suivantes, le regard de Gavin, en proie à une lutte intérieure, passait d'Emily à Dillon. Autour de la table, il se positionna de manière à avoir une vue dégagée sur le visage d'Emily tout en faisant la conversation avec ses amis. Cependant, ses pensées revenaient sans cesse sur sa main douce contre ses lèvres lorsqu'il l'avait embrassée quelques jours plus tôt. Quand elle riait avec Olivia, son regard débordait d'admiration.

Son sourire lui faisait l'effet d'une drogue dure, et sa voix lui semblait céleste. Malgré les coups d'œil furtifs qu'ils échangèrent dans la journée, Gavin se contenta de l'admirer de loin, de crainte de rendre la situation plus compliquée qu'elle ne l'était déjà.

Au coucher du soleil, le petit groupe sursauta quand une explosion retentit à l'avant de la maison. C'était Trevor qui annonçait son arrivée par un petit feu d'artifice avant de surgir dans le jardin. Un grand sourire aux lèvres, il apparut d'un pas détendu en criant sa phrase fétiche :

— Me voilà ! Que la fête commence !

Tina, la petite amie d'Olivia, arriva peu de temps après lui. Olivia bondit sur ses pieds en poussant des petits cris et l'embrassa sur la bouche pour faire savoir aux hommes qu'elles étaient ensemble. L'ignorant, Chris ne se gêna pas pour lorgner la jolie rousse. Olivia lui donna une tape sur le bras tandis qu'elle se dirigeait vers Emily :

— Tina, je te présente ma meilleure amie, Emily.

— Ah, je suis ravie de te rencontrer, dit Tina en souriant. J'ai tellement entendu parler de toi. C'est sympa de mettre enfin un visage sur ton nom.

Emily se leva pour lui serrer la main.

— Moi aussi, ça me fait plaisir. Je vois que tu as réussi à venir jusqu'ici sans te perdre. Olivia avait peur que tu n'aies du mal à trouver la maison.

Tina embrassa Olivia sur la joue.

— Mon trésor, tu t'inquiétais pour moi ?

Olivia rougit.

— Évidemment.

Dillon vint rejoindre Emily dès que les deux filles se furent éloignées. Il soupira en la prenant dans ses bras.

— Mon bébé, je m'excuse pour tout à l'heure. J'ai été idiot. Tu me pardonnes ?

Elle fouilla son regard, cherchant à comprendre l'origine de son brusque revirement.

— Je me suis posé des questions. Tu n'étais jamais comme ça avec moi quand je vivais encore dans le Colorado, Dillon.

— Je sais, Em, chuchota-t-il en lui prenant la main. (Il la porta à ses lèvres et la maintint là.) Je t'aime tellement, tu sais. J'ai peur de te perdre, c'est tout.

— Je ne vais pas disparaître. Je t'aime plus que tu n'as l'air de le croire, Dillon. J'ai eu assez confiance en nous pour venir vivre près de toi. Ça devrait suffire à te rassurer.

Lui tenant la nuque, il rapprocha son visage.

— Tu as raison.

Il se pencha pour l'embrasser, et elle accepta sans réfléchir ce petit moment de réconciliation. Dillon s'écarta et caressa ses cheveux.

— Je vais me calmer, je te promets.

Emily lui adressa un petit sourire, espérant qu'il tienne promesse. Dillon lui donna une tape badine sur les fesses, l'embrassa une nouvelle fois et l'informa qu'il allait jouer au billard avec Chris et Joe. Elle le suivit du regard tandis qu'il disparaissait dans la maison.

Elle alla ensuite rejoindre Olivia et Tina qui se câlinaient sur une chaise longue, surexcitées d'être réunies. Au même instant, Gavin lança un jeu de cartes sur la table devant Emily.

Il lui sourit avec malice.

— Trevor m'a dit que tu aimais jouer au poker.

Emily consulta Trevor du regard lorsqu'il prit une chaise. Elle reporta son regard sur Gavin.

— J'apprécie particulièrement l'une des variantes.

— Je vois... et laquelle tu préfères exactement ? demanda Gavin en posant une boîte en ébène remplie de jetons sur la table.

— J'opterais pour le Texas Hold'em.

— Mmm, très bien. C'est mon préféré. (Il s'assit en face d'elle.) On joue ?

Il déballa le jeu de cartes.

— On joue.

— Nous allons juste vous regarder, intervint Olivia.

Elle décocha un sourire aguicheur à Emily, qui répondit en secouant la tête.

— Vous vous prenez pour des spécialistes, tous les deux, mais je suis à peu près certain de vous ruiner, dit Trevor en les lorgnant par-dessus la monture de ses lunettes. (Il lança un billet de cent dollars sur la table.) Je suis un pro certifié. Vous ne pourrez pas dire que je ne vous ai pas prévenus.

Gavin prit un air exaspéré.

— Nous jouons de l'argent ? demanda Emily.

— Ah ça, oui. (Gavin lança un billet de cent dollars sur la table.) Je mise pour toi.

— Ce n'est pas la peine, répondit Emily en se levant. Je vais emprunter de l'argent à Dillon.

— Ne t'en fais pas pour ça. Je lui demanderai de me le rendre quand je vous aurais vidé les poches, à toi et à Trevor, dit Gavin en lui faisant l'un de ses sourires qui creusaient ses fossettes.

Trevor était trop occupé à battre le jeu pour réagir à son défi, mais Emily, qui ne faisait rien de ses mains, nota son sourire renversant. Elle se rassit après un moment d'hésitation et le lui rendit.

— Parce que tu crois que tu vas me battre ?

Une expression narquoise se dessina sur son visage.

— J'en suis convaincu.

Avec un large sourire, Emily s'adossa à sa chaise.

— Nous allons voir ça, monsieur Blake.

Sa façon de prononcer son nom de famille provoqua en lui des émotions difficilement contrôlables. Il se lécha les lèvres en la fixant et battit le jeu.

Une fois les cartes distribuées, les verres servis et sous le regard d'Olivia et de Tina, la partie commença. Pendant l'heure qui suivit, Gavin et Emily raflèrent tous les jetons de Trevor. Ils ne manquèrent aucune occasion de se moquer de ses prétentions de départ.

— Bon, d'accord, mais je tiens à signaler que je suis méchamment éméché. C'est pour ça que je ne suis pas en possession de tous mes moyens, se défendit Trevor avant d'aller s'allonger aux côtés d'Olivia et de Tina. Amusée, Olivia consola son frère en partageant un shot de tequila avec lui.

— Trop facile, le coup du « j'ai joué comme un nul parce que j'ai trop bu », s'amusa Gavin.

Trevor secoua la tête avec un air vaincu.

— Je suis allé la chercher loin, celle-là.

Gavin termina sa bière avant de répondre.

— Pas faux. Mais c'est vrai que ça m'est souvent arrivé, admit-il en distribuant les cartes.

Ils se jaugèrent un instant pour deviner lequel des deux avait la meilleure main, puis Emily s'éclaircit la voix.

— Je suis.

Elle poussa sa pile croissante de jetons au milieu de la table en le défiant d'un grand sourire. Gavin l'observa tout en tapotant paresseusement sa bouteille vide. Tentant de détacher son regard d'elle, Gavin considéra son jeu. Il avait deux rois dont l'un était déjà sur la table. Se penchant en avant, il inclina la tête sur le côté en souriant.

— Pas très futé, mademoiselle Cooper.

Emily se pencha à son tour, imitant son espièglerie. Elle eut plus de mal que prévu à soutenir son regard imperturbable.

— On a peur de suivre ?

Olivia, Tina et Trevor les observaient, la curiosité crispant leurs visages. Gavin fit un petit sourire et poussa sa pile de jetons à côté de la sienne.

— Je cède à la peur pour très peu de choses dans la vie, et ton bluff n'en fait pas partie. (Il retourna ses cartes en riant.) J'aimerais te présenter mes amis : Larry, Moe et Curly.

Olivia poussa un cri de surprise.

— Oh, merde, tu es dans le pétrin, Em. Il t'a fait le coup des Trois Stooges[1].

Feignant d'être horrifiée, Emily écarquilla les yeux.

— Ah oui, on dirait bien. (Elle tapota le bord de ses cartes.) Mais comme j'ai trois as, je crois que je ne vais pas si mal que ça.

Elle disposa ses cartes en éventail sur la table, son visage s'illuminant d'un grand sourire satisfait.

Le petit groupe, y compris Gavin, partit d'un éclat de rire. Avec un grand sourire, Emily s'empara des trois cents dollars de la mise et les ficha dans son short. À cet instant, la tension qui contractait les épaules de Gavin et d'Emily – due à la collision de leurs univers – disparut comme elle était venue.

Un peu plus tard, Chris, Joe et Dillon vinrent les retrouver. Gavin raconta sa triste défaite à Dillon, qui décocha un sourire de fierté à Emily. Tout le monde aida Gavin à débarrasser les verres. Avant l'arrivée des autres invités, les garçons avaient coutume de partir pêcher au petit matin, à bord du bateau de Gavin. Il leur parut donc judicieux de se coucher tôt. Ils se souhaitèrent une bonne nuit avant que chacun se dirige vers sa chambre.

Il était plus de 1 heure du matin quand Emily se leva. Les ronflements de Dillon, accentués par l'alcool, l'empêchaient de dormir. Décidée à se rendormir, elle avait essayé de lui donner des coups de coude, d'allumer la télévision, et même de poser un oreiller sur son visage pour étouffer le bruit. Rien n'avait marché. Persuadée

---

1. Troupe comique américaine du milieu du XXe siècle.

qu'un bol d'air frais l'aiderait peut-être à trouver le sommeil, elle ouvrit la porte-fenêtre du balcon.

Elle ressentit aussitôt l'appel de l'océan et marcha jusqu'au bout du balcon pour scruter les vagues dans le lointain qui se fracassaient contre les dunes de sable. Tandis que ses sens s'emplissaient des bruits, des odeurs et de la vue, le « coucou » de Gavin la fit sursauter.

Elle pivota sur elle-même, une boucle de cheveux se coinçant entre ses lèvres, et le découvrit assis dans un fauteuil de jardin.

— Mon Dieu ! cria-t-elle plus fort qu'elle ne l'aurait voulu.

— Non, c'est Gavin. Gavin Blake, répondit-il d'un air pince-sans-rire en prenant une bière dans un pack de six. Même si, dans certaines situations privées, il est arrivé qu'on m'appelle Dieu.

Il rit. Grognant d'une manière peu féminine, Emily se joignit à son amusement.

— Tu en fais trop.

— Tu trouves, toi aussi ?

— Oui, vraiment, répondit-elle avant de se tourner vers la porte. Je n'avais pas remarqué que les balcons communiquaient. Je vais te laisser tranquille.

— Mais non, reste. Prends une bière avec moi.

Le cœur tambourinant, elle alla vers lui. Il lui décapsula une bouteille.

— Merci, dit-elle en s'enfonçant dans un fauteuil à côté de lui.

— Mais je t'en prie. Alors, comment se fait-il que tu sois sur le balcon à cette heure de la nuit ?

— Tu ne l'entends pas ?

Confus, Gavin regarda autour de lui.

— Euh, j'entends les vagues.

— Tu as de la chance alors, soupira-t-elle, parce que moi, les ronflements de Dillon me vrillent les tympans.

— Ah, je vois. (Pouffant de rire, il posa les pieds sur une petite ottomane.) Nous avons du coffre, nous, les hommes.

Emily secoua la tête et but une gorgée de bière.

— J'ai tout essayé à part l'étrangler.

Gavin hocha la tête et lui fit un clin d'œil.

— Mmm, bonne idée. Comme ça, tu seras de nouveau célibataire.

— Ne sois pas méchant, le taquina-t-elle.

— Bien, madame, répondit-il.

Pendant quelques minutes, ils écoutèrent le roulement lointain des vagues. Le ciel dégagé offrait une vue magnifique sur les étoiles, et une brise estivale rafraîchissante balayait le balcon.

— Je ne t'ai pas vue te baigner aujourd'hui, fit remarquer Gavin en prenant une autre bière. (Il fit sauter la capsule qu'il jeta dans un pot de fleurs en terre cuite qui en contenait déjà plusieurs.) Tu n'aimes pas la plage ?

— J'adore ça. (Elle prit une profonde inspiration en portant son regard vers l'océan.) Les journées que j'ai passées sur la plage avec ma mère font partie de mes meilleurs souvenirs.

La poitrine de Gavin se serra. Il savait que sa mère était décédée. Lorsqu'ils étaient en boîte, il avait eu l'intention de lui dire quelques mots à ce propos mais il avait trouvé le moment inopportun. Il continua de la fixer en cherchant ses mots. Il se tourna face à elle.

— Je suis désolé pour tout ce que tu as dû endurer, son décès..., finit-il par dire à voix basse.

Elle ramena ses genoux sous son menton et lui lança un regard.

— Merci.

— Si ça ne t'ennuie pas, j'aimerais que tu me racontes vos journées sur la plage, dit-il d'une voix douce et prudente tout en la regardant dans les yeux.

Elle fit un pâle sourire.

— Vraiment ?

Il hocha la tête et lui rendit son sourire.

— J'en serais honoré.

Elle prit le temps de rassembler ses pensées.

— Eh bien, quand j'étais petite, elle a économisé pendant toute une année pour nous emmener visiter Santa Cruz. Elle avait loué un petit appartement sur la plage, et nous passions toutes nos journées au grand air. Nous passions des heures à faire voler nos cerfs-volants, ou à faire du vélo sur la promenade. (Elle se tut un instant et sourit.) Elle aimait faire des anges de sable, comme ceux que l'on fait dans la neige.

Ce souvenir la fit rire, et elle essuya une larme.

— Emily, je..., murmura Gavin. (Elle le regarda.) Je n'avais pas l'intention de te faire de la peine. Excuse-moi.

— Ce sont... des larmes de soulagement, Gavin. Ça fait un moment que je n'ai pas parlé d'elle. Ça ne me fait pas de peine.

Ses mots le frappèrent d'admiration. Fouillant son regard, il trouva des traces de bonheur mélangé à un chagrin incommensurable. Il sentit son cœur fondre. Il mourait d'envie de lui caresser les cheveux et de la consoler ; de la serrer dans ses bras et de chasser sa peine.

— Ce sont de merveilleux souvenirs, on dirait.

— Oh oui, merveilleux, c'est le mot, répondit-elle en regardant droit devant elle. C'était dur de la voir malade pendant des mois et des mois, mais pour te dire la vérité, quand elle a poussé son dernier soupir, j'ai éprouvé de l'apaisement. Elle était enfin en paix. (Essuyant une autre larme, Emily le regarda puis reporta son attention sur l'océan.) À un moment donné, le matin, j'espérais même découvrir qu'elle était partie dans son sommeil et qu'elle n'avait plus mal. J'éprouve de la culpabilité d'avoir pensé ça, mais je ne supportais plus de la voir souffrir.

Gavin renoua avec des émotions qu'il n'osait plus éprouver depuis longtemps. Il se retrouva de nouveau à chercher ses mots. Sa voix n'était plus qu'un murmure.

— Je sais que nous avons peut-être l'air d'appartenir à des mondes différents mais nous avons quelque chose en commun. (Il hésita à aborder le sujet. Emily semblait troublée.) Nous avons failli perdre ma mère d'un cancer du sein quand j'avais douze ans.

Emily resta sans voix. Sa confidence la sortit de son propre chagrin.

Dans un moment d'audace, poussé par le simple besoin de la toucher, il se pencha pour essuyer ses larmes. Emily ne bougea pas.

— Je me souviens de ce que je ressentais en la voyant malade, en souffrance. La peur de ne pas savoir ce que la vie serait sans elle, je ne l'oublierai jamais, même si je sais qu'un jour, je devrai l'affronter. Je me souviens d'avoir ressenti la même chose que toi. Je voulais que ça cesse, qu'elle meure pour être en paix ou qu'elle aille mieux. Je ne supportais plus de la voir dans cet état. Et je me maudissais de penser ça. Emily, je veux juste que tu saches que ce que tu as ressenti – ce que nous avons ressenti tous les deux, c'est une réaction humaine tout à fait normale.

Reniflant, elle lui lança un regard, remarquant la sensualité de son visage sans défauts, accrue par le chagrin. Derrière ses yeux bleus se cachait l'âme d'un homme qui avait eu sa part de chagrin, et Emily se demandait ce qui était pire : perdre sa mère d'un cancer ou vivre, comme lui, dans la peur d'une récidive.

Le regard marqué par l'inquiétude, Gavin se pencha pour l'observer de plus près. Il affichait un faible sourire.

— Maintenant que j'ai réussi à foutre une belle soirée en l'air en te faisant pleurer, pourquoi ne pas jouer à un jeu pour alléger l'ambiance ?

Emily éclata d'un rire profond né d'un vaste mélange d'émotions.

— Tu n'as pas foutu la soirée en l'air.

Elle se leva, essuya ses dernières larmes et étira les bras au-dessus de sa tête.

— J'en avais besoin, crois-moi.

Il se leva à son tour et sourit.

— Bon, très bien. Alors tu veux bien jouer à un jeu avec moi ?

Un petit sourire en coin, elle le considéra avec méfiance.

— Quel genre de jeu Gavin Blake pourrait-il bien proposer ? Et pas de réponse ambiguë !

— Mmm, pas facile à satisfaire, cette requête.

Avec un sourire espiègle, sans rien ajouter, il ramena le pot en terre cuite rempli de capsules de bière au milieu du balcon. Il lui demanda de s'asseoir par terre en tailleur, à trois mètres du pot. Intriguée, elle suivit ses instructions. Il ouvrit les portes de sa chambre et disparut un court instant. Assise, Emily se demanda ce qu'il faisait. Quand il revint, il tenait un sweat-shirt dans une main, et un sac de congélation contenant d'autres capsules dans l'autre. Il lui lança le pull sur la tête en gloussant.

— Tu as froid, on dirait. Mets ça.

Il s'assit en tailleur à côté d'elle, leurs genoux se frôlant.

Elle enfila le sweat-shirt en souriant. Pendant un bref instant, elle tenta de chasser son parfum de sa mémoire. Il lui rappelait le moment qu'ils avaient passé dans l'ascenseur. Elle chercha à identifier ces odeurs – un mélange d'eau de toilette, de gel douche et d'après-rasage lui vint à l'esprit.

— Comment s'appelle ce jeu ?

Gavin la regarda dans les yeux. Sous le halo de la lune, ses yeux verts paraissaient angéliques.

— C'est assez difficile à prononcer, répondit-il lentement, fixant ses lèvres tout en s'appliquant à dominer l'attrait fascinant qu'elle avait sur lui.

— Essayons toujours.

Baissant la voix, il répondit avec une hésitation volontaire :

— Ça s'appelle... « Jeter... la... capsule... de la... bouteille... dans... le pot... qui est... juste là. »

Tentant d'ignorer ses murmures excitants, Emily lui donna un coup de coude.

— Ouah, tu es un vrai petit malin, hein ?

— De toutes les manières possibles et imaginables. (Il lui donna deux capsules.) C'est toi qui commences.

N'y voyant rien dans l'obscurité, Emily fronça le nez pour se concentrer. Elle lança la première, et manqua son but de plus d'un mètre. Ils rirent de concert. Quand ce fut le tour de Gavin, il ferma les yeux et mit dans le mille.

— C'est une simple supposition, alors excuse-moi si je me trompe, mais j'ai l'impression que tu joues souvent à ce jeu, fit-elle remarquer.

— Oh, je n'y ai joué que deux fois.

Emily relança et rata le pot d'une trentaine de centimètres.

— Deux fois, mon œil. Il y a au moins cinq cents capsules dans ce truc.

Gavin lui fit un sourire malicieux.

— Pas loin. En fait, il y en a plus de mille.

— Tu bois tant que ça ?

Il gloussa.

— Beaucoup d'étés, beaucoup de fêtes plus beaucoup d'amis, ça fait une énorme collection.

Elle secoua la tête.

— En parlant de collection, j'ai remarqué tous les véhicules dans l'allée. Une moto, une BMW, une Bentley, et je ne connais pas le nom de l'autre.

— C'est une Nissan GT-R, l'informa-t-il en souriant.

— Oui, une Nissan GT-R, rit-elle. Les garçons et leurs joujoux !

Se frottant le menton, il la regarda brièvement dans les yeux.

— N'avons-nous pas tous des vides à combler d'une façon ou d'une autre ?

Prise de court, Emily scruta son visage sans savoir comment réagir. Il lui fit un sourire et, avec décontraction, lança avec succès un bouchon dans le pot. Elle sentait qu'elle ne pouvait pas saisir le non-dit derrière sa remarque. L'image qui lui vint alors à l'esprit fut celle de l'oignon. Gavin Blake était constitué de nombreuses couches. Certaines étaient authentiques, d'autres étaient des pièces d'une armure métallique dont il se barricadait.

Après plusieurs lancers ratés et plusieurs éclats de rire, Gavin remarqua qu'il était plus de 3 heures du matin. Se levant, il tendit la main à Emily pour l'aider à se mettre debout.

Sa voix se fit plus douce que le cachemire le plus raffiné.

— Même si on a commencé sur une note… triste, j'ai passé un super moment avec toi, Emily, déclara-t-il en la fixant intensément.

Elle sentit la chaleur de son regard la réchauffer intérieurement et extérieurement. Elle détacha lentement sa main de la sienne et, se massant la nuque, elle le fixa dans les yeux.

— Moi aussi, Gavin.

Il sourit, s'éloigna, alla ouvrir la porte-fenêtre de sa chambre et disparut après un dernier regard.

Se mordillant la lèvre, elle se faufila dans sa chambre où Dillon dormait.

Et ronflait toujours.

Après avoir refermé la porte-fenêtre, elle s'adossa contre la vitre, prise de panique, le souffle court une fois de plus. Se passant la main dans le cou, elle s'appliqua à rationaliser ce qui l'attirait de manière viscérale chez Gavin, mais elle était trop fatiguée pour trouver ne serait-ce qu'un début d'explication.

6

Feu d'artifice

Encore endormie, Emily remarqua à peine qu'on frappait à la porte et que Dillon grognait. Ouvrant péniblement un œil, elle aperçut la tête de Trevor dans l'entrebâillement.

— Putain, cria Dillon d'une voix bourrue. Il est quelle heure, bordel ?

— Celle d'aller pêcher, répondit Trevor trop joyeusement pour une heure aussi matinale.

Dillon se passa la main sur le visage, lança un regard noir à Trevor et tourna la tête vers Emily.

— Tu te lèves ?

Discernant le réveil entre ses paupières lourdes, Emily vit qu'il n'était que 7 heures. Elle resserra le duvet autour d'elle.

— Pas tout de suite, grommela-t-elle en roulant sur le côté. Va prendre ta douche, j'irai après.

En rogne de devoir se lever aussi tôt, Dillon se leva et alla d'un pas traînant dans la salle de bains.

Emily entendit la porte claquer derrière Trevor.

Comme le soleil qui filtrait dans la chambre menaçait de la réveiller pour de bon, elle enfouit son visage dans le pli de son coude. Prenant une profonde inspiration, elle respira le parfum paradisiaque, enivrant, ensorcelant de Gavin tandis qu'elle essayait de se rendormir.

Gavin ? Mais comment... ?

Se rendant compte qu'elle portait toujours son sweat-shirt, elle se redressa. Elle se dépêcha de l'enlever, bondit hors du lit et le casa dans le tiroir de la table de nuit.

D'une main tremblante, elle se frotta les yeux en évitant d'imaginer la réaction de Dillon s'il s'était aperçu qu'elle portait le vêtement de son ami. Au bout de quelques minutes, remise de cet accès d'anxiété, elle se recoucha en soupirant mais ne réussit pas à se rendormir.

Toujours en ronchonnant, Dillon sortit de la salle de bains. Emily nota sa mine fatiguée, pâle et hagarde. Après avoir tenté de l'apaiser en le massant, elle l'embrassa sur la joue et sauta sous la douche. Quand elle ressortit, elle le trouva étendu sur le lit en tee-shirt et bermuda, le bras ramené sur les yeux.

— Qu'est-ce que tu vas faire pendant que je serai à la pêche ? demanda-t-il d'une voix éraillée.

— Je vais traîner avec Liv et Tina jusqu'à ce qu'elles partent, répondit-elle en branchant le sèche-cheveux. Elles ont prévu de passer la journée chez les parents de Tina, en ville.

Bougonnant, il se leva et sortit d'un pas mal assuré. Quand Emily descendit, il était 8 h 15. Dillon était assis à l'îlot de la cuisine, la tête entre ses bras croisés, grommelant.

Gavin sourit à Emily par-dessus son journal. Comme chaque fois qu'il la voyait, ses sens se mirent aux abois. Il sentit son rythme cardiaque s'accélérer tandis qu'elle approchait. Le tissu blanc soyeux de la robe bain de soleil qui caressait ses cuisses, contrastant sur sa peau hâlée, lui coupa le souffle.

Gavin s'éclaircit la gorge.

— Il a promis de ne plus jamais ingurgiter de whisky si les dieux de l'ivresse l'aident à tenir le coup jusqu'à ce soir. (Il rit et but une gorgée de café.) Il n'a jamais bien supporté l'alcool.

— Va te faire foutre, Gavin, siffla Dillon, la tête dans les bras.

Gavin gloussa et regarda Emily.

— Tu veux du café ?

— Oui, avec plaisir. Merci, répondit-elle en prenant place à côté de Dillon.

— Mais de rien.

Gavin se leva, prit une tasse dans le placard, la remplit et se dirigea vers le réfrigérateur. Jetant un œil à Emily par-dessus son épaule, il lui adressa un doux sourire entendu.

— Laisse-moi deviner. Tu m'as l'air du genre à prendre du lait et du sucre avec ton café.

Elle ouvrit la bouche pour parler mais se ravisa. Secouant la tête, elle lui répondit d'un simple sourire. Gavin haussa les sourcils d'un air espiègle et lui apporta sa tasse. Lorsqu'elle voulut la prendre, il lui glissa quelque chose dans la main. Elle lança un regard en direction de Dillon, qui évitait toujours la lumière du jour. Gavin posa le café devant elle et se rassit.

Ouvrant la main, Emily découvrit l'objet-mystère : une capsule de bière. Elle coula un regard à Gavin, qui buvait son café avec décontraction, journal en main, un petit sourire sur les lèvres. Elle secoua la tête et lui rendit son sourire.

Lorsqu'on sonna à la porte, Dillon se redressa et pivota vivement. Il geignit lorsque Gavin alla ouvrir. Emily le vit accueillir deux hommes qui, l'apprit-elle, étaient de sa famille. Le plus jeune était beau garçon. Il avait des traits fins et des cheveux de la même couleur que Gavin, bien qu'il soit plus massif. Le plus âgé, lui, était le sosie de Gavin – avec vingt ans de plus et quelques cheveux blancs. Tandis qu'ils entraient dans la cuisine, il affichait un grand sourire avec une aisance naturelle.

En ricanant, l'aîné arqua les sourcils qui surplombaient ses yeux bleus et tapota le dos de Dillon.

— Tu n'as pas l'air en grande forme, mon petit.
— Bonjour, monsieur Blake, articula Dillon en se levant pour lui serrer la main. Oui, j'ai un peu forcé sur la bouteille hier soir.
— Eh bien, prépare-toi à boire encore plus aujourd'hui, gamin, railla-t-il en brandissant une bouteille de Grand Marnier et deux cannes à pêche.
Secouant la tête, Dillon regarda Gavin en souriant.
— Ton père veut me tuer en me faisant boire, si je comprends bien ?
— Je suis certain que ce n'est pas son intention, dit Gavin en reprenant place. Pas vrai, P'pa ?
— Bien sûr que non ! (Il jeta un coup d'œil vers Emily avec un sourire charmeur.) Qui est cette belle demoiselle ?
Dillon la prit par la taille.
— C'est ma petite amie, Emily. Emily, je te présente le frère de Gavin, Colton, et son père, Chad.
— Je suis enchantée de faire votre connaissance, dit-elle en leur serrant chaleureusement la main.
— Emily, tu n'aurais pas une sœur pour mon frère ? demanda Colton en indiquant Gavin du pouce. (Ce dernier leva les yeux au ciel et termina son café.) Ma mère veut le marier rapidement.
— Malheureusement, je n'en ai qu'une et elle est déjà prise, répondit Emily avec amusement.
Colton passa le bras sur les épaules de son frère.
— Bon, pas grave, frangin, on continue les recherches.
Les bras croisés, Gavin soupira et accueillit la prétendue mission de son frère d'un air exaspéré.
Trevor, Joe et Chris vinrent se joindre au groupe.
— C'est quoi, cet accoutrement ? demanda Gavin en découvrant la tenue de Trevor.
Trevor, qui portait son plus beau chapeau de pêche et un gilet auquel étaient suspendus des hameçons et des petits vers en plastique, renifla d'un air hautain.

— Laisse tomber, mec. (Il remplit une tasse en polystyrène de café et se tourna vers Gavin.) Au moins, moi j'arrive à mettre le pied sur un bateau.

Tous les hommes, sauf Gavin, partirent d'un grand éclat de rire. Gavin secoua la tête avec un sourire amusé mais ne releva pas. Trevor lui donna une tape dans le dos.

— Gavin Blake serait-il devenu muet ?

Se levant pour aller remplir sa tasse, ce dernier sourit.

— Allez-y, cassez-moi du sucre sur le dos, salopards. Mais pour ma défense, je tiens ça de ma mère.

— Tu ne fais pas de bateau ? s'étonna Emily.

Gavin sourit, d'une manière qui fit pétiller ses yeux.

— D'un point de vue technique, je pourrais, mais pas quand la mer est agitée comme ce matin. (Il but une gorgée de café.) J'ai une légère tendance à souffrir du mal de mer.

Dillon se leva.

— Une légère tendance ? Tu en viens à prier les dieux de la mer d'arriver à bon port sans vomir tes tripes.

Secouant la tête, Gavin lança les clés du bateau à son père.

— Bon, déguerpissez de ma maison, tous autant que vous êtes. Y compris toi, P'pa, ajouta-t-il prestement.

Amusé, Chad donna une tape sur l'épaule de son fils. Les blagues et les rires fusaient tandis qu'ils se préparaient. Après avoir vérifié qu'ils avaient pris suffisamment de glace, de nourriture, d'alcool et de lombrics pour tenir jusque dans l'après-midi, ils se déclarèrent prêts à partir. Emily accompagna Dillon jusqu'à la porte et l'embrassa en lui recommandant d'y aller doucement sur la bouteille. Elle regarda le groupe disparaître dans l'air matinal.

Après avoir refermé la porte, Emily s'apprêtait à monter pour aller réveiller Olivia et Tina, mais Gavin lui demanda de venir lui tenir compagnie.

Tout en marchant vers lui, elle se mit en garde intérieurement. La nuit dernière, elle avait un peu trop apprécié le moment qu'ils avaient partagé, et à cause de ça, elle avait développé autre chose qu'une attirance physique. Lorsqu'elle était près de lui, des picotements d'un genre inédit la parcouraient, et une étrange anxiété l'imprégnait jusqu'aux os – encore plus qu'avant.

Et ça... c'était mauvais signe. Tout en s'asseyant près de lui, elle ignora sa chevelure ébouriffée comme s'il venait de faire l'amour. Ça lui donnait un air encore plus excitant.

Se passant les mains dans cette chevelure suggestive, il posa le journal et sourit.

— Je pense qu'il serait bon de te prévenir que dans peu de temps, la maison va devenir légèrement... chaotique.

— Comment ça se fait ? demanda-t-elle en triturant l'ourlet de sa robe. Je croyais que tes invités n'arriveraient pas avant 15 heures ?

Gavin coula un regard sur ses cuisses, puis se concentra sur son visage. Il déglutit.

— Eh bien, les traiteurs et l'entreprise qui installe les tentes ne vont pas tarder. Si tu veux, nous pouvons descendre à la plage ou nous baigner dans la piscine. (Emily s'agita sans toutefois détacher son regard de lui.) Enfin, je veux dire, toi... tu peux aller à la plage ou à la piscine, s'empressa-t-il de se corriger.

Oh, la barbe. Il se mordit la lèvre.

Elle observa sa bouche trop intensément, et repoussa son siège de l'îlot avant de se lever.

— Oui, je vais voir. (Elle se dirigea vers l'escalier.) Je vais aller... euh... réveiller Olivia et Tina.

Il hocha la tête tandis qu'elle grimpait les marches en trottinant.

Emily donna un coup bref à la porte, et Olivia lui brailla d'entrer. Elle découvrit qu'elles étaient déjà prêtes à partir.

— Pourquoi vous préparez déjà vos affaires ? demanda Emily. Je croyais que vous ne partiez pas avant 15 heures.

Olivia lança ses derniers articles dans son sac à dos.

— La mère de Tina est malade. Elle nous a demandé de venir plus tôt pour l'aider à faire la cuisine. (Elle s'étira.) Oh, je n'ai pas hâte de reprendre la route.

Emily pinça les lèvres et s'écroula sur le lit. Soupirant, elle s'adossa contre un oreiller, l'air troublé.

Olivia la regarda.

— Pourquoi, ça t'ennuie qu'on s'en aille ? Tu savais que je ne resterais pas.

— Gavin n'est pas parti pêcher avec les autres et je vais être coincée ici seule - avec lui.

— Ah oui, il a le mal de mer, j'avais oublié. (Elle esquissa un sourire.) Pourquoi ça te perturbe de rester seule avec lui ? Ça me semble être l'occasion idéale de... de passer un bon moment.

— Arrête ça, Olivia ! cracha Emily. Ça ne m'amuse plus.

Olivia eut l'air d'avoir été prise la main dans le sac. Emily se leva et passa devant elle en sortant. Longeant le couloir, elle se rendit dans sa chambre, lança sa valise sur son lit et commença à faire ses bagages. Olivia entra dans la pièce d'un pas prudent.

— Qu'est-ce que tu fabriques, Emily ?

— Je pars avec vous, répondit-elle sans réfléchir. Je ne veux pas rester ici avec lui.

Olivia la prit par les épaules.

— Copine, tu veux bien te calmer ? (Emily se dégagea et continua de ranger ses affaires.) Em, sa mère, sa belle-sœur, sa nièce et son neveu ne vont pas tarder à arriver. Vous ne serez pas que tous les deux.

Emily s'arrêta aussitôt de rassembler ses affaires. Elle se laissa tomber sur le lit et se massa les tempes pour mettre de l'ordre dans ses pensées.

Olivia s'assit à côté d'elle.

— Qu'est-ce qui te tracasse ?

Emily secoua la tête et répondit dans un murmure :

— Ça m'ennuie d'aimer autant sa façon de me regarder, Liv. Je vis mal d'être incapable d'arrêter de le fixer. Je ne supporte pas qu'il soit l'ami de Dillon et que nous soyons tous ici ensemble. (Elle regarda Olivia dans les yeux et se tut un instant.) Et pour commencer, je déteste avoir ce genre de soucis. Je suis tellement reconnaissante à Dillon. Je ne devrais pas penser à son ami de cette façon.

Posant les mains sur les épaules d'Emily, le visage d'Olivia se radoucit.

— Tout d'abord, tu dois cesser de croire que tu es redevable à cet abruti. Il a fait ce que n'importe quel ami correct aurait fait. Rien de plus.

Emily ferma les yeux et déglutit, empêtrée dans la conviction que Dillon avait été d'une générosité sans limites. Cependant, elle ne se sentait pas le courage de protester.

— Mais je t'assure que la famille de Gavin va bientôt débarquer. Et puis comment expliquerais-tu à Cornichon que tu es partie sans prévenir ?

Emily réfléchit à cette question. Olivia marquait un point. Si elle se prétendait souffrante, Dillon manquerait une bonne journée puisqu'il rentrerait à New York pour être avec elle. S'obligeant à prendre une longue inspiration, elle se leva et sortit un livre de sa valise.

— Bon, je vais rester là et lire jusqu'à ce qu'ils arrivent.

Olivia sourit en se levant.

— Fais comme tu le sens. (Elle sortit après avoir enlacé Emily.) Je t'aime.

Emily se roula en boule sur le lit, ouvrit son livre et s'efforça de se détendre.

— Je t'aime aussi, Liv.

C'est précisément ce qu'elle fit. Elle lut ce livre. Jusqu'au bout même, puis elle le reprit depuis le début mais finit par s'assoupir lors de sa seconde tentative d'oublier la menace qui se trouvait dans la maison. Il était un peu plus de midi quand elle entendit des portières de voiture claquer. Par une petite fenêtre, elle vit deux femmes marcher vers la maison, suivies de deux enfants.

Apaisée, Emily se décida à descendre. Gavin avait raison. La maison fourmillait de serveurs en tenue noir et blanc qui préparaient une avalanche de nourriture. Comme elle ne le trouva pas dans la cohue, elle sortit dans le jardin. Sous une douzaine de vastes tentes blanches, des ouvriers dépliaient des nappes rouge, blanc et bleu sur des tables tout en braillant des titres de chanson à un DJ qui installait son matériel dans un coin. Au centre de chaque table trônaient d'énormes compositions festives faites d'étoiles argentées plantées dans des bouquets de ballons patriotiques.

Scrutant la foule, Emily croisa le regard de Gavin à l'autre bout du jardin. Il lui sourit, et l'invita à venir le rejoindre d'un geste. Il la regarda s'approcher d'un œil inquiet, et se pencha pour lui parler à l'oreille.

— Tout va bien ? Olivia m'a dit en venant me dire au revoir que tu n'étais pas en forme, murmura-t-il.

— J'ai eu un coup de mou, mais ça va maintenant.

Il la considéra sans conviction.

— Tu es sûre ? (Elle hocha la tête en souriant.) Bon, dis-moi si tu as besoin de quoi que ce soit, d'accord ?

— Bien sûr, merci.

— Pas de problème. (Il se tourna vers l'une des femmes qu'Emily avait vue entrer dans la maison.) Maman, j'aimerais te présenter Emily, la petite amie de Dillon. Emily, voici ma mère, Lillian.

— Je suis très heureuse de vous rencontrer, madame Blake.

Alors qu'Emily lui tendait la main, elle fut agréablement surprise de constater qu'elle préférait l'embrasser.

— Appelez-moi Lillian, s'écria-t-elle, ses grands yeux verts pétillant. Mme Blake, ça me donne l'impression d'avoir cent ans, et j'en suis encore loin.

Elle dégageait une chaleur vibrante d'énergie.

— Très bien, enchantée, Lillian.

— En voilà une fille bien.

Emily sourit en détaillant son visage saisissant. Elle n'aurait jamais pu deviner que Lillian avait deux enfants adultes ou qu'elle avait un jour été malade, qui plus est d'un cancer. Ses cheveux châtains, qui chatoyaient sous le soleil, étaient relevés d'une manière qui mettait son visage en valeur. Avec ses pommettes saillantes et sa peau dorée sans défaut, il était difficile de lui donner un âge.

— Ma belle-sœur, Melanie, doit être dans les parages, l'informa Gavin tout en scrutant le jardin.

Avant qu'il n'ait eu le temps de demander à sa mère où elle se trouvait, son neveu et sa nièce surgirent sans prévenir et lui sautèrent sur le dos. Se roulant dans l'herbe avec eux, Gavin regarda Emily en riant.

— En attendant, voilà ses enfants.

— Tonton Gavin ! Arrête de me fatouiller ! cria la petite fille d'une voix aiguë, ses boucles blondes lui fouettant le visage alors qu'elle tournait la tête de droite à gauche sous ses attaques comiques.

— Je vais t'aider, Teresa ! s'exclama le petit garçon.

Comme un vrai héros s'élançant à la rescousse d'une demoiselle en détresse, il entreprit de chatouiller son oncle.

Emily et Lillian les contemplaient en riant. Après plusieurs tonneaux, les deux enfants finirent par remporter la bataille de chatouilles en associant leurs efforts. Gavin se rendit en implorant leur compassion puisqu'ils étaient deux fois plus nombreux que lui.

Il se releva en brossant son maillot de bain parsemé de brindilles et regarda Emily.

— Ces deux foufous sont ma nièce et mon neveu, Teresa et Timothy.

Il plongea aussitôt vers eux en faisant semblant de relancer la lutte. Ils reculèrent d'un bond en gloussant. Gavin leur passa le bras autour des épaules.

— Je vous présente Molly... euh, non, Emily. (Celle-ci secoua la tête en piquant un fard.) Vous avez intérêt à être gentils avec elle. Je crois qu'elle n'est pas d'humeur à être attaquée par vous deux aujourd'hui.

La petite fille leva les yeux vers elle et tira sur sa robe.

— Z'aime bien ta robe, Emimine.

Emily s'accroupit et sourit à la jolie petite fille au visage recouvert de taches de son.

— Moi aussi, j'aime bien ta robe, Teresa.

— Tu avais la même que moi quand tu avais krois ans ?

— Pas aussi jolie que la tienne.

Teresa passa les bras autour du cou d'Emily, manquant la faire tomber en arrière. Emily rit en serrant l'enfant dans ses bras.

Comme un petit gentleman, Timothy lui tendit la main.

— Tu es l'amoureuse de tonton Gavin ?

Emily leva un visage souriant vers Gavin puis serra la main du petit garçon.

— Non, je suis l'amoureuse de son ami.

— Nous sommes zumeaux, annonça le garçonnet avec fierté.

— C'est ce que je me disais. Eh bien, vous êtes les jumeaux les plus adorables que j'aie jamais rencontrés.

— Tu viens nager avec nous, Emimine ? demanda Timothy, ses yeux noisette pétillant tandis qu'il dégageait une mèche blonde de son front.

— Euh...

Le petit garçon sourit en attendant sa réponse avec impatience. Elle lui pinça délicatement le nez.

— Je crois que oui. Laisse-moi juste aller mettre mon maillot de bain et je vous rejoins.

Les deux enfants sautèrent sur place, applaudissant de joie.

Emily se fraya un chemin parmi les ouvriers et monta se changer. Préférant prendre des mesures pour éviter de faire enrager Dillon, elle passa un tee-shirt rouge et gris de l'université de l'Ohio par-dessus son bikini. Après s'être démaquillée, elle redescendit rapidement.

Les deux enfants – qui se baignaient déjà avec Gavin – l'aspergeaient tandis qu'il faisait le requin. Il leva les mains au-dessus de la tête et plongea vers eux.

— Emmimine est là ! cria Teresa.

Gavin regarda Emily en rabattant ses cheveux mouillés vers l'arrière.

— Tu aimes mon interprétation des *Dents de la mer* ?

— C'est pas mal, répondit-elle en entrant dans l'eau. Mais je pense que je peux faire mieux que toi.

Avec un petit sourire, il la considéra d'un air incrédule.

— Tu crois ça ?

— Non, je rigole, dit-elle en souriant.

Il rit et alla chercher un gros ballon gonflable multicolore.

— Et si on jouait un match amical de volley-ball aquatique ? Les filles contre les garçons, évidemment, précisa-t-il avec malice.

Emily redressa le menton d'un air de défi.

— Allons-y, Blake.

Les deux équipes se positionnèrent de part et d'autre du filet, et la partie commença. Les enfants poussèrent des cris suraigus quand Emily sauta pour faire rebondir le ballon sur la tête de Gavin, faisant tomber ses lunettes de soleil. Après les avoir récupérées au fond de l'eau, il fixa Emily et sourit en préparant sa vengeance. Elle tapa dans la main de Teresa pour fêter leur victoire et adressa un petit sourire narquois à Gavin, contente d'elle-même et d'avoir remporté un point pour l'équipe des filles.

Passant le bras autour des épaules de Timothy, Gavin lui murmura quelque chose à l'oreille. Il lança ses lunettes de soleil sur un transat et décocha un regard espiègle à Emily. Voyant qu'il fomentait quelque chose, elle secoua la tête en riant. Avant qu'elle n'ait pu prévenir Teresa de se méfier de la prochaine action de son oncle, une vague la fouetta au visage - merci, Gavin.

Elle sursauta et cracha de l'eau. Avec un petit sourire, elle riposta en lui envoyant une gerbe d'eau. Timothy saisit l'occasion pour lancer le ballon de toutes ses forces et marquer un point. Stupéfiée par son attaque soudaine, Teresa fondit en larmes. Sans hésiter, Gavin nagea vers elle pour la prendre dans ses bras.

Il alla s'asseoir en haut des marches de la piscine en la berçant.

— Teresa, tonton Gavin est désolé, mon trésor. Je ne voulais pas te faire peur.

— Tonton Gavin, tu as fait bobo à Emimine, renifla-t-elle.

— Mais non, Teresa, il ne m'a pas fait mal. (Emily lui tendit les bras pour l'inviter à venir s'asseoir à côté d'elle.) Il m'a juste arrosée.

Teresa renifla encore.

— Tonton Gavin est vilain, tu devrais le taper.

Les yeux écarquillés, Gavin prit un air choqué.

— Tu crois qu'elle devrait me taper ?

Teresa pouffa de rire en hochant la tête. Gavin regarda Emily en haussant les épaules puis il tendit le bras.

— Colton et Melanie sont en train de faire de vous des enfants cruels. Vas-y, frappe.

Souriant, Emily fit semblant de le châtier, puis Gavin de se plaindre. Teresa repartit à rire, satisfaite de la punition.

— Maman m'a dit que tu faisais pleurer ma fille, Gavin ?

Celui-ci se retourna en souriant.

— Salut, Mel. Bah oui, je lui ai fait peur mais ça va maintenant. Pas vrai, choupinette ?

Il chatouilla les orteils de la petite fille.

Poussant des cris, elle lui donna des coups de pied pour se dégager.

— L'amoureuse de tonton Gavin l'a tapé pour moi.

D'un geste, Melanie enjoignit à Timothy de sortir de l'eau. Elle rejeta ses longs cheveux blonds sur le côté et, l'air intrigué, adressa un sourire à Gavin.

— Ce n'est pas mon amoureuse, corrigea Gavin en se relevant. C'est la petite amie de Dillon. Emily, je te présente Melanie, ma merveilleuse belle-sœur.

Sans lâcher la main de Teresa, Emily se leva en souriant.

— Enchantée.

— Tout le plaisir est pour moi, dit-elle en lui rendant son sourire.

— Tes enfants sont adorables.

— Merci, mais tu risques de changer d'avis quand ils se bagarreront pour un jouet ou quelque chose du genre.

Emily rit. Melanie se tourna vers Gavin, un petit sourire timide sur les lèvres. Il coula vers elle un regard menaçant, comme pour l'avertir de ne pas aller sur ce terrain. L'ignorant, elle se retourna vers Emily.

— Emily, tu n'aurais pas une sœur ou une amie qui voudrait sortir avec Gavin, par hasard ?

Emily le consulta du regard.

— C'est un truc de famille ?

Croisant les bras, il acquiesça.

— Bingo.

Souriant, Emily regarda Melanie.

— J'ai bien une sœur mais elle est déjà mariée. Je peux toujours en parler à quelques copines.

— Parfait, répondit Melanie en posant la main sur le bras de Gavin. (Teresa tira sur la jambe de sa mère en se frottant les yeux. Elle la prit dans ses bras.) Emily, n'oublie pas d'appeler tes copines. Mon beau-frère commence à devenir un célibataire endurci.

Elle s'en alla d'un pas rapide.

Soupirant, Gavin tendit une serviette de bain à Emily.

— Elle... n'est pas toujours drôle, ma belle-sœur.

— Elle a l'air sympa.

Emily prit la serviette en s'appliquant à détourner le regard de son tatouage qui, mouillé, brillait au soleil. Expirant, elle déglutit et se concentra sur son visage.

— C'est marrant que tout le monde cherche à te caser.

— Ah oui ? Tu parles. Je ne sais pas ce qu'ils ont tous avec ça, en ce moment.

Alors qu'Emily était sur le point de lui demander s'il désirait réellement rencontrer l'une de ses copines, Dillon passa le bras autour de sa taille en surgissant dans son dos et l'embrassa dans le cou. Surprise, elle sursauta en poussant un cri. Les autres arrivèrent dans le jardin, rougis par le soleil, fatigués et un tantinet éméchés. Après avoir échangé quelques propos sur le nombre de poissons pêchés par chacun, et taquiné Gavin qui n'avait pas pu les accompagner, le groupe se dispersa pour aller se doucher.

— Je constate que tu es allée te baigner, nota Dillon en enlevant son tee-shirt tandis qu'il entrait dans la chambre.

Fermant la porte, il se déshabilla et jeta ses vêtements.

— Très bonne observation, répondit Emily, épuisée par la chaleur.

Dillon alla dans la salle de bains, ouvrit le robinet de la douche et se plaça sous le jet.

— J'espère que tu as caché ce corps qui n'appartient qu'à moi devant mon ami.

Emily leva les yeux au ciel et chercha sa robe rouge vaporeuse dans son sac. Sa mère la lui avait offerte lors de leur dernier voyage en Californie, chez sa sœur. Elle sourit en la trouvant, et la déplia contre son corps devant le miroir.

— Tu ne m'as pas répondu, Emily. Tu t'es bien couverte ?

Entrant dans la salle de bains, elle poussa un soupir irrité.

— Dillon, qu'est-ce que tu vois, là ? demanda-t-elle d'une voix courroucée en montrant son corps peu dénudé d'un geste.

— Qu'est-ce que je vois ? Je vois les fesses de ma charmante copine qui apparaissent sous son tee-shirt de la fac. Pourquoi tu ne me rejoins pas sous la douche pour me donner ce dont un homme a besoin ?

— Tu imagines que je vais te faire des trucs, là ? demanda-t-elle les yeux ronds. C'est bondé de monde en bas.

— Viens sous la douche, Emily, ordonna-t-il.

— Qu'est-ce qui te prend, Dillon ? J'ai dit non.

— Viens, Em. C'est pas facile pour moi de te voir comme ça sans avoir envie de te prendre, répondit-il calmement en sortant de la douche. (Il alla la rejoindre près du miroir.) Je n'ai pas arrêté de penser à toi aujourd'hui.

Pressant son corps contre le sien, il plongea la main dans son maillot de bain et insinua ses doigts en elle. Un léger gémissement s'échappa de ses lèvres alors qu'elle tentait de lui échapper.

— Tu vois, tu aimes ça, dit-il dans un râle en plaquant sa bouche sur la sienne.

Faisant aller et venir ses doigts en elle, il baissa sa culotte de son autre main.

— Cette petite chatte est à moi. À personne d'autre, Emily. C'est la mienne, grogna-t-il contre sa joue.

Au moment où elle le repoussait, on frappa à la porte. Lançant un regard noir à Emily, Dillon attrapa une serviette, l'enroula autour de sa taille d'un geste sec et alla ouvrir d'un pas tranquille. C'était Trevor, qui venait l'informer qu'un client potentiel l'attendait en bas pour lui parler d'un plan stratégique. En cinq minutes, Dillon était habillé et sortait parler affaires. Emily resta seule à se demander en quoi l'homme qu'elle aimait désespérément était en train de se transformer.

Le temps qu'elle retrouve son calme, se douche et se prépare, il était 19 h 15 et la fête battait son plein. Comme Dillon l'avait annoncé, environ cent cinquante invités étaient dispersés dans la propriété. Elle avança dans la foule d'inconnus, à sa recherche. Échouant à le trouver, elle s'assit à un bar installé sur la terrasse.

Après avoir bu un shot de tequila, elle éprouva une pointe de culpabilité en repensant au fait qu'elle n'avait pas accédé à ses désirs les plus légitimes. Il l'avait accompagnée pendant la période la plus difficile de sa vie, lui redonnant confiance en elle, et l'avait mise à l'abri du besoin. Coucher avec lui chez quelqu'un d'autre – que cette maison soit bondée ou non – n'aurait pas dû lui poser problème.

Avant que les failles de leur relation ne s'imposent un peu plus dans son cœur, Emily aperçut Gavin de l'autre côté de la piscine, en discussion avec plusieurs femmes. Elle remarqua qu'en bavardant, il créait des contacts physiques pour souligner un point ou un autre – il effleurait la nuque de l'une pour obtenir son attention, frôlait le bras de celle qui prenait la parole, pressait légèrement le creux des reins d'une autre tout en riant – et chaque fois, les femmes succombaient. Lorsqu'il surprit son regard, elle déglutit. Il s'excusa aussitôt avant de quitter le groupe des prétendantes au titre de Mme Gavin Blake, et se dirigea vers elle.

Vêtu d'une tenue décontractée composée d'une chemise en lin blanc et d'un bermuda militaire, il vint à sa rencontre en souriant et s'accouda au comptoir.

— J'ai du mal à croire qu'une femme aussi jolie puisse être seule.

Jouant le jeu, Emily secoua la tête.

— Tu es expert dans l'art de parler aux femmes.

Il sourit en prenant un air contrit.

— Pas sûr. Mais je veux bien avouer que je suis expert dans l'art de faire de délicieux... sandwichs au jambon.

Il rit, et Emily se joignit à son amusement. Soutenant son regard, il but une longue gorgée de bière.

— Où est passé l'homme qui devrait te tenir compagnie en ce moment ?

Elle survola la foule du regard.

— Il doit être dans le coin.

Tandis qu'il cherchait Dillon du regard, il repéra Monica Lemay. Elle se frayait un chemin vers eux avec un sourire malveillant. Il se hâta d'aller à sa rencontre après avoir dit à Emily qu'il revenait tout de suite.

Monica le regarda approcher en levant les yeux au ciel.

— Toi aussi tu viens me mettre en garde ? et se hissant sur la pointe des pieds elle lui mordit le lobe de l'oreille. (Il s'écarta vivement.) Ce n'est pas la peine. Dillon m'a déjà longuement prévenue de faire comme si je ne le connaissais pas et de ne pas m'approcher de sa petite copine.

Gavin lui lança un regard noir.

— Ah, tiens ? Dans ce cas, pourquoi tu marchais droit vers elle ?

— Je n'ai pas le droit d'aller me chercher un verre ? demanda-t-elle avec sarcasme.

— Trouve un autre bar, Monica. (Il se pencha pour lui murmurer d'une voix glaciale :) Tu es un sale serpent. Ne va pas croire que je ne vois pas clair dans ton jeu. Tu restes le plus loin possible d'elle, compris ?

Elle rejeta sa chevelure blonde sur une épaule et croisa les bras en regardant ailleurs.

— Monica, regarde-moi bien : ce que tu vois, c'est un homme qui pourrait facilement réduire tout ton univers à néant.

Elle haussa un sourcil et écarquilla les yeux.

— Qu'est-ce que tu cherches à me dire, Gavin ?

— Que Blake Industries détient plus de soixante-dix pour cent des actions de la société de ton père. Je peux tout vendre dès demain, en un coup de fil. (Quand il se pencha vers elle, elle recula.) Wall Street va s'en donner à cœur joie, et d'ici à demain soir, toi et ta famille, vous ferez la manche dans Harlem.

Elle inspira, indignée.

— Tu n'oserais jamais faire une chose pareille !

— Tu veux parier ?

Pivotant sur ses talons, il buta contre Colton.

— Ouh là, frangin, tu as l'air en pétard.

Gavin jeta un œil vers le bar où Emily était assise.

— Je vais très bien. Tu me cherchais ?

— Maman a besoin de toi à la cuisine, dit-il en se passant la main dans les cheveux. Je ne sais pas... quelqu'un qui n'est pas sur la liste, qui attend au portail ou qui essaie d'entrer.

Lorsqu'elle croisa son regard de l'autre côté de la piscine, Emily hocha la tête. Il lui fit signe qu'il n'allait pas tarder à revenir. Elle le vit disparaître dans la foule, se frayant un chemin vers la maison. Elle reconnut la femme à qui il venait de parler pour l'avoir vue en boîte quelques jours plus tôt. Elle se demanda pourquoi il avait invité une ex à sa soirée, et pourquoi elle avait répondu présente. Manifestement, ils n'avaient pas réglé tous leurs différends.

Pendant qu'Emily commandait un verre, un grand homme musclé d'à peu près son âge se plaça à côté d'elle. Sa peau exsudait l'alcool.

Dégageant une mèche de cheveux bruns de son front, il lui fit un sourire en coin.

— Sympa, cette fête, hein ?

Emily lui jeta un œil en prenant sa bouteille de bière.

— Oui, très.

— Tu es avec quelqu'un ou je suis le type le plus chanceux de la fête qui est tombé sur une célibataire hyper séduisante ?

Super phase d'accroche, crétin.

— Désolée, je suis avec quelqu'un.

Il expira d'un air supérieur.

— Avec qui ? Je connais tout le monde ici. Si ça se trouve, je viens de lui péter la tête.

De mieux en mieux.

— Dillon Parker.

Il fronça mes sourcils.

— Tu ne peux pas sortir avec Dillon Parker. Il est avec Monica Lemay. (Il but une généreuse gorgée.) Enfin, c'est ce qui me semble.

Maintenant, tu as toute mon attention, couillon.

— Qui est Monica Lemay ?

— Tu connais Gavin ? (Emily acquiesça d'un geste.) C'est la blonde bien roulée qui parlait avec lui près de la piscine.

Cet imbécile est complètement beurré.

— Non, tu dois confondre. La femme qui parlait avec Gavin, c'est son ex, pas celle de Dillon.

L'homme fit non de la tête avec véhémence.

— Gavin n'est jamais sorti avec Monica. Je le connais depuis qu'on est gamins. Il n'a jamais pu la sentir. (Il avala une autre gorgée.) J'ai assisté à un tas de fêtes du 4 juillet chez lui. (Il montra le pavillon des invités à l'autre bout du jardin.) Et j'ai souvent vu Dillon et Monica finir dans cette maison-là au petit matin, après la fête, à peine habillés.

Emily se leva, ahurie par ses révélations, et tenta de déglutir. Sa gorge lui donnait l'impression d'avoir été tailladée par une lame de rasoir.

— Bon, bref, tu me donnes ton numéro ou quoi ?

Sans lui accorder un regard, Emily joua des coudes dans la foule. Les éclats de voix, les rires et les visages jovials se fondaient dans la brume lointaine dans laquelle baignait son esprit engourdi. La sueur perlait sur sa peau à mesure qu'elle cédait à l'effroi. Elle avançait tant bien que mal vers la maison qui lui apparaissait comme un refuge nécessaire. Passant devant la cuisine, elle aperçut Gavin en discussion avec sa mère. Il regarda dans sa direction lorsqu'elle surgit dans le salon.

Quand Emily bifurqua dans le couloir vers l'entrée, l'air quitta ses poumons et son cœur implosa. Dillon était là, avec Monica. Elle reçut un autre coup de poignard lorsque Monica passa les bras autour de son cou, l'attirant vers elle jusqu'à l'impensable. Le baiser. Emily plaqua la main sur sa bouche alors que les larmes lui montaient aux yeux. Incapable d'en supporter plus, elle pivota sur elle-même et buta contre le torse de Gavin. Il la rattrapa par les bras et, constatant qu'elle avait les larmes aux yeux, hasarda un regard derrière elle. Il considéra Dillon et Monica de ses yeux étrécis.

— Je… je dois… partir, articula Emily dans un souffle, d'une voix chargée de tristesse. S'il te plaît. Appelle-moi un taxi.

Elle se rua vers l'avant de la maison et franchit la porte en toute hâte.

Cherchant ses clés dans sa poche, Gavin la suivit. Dehors, il la trouva qui tentait de maîtriser sa respiration, assise sur une marche, la tête entre les jambes. Il alla s'agenouiller auprès d'elle. La prenant par le menton, il la força à le regarder.

— Je vais te raccompagner, murmura-t-il.

Elle fit non avec véhémence.

— Mais non, ta... ta fête... (Elle essuya ses larmes d'un geste.) Tu ne peux pas t'en aller. Appelle un taxi ou demande à ton chauffeur de me raccompagner chez moi.

Sans lâcher son menton, il planta ses yeux dans les siens.

— Mon chauffeur n'est pas là, et je ne vais pas te confier à un taxi. Je ne me fais pas de soucis pour la soirée. Laisse-moi te raccompagner.

Sans dire un mot, elle déglutit, se leva et marcha vers l'allée. Il la guida vers sa BMW et lui ouvrit la portière. Elle s'assit sur le siège et le regarda contourner la voiture, toujours sur les nerfs.

Au cours des deux heures et demie qu'il leur fallut pour rejoindre Manhattan, ils ne prononcèrent pas un mot. Tandis que le ciel virait à l'orange, au violet et au rose à l'heure du couchant, Gavin se creusait les méninges pour trouver quelque parole intelligente, conscient d'avoir sa part de responsabilité puisqu'il avait fait croire à Emily que Monica était son ex. Son chagrin était si palpable qu'il en avait mal au cœur. Il lui avait suffi d'un coup d'œil pour comprendre qu'elle attendait une explication. Quand il se gara devant son immeuble, il ferma les yeux le temps de prendre une inspiration.

— Excuse-moi de t'avoir menti, chuchota-t-il.

Emily détacha lentement son regard de la vitre côté passager.

— Tu crois que je suis en colère contre toi ?

Elle était étonnée qu'il lui présente ses excuses.

— Tu aurais toutes les raisons de l'être. Je t'ai menti pour le couvrir. Même si j'ignorais qu'il continuait de...

Il prit une profonde inspiration et ne termina pas sa phrase. Emily avait compris ce qu'il ne pouvait pas dire.

— Je savais qui elle était. C'est pour ça que je suis allé la trouver. Je voulais l'empêcher de... te faire du mal, Emily. Je suis désolé.

— Tu ne me connais ni d'Ève ni d'Adam, Gavin. (Elle essuya ses joues trempées de larmes.) Ce n'était pas à toi de m'avouer la vérité, c'était à lui. Tu n'as aucune raison de t'excuser.

Descendant de voiture, Emily se figea devant la beauté des explosions d'étincelles rouges et bleues qui zébraient le ciel comme des étoiles filantes. Sur les trottoirs, les passants poussaient des cris de joie et applaudissaient les feux d'artifice qui éclataient aux quatre coins de la ville. Gavin coupa le moteur, alluma les warnings et la suivit jusqu'à l'entrée de l'immeuble.

Elle s'arrêta, se passant les mains dans les cheveux en fondant de nouveau en larmes.

— Je n'ai même pas mes clés. Mon sac à main et ma valise sont restés chez toi.

Remarquant sa détresse, le gardien se dirigea vers Emily d'un air inquiet. Gavin lui expliqua la situation. En dix minutes, un responsable, qui confirma que c'était bien une résidente, lui fit remettre un jeu de clés.

Comme il tenait à s'assurer qu'elle arrivait chez elle sans problème, Gavin l'accompagna jusqu'à la porte. Il nota qu'elle tremblait tant qu'elle avait du mal à introduire la clé dans la serrure. Il enveloppa ses mains d'un geste apaisant, lui prit la clé et ouvrit la porte. Resté sur le seuil, il la regarda aller et venir sans but à l'intérieur. Quand elle revint vers lui, Gavin entra. Le claquement de la porte résonna dans l'appartement.

— Merci de m'avoir raccompagnée, dit-elle à voix basse.

La fixant, il répondit d'une voix soucieuse.

— Tu es sûre que ça va aller ?

Emily baissa la tête. Gavin fit de même pour l'obliger à le regarder. Quand ses yeux bleus descendirent sur ses lèvres, Emily sut à quoi il pensait. Alors que son souffle se bloquait dans sa gorge et que les battements de son cœur s'emballaient, il prit tendrement sa joue en coupe.

Elle recouvrit sa main, s'abandonna contre sa paume en se baignant dans sa chaleur.

— Emily, murmura-t-il en joignant leurs fronts, les yeux fermés.

Quand il rouvrit les yeux, elle le scrutait. Leurs souffles se mêlaient, rapides et tout proches. L'énergie qui passait entre eux était envoûtante. Il se rapprocha, plaçant le bras dans le creux de ses reins, l'attirant dans la chaleur de son corps. Gavin se pencha pour l'embrasser, son corps et son cœur ne lui accordant pas une seconde de plus avant d'agir. Emily entrouvrit les lèvres pour protester, mais c'est un gémissement qui s'échappa lorsque leurs bouches s'unirent, que sa langue partit à l'assaut de ses lèvres pour mieux le goûter. Elle se noyait dans le plaisir de leur baiser, son contact anéantissant ses résolutions, démolissant ses dernières réserves de self-control. Prenant le pas sur son esprit embrouillé, son corps avait décidé pour elle.

Sans se poser aucune question.

En l'embrassant, Gavin sentit le goût sucré de la cerise sur ses lèvres, et il les savoura comme un vin rouge millésimé. Elle remonta les mains sur ses bras, jusqu'à sa nuque, incendiant un chemin de braises sur sa peau. Les doigts d'Emily, perdus dans ses cheveux, déclenchèrent un frisson de plaisir qui le traversa de part en part, l'imprégnant intérieurement. Lorsque ses seins frôlèrent son torse, un grognement sourd se forma dans sa gorge. Le parfum de sa peau et la sensation de ses courbes moulées à la perfection entre ses bras l'entraînèrent vers des terres inconnues. Ses doigts explorèrent ses boucles alors que leur baiser s'intensifiait. Sa chevelure était comme il l'avait imaginée : aussi douce que de la soie pure. Emily empoigna son tee-shirt lorsqu'il la fit reculer pour la presser contre le mur, sa langue partant à l'assaut de sa bouche. Gavin avait la sensation de l'avoir déjà embrassée des centaines de fois, comme si elle était sa femme. Il l'embrassa comme il en rêvait depuis leur première rencontre, dès qu'il avait su qu'il ne pourrait plus se passer d'elle.

— Tu es si belle, grommela-t-il. (Ses lèvres partirent à la découverte de sa joue tandis que ses mains se posaient sur ses hanches.) Je te désire comme je n'ai jamais rien désiré de toute ma fichue vie.

Emily faillit fondre à ces mots. Poussée par le besoin, elle se pressa contre lui pour en exiger plus. Sa tête partit en arrière lorsque sa bouche descendit dans son cou, retraçant le haut de son décolleté, qu'il parsema de baisers. Quand il passa la main sous sa jupe pour caresser sa hanche, le cœur d'Emily faillit s'arrêter. Des frissons parcoururent ses bras lorsqu'elle enroula une jambe autour de sa taille, tenant l'arrière de sa tête d'une main et sa cuisse de l'autre. Des ondes de chaleur traversèrent son corps. Chaque contact était comme un murmure qui embrasait sa peau. Sa langue indolente remonta vers sa bouche. Suçant sa lèvre inférieure, il avala ses gémissements de plaisir tout en la serrant contre lui. Ses sens cédaient au parfum, à la peau, au goût et aux geignements de bien-être de Gavin.

Gavin Blake… l'ami de Dillon, quelqu'un dont il était peu à peu devenu proche. Si Dillon l'apprenait, il perdrait complètement la boule. Soudain, en proie au doute, Emily se sentit déstabilisée. Des images joyeuses de Dillon et de leurs bons moments communs envahirent ses pensées. C'était mal, elle en était consciente. À ses yeux, on ne répondait pas à une erreur par une autre. Jamais. Une vague de culpabilité, mélangée à de la colère envers Dillon et elle-même la submergea. Même si son corps criait son désaccord, elle devait arrêter.

— Nous… Je ne peux pas…, parvint-elle à dire dans un souffle.

S'écartant, Gavin la dévisagea de ses yeux bleus assombris par le désir. Elle avait les lèvres gonflées par leurs baisers, la respiration aussi saccadée que lui. Des larmes lui montèrent aux yeux, mais il y distingua aussi de la passion. Son cœur se brisa devant son expression. Il ne voulait pas lui faire de mal. Il hocha la tête, effleura ses joues empourprées du bout des doigts avant de baisser les bras en emmenant sa chaleur dans ses mains.

— Je suis désolée, murmura-t-elle en évitant son regard.

— Non, Emily, je...

— S'il te plaît, Gavin, laisse-moi. J'ai besoin que tu t'en ailles, renifla-t-elle sans pouvoir le regarder en face.

La gêne s'installa entre eux. Gavin tenta désespérément de décoller la langue de son palais pour dire quelque chose - n'importe quoi - dans le but d'arranger les choses, mais il échoua. Les mots justes n'existaient pas. Il le savait.

Se recoiffant d'une main nerveuse, il se détourna, se dirigea vers la porte et sortit à contrecœur.

Tremblante, Emily se pencha en avant pour reprendre son souffle. Elle ferma les yeux, faisant tout son possible pour repousser son sentiment de culpabilité et s'en débarrasser pour de bon. Elle était blême. Ses yeux étaient injectés de sang et bouffis par les larmes. Son ventre se serrait de dégoût - non seulement à cause de ce qu'elle venait de faire, mais aussi parce que, dans le fond, ça lui avait semblé être la chose adéquate. Ça lui avait paru si naturel de l'embrasser, de le toucher et de le laisser la toucher. Assaillie par une nouvelle vague de culpabilité, elle enfouit son visage entre ses mains et se mit à sangloter.

Psychologiquement exténuée, elle s'effondra sur le canapé et tenta de se ressaisir en séchant ses larmes. Son sentiment d'avoir fauté s'estompait à mesure que des images claires de Dillon embrassant Monica lui revenaient à l'esprit. Fixant le plafond, Emily se demanda comment elle avait pu se bercer d'illusions en le croyant fidèle. Depuis plusieurs semaines, son instinct criait à la tromperie mais elle avait refusé d'entendre le signal d'alarme.

Un coup donné à la porte l'extirpa de ce qu'elle espérait n'être qu'un cauchemar. Avant qu'elle ait eu le temps d'aller répondre, la porte s'ouvrit à la volée. Dillon surgit dans l'entrée avec ses bagages. Prise de nausée, elle ravala la bile qui lui monta dans la gorge en se levant du canapé. Refermant le battant derrière lui, il croisa son regard et le soutint du bout de la pièce.

— Qu'est-ce que tu fiches ici ? demanda-t-elle en le regardant d'un œil mauvais. Je veux que tu partes tout de suite de chez moi.

— Laisse-moi t'expliquer.

— M'expliquer quoi ? Je t'ai vu l'embrasser ! s'exclama-t-elle d'une voix moqueuse.

— C'est elle qui m'a embrassé, précisa-t-il.

— Menteur ! Pars d'ici ! dit-elle en montrant la porte.

— Tu vas écouter mon explication.

Il traversa la pièce dans sa direction.

— Tu l'as embrassée, cria-t-elle en enfonçant le doigt dans son torse. Je l'ai vu de mes propres yeux !

Il lui saisit le poignet et se rapprocha.

— Tout ce que tu as vu, c'est elle qui s'est penchée vers moi pour m'embrasser. Mais tu ne m'as pas vu la repousser, Emily, précisa-t-il d'une voix maîtrisée.

— Je suis censée croire ça ? hurla-t-elle quasiment. Tu m'as menti en me disant que c'était la copine de Gavin !

Elle voulut aller se réfugier dans la cuisine mais il l'attrapa par les épaules.

— Je ne t'ai pas parlé d'elle l'autre soir pour éviter que tu ne te sentes mal à l'aise en sa présence. (Elle se dégagea d'un bond et resta bouche bée.) C'est vrai, Emily. Je ne voulais pas que tu saches que j'étais sorti avec elle. Je savais que tu voudrais t'en aller si tu l'apprenais. Je me suis dit que c'était sans importance.

Reculant, elle faillit trébucher.
— Mon bébé, je ne te mens pas, continua-t-il. Elle est obsédée par moi. Tu crois que j'aurais fait ça avec elle devant tout le monde, sachant que tu étais là ?
Emily lui décocha un regard noir, la bouche grande ouverte. Il se passa les mains dans les cheveux.
— Je ne voulais pas, moi. Quand je suis sorti des toilettes, elle m'a demandé si elle pouvait me parler une minute. J'ai accepté, et elle m'a sauté dessus. C'est ça que tu as vu, mon bébé. Je te jure que je l'ai repoussée. Tu as dû te retourner juste avant.
Secouant la tête, Emily porta la main à sa bouche et fondit en larmes. La peine se répercutait dans son cœur – elle frappait littéralement tout son corps. Était-il possible qu'elle ait tiré des conclusions hâtives en les surprenant bouche contre bouche ? Elle était plus désorientée que jamais.
— Je l'ai même prévenue de rester loin de nous quand je l'ai vue débarquer, murmura-t-il, esquissant un pas prudent vers elle et levant la main pour lui caresser la joue.
En larmes, elle baissa les yeux sans savoir quoi dire ou quoi faire.
— J'ai fait la leçon à Gavin pour t'avoir raccompagnée sans ma permission.
Emily releva subitement la tête.
— Tu... l'as vu ?
— Oui, répondit-il en enfouissant le visage dans le cou d'Emily. Tu n'aurais pas dû partir avec lui, Emily.
Elle se dégagea une nouvelle fois, les yeux écarquillés.
— Tu ne crois pas que tu aurais fait la même chose ?
Il se mordilla la lèvre comme s'il était partagé.
— Je ne sais pas trop. Tout ce que je sais, c'est que je n'apprécie pas qu'il t'ait reconduite chez toi sans me prévenir et que tu sois partie avec lui.
Le choc déforma ses traits.

— Tu m'en veux, Dillon ?

Il fit un pas vers elle et lui caressa le cou.

— Enfin, bébé, je ne t'en veux pas. Je te demande seulement de me croire. C'est rien, cette fille, pour moi.

Esquissant un autre pas, son souffle balaya la joue d'Emily quand il la prit par la taille.

— Je ne l'ai pas laissée faire, Emily. Je te le jure. Tu ne l'as pas vu, c'est tout.

Il l'embrassa avant d'ajouter d'une voix suppliante :

— Je t'aime plus que tout. Je ne te ferai jamais de mal, bébé. Tu dois me croire. Je t'aime comme un dingue.

Il l'obligea à basculer la tête en arrière, imbriqua leurs corps et sema des baisers dans son cou.

— Dillon, arrête, gémit-elle en l'attrapant par le tee-shirt. Mon Dieu, non, Dillon, ne me mens pas, l'implora-t-elle alors que des larmes coulaient sur son visage.

— Bébé, je ne te mens pas. (Il insinua les mains sous sa robe et la fit remonter au-dessus de sa tête.) Je t'aime, putain, Emily. Tu es tout pour moi. Je ne veux pas te perdre, murmura-t-il au bord de ses lèvres, le souffle court. Je suis désolé que tu sois tombée là-dessus.

Son propre impair avec Gavin la déchirait intérieurement lorsqu'elle plongea son regard dans les yeux bruns de Dillon. L'oxygène quitta ses poumons. La culpabilité la poignardait en plein cœur.

— Dis-moi que tu me crois, dit-il, le souffle lourd, s'agenouillant pour tracer des cercles envoûtants du bout de la langue sur son ventre. Il fit descendre sa culotte sur ses cuisses. Dis-moi que tu me crois, bébé.

Elle était partagée entre ce qu'elle voulait croire et ce qu'elle avait fait avec Gavin.

— Oui, je te crois, admit-elle en pleurant. Je suis désolée, Dillon. Tellement désolée.

Sans attendre, il arracha sa culotte, la souleva et la porta jusqu'à son lit. Il lui écarta les jambes et la maintint ainsi tout en léchant son point le plus sensible. Elle se tortillait sous sa bouche tandis qu'il la tenait par les hanches, suçant, léchant et dévorant son suc. Ses muscles se contractèrent d'extase autant que de culpabilité alors que ses doigts allaient et venaient dans sa chaleur intime. Poussée par le besoin de se libérer de la honte qui la tenaillait, par le désir qu'il la pénètre sans tarder, elle articula :

— Dillon, prends-moi, gémit-elle en glissant sur les oreillers.

Il se dépouilla de ses vêtements, grimpa sur le lit et s'enfonça en elle. Elle s'accrocha à ses biceps qui l'emprisonnaient, rejetant la tête en arrière en le sentant vibrer entre ses parois brûlantes. Il l'embrassa violemment, avalant ses gémissements quand elle ferma les paupières. Puis, sans crier gare, des images de Gavin l'embrassant surgirent devant ses yeux. Elle retrouva le contact de sa langue veloutée, de ses doigts l'explorant désespérément - il était niché dans la moindre de ses pensées. Dillon était sur elle mais elle ne sentait que l'odeur, la peau et le goût de Gavin.

Soudain, Emily cessa de bouger ; son corps entier se figea.

— Qu'est-ce qui se passe ? souffla-t-il dans son oreille sans cesser de s'agiter sur elle.

— Je crois que je vais vomir.

Elle se dégagea et se précipita dans la salle de bains.

Il soupira en s'allongeant sur le dos.

— C'est quoi ce bordel, Em ?

Claquant la porte, elle tomba à genoux devant la cuvette des toilettes, des larmes lui brûlant les yeux, la nausée menaçant de la rendre malade. Posant le coude sur l'assise, elle se tint la tête en s'efforçant de reprendre son souffle. Elle resta là quelques secondes, quelques minutes, peut-être quelques heures. Quand elle finit par se relever, elle ignorait combien de temps elle était restée ainsi.

Elle alla examiner son reflet dans le miroir. Après s'être aspergé le visage d'eau fraîche, elle retourna dans la chambre et trouva Dillon endormi. Elle se glissa discrètement dans le lit et ramena les couvertures sur elle, espérant trouver le sommeil et priant pour ne pas s'enfoncer dans une situation incontrôlable.

7

En toute amitié

— Mademoiselle, vous ne nous avez pas apporté les entrées.

Sans dire un mot, Emily considéra la cliente d'un air absent. Ses tracas la détournaient visiblement de ses devoirs. La femme toisa Emily d'un air mauvais.

— Y a quelqu'un ? Nous avons eu les plats de résistance mais pas les hors-d'œuvre.

— Je... je suis navrée, bafouilla Emily. Je vous les apporte tout de suite.

Se précipitant en cuisine, elle annonça aux employés qu'elle avait besoin de bâtonnets de mozzarella sur-le-champ. Elle retourna à la table, présenta une nouvelle fois ses excuses et les informa qu'ils seraient servis dans quelques minutes. Dans le but d'obtenir tout de même un pourboire, elle proposa de leur offrir le dessert. La femme accepta avec le sourire.

Soupirant de soulagement, Emily s'assit au comptoir, se réjouissant qu'ils ne soient pas allés se plaindre...

— Country, dit Antonio, qu'est-ce qui s'est passé ? La table seize m'a dit que tu avais oublié les entrées ?

— Oui, je suis désolée. Roberto les prépare.

— Tu leur as proposé d'offrir le dessert ?

— Oui.

— Tu vas bien ? demanda-t-il en posant une main affectueuse sur son épaule. Tu as l'air ailleurs, ce soir.

— J'ai pas mal de choses en tête en ce moment, Antonio. Je suis désolée, ça ne se reproduira plus.

— Si tu ne te sens pas bien, tu peux partir plus tôt, répondit-il avec sollicitude.

— C'est gentil mais ça va aller.

Il hocha la tête et se rendit dans son bureau.

Emily traîna les pieds toute la soirée. Elle vécut le service dans le brouillard, l'esprit accaparé par tout ce qui s'était passé sans rien y comprendre. Quand arriva l'heure de quitter le restaurant, elle était vidée, moralement et physiquement.

Tout en cherchant son portefeuille dans son sac à main, Emily ouvrit la porte et se heurta à un mur de brique. Un « ouille » s'échappa de ses lèvres. Alors qu'elle relevait la tête pour s'excuser, elle se retrouva face à des yeux bleu clair.

— Ça va ? demanda Gavin en la retenant par le bras.

Emily s'efforça de ne pas frémir au contact de ses doigts chauds et puissants. Elle fut récompensée par son parfum qui flottait dans l'air. Ses joues s'empourprant sous le pic de chaleur, elle craignit de s'embraser. Gavin soutenait son regard, ce qui était dangereux étant donné qu'il y avait de quoi se perdre dans ses yeux, surtout après ce qui s'était passé entre eux. Leur baiser avait été ravageur, douloureux, euphorisant, et tout ce qu'elle avait imaginé qu'il serait - tout.

Maudit baiser.

Elle se demanda si elle allait réussir à refaire surface et à respirer correctement. Son cœur s'emballait, battant comme les ailes d'un papillon. Sa présence soulevait tout un tas de questions auxquelles elle n'avait pas envie de réfléchir.

— Oui, ça va, répondit-elle, essoufflée, toujours sous le choc.

Ils semblaient tous deux en transe, se fixant sans ciller.

Gavin la lâcha, s'éclaircit la voix et recula sur le trottoir. Son cœur se serrait rien qu'à la voir. Il avait du mal à croire qu'une seule semaine se soit écoulée depuis la dernière fois qu'il avait vu son beau visage, embrassé ses lèvres douces et touché sa peau. Il avait l'impression que cela faisait une éternité. Il s'en voulait d'avoir choisi sans le vouloir cette nuit-là alors qu'elle était vulnérable. Il lui devait des excuses.

— Je suis passé... (Il se tut le temps de rassembler ses pensées.) Je suis passé en espérant te voir. J'aimerais savoir si on peut se parler.

— De quoi veux-tu parler ? demanda-t-elle en tentant de maîtriser sa nervosité.

Elle détourna le regard pour échapper à son charme irrésistible rehaussé par son costume sur mesure.

Il s'humecta les lèvres et la fixa un instant.

— Je crois que c'est facile à deviner, non ?

Hésitante, elle le regarda et répondit dans un murmure :

— En effet. Où veux-tu aller ?

Prenant une inspiration, il se massa la nuque.

— On pourrait aller prendre un verre. Il y a un café à l'angle.

Le doute assombrit son visage.

— Je ne sais pas si c'est une bonne idée.

— Je ne te prendrai que cinq minutes, Molly... je veux dire, Emily, dit-il avec un sourire renversant.

— Ah, ah, fit-elle sèchement.

Avec un grand sourire, il leva les mains en signe d'innocence.

— Rien que cinq minutes ?

Elle déglutit, sentant qu'elle allait céder.

— D'accord, mais pas une minute de plus.

— Tu as ma parole. C'est par ici, dit-il en l'entraînant au coin de la 44e Rue.

Quelques centaines de mètres plus loin, ils entrèrent dans un petit café chic. Une odeur de pâtisserie imprégnait l'atmosphère. Quelques clients étaient assis dans des canapés rouges, d'autres autour de tables marron où ils surfaient sur Internet. Derrière le comptoir, la serveuse à la mine boudeuse prit leur commande, et ils s'installèrent à une petite table dans le fond.

Le sourire aux lèvres, Gavin leva le bras et régla sa montre.

— Bon, je lance le compte à rebours.

Emily se tordait les mains, la tête baissée.

Gavin se carra dans la banquette et croisa les bras, l'air grave.

— Emily, je suis désolé pour ce que j'ai fait, murmura-t-il en la regardant avec intensité. J'ai aggravé une situation déjà compliquée, et je m'en veux.

Elle le fixa droit dans les yeux, sans croire à ce qu'il venait de dire.

— C'est moi qui ai mal agi, pas toi.

— Non, Emily, c'est ma faute, dit-il en insistant sur chaque mot. C'était mal de ma part de profiter de toi. C'est moi qui t'ai embrassé.

— Il faut être deux pour s'embrasser.

— Oui, mais...

— Je t'ai rendu ton baiser.

Un petit sourire se dessina sur ses lèvres, et ses yeux bleus pétillèrent.

— Alors tu avais envie de m'embrasser ?

— Tu veux rire ?

— Pas du tout.

— Gavin.

— Emily.

Elle soupira.

— Bon, que veux-tu que je te dise ?

— Je veux que tu le dises.

— Que je dise quoi ?

— Que tu avais envie de m'embrasser.

— Tu as perdu la tête, railla-t-elle. Pourquoi as-tu besoin de l'entendre ?

Se frottant le menton, il examina son visage et prit soudain un air grave.

— Parce que j'ai besoin de savoir que je ne t'ai pas forcée à faire quelque chose dont tu n'avais pas envie.

— Tu ne m'as pas forcée.

— Alors dis-le, Emily.

Son cou et ses joues s'empourprèrent.

— Tu es fou.

— Dis-le, articula-t-il.

— Très bien.

Elle jeta des coups d'œil nerveux autour d'elle. Reportant son regard sur lui, elle croisa les bras.

— J'avais envie de t'embrasser, Gavin. Voilà, tu es content ?

— Non. Je me fais toujours l'effet d'avoir été salaud en te mettant dans cette position.

— Alors nous sommes à égalité parce que je m'en veux de l'avoir fait. (Elle s'apprêtait à partir.) Rappelle-moi pourquoi tu voulais me parler ?

— J'aimerais qu'on soit amis.

Il se leva, espérant l'empêcher de s'en aller.

— Et comment comptes-tu t'y prendre, Gavin ?

— Tu as admis que tu avais eu envie de m'embrasser. C'est plus qu'évident que j'en avais envie, moi aussi. Maintenant, nous pouvons tourner la page et être amis.

— Aussi facilement que ça, hein ?

— Aussi facilement que ça ! répondit-il en souriant, malgré le manque de conviction qu'il crut percevoir dans sa voix. Rassieds-toi et bois ton café avec ton nouvel ami.

— Tu es un ami exigeant, déclara-t-elle d'un ton malicieux en saisissant son sac à main. Mais franchement, je dois y aller. Dillon m'attend chez moi.

Gavin consulta sa montre.

— Tu m'as accordé cinq minutes. Il m'en reste deux.
— Tu veux rire ? s'esclaffa-t-elle.
Il se rassit, but une gorgée de café et sourit.
— Ça fait beaucoup de questions, chère amie.
— Je vais répéter ce que j'ai dit chez toi, répondit-elle en se rasseyant. Tu es vraiment un petit malin.
— Pur et dur. Alors, comment tu vas en ce moment ?
— J'ai connu mieux, et j'ai connu pire.
— Bon, alors ce n'est pas si mal que ça.
— Ce n'est pas faux.
— Très bien, dit-il en souriant. Parle-moi un peu de toi.
— Que veux-tu savoir ?
— Tout ce que tu veux. Tout. Pourquoi tu n'as pas rompu avec lui ?
Se passant la main dans les cheveux, il haussa les épaules.
— Quel est ton parfum de glace préféré ?
— Vanille. Et toi ?
— J'aime aussi la vanille mais je suis plutôt chocolat, répondit-il en notant qu'elle s'agitait.
Alors que le silence s'étirait – Gavin en profitant pour la détailler – Emily remarqua qu'il pinçait les lèvres comme pour se retenir de lui poser la vraie question.
— Et ta couleur préférée ? finit-il par demander.
— Gavin, je peux te poser une question ?
— Tout ce que tu veux.
— Que faisons-nous, là ?
— Nous jouons au jeu des vingt questions, rit-il.
— Non, c'est faux. Quelle question veux-tu vraiment me poser ?
Arquant un sourcil, il s'adossa à la banquette et croisa les mains derrière sa nuque.
— Mmm, tu m'as percé à jour. (Il l'observa un instant, scrutant chaque détail de son visage.) Des gens que je connais depuis plus longtemps que toi me disent souvent qu'ils ont du mal à savoir ce que je pense.

— C'est assez facile, pourtant, dit-elle en toute sincérité. (Même s'il restait secret sur certains aspects de sa vie, elle lisait en lui comme dans un livre ouvert. Elle but une gorgée de café.) Alors, je t'écoute. Que veux-tu vraiment savoir ?

Il la contempla un moment.

— Es-tu heureuse avec Dillon, Emily ?

Elle se mordit la lèvre.

— Pourquoi veux-tu savoir ça ?

— Nous sommes amis, et les amis s'inquiètent l'un pour l'autre. Et puis, c'est toi qui as demandé, n'oublie pas.

— C'est vrai. (Elle baissa les yeux puis regarda de nouveau Gavin.) Oui, je suis heureuse avec lui.

Il planta son coude sur la table, et posa le menton dans sa paume.

— Comment ?

Elle parut perplexe.

— Pardon ?

— Donne-moi des détails. Comment te rend-il heureuse ?

Elle le fixa intensément, mais la sonnerie de son téléphone détourna son attention.

Tandis qu'elle répondait, Gavin l'observa. Il savait qu'il avait peut-être franchi la limite en lui posant une question aussi personnelle, mais son instinct avait pris le dessus. Il avait parlé avec Dillon le soir où il l'avait raccompagnée chez elle. Il lui avait laissé penser qu'il croyait sa version de l'histoire, mais il le connaissait trop bien. La seule question qui le travaillait encore était pourquoi Emily avait tout gobé.

Emily se leva en rangeant son téléphone.

— C'était Dillon. Je dois vraiment y aller.

Gavin se leva et effleura son bras.

— J'espère que je ne t'ai pas choquée. Ma curiosité me fait oublier les bonnes manières, parfois.

La gorge serrée, elle fit non de la tête.

— Je ne t'en veux pas, Gavin. Pour répondre à la seule question qui compte, oui, Dillon me rend heureuse pour tout un tas de raisons très précises. Mais on va devoir remettre ces explications à une prochaine fois. D'accord ?

Il acquiesça comme si la réponse le satisfaisait. Même si ce n'était pas le cas, il n'insista pas. Il plongea la main dans la poche de son pantalon.

— J'ai failli oublier. J'ai quelque chose pour toi.

Gavin lui prit la main un peu plus longtemps que nécessaire pour profiter de la douceur de sa peau. Finalement, lorsqu'il sentit qu'il allait dépasser les limites de la convenance, il glissa une capsule de bouteille dans sa main.

Elle baissa les yeux et sourit.

— Tiens, ça va devenir notre petit symbole à nous ? Tu vas me donner une capsule de bouteille chaque fois qu'on se verra ?

— C'était l'une des meilleures parties de « Jeter la capsule de la bouteille dans le pot » de ma vie, confia-t-il d'une voix tendre. Alors oui, ça sera notre petit truc à nous, avec le prénom Molly, à l'occasion.

— Merci, dit-elle en souriant.

En sortant du café, Gavin lui héla un taxi. Il referma la portière et se pencha devant la vitre.

— Elle va à Columbus et West 54. (Il tendit de l'argent au chauffeur.) Ça devrait couvrir la course et le pourboire.

Il tapa un coup sur le toit pour signifier au chauffeur qu'il pouvait démarrer.

Alors que le taxi s'éloignait, Emily lui ordonna de s'arrêter. Elle bondit sur le trottoir et courut derrière Gavin.

— Gavin, attends ! cria-t-elle en se demandant ce qu'elle faisait.

Les mains dans les poches, il se retourna. Il la fixa de loin.

— Je voulais juste te remercier, dit-elle, essoufflée. Pas seulement d'avoir payé le taxi, même si c'est adorable, mais aussi de... d'avoir parlé avec moi de ma mère et d'être passé au restaurant ce soir. Je sais que l'un et l'autre étaient difficiles pour toi. Ça l'est pour moi aussi, mais... (Elle baissa les yeux.) Je ne sais pas. Voilà que je m'éparpille. J'ai tendance à faire ça des fois. Je voulais juste te dire merci... Merci encore, Gavin.

Il dut refréner son envie de se rapprocher d'elle.

— De rien. (Il la fixa quelques secondes.) À bientôt, copine ?

Emily hocha la tête.

— Ça marche, à bientôt, mon pote.

Gavin la regarda remonter en voiture. Il la fixa jusqu'à en avoir mal aux yeux. Le véhicule disparut dans la circulation surchargée jusqu'à n'être plus qu'un petit point de couleur. Malgré sa force apparente, son corps ne résistait pas aux émotions. Il était happé par Emily. Sa souffrance allait au-delà du désir physique. En réalité, il rêvait juste de l'embrasser et de la tenir dans ses bras. Chaque fibre de son être se languissait de prendre soin d'elle. Emily avait éveillé des choses en lui – des choses qu'il niait depuis une éternité. Elles se ranimaient dès qu'elle était près de lui, et s'il ignorait comment c'était possible, il savait que cette situation risquait de le dévorer, et même de le réduire à néant.

Amis... Il allait devoir se faire à l'idée qu'ils étaient amis.

— Bonjour, beauté, dit Dillon quand Emily ouvrit la porte de son appartement. (Il se leva du canapé et alla la prendre dans ses bras.) Tu m'as manqué. Pourquoi tu rentres si tard ?

— On a eu du monde en fin de service, répondit-elle en maudissant son mensonge. Tu as choisi le film ?

— Oui. Va prendre une douche, je vais tout préparer. (Il marcha vers la cuisine en se grattant le torse.) Au fait, il y a une surprise dans ta chambre.

Souriant, elle inclina la tête sur le côté.

— Qu'est-ce que tu as fait ?

— Oh, c'est trois fois rien. (Il plaça un sac de pop-corn dans le micro-ondes.) J'ai pensé à toi aujourd'hui.

Après avoir posé son sac à main sur la table, elle disparut dans le couloir. Elle découvrit dix douzaines de roses rouges éparpillées dans sa chambre. Chaque bouquet était disposé dans un élégant vase en cristal. Il avait même dispersé des pétales sur la couverture blanche qui recouvrait son grand lit. Son geste était touchant, mais elle eut du mal à sourire. Tandis que le parfum enivrant lui chatouillait les narines, elle tenta d'ignorer son sentiment de culpabilité au souvenir du café pris en secret avec Gavin. Après s'être douchée, elle retourna dans le salon et s'allongea avec Dillon sur le canapé. Il la serra contre lui de manière possessive tandis qu'elle caressait son torse nu d'un air absent.

Elle le regarda dans les yeux.

— Merci pour les fleurs. Elles sont magnifiques.

— Eh bien, je suis content qu'elles te plaisent. (Il embrassa le dessus de sa tête.) Je te l'ai dit, j'ai pensé à toi toute la journée.

— C'est adorable. (Elle lui frotta le torse du bout de nez.) Oh, j'allais oublier. J'ai été contactée par une école à qui j'ai envoyé ma candidature.

— Ah bon ? C'est formidable, bébé. Où ça ?

— À Brooklyn. (Elle se creusa les méninges.) Bush quelque chose. Je l'ai noté quelque part. Je passe un entretien lundi.

— Bushwick ?

— Oui, c'est ça.

Elle sourit et tendit le bras vers les pop-corn posés sur la table basse.

— Em, tu ne peux pas aller bosser là-bas. C'est un quartier dangereux.

— Dillon, ne t'en fais pas pour moi.

— Non, Emily. Je ne veux pas que tu prennes un boulot là-bas. Envoie d'autres CV et attends de trouver mieux, répondit-il d'un ton sans appel.

— Tu n'es pas sérieux ?

— Bébé, c'est pour ton bien. Ce n'est pas un quartier sûr, répondit-il en l'embrassant sur le front. Tu vas attendre de décrocher un meilleur poste. Si tu as besoin d'argent, je t'en donne.

— Ce n'est pas le problème, Dillon. J'ai suffisamment attendu, et je tiens à avoir un poste à la rentrée.

Avant qu'il n'ait pu répondre, la porte s'ouvrit. Olivia entra en balançant gaiement son sac à main à bout de bras. Découvrant Dillon, elle leva les yeux au ciel et fit semblant de vomir.

— Olive, dis à ma copine comment c'est à Bushwick.

Emily attendit la réponse d'Olivia, en vain. Elle ignora Dillon, enleva ses chaussures et s'assit dans un fauteuil inclinable.

— Salut, copine, dit Olivia à Emily, un grand sourire aux lèvres. Tu as passé une bonne journée ?

— Euh, oui, ça a été, répondit Emily, une pointe d'amusement dans la voix. Mais tu veux bien répondre à la question de Dillon ? Ça m'intéresse d'en apprendre plus sur ce quartier qui craint, soi-disant.

Olivia inspecta ses doigts, et le vernis à ongles rose qui s'écaillait sans répondre.

— Liv, tu peux répondre à sa question ?

Olivia plissa les yeux et considéra Dillon d'un air mauvais.

— Désolée, Em, je ne parle pas aux salauds qui pensent avec leurs quéquettes et qui filent avec la première pétasse acceptant de leur tailler une pipe dans le dos de mes amies, siffla-t-elle d'une voix glaciale.

Emily avala son pop-corn de travers, manquant s'étouffer. Elle sentit Dillon se tendre contre elle avant qu'il se lève du canapé.

Il décocha un regard assassin à Olivia, mais répliqua d'une voix calme.

— Va te faire foutre, espèce de gouine sans cervelle.

Les dents serrées, Olivia lui adressa un sourire hypocrite.

— Oh, c'est follement original, dit-elle en applaudissant lentement, l'air imperturbable.

Choquée par l'insulte, Emily dévisagea Dillon.

— Quelle horreur ! Comment tu peux dire ça ?

— Qu'elle aille se faire foutre.

Il se dirigea vers le réfrigérateur d'un pas tranquille.

— Non, c'est toi qui vas aller te faire foutre, connard ! cracha Olivia.

— Vous allez arrêter, tous les deux ?

— J'arrêterai quand tu ouvriras les yeux, Emily ! Il te joue du violon ! Il baise à droite à gauche dans ton dos et tu ne vois rien ! (Olivia se leva et pointa un doigt menaçant vers Dillon.) Et là, il est chez moi, alors il l'accepte ou il dégage !

Dillon prit sa chemise sur le canapé, l'enfila et chercha ses clés dans sa poche.

— Dillon, attends ! s'écria Emily en lui courant après.

— J'emmerde cette connasse ! Je t'appelle plus tard !

Il ouvrit la porte et la claqua si fort que les murs tremblèrent.

Emily resta figée sur place. L'esprit embrumé, elle tenta d'assimiler ce qui venait de se produire. Elle regarda Olivia de travers.

— Tu m'avais promis de ne rien dire !

Les larmes lui brûlant les yeux, elle traversa la pièce.

— Tu sais quoi, Em ? Je n'ai pas pu m'en empêcher quand je vous ai vus blottis l'un contre l'autre comme si tout était rose ! (Emily voulut répondre, mais Olivia ne lui en laissa pas le temps.) Et au fond de toi, tu sais que c'est la vérité, sinon tu n'aurais pas embrassé Gavin, lança-t-elle avec une ironie qui heurta Emily.

Elle inspira pour calmer sa soudaine envie de la frapper.

— Tu es tarée, dit-elle avec un calme qui la surprit et qui laissa Olivia désemparée. Comment tu peux me dire ça alors que tu sais dans quel état j'ai passé la semaine ?

— Je me suis mal exprimée, répondit Olivia en se rapprochant d'elle. J'ai peur que tu ne sois dans le déni, Em. Tu refuses de voir de quelle manière Dillon te traite, et je pense que tu refuses d'admettre que tu éprouves quelque chose - ne serait-ce qu'un début de sentiment - pour Gavin.

Blessée, elle poussa un petit cri d'effroi.

— Je ne suis pas dans le déni, Olivia. J'aime Dillon. Pourquoi as-tu autant de mal à le comprendre ? (Emily se dirigea vers sa chambre et s'arrêta devant la porte.) Je n'ai pas vu toute la scène. Cette traînée lui a sauté dessus et je me suis retournée juste avant qu'il la repousse. Si j'ai embrassé Gavin, c'est parce que je n'ai pas tout vu. J'étais furieuse. Mes émotions ont pris le dessus. C'est tout, il n'y a rien à ajouter.

Un silence tendu s'installa dans l'appartement avant qu'Emily se retire dans sa chambre, où elle s'écroula sur son lit. C'était la première fois qu'Olivia lui faisait de la peine. Prise d'une soudaine migraine, elle se pinça l'arête du nez en tentant de maîtriser ses émotions. Elle ne pouvait pas se fâcher avec sa meilleure amie, mais elle refusait de perdre Dillon. Elle détestait l'expression « prise entre deux feux », mais cela décrivait sa situation à la perfection. Deux des êtres les plus chers à son cœur se haïssaient plus que jamais. La cruauté de la situation s'imposa à elle.

Vingt minutes plus tard, après avoir frappé discrètement à la porte, Olivia entrouvrit la porte.

— Je peux entrer ?

Comme Emily hochait la tête, Olivia vint s'asseoir sur le lit.

— Je suis désolée, Em. Je n'aurais pas dû dire tout ça. (Elle cala une mèche de cheveux derrière son oreille, le regard vitreux.) Tu as traversé pas mal d'épreuves ces temps-ci. J'aimerais simplement que tu sois heureuse.

— Je suis heureuse, Liv. Tu peux me croire. Je ne peux pas tolérer que tu te comportes comme ça avec lui, dit-elle en se redressant. Je vais finir par avoir une crise de nerfs à cause de vous deux.

Après une longue lutte intérieure, Olivia poussa un profond soupir.

— Bon, mais c'est bien parce que c'est toi et que je t'aime de tout mon cœur. Je ne lui dirai plus rien. J'espère que tu te rends compte que ça va me coûter cher, poulette ?

— J'en suis consciente. Et c'est pour ça que je t'aime de tout mon cœur, moi aussi. (Elles s'enlacèrent un instant.) Je vais veiller à ce qu'il te présente des excuses.

Olivia pouffa avec sarcasme.

— Je n'ai pas besoin de ses excuses, Em. En plus, il se trompe. Je ne suis pas gouine. Je saisis les opportunités les plus alléchantes sans distinction de sexe, c'est différent. J'aime autant les hommes que les femmes.

Secouant la tête, Emily rit. Olivia se leva et s'apprêta à la laisser seule.

— Ça m'arrache la bouche de dire ça... (elle expira et leva les yeux au ciel)... mais Cornichon – eh non, je ne renoncerai pas à son surnom – a raison. Le quartier de Bushwick n'est pas très fréquentable. Tu vas trouver autre chose. Sois patiente, ça viendra.

Emily fit un petit sourire.

— Merci. Je vais suivre vos conseils et prendre mon mal en patience.

Olivia lui envoya un baiser et sortit de la chambre.

Après avoir téléphoné à Dillon et insisté pour qu'il présente ses excuses à Olivia, Emily chercha le sommeil. Elle se retourna dans son lit, luttant contre ses pensées qui la ramenaient vers Gavin. Elle essayait de se rappeler à quel point elle aimait Dillon, mais Gavin continuait de s'insinuer dans ses pensées comme un parasite entêté. Son magnétisme naturel s'imposait dès qu'il était près d'elle. Plus elle réfléchissait à leur amitié, plus cela lui semblait impossible. C'était trop risqué. Elle pataugeait dans la confusion. Tandis qu'elle sombrait, elle menait un combat acharné contre ce que son corps savait déjà. Elle le désirait. *Oublie la culpabilité*, criait-il. En cet instant, alors que sa raison l'emporta sur son corps, elle décida de ne pas prendre le risque de détruire sa vie.

Qu'il aille au diable, lui et son maudit baiser.

8

Au placard, la maîtrise de soi !

Les semaines suivantes, Emily prit ses marques au restaurant et se réjouit que Dillon adopte un rythme de travail plus sain. Il finissait moins tard. Les choses commençaient à rentrer dans l'ordre. Dillon obtint grâce à un client influent qu'Emily décroche un poste d'enseignante à plein temps dans Greenwich Village. Elle était impatiente de commencer à faire classe à des enfants de CP.

— Tu es bientôt prête, bébé ? cria Dillon depuis le canapé.

— Deux petites minutes.

Elle planta les dernières épingles dans sa chevelure et décréta que, malgré la rébellion de sa masse indisciplinée de cheveux auburn, ça ferait l'affaire. Elle enfila une robe d'été ample à fines bretelles vert et marron, attrapa des chaussures à talons assorties et surgit dans le salon.

— Tu es ravissante, s'écria Dillon en allant à sa rencontre avec le sourire. Tu as hâte ?

— Oui, mais tu n'es pas obligé de faire ça. (Elle passa le bras autour de son cou, ses escarpins se balançant au bout de ses doigts.) J'ai déjà une garde-robe bien remplie.

— Oui, mais rien qui vienne des boutiques de la Cinquième Avenue. (Il l'attira contre lui, et son souffle effleura sa joue.) Et j'aimerais beaucoup t'offrir de la lingerie sexy.

— Je n'en doute pas, répondit-elle d'un air malicieux.

Il lui fit rejeter la tête en arrière pour recouvrir son cou de baisers légers.

— Tu n'imagines pas à quel point.

Olivia les interrompit d'un raclement de gorge.

— Vous faites quoi aujourd'hui, les tourtereaux ? demanda-t-elle d'un ton exaspéré.

Avec un sourire hypocrite, Dillon alla passer le bras autour des épaules d'Olivia.

— Tiens, voilà l'être que je préfère au monde.

— Lâche-moi, grand couillon, cracha-t-elle en se faufilant pour échapper à son étreinte.

— Dillon m'emmène faire du shopping, se pressa d'intervenir Emily. (Elle prit celui-ci par la taille pour l'écarter d'Olivia et enfila ses chaussures.) Et toi, qu'est-ce que tu as prévu ?

— Je vais terminer ma peinture et l'apporter à la galerie pour l'expo. (Elle se servit une tasse de café.) Tu viens, hein ?

— Je ne raterais ça pour rien au monde, cocotte.

— Tu veux venir t'offrir une manucure avec moi demain ? proposa Olivia. J'aurais grand besoin d'un soin des pieds aussi.

Dillon entraîna Emily dans l'entrée.

— Désolée de devoir interrompre cette discussion de filles, mais je dois emmener ma copine dans certains endroits qui n'attendent pas, Olive.

Emily se tordit le cou pour regarder Olivia.

— OK pour la mani-pédi, Liv. À plus tard.

Olivia les regarda sortir en secouant la tête.

— Tu sais, j'aimerais vraiment que tu arrêtes d'être aussi hargneux avec elle, dit Emily en s'installant dans la voiture. Elle fait des efforts depuis quelques semaines.

— C'est juste pour rire, Em. (Il ferma sa portière. Elle le suivit des yeux tandis qu'il contournait la voiture et s'asseyait à côté d'elle.) Elle a besoin d'apprendre à accepter les blagues, ajouta-t-il.

Il démarra.

— Je sais, mais pitié, pour me faire plaisir, fiche-lui la paix, d'accord ?

Lui prenant la main, il s'enfonça dans la circulation.

— Très bien, je vais arrêter de la taquiner.

— Merci.

Il porta la main à ses lèvres.

— Ce n'est rien. Attends, rends-moi service. Il y a un dossier sur la banquette arrière. Tu pourrais l'attraper pour moi ?

Elle détacha sa ceinture de sécurité et tendit le bras vers le dossier. Après s'être rattachée, elle jeta un œil au document. Son cœur bondit lorsqu'elle lut le nom de Blake Industries dans le coin supérieur droit de la pochette. Non sans mal, elle était parvenue à ne pas trop penser à son « nouvel ami » ces dernières semaines. Et là, tout à coup, elle le tenait symboliquement entre les mains.

— Tiens, dit-elle en le tendant à Dillon.

— Tu peux le garder pour le moment. Nous allons passer chez Gavin avant d'aller faire les boutiques. J'ai des documents à lui faire signer pour lundi. C'est vraiment un emmerdeur. Ce salopard passe son temps à modifier ses fichus titres.

— Bon, j'attendrai dans la voiture, dit-elle en regardant par la vitre avec une décontraction forcée.

— Non, avec lui, ça s'éternise toujours, et j'aimerais te montrer dans quel genre d'appartement nous vivrons un jour. Son penthouse est dément.

Emily soupira. Un quart d'heure plus tard, elle se retrouva devant l'immeuble qui abritait à la fois son pire cauchemar et son rêve le plus fou.

Après avoir lancé ses clés au voiturier, Dillon pointa du doigt le dernier niveau de la bâtisse.

— Tu vois ça ?

Elle se cassa le cou pour remonter le ruban de ciel bleu jusqu'au toit. Elle hocha la tête.

— C'est là qu'il habite, comme un putain de roi qui domine tout ça. (Dillon écarta les bras pour englober d'un geste la zone de Lenox Hill et l'Upper East Side.) Un jour, nous aurons la même vie que lui.

Il sourit et posa la main dans le creux des reins d'Emily.

Soulevant le rebord de son chapeau, le portier les accueillit, appelant Dillon par son nom de famille comme un vieil ami. Quand ils entrèrent dans le hall inspiré de la Renaissance italienne, Emily remarqua les quelques passants qui le traversaient, parés de vêtements et de bijoux hors de prix. Baissant les yeux vers sa robe d'été et ses chaussures bon marché, elle se sentit hors cadre.

Le voyage en ascenseur jusqu'au soixante-quinzième étage lui fit l'effet d'une torture. Quand elle entendit le tintement des portes, juste avant leur ouverture, elle eut envie de disparaître dans le mur. Durant la longue traversée du couloir, elle eut le sentiment d'être un morceau de viande jeté dans une mer de requins affamés.

Elle redoutait plus particulièrement un certain requin, bien entendu.

En approchant de sa porte, Emily passa la main sur son front en sueur, le cœur tambourinant. Dillon frappa d'un geste sec et, après une éternité, le battant finit par s'ouvrir sur une bombe rouquine et plantureuse. Elle ne portait rien d'autre qu'une culotte de dentelle rose et un soutien-gorge assorti sous une chemise blanche appartenant à Gavin.

— Ouah, tu es splendide.

Devant la mine d'Emily, Dillon ravala son immense sourire.

— Salut, Dillon, répondit la femme d'une voix rauque en lui faisant la bise. Ça fait genre des plombes qu'on s'est pas vus, dis donc.

Croisant les bras, Emily se balança d'un pied sur l'autre, un sourire forcé sur son visage. Après un coup d'œil à Emily, Dillon toussota et reporta son attention sur la rouquine.

— Oui, ça fait un moment, Natasha. Je suppose que notre ami est chez lui ? Je n'ai pas eu le temps de le prévenir que je passais.

— Ouais, il est sur la terrasse avec son ordinateur. Genre, tu sais comment il est, boulot, boulot, rit-elle.

Dillon hocha la tête.

— Qui c'est ? demanda Natasha en refermant la porte derrière eux.

— La future Mme Parker. (Dillon sourit en prenant Emily par la taille.) Emily, je te présente Natasha Bradford. C'est... une amie de Gavin ?

— Sa friandise du mois, gloussa-t-elle. (Emily était bouche bée.) Mais ça me va très bien, j'y gagne ce genre de cadeaux.

Elle gloussa à nouveau en triturant un collier de diamants.

— Eh bien, quelle chance, répondit Emily en contrôlant sa soudaine nausée.

— C'est vrai, j'ai de la chance. (Natasha sourit. Elle inclina la tête sur le côté.) Alors, vous êtes, genre, sérieusement fiancés tous les deux ?

— Alors, genre, sérieusement, non pas vraiment, s'empressa de répondre Emily.

— Mais... j'avais cru. (Elle regarda Dillon d'un air confus et lui donna une tape sur le bras.) Espèce d'idiot, tu m'as fait croire, genre, que tu étais fiancé quand tu as dit qu'elle était la future Mme Parker.

— Un jour, elle le deviendra, affirma Dillon en adressant un sourire à Emily, qui le lui rendit en priant pour ne plus avoir à entendre le mot « genre ».

— Bon allez, entrez. Je vais lui dire que vous êtes là.

Natasha pouffa de rire, et Emily soupira en la voyant aller chercher Gavin.

— Bébé, il faut que j'aille aux toilettes, dit Dillon en remontant un long couloir. Je reviens.

Emily hocha la tête. Au premier coup d'œil, elle se fit la réflexion que la décoration de l'appartement offrait un contraste saisissant avec sa maison des Hamptons. L'intérieur était impressionnant mais froid et impersonnel. Un sol carrelé en marbre, des canapés de cuir noir, des sculptures abstraites en pierre, et d'imposantes photographies en noir et blanc représentant des vues urbaines emplissaient l'espace sans la moindre touche de couleur. Ce lieu, qui symbolisait son rang social, était tel qu'Emily l'avait imaginé lors de leur première rencontre. Ce n'était pas un foyer ; il correspondait aux attentes d'une vie confortable dans une grande ville. Elle se dit que c'était une autre des nombreuses facettes cachées de Gavin.

Tandis qu'Emily se grondait d'analyser son lieu de vie, Gavin apparut dans un bas de pyjama en coton bleu – torse nu. Sa présence – et son dragon tatoué qui s'enroulait autour de sa cage thoracique, réchauffa instantanément les lieux. Le souffle court, elle le regarda murmurer quelques mots à l'oreille de Natasha. Celle-ci gloussa, l'embrassa sur la joue et disparut dans une pièce dont elle referma la porte.

Gavin observait Emily tout en s'efforçant de masquer la joie intense qu'il éprouvait en son for intérieur. Il avait l'impression que ça faisait une éternité qu'il ne l'avait pas vue, un laps de temps aussi intolérable qu'une condamnation à mort. Sentant son corps se détendre sous le simple effet de sa présence, il se dirigea vers elle en souriant.

— Je suis désolé, dit-il en se passant la main dans les cheveux. Elle est comme allergique aux vêtements.

— Mais elle est très attachée au mot « genre », alors ça compense, j'imagine.

— Tiens, je ne l'avais pas remarqué, répondit-il.

— Tu rigoles ? s'étonna Emily en s'efforçant de rester concentrée sur son visage, le plus loin possible de la pointe du dragon.

Il se rapprocha pour lui susurrer à l'oreille :

— Évidemment, c'est insupportable. Mais que ça reste entre nous !

Entre sa proximité et son souffle chaud sur sa peau, elle crut s'évanouir.

— Promis, juré.

Son regard se posa sur sa bouche avant de remonter vers ses yeux.

— Rends-moi service, n'attire pas mon attention sur tes jolies lèvres, chuchota-t-il en la fixant intensément.

Prise au dépourvu, Emily ne sut quoi répondre.

— Tu veux boire quelque chose ? proposa-t-il avec décontraction, baissant la tête pour cacher son sourire.

— Ça dépend, est-ce que tu comptes me regarder ? Je me trompe peut-être, mais il me semble que j'aurai besoin d'utiliser ma bouche.

Il haussa un sourcil et fit un petit sourire.

— Pour mon plus grand plaisir.

— Qu'est-ce qui te ferait tant plaisir ? demanda Dillon en revenant des toilettes.

S'éloignant de Gavin, Emily faillit trébucher.

— Je disais à Emily que ça me ferait plaisir de lui faire visiter les lieux, répondit Gavin le plus calmement du monde.

— Avant que tu ne lui fasses faire le tour de ton appartement, réglons ça, coupa Dillon en lui donnant une pile de documents. J'ai besoin de ta signature sur chacun de ces papiers. J'aimerais aussi qu'on parle des risques que tu encours en renonçant à CMEX.

Pendant que Dillon allait se chercher à boire dans la cuisine, Gavin fixa Emily.

— Je suis prêt à les prendre. Je pense que ça rend la vie un peu plus... excitante. Tu ne crois pas ?

Emily savait très bien à quoi il faisait allusion et elle lui rendit son regard malgré son cœur qui sursautait dans sa poitrine.

— En réalité, je ne crois pas que ce soit une bonne idée de les lâcher, répondit Dillon en décapsulant une bouteille de bière tout en revenant vers eux. CMEX est un placement sûr. Tu as investi énormément de fonds spéculatifs. Cette décision n'est pas très judicieuse.

— C'est toi, le spécialiste, déclara Gavin avec un sourire. Allons étudier ça dans mon bureau. (Il se tourna vers Emily.) Je t'en prie, fais comme chez toi. Natasha va revenir d'une minute à l'autre. Elle va, *genre*... te tenir compagnie, dit-il en lui faisant un clin d'œil avant de partir dans le couloir avec Dillon.

Emily resta figée pendant un moment, cherchant à reprendre son souffle. Elle se lécha les lèvres, traversée par des frissons à l'idée de tout ce que Gavin avait évoqué.

Totalement... terriblement... dangereux.

Elle sortit prendre l'air sur la terrasse en espérant apaiser son chaos intérieur. L'appartement, situé en angle, offrait une vue stupéfiante à cent quatre-vingts degrés sur Central Park et l'East River. La terrasse était plus spacieuse que son salon et les deux chambres de son appartement réunis. S'approchant de la balustrade, elle admira la ville qui s'étalait sous ses pieds. Le vent soulevait ses cheveux en tous sens tandis qu'elle respirait l'air chaud et humide. Bien qu'elle ait le vertige, elle trouva l'immobilité, la solitude et l'absence de voisins apaisantes. Ce moment de sérénité fut vite brisé par Natasha.

— C'est genre, à couper le souffle, tu crois pas ? dit-elle en proposant un verre d'eau fraîche à Emily.

— Merci, dit-elle. Oui, c'est vraiment beau. (Elle remarqua la robe tube noire, sans bretelles et moulante de Natasha.) Alors, tu viens d'où ?

— De Californie, répondit-elle en gloussant.

— C'est vrai ? lança Emily en feignant l'étonnement. Je ne m'en serais jamais douté.

Natasha inclina la tête sur le côté, sa chevelure flamboyante se soulevant dans le vent.

— Bah, je sais. On me dit ça, genre, tout le temps.

— J'imagine.

Elles s'assirent sur un canapé d'extérieur. Natasha ramena ses pieds sous ses jambes.

— Alors, ça fait genre combien de temps que tu sors avec Dillon ?

— Ça fera un an le mois prochain.

— Comme c'est chou, commenta Natasha en souriant. Il est hyper mignon.

— Merci. Et toi, depuis combien de temps, toi et Gavin, vous, euh...

Sans savoir comment poser la question, Emily but une gorgée d'eau.

— Qu'on baise ? (Emily s'étouffa.) Oh, zut, ça va ?

Natasha posa la main dans le dos d'Emily.

— Oui, j'ai... (Elle toussota un moment.) J'ai avalé de travers, dit-elle en indiquant sa gorge. Mais ça va, merci.

— Alors, laisse-moi réfléchir, genre... (Natasha se tapota le menton du bout du doigt.) J'ai rencontré Gavin il y a deux ans, tu vois, quand Blake Industries a lancé une campagne de pub pour une agence de mannequins avec qui je travaille. Il n'y a rien de sérieux entre nous, mais on couche ensemble de temps en temps depuis cette époque. Genre, il me passe un coup de fil et je viens. (Elle pouffa.) Genre, je viens, dans tous les sens du terme. Ça, qu'est-ce que je viens ! On peut dire qu'il sait y faire. Sans rire, c'est le meilleur coup de ma vie... Ses lèvres, sa langue... Elles sont pas seulement douées pour embrasser, si tu vois ce que je veux dire. Quand il descend...

— Ouh là, il commence à faire trop chaud dehors, l'interrompit prestement Emily en se levant. (Elle s'éventa le visage de la main.) Dis donc, on dirait que la température a grimpé d'un coup.

— Tiens, je ne sens rien, fit Natasha, les sourcils froncés.

— Moi si. Je vais retourner profiter de l'air conditionné.

— Ah ouais, je viens avec toi, s'écria Natasha en bondissant sur ses pieds avec un enthousiasme démesuré.

Non, pitié...

À l'intérieur, Emily trouva Dillon assis dans un canapé en cuir.

— Tout va bien, bébé ? Je te trouve pâle, dit-il.

— Oui, ça va. Je vais faire un saut aux toilettes avant de partir.

La moue boudeuse, Natasha se laissa tomber dans un fauteuil à côté de Dillon.

— Oh non, je croyais qu'on allait tous déjeuner ensemble. Il y a un petit resto grec, genre assez chic, qui vient d'ouvrir et j'ai hyper envie de l'essayer.

— Bonne idée, dit Dillon en allant chercher une autre bière. Je meurs de faim.

— Dillon, tu te souviens que nous avions prévu d'aller faire du shopping.

— Nous irons après déjeuner. La Cinquième Avenue ne va pas disparaître, répondit-il en prenant son téléphone pour passer un coup de fil.

Emily le fixa en fulminant tandis qu'il parlait à son interlocuteur.

— Génial ! s'exclama Natasha en applaudissant.

Gavin entra dans le salon, toujours en bas de pyjama. Il entreprit de masser les épaules de Natasha.

— Qu'est-ce qui te rend si heureuse ?

— Elle est, genre, trop contente parce que nous allons déjeuner tous ensemble, répondit Emily à Gavin avec un sourire en coin. J'aimerais aller aux toilettes avant de partir. Pourrais-tu m'indiquer dans quel couloir ça se trouve, genre ?

Natasha souriait jusqu'aux oreilles.

Gavin esquissa un petit sourire.

— C'est, genre, au bout de ce couloir, dernière porte à droite.

Il retint un rire.

Sans lui accorder un regard, Emily suivit la direction indiquée. Elle referma la porte derrière elle.

— Dans quoi je suis tombée, murmura-t-elle en examinant son reflet dans le miroir.

Elle s'accorda quelques minutes pour digérer l'idée de passer l'après-midi dans une situation désagréable, puis en sortant, elle trouva Gavin appuyé contre le mur, les bras croisés. Elle entendit Dillon et la bimbo rire dans l'autre pièce, sans toutefois pouvoir discerner le détail de leur conversation.

— Tu trouves ça marrant, hein ?

Souriant, il s'approcha.

— Pas toi ?

Elle recula.

— Pas autant que toi, on dirait.

Sans ciller, Gavin se rapprocha d'elle.

— Nous sommes amis, tu te souviens ?

Sans un mot, elle recula et se retrouva dos au mur, ses mains moites plaquées contre la paroi fraîche.

Il posa la main au-dessus de son épaule, et baissa la tête de manière à la regarder dans les yeux.

— Ce n'est qu'un déjeuner, dit-il d'une voix grave et séduisante. En toute amitié.

Fermant les yeux, Emily essaya de se concentrer sur la voix de Dillon malgré le souffle de Gavin qui l'effleurait. Des frissons la parcoururent.

— Tu es dingue, dit-elle, le cœur battant à tout rompre.

— Tu crois ?

Déglutissant, elle ouvrit les yeux et hocha la tête.

Il se mordilla la lèvre inférieure.

— Puisque tu me trouves dingue, je peux te faire un aveu ?

Sa voix rauque provoqua une envolée de papillons dans son ventre. Elle acquiesça.

Sillonnant son bras nu du bout des doigts, il lui glissa une capsule dans la main. Il se pencha pour lui murmurer à l'oreille :

— J'ai oublié de te donner ça quand tu es arrivée.

Tout sourire, il s'éloigna, entra dans sa chambre et referma la porte.

Emily expira profondément dans le but d'apaiser les battements de son cœur, mais elle avait la gorge nouée. Après avoir jeté la maudite capsule dans son sac à main, elle retourna s'asseoir à côté de Dillon. Pendant un quart d'heure, tandis qu'ils attendaient que Gavin se prépare, elle écouta avec consternation Natasha décrire en détail sa dernière opération de chirurgie plastique consistant à se faire remonter le fessier. Lorsque Gavin les rejoignit, elle se réjouit de ficher le camp d'ici.

Le trajet en ascenseur jusqu'au rez-de-chaussée lui parut encore plus pénible qu'à l'aller, si toutefois c'était possible. Dans la cabine exiguë, la tension sexuelle était si dense qu'Emily se sentait poisseuse. Les deux couples se faisaient face. Natasha et Dillon parlaient de stock-options qu'il lui suggérait d'acquérir. Gavin était appuyé contre la paroi avec nonchalance, souriant, un bras passé autour de la taille de Natasha sans quitter Emily du regard. Elle l'observait avec une intensité égale. Il avait revêtu un tee-shirt noir près du corps qui épousait ses biceps musclés et un pantalon large assorti qui soulignait sa taille fine. Quand le tintement joyeux de l'ascenseur annonça l'arrivée, Emily sortit aussi vite que possible pour se réfugier dans l'espace ouvert du hall - loin de lui.

Ils décidèrent de prendre la voiture de Dillon, Natasha et Gavin s'installant à l'arrière. Emily était exaspérée par les gloussements que poussait Natasha chaque fois que Gavin lui murmurait quelque chose.

Quand ils arrivèrent devant le restaurant, Dillon aida Emily à descendre, et Gavin fit de même avec Natasha. Malgré l'odeur savoureuse de cuisine grecque qui flottait dans l'air, Emily ne se sentait pas d'humeur.

— Alors, Emily, tu es vraiment belle, tu sais, dit Natasha, une fois qu'ils furent attablés. Tu as déjà pensé à, genre, devenir mannequin ? Tu es majeure, non ?

— Euh, oui, j'ai vingt-quatre ans. Mais je n'ai jamais eu ce genre de projet. Et puis j'apprécie trop la bonne cuisine pour ça, rit-elle en rendant la carte au serveur.

Dillon prit la main d'Emily et regarda Natasha.

— De toute façon, je ne serais pas d'accord.

— Pourquoi ? Elle se ferait plein de thunes et je pourrais lui présenter mon agent. C'est, genre, le meilleur de New York.

— Elle n'a pas de soucis d'argent, protesta Dillon en se carrant dans la banquette. Je préfère qu'elle ne fasse pas ce genre de choses, c'est tout.

Natasha haussa les épaules et rassembla sa chevelure sur le côté.

— Dillon m'a dit que tu avais trouvé un poste à Manhattan ? dit Gavin en jetant un œil dans la direction d'Emily.

— Oui, répondit-elle en dépliant sa serviette sur ses genoux. Dans Greenwich Village.

— Oui, dans une classe de CP, alors aucune chance qu'un de ses élèves en pince pour elle, dit Dillon en riant avant de l'embrasser dans le cou.

— Mais tu as peut-être tort, Dillon, dit Gavin. J'étais très amoureux de ma maîtresse de CP.

Dillon but une gorgée de whisky.

— Tu me charries ?

— Pas du tout. (Gavin s'adossa à sa chaise.) Si je me souviens bien... (Il réfléchit un instant, et sourit.) Elle s'appelait Mlle Molly. Et le moins qu'on puisse dire, c'est que j'étais dingue d'elle. Je ne peux pas expliquer pourquoi elle me faisait autant d'effet.

Emily lui décocha un sourire complice et leva les yeux au ciel.

Natasha pouffa de rire et lui donna une tape sur le bras.

— Genre, tout petit déjà, tu courais après les filles, hein ?

— Faut croire, dit Emily en croisant les mains sous son menton et en lui lançant un coup d'œil en travers de la table.

Avec un sourire sarcastique, Gavin se contenta de hausser un sourcil.

— Ça alors ! Mais c'est Dillon Parker !

Se retournant, Emily découvrit un grand jeune homme, approximativement du même âge qu'eux, qui avait peigné ses cheveux foncés vers l'arrière et les avait fixés à grand renfort de gel. Dillon se leva et fit le tour de la table pour aller lui serrer la main.

— C'est pas vrai ! Où étais-tu passé ?

— J'étais à Cancun, au pays des *señoritas* pulpeuses, mais je suis revenu, plus chaud bouillant que jamais.

Dillon se tourna vers Emily.

— Bébé, je te présente un vieux pote de fac, Keith Jacobs. Keith, voici ma petite amie, Emily.

Elle lui serra la main, puis Keith fut présenté à Gavin et Natasha. Ils échangèrent quelques banalités d'usage avant que Dillon ne les informe qu'il allait discuter avec Keith au comptoir.

Se disant qu'elle pouvait s'amuser un peu elle aussi, et peut-être même mieux, Emily se tourna vers Natasha avec un grand sourire.

— Alors, Natasha, tu as eu l'occasion d'aller visiter la bibliothèque publique de New York ?

— Ah ben, pas encore, mais j'aime bien les magazines. Ils doivent en avoir, non ?

Gavin sourit en direction d'Emily, savourant son entrée en matière. Il savait précisément à quelle conversation elle faisait référence en évoquant la bibliothèque.

— Tout à fait, oui, répondit Emily en faisant les gros yeux. Des centaines, peut-être même des milliers de magazines en accès libre. (Elle but une gorgée de Cosmopolitan et sourit.) Je suis sûre qu'il y a aussi des tas de numéros de *Vogue*.

— Merci, je le note dans un coin de ma tête, dit Natasha en souriant. Genre, faut vraiment que j'aille y faire un tour. Mais pour l'instant, faut vraiment que j'aille me repoudrer le nez. Je reviens tout de suite.

Elle se leva, colla un baiser chaste sur la tempe de Gavin et traversa le restaurant, son fessier ferme se balançant de droite à gauche tandis qu'elle rajustait sa robe.

— C'était plutôt amusant, dit Gavin en se penchant en travers de la table. Au risque de me répéter, tu es une jolie fille pleine d'humour.

— Franchement, Gavin ? Comment un homme de ton calibre peut-il sortir avec une cruche pareille ? Tu ne blaguais pas en disant que tu n'attirais que des reines de beauté sans cervelle.

Il haussa les épaules.

— Comme je te l'ai dit, chacun sa manière de combler les vides de l'existence. Elle me donne ce dont j'ai besoin, et je lui rends la pareille. Ça me semble équitable.

— Oui, c'est ça, comme si personne n'avait remarqué le caillou qu'elle porte au cou.

— On dirait que ça te... perturbe ? fit-il remarquer d'une voix monocorde, le visage impassible.

Malgré la colère qui grondait en elle, Emily parvint à répliquer d'une voix contenue.

— Tu veux savoir ce qui m'énerve ? (Il hocha la tête sans jamais la quitter du regard.) Ça m'énerve que tu fasses tout ce qui te chante pour me mettre mal à l'aise. Je croyais que tu voulais qu'on soit amis ?

— Je te rends la vie si difficile que ça ? railla-t-il.

— Oui, Gavin, lança-t-elle d'une voix calme, serrant son verre si fort qu'elle avait les phalanges blanches.

En proie à un violent désir – si fort qu'il menaçait d'exploser – il se pencha vers elle et répondit discrètement :

— Tant mieux, parce que dès que je te vois, mes réserves de sang-froid s'épuisent jusqu'à la dernière goutte.

Abasourdie, Emily sentit sa gorge se serrer. Elle expira, son souffle résonnant dans ses oreilles tandis que des picotements la submergeaient. Et pour couronner le tout, sous son regard insistant, son corps s'enflammait. L'impact provoquait une explosion entre ses jambes, causant une réaction en chaîne de colère mélangée à un désir plus fort que tout. Emily lui rendit son regard suggestif, légèrement provocant, tout en essayant de reprendre son souffle.

— Qu'attends-tu de moi ?

— J'aimerais que tu admettes ce que je vois dans tes yeux chaque fois que je suis près de toi. (Il se lécha très lentement les lèvres, et le désir noircit ses yeux bleus.) J'attends de toi que tu me dises que tu tremblais dans mes bras quand je t'ai touchée, que ton souffle s'accélère quand je te regarde.

Elle le fixa, le cœur tambourinant, mais fut incapable de faire une phrase.

— J'ai adoré sentir tes lèvres contre les miennes et je suis à peu près certain que toi aussi. J'aime aussi le fait de pouvoir deviner que tu mouilles en ce moment même. (Se penchant plus près, il murmura d'une voix ferme.) Tu vas prétendre que tu ne ressens rien pour moi, Emily ?

Il ne la touchait pas et pourtant il avait raison – sa culotte était trempée. Elle ne supportait pas qu'il ait remarqué la manière dont elle réagissait face à lui. Et elle détestait aussi que son désir soit si fort qu'elle sentait son goût dans sa bouche. *Qu'il aille au diable.*

— Je ne répondrai pas à ta question.

— Tu n'aimes pas répondre aux questions qu'on te pose, affirma-t-il entre ses dents serrées, luttant contre l'envie de l'attirer en travers de la table pour la prendre dans ses bras.

Il aurait pu la dévorer toute crue, en plein restaurant. Avec la même virulence qu'une tornade qui ravage tout sur son chemin, sa présence suffisait à l'attirer vers elle. *Qu'elle aille au diable.*

— Non, Gavin, ce sont *tes* questions qui me gênent, se hâta-t-elle de murmurer. Et on dirait que je suis sauvée parce que ton bouche-trou arrive.

Les pupilles de Gavin se dilatèrent alors qu'il intégrait ses paroles. Avec naturel, il afficha un sourire feint à l'approche de Natasha. Avant de s'asseoir, elle se pencha pour l'embrasser. Emily fit la bêtise de ne pas détacher son regard d'eux. Voyant Gavin passer la langue sur la bouche de Natasha, elle fut prise d'une soudaine nausée. Sans comprendre pourquoi, elle éprouva de la colère, même si elle n'avait aucun droit sur lui. Quand ils conclurent leur parodie, Gavin survola Emily d'un regard incertain tempéré d'une pointe de quelque chose qui ressemblait à des excuses.

Natasha esquissa un petit sourire satisfait avant de s'asseoir à côté de lui.

— Désolée d'avoir été aussi longue. J'ai dû, genre, vider entièrement mon sac à main pour trouver mon rouge à lèvres.

Emily prit une longue inspiration et faillit bondir lorsqu'une grande main lui pressa doucement l'épaule. Se retournant, elle croisa le regard de Dillon. Elle tenta d'apaiser les battements de son cœur.

Le serveur leur apporta les plats. Pendant tout le repas, Emily et Gavin échangèrent des regards enflammés, si bien qu'elle avait du mal à tenir ses couverts.

Après avoir enduré une heure de conversation abrutissante ayant pour sujet l'inquiétude de Dillon quant aux choix de Gavin sur ses portefeuilles de stock-options, Emily souffla lorsqu'ils regagnèrent enfin la voiture, achevant ainsi un après-midi tendu. Elle garda le silence jusqu'à ce qu'ils déposent Natasha et Gavin. Si Dillon avait remarqué son brusque changement d'humeur, il ne fit aucun commentaire. Quand ils arrivèrent en bas de chez Gavin, Emily prétexta qu'elle n'était pas en forme pour éviter de les accompagner dans l'entrée. Dillon embrassa poliment Natasha sur la joue et salua Gavin d'une poignée de main ferme. Pendant qu'il revenait vers le véhicule, le regard d'Emily était aimanté vers Gavin, qui tenait la porte ouverte le temps que Natasha entre dans le hall en se déhanchant, rejetant ses cheveux sur ses épaules. Avant de s'engouffrer dans l'immeuble, Gavin se retourna, les deux mains enfoncées dans les poches, et lança à Emily un dernier regard perçant et nostalgique qui allait rester gravé dans sa mémoire pour le restant de la journée.

Dillon prit place à côté d'elle en souriant.

— Prête à faire les boutiques de la Cinquième Avenue ?

Bien qu'elle eût l'impression de s'être tout juste évadée d'un hôpital psychiatrique, Emily s'appliqua à sourire et acquiesça.

— Oui, partons vite d'ici.

9

Grand chelem

En ce milieu de matinée, il faisait bon à Central Park mais plus frais que la normale pour une deuxième semaine d'août. Emily déplia un carré de tissu sous un érable, à l'ombre. Elle posa son sac à dos à côté d'elle, en sortit deux sandwichs, deux bouteilles d'eau et son roman préféré, *Les Hauts de Hurlevent.* Il ne manquait plus que Dillon. Consultant sa montre, elle se fit la réflexion qu'il avait déjà vingt minutes de retard. Alors que la ville bourdonnait de ses bruits incessants familiers, elle décida de vérifier ce qui le retardait.

Il répondit dès la première sonnerie, d'une voix empreinte de remords.

— Ne m'en veux pas. (Étonnée par son accueil, elle le laissa parler.) Em, tu es là ?

— Oui, je suis là, mais pas toi. Où es-tu ?

— Je suis dans le New Jersey, mais...

— Tu es dans le New Jersey ? l'interrompit-elle. Dillon, qu'est-ce que tu fabriques ? Je poireaute à Central Park.

— Emily, tu veux bien me laisser t'expliquer ?

— Très bien, Dillon, explique-moi.

— Tu te souviens que je t'ai parlé du magnat japonais qui envisage d'investir dans Morgan and Buckingham ? (Il attendit sa réponse, mais elle garda le silence.) Takatsuki Yamamoto ?

— Abrège.

— Merde, Emily, c'est ce que j'essaie de faire. (Elle soupira et il reprit :) Il est arrivé du Japon hier soir et il n'est là que pour deux jours. Il a demandé à me rencontrer en personne. J'ai reçu l'appel de mon boss de bonne heure ce matin. Il a exigé que je sois là.

Pendant qu'il répondait à une question que quelqu'un venait de lui poser, Emily patienta.

— Bébé, je dois te laisser. Je suis désolé, mais c'est un énorme client.

Emily s'enfonça dans le silence.

— Allez, souffla-t-il. Nous ferons ça un autre jour.

— Je sais. C'est juste que j'ai pris ma journée et que j'avais vraiment hâte de...

— Emily, arrête de me culpabiliser, trancha-t-il d'une voix agacée. C'est important pour moi. Je serai chez toi à 18 heures au plus tard.

Il raccrocha sans un mot de plus.

Après s'être remise du fait qu'il lui ait raccroché au nez, Emily se leva et remballa sans entrain ce qui était supposé composer une parenthèse romantique. Tandis qu'elle rangeait son carré de tissu dans son sac, elle entendit quelqu'un crier son nom et se redressa. Avant même d'avoir vu son visage, un picotement familier lui parcourut l'échine. Elle savait qui c'était. Quand elle se retourna enfin, Gavin trottinait dans le parc, souriant, encadré de son neveu et de sa nièce. Son sac à dos lui tomba des mains tandis qu'elle détaillait sa tenue de sport : un tee-shirt blanc à col en V, un bermuda beige et une casquette bleue des Yankees. Pendant qu'il approchait, Emily s'efforça de rassembler ses pensées.

Au-delà de sa présence, de son parfum qui taquinait ses sens, au-delà de leur fichu baiser, c'était son charme inébranlable, sa franche assurance, son sex-appeal et l'indéniable force qu'il dégageait qui la faisaient vibrer. Son tempérament dominant transpirait par tous les pores de sa peau. Toutes ces choses – un cocktail fatal – la terrifiaient et la fascinaient. Chaque fois qu'elle le voyait, un paradoxe cruel la torturait. Elle éprouvait à la fois le besoin de fuir loin de lui et une attirance irrépressible. Soudain, une charge électrique emplit l'air. Elle se sentit oppressée au point d'avoir le souffle coupé. Pour couronner le tout, son irruption lui rappela la dernière fois qu'ils s'étaient vus, deux semaines plus tôt.

Respire, Emily...

— Emimine ! cria Teresa de sa petite voix haut perchée en courant vers elle.

S'agenouillant pour l'accueillir, Emily leva les yeux vers Gavin.

— Que faites-vous là, tous les trois ? demanda-t-elle aussi nonchalamment que possible.

Gavin se pencha en avant, les mains sur les cuisses pour reprendre son souffle. Il se redressa et sourit.

— Je les garde aujourd'hui. J'ai amené ces deux fripons ici pour jouer au foot.

Timothy s'accrocha à la jambe d'Emily.

— Tonton Gafin nous a emmenés donner à manfer aux canards aussi.

Gavin ébouriffa les cheveux de son neveu.

— Nous avons festoyé avec Donald et Daisy.

— Sympa, répondit Emily avec un sourire. Homme d'affaires et nourrice.

— Je vais l'ajouter à mon CV, rit-il.

— Comment tu as fait pour me repérer ?

— Eh bien, ce n'est pas moi qui t'ai vu le premier, ce sont les gosses.

— Tonton Gafin nous a dit de dire qu'on t'avait vue en premier, Emimine, confia Teresa en enroulant la main dans les cheveux d'Emily. Mais c'est lui qui t'a vu d'abord et il a dit de fenir te dire bonfour.

Haussant un sourcil, Emily vit le visage de Gavin s'empourprer.

— Alors, on se sert des enfants pour raconter un bobard ?

Il secoua la tête en souriant.

— Tu m'as pris la main dans le sac. Un truc de plus dans mon CV. (Emily rit.) Que fais-tu ici ?

— Dillon devait me rejoindre mais il a été appelé dans le New Jersey. (Elle souleva son sac à dos.) Je m'apprêtais à rentrer chez moi.

Teresa fit la moue.

— Tu peux rester fouer au foot afec nous, Emimine ?

— Euh, je ne sais pas, dit-elle en consultant Gavin du regard. Peut-être une autre fois ?

Teresa fronça les sourcils.

— Tu n'auras pas à me supporter trop longtemps. (Il fit un petit sourire malicieux.) Colton et Melanie viennent les chercher dans dix minutes.

Emily fit un sourire faussement effarouché comme pour le défier.

— Bon, très bien. Je devrais pouvoir supporter un quart d'heure difficile. (Elle reposa son sac à dos.) Et toi, tu tiendras le coup ?

— Mmm, je crois que oui, et même très bien. Tu sais jouer au foot ?

— J'apprends vite.

— Je suis un excellent professeur.

Il lâcha le ballon et le frappa du pied. Teresa et Timothy coururent après.

— Être avec toi n'est pas si insupportable, Gavin, dit Emily en s'élançant vers les enfants.

Il la rattrapa.

— Tu as pourtant prétendu le contraire. Mais ce n'est pas grave. En fait, je le prends plutôt comme un compliment.

Emily secoua la tête et rit.

Pendant le quart d'heure qui suivit, même s'il fit quelques passes, Gavin resta en retrait pour l'observer jouer avec les enfants. Assis sur une table de pique-nique, il avait les sens en émoi. Il la couvait du regard, s'arrêtant finalement sur son visage pour admirer son sourire. Il écoutait son rire tout en s'émerveillant de voir son neveu et sa nièce s'accrocher à elle. Les enfants avaient un sens aigu de l'aura qui entoure chacun, et leur comportement ne faisait que confirmer ce que son cœur savait déjà : sa présence était magnétique. Elle fascinait tout le monde.

Gavin la regardait courir avec eux, ses boucles rebondissant, le soleil créant un halo féerique d'un auburn intense. Son besoin d'elle l'envahissait jusqu'au plus profond de son être. Dès l'instant où il l'avait vue, elle avait provoqué une étrange réaction dans sa poitrine. Quand elle lui rendit son regard, son ventre se serra, et il prit conscience que, si elle continuait, il risquait de s'éprendre encore plus d'elle.

Tandis que ses sentiments se précisaient, il comprit que rien ne pouvait apaiser son désir d'elle. Tout ce qu'il savait avec certitude, c'est qu'il était pris dans un gigantesque fatras d'émotions. En sa présence, il souffrait le martyre mais il était disposé à tenir bon. La voix de Colton le tira de ses pensées.

Après qu'ils eurent dit au revoir aux enfants et à leurs parents, Gavin aida Emily à ramasser ses affaires.

— Monsieur Blake, ça m'a plaisir de vous voir, dit Emily en souriant, la main tendue.

Gavin ne la serra pas parce qu'il savait que, s'il la touchait, il ne pourrait pas résister à l'envie de l'embrasser. Se passant la main dans les cheveux, il s'écarta légèrement. Emily fit un sourire gêné, et passa son sac sur l'épaule. Gavin retrouva la parole.

— Attends, tu t'en vas ? Tu vas me laisser tout seul ici ?

— Tu es un grand garçon. Je crois que tu vas trouver de quoi occuper ton après-midi.

Il rit puis se renfrogna.

— Je me disais que c'était l'occasion de faire amende honorable.

— Faire amende honorable ? Pourquoi ?

— Pour mon comportement, la dernière fois. Je suis désolé de t'avoir mise dans l'embarras mais... (il baissa la voix et la regarda dans les yeux)... je n'ai aucun regret. J'assume ce que je ressens pour toi, Emily. Mes sentiments sont bien réels, et je ne peux pas les nier. Malgré tout, j'ai vraiment envie que nous soyons amis.

Elle déglutit, et répondit d'une voix également basse :

— Gavin, nous en avons déjà parlé et...

Il l'interrompit en se rapprochant.

— Cette fois, je te le promets. Je te jure de ne plus rien dire ou faire qui te mette mal à l'aise. Je voulais te dire clairement ce que j'éprouvais. Voilà, c'est fait. (Il recula de quelques pas nerveux, sans la quitter des yeux.) Tu me subjugues pour une raison que je ne m'explique pas, et que je ne m'expliquerai peut-être jamais. Je te trouve remarquable... (Il prit une profonde inspiration.) Quelque chose te distingue de toutes les femmes de ma connaissance. Et pour cette raison, je suis prêt à mettre mes sentiments de côté. *Juste pour être auprès de toi...*

Non seulement le cœur d'Emily se figea, mais son ventre s'agita d'une manière troublante et plaisante tandis qu'elle fouillait son expression. Son émotion était flagrante, et elle ne doutait pas de sa sincérité.

— D'accord, on se donne une seconde chance. Tu veux que je reste un peu avec toi ?

Gavin s'emplit les poumons d'air, relâchant la pression qui s'était accumulée dans sa poitrine en attendant sa réponse.

— Tu aimes le base-ball, je crois ?

— Comment tu sais ça ?

— Le soir où j'ai découvert que tu étais Emily et pas Molly, tu te souviens ? (Il fit un grand sourire.) Avant que tu arrives dans la boîte, Dillon m'a raconté que sa copine était fan de base-ball.

— Tu veux qu'on joue au base-ball ? demanda-t-elle, intriguée.

— On peut découvrir tous les lieux spectaculaires que New York a à offrir, mais tant qu'on n'a pas assisté à un match des Yankees, on n'a pas vécu la ville à fond. (Il sourit.) Trevor devait m'accompagner au match de 13 heures aujourd'hui, mais il a annulé à la dernière minute. (Il sortit des billets de sa poche arrière et les tendit.) J'ai une carte d'abonnement pour la saison, mais ça serait dommage de les gaspiller.

Elle le contempla un instant avec un sourire confus.

— Tu veux que je t'accompagne à un match ?

— Oui.

— Je ne sais pas, répondit-elle en regardant ses pieds. C'est peut-être un peu beaucoup.

Il esquissa un sourire paresseux qui fit pétiller ses yeux de malice.

— Dans un stade de cinquante mille spectateurs, j'aurai peu de chances de t'agresser.

Emily fit la grimace.

— Très juste, mais je ne suis pas fan des Yankees. Je soutiendrai plutôt l'équipe adverse. Tu crois que tu pourras supporter ça aussi ?

Les yeux écarquillés, il posa la main sur son torse en faisant semblant d'avoir reçu un coup au cœur.

— Continue de parler comme ça, et tu vas descendre dans mon estime. Je suis un fan inconditionnel de cette équipe, mademoiselle Cooper. Mais bon, je consens à être assis à côté d'une fan de l'équipe adverse.

Elle secoua la tête en riant.

— Je peux éventuellement envisager une sortie entre amis, mais à une condition.

— Tout ce que tu voudras. Allons-y, dit-il en prenant son sac à dos.

— Attends, je ne t'ai même pas dit ce que c'était.

Il posa la main dans le creux de ses reins pour l'entraîner hors du parc.

— Je suis prêt à tout.

Elle s'arrêta et gloussa.

— Tu vas m'écouter, sinon je ne vais nulle part avec toi, Gavin Blake. Tu m'as bien comprise ?

Un grand sourire ravissant illumina son visage.

— Je suis tout ouïe.

— Ça, par exemple, dit-elle en indiquant sa main pressée dans son dos. (Souriant, il l'ôta.) Interdiction de me toucher, de me déshabiller du regard et de faire ce... truc bizarre avec ta bouche, tu sais quand tu grattes tes lèvres avec tes dents.

Il sourit.

— Ça te dérange tant que ça que je me mordille la lèvre ?

Seulement parce que ça me fait fondre...

— Oui, c'est agaçant.

Il aspira lentement sa langue entre ses lèvres, concluant son geste d'un bruit de bouchon sensuel.

— Bon, alors, c'est pareil pour toi.

Elle pencha la tête sur le côté et soupira.

— Quel petit malin... tu m'as déjà avertie de ne pas attirer ton attention sur mes lèvres. (Elle se posa la main sur la bouche, étouffant la fin de sa phrase.) C'est mieux comme ça ? (Hochant la tête, il rit.) Mais moi, je ne te regarde pas comme si j'allais t'arracher tes vêtements et je ne te touche jamais.

Il haussa les épaules.

— Puisque l'heure est à l'honnêteté, tu ne sais pas à quel point j'adorerais que tu me touches.

Ôtant la main de sa bouche, elle le considéra un instant.

— Tu vois, c'est exactement ce que je voulais dire.

Elle pivota sur ses talons et s'éloigna.

Partant d'un éclat de rire, il la rejoignit en trottinant et l'attrapa par le coude. Elle posa les yeux sur sa main. Il la lâcha aussitôt et sourit.

— Emily, c'était pour rire. Allez, ce ne sont que des blagues... je suis comme ça.

Devant son air enfantin, elle ne put s'empêcher de sourire. Elle savait qu'il ne pensait pas à mal.

— Si tu veux que je t'accompagne, tu gardes les mains dans tes poches, Blake. Compris ? Sinon, je te le ferai payer.

— Ça a l'air excitant, répliqua-t-il avec un sourire narquois. (Elle soupira.) Je saurai me comporter en vrai gentleman. (Il fit la révérence.) Maintenant, allons-y. Nous allons prendre la 4.

— Nous prenons le bus ?

— Euh, non, répondit-il, l'air interloqué. La 4 est une ligne de métro.

— Je croyais qu'on y allait en voiture.

— Surtout pas. (Il lui prit son sac à dos et le passa sur son épaule.) Nous allons vivre la vie new-yorkaise à fond, poupée.

Bien que surprise de se retrouver à passer la journée avec lui, Emily lui emboîta le pas. Quelques centaines de mètres plus loin, ils s'engouffrèrent dans le métro. Entre un couple d'adolescents qui se tripotaient, un type en robe bain de soleil fleurie parlant seul et mangeant de la nourriture chinoise avec les mains et les hordes de supporters qui entonnaient « Allez, les Yankees », Emily se réjouit d'arriver au stade.

Une fois sur place, ils prirent à manger. Emily commanda un hot-dog et une bouteille d'eau, et Gavin choisit un sachet de cacahuètes et une bière. Il emmena Emily vers leurs sièges situés juste devant le marbre. Gavin ressemblait à un gamin chez le confiseur et Emily fut attendrie de voir un homme aussi puissant s'enthousiasmer ainsi pour un match de base-ball.

Gavin consulta sa montre tandis que le stade s'emplissait.

— Le match ne commence que dans une demi-heure.

Emily hocha la tête et remarqua qu'elle avait manqué un appel de Dillon. Évaluant la situation, elle s'agita sur son siège. Elle se demanda si elle devait dire à Dillon où elle était, mais avant qu'elle n'ait eu le temps de s'enfoncer dans ce dilemme, Gavin prit la parole.

— Jouons au jeu des vingt questions pour passer le temps. (Il lança une cacahuète dans sa bouche.) C'est moi qui commence.

— Et puis quoi encore ? C'est toi qui as commencé la dernière fois. Je pose la première.

— Tu n'oublies jamais rien, hein ?

— Je m'y efforce.

— Bon, ça me semble équitable. Pose ta question.

Cherchant une question, elle hésita. Finalement, elle estima que c'était son tour de céder à sa curiosité.

— J'aimerais savoir pourquoi toi et ton ex-fiancée avez rompu.

Il afficha une certaine réserve, le regard fixé sur les gradins. Comme son visage s'assombrit, elle commença à regretter d'avoir choisi ce sujet.

Il se pencha en avant, posa sa bière sur le sol et regarda Emily.

— La première question que je t'ai posée la dernière fois concernait ton parfum de glace préféré. Tu vas directement au point sensible, je vois.

— Je suis désolée. Je n'aurais pas dû poser cette question, murmura-t-elle en baissant la tête.

— Non, ça va. Je ne m'attendais pas à ça. Mais ça ne me dérange pas de t'en parler.

Emily releva aussitôt la tête.

— Vraiment ?

— Oui, je ne sais pas trop pourquoi mais c'est vrai. (Prenant une inspiration, il s'adossa à son siège et hésita un instant.) Elle m'a quitté au moment où mon entreprise a commencé à battre de l'aile. Mon père a proposé de nous renflouer. Mais les Blake ont tendance à être bornés, alors Colton et moi avons refusé son aide. Nous étions confiants. (Il se passa la main dans les cheveux.) Je lui ai tout expliqué, en précisant que nous allions devoir réduire certaines dépenses le temps de redresser la barre. Elle a objecté que je devais accepter l'argent de mon père et m'a dit que j'étais fou de croire que je pouvais arranger nos comptes sans son aide. Colton et moi étions décidés à ne pas céder. Elle vivait dans mon appartement depuis que nous étions fiancés. Un jour, je suis rentré après le travail et j'ai trouvé une lettre disant qu'elle ne pouvait pas prendre le risque de renoncer à notre train de vie. (Il prit sa bière, but une gorgée et souffla.) Cinq ans ensemble et elle m'a dit au revoir avec une lettre.

Emily fouilla son regard et y trouva du chagrin.

— Tu l'aimais, dit-elle à voix basse.

Il haussa les épaules.

— Oui, elle m'a brisé le cœur. Je croyais qu'elle m'aimait pour ce que j'étais, pas pour ma fortune. Tu sais, quand nous nous sommes rencontrés, j'étais en dernière année de fac, je ne gagnais pas encore d'argent. Elle a trahi ma foi en l'amour en me quittant. (Il se pinça les lèvres.) Avec le recul, j'ai bien compris que nous n'étions pas faits l'un pour l'autre. Elle accordait trop d'importance à notre image – ça allait de la voiture que nous conduisions aux fêtes auxquelles nous assistions. (Il se frotta le menton, l'air absent.) Elle n'était pas comme ça, au début, elle a changé peu à peu. Notre première divergence est apparue lorsqu'elle m'a avoué ne jamais vouloir d'enfants. Je l'aimais assez pour envisager cette vie, mais avec le recul, elle ne méritait pas que je renonce à mon désir de fonder une famille.

Emily esquissa un petit sourire.

— Tu as envie d'avoir des enfants ?

— J'en veux assez pour remplir un mini-van, admit-il en souriant.

— Gavin Blake au volant d'un mini-van ?

— Mais oui, répondit-il en prenant sa bière. Couleur vert sapin, même.

Du coin de l'œil, Emily le vit arranger sa casquette, un peu déstabilisé. Elle commençait à comprendre son besoin de combler le vide.

— Tu ne l'as jamais revue ?

— Si, récemment, pour tout te dire.

— Comment ça s'est passé ? se força-t-elle à demander.

— C'était... intéressant. Je suis tombé sur elle avec des potes. Elle a déblatéré un tas de foutaises, et elle m'a fait croire qu'elle était contente que ma société aille mieux. Elle a admis que je lui manquais et qu'elle m'aimait toujours, et que me quitter avait été la plus grosse erreur de sa vie. (Il croqua une cacahuète et sourit.) Tu vois où je veux en venir ?

— Oui. Maintenant que ta situation financière est stabilisée, elle veut te récupérer.

— Bingo. Je savais bien que tu avais l'esprit vif. (Il but une gorgée.) En plus, elle s'appelle Gina, et avec moi, ça fait deux G. C'était un mauvais présage. Nous étions voués à l'échec.

Malgré sa légèreté, Emily perçut un fond de chagrin dans ses yeux. Elle préféra changer de sujet.

— J'ai reçu l'invitation que tu nous as envoyée, à Dillon et à moi.

— J'allais t'en parler, répondit-il en faisant signe à un vendeur de bière. (Il en acheta une autre puis se tourna vers Emily.) Je me suis dit que ça vous intéresserait, puisque... bon, tu sais pourquoi.

— Oui, je te remercie d'ailleurs, mais que fait ta mère exactement ?

— Comme elle est consciente d'avoir eu de la chance de survivre, elle a monté une association dans le but de réunir de l'argent destiné aux femmes atteintes du cancer du sein dans la région de New York. Des femmes qui sont soit en plein combat, soit en rémission, et pour les familles de celles qui en sont mortes.

— C'est merveilleux qu'elle fasse ça.

— Oui, on va fêter les dix ans de la fondation. Elle organise ce gala tous les ans, en octobre, pendant le mois de la sensibilisation au cancer du sein. C'est assez spectaculaire. Tout le monde est en tenue de soirée, le champagne coule à flots, et tous les plus riches New-Yorkais se rassemblent le temps d'une soirée pour investir leur argent dans autre chose qu'une croisière aux Fidji ou une nouvelle bagnole.

Emily rit.

— Bon, nous serons là.

— Tu m'en vois ravi.

Sous un grand ciel bleu, la cérémonie d'ouverture démarra et, peu de temps après, le match battait son plein. Les Yankees commencèrent fort, avec une frappe envoyant la balle en dehors du terrain. Pendant tout le match, Gavin attira l'attention sur Emily, faisant savoir à tous les fans des Yankees à portée de voix qu'elle défendait l'équipe adverse, les Baltimore Orioles. Les fans la huaient chaque fois que son camp marquait. Elle donnait des coups de coude à Gavin, en lui promettant toutes sortes de représailles. Comme elle avait encore un petit creux et qu'elle se détendait enfin, Emily commanda des bretzels et prit elle aussi une bière. À la fin de la septième manche, le score était à égalité, quatre partout et les Yankees étaient à la batte.

Gavin adressa un sourire narquois à Emily en se frottant les mains.

— Tes chouchous vont se faire écraser.

— Tu as l'air bien sûr de toi, souligna-t-elle avec le sourire. Je serais prudente, à ta place.

Le regard de Gavin survola le coin de sa bouche qu'une petite pointe de moutarde l'invitait à lécher. Sans réfléchir, il l'essuya du pouce. Surprise par son geste, Emily sursauta.

— Tu avais... de la moutarde sur la lèvre, répondit-il.

Malgré l'envie de se lécher le doigt, il s'essuya sur une serviette en papier.

— Tu as enfreint l'interdiction de me toucher, dit-elle en ignorant ce que son corps s'efforçait de nier.

Bien que fugace, ce contact lui procurait une sensation de bien-être affolante.

Il porta le regard sur ses lèvres avant de remonter vers ses yeux.

— J'aurais dû te laisser comme ça ?

— Ou tu aurais pu me le dire, petit malin.

Il fit un sourire si contagieux qu'elle ne put s'empêcher de lui répondre.

— Tu vas m'obliger à te faire payer cher tes entorses à la règle.

Il la considéra d'un air incrédule.

— Je n'ai rien contre les démonstrations en public, encore moins avec toi, mais comment comptes-tu t'y prendre dans un stade bondé ?

Emily lui décocha un sourire diabolique et se pencha en avant pour tapoter l'épaule de la femme assise devant eux. Elle et son amie se retournèrent.

— Je suis désolée de vous déranger, dit Emily à la blonde. Mon ami aimerait vous donner son numéro de téléphone. Il vous trouve très jolie mais il n'a pas le courage de vous le dire lui-même. Vous êtes célibataire ?

Gavin sourit, secoua la tête et enfouit son visage entre ses mains pour cacher son embarras.

Les deux spectatrices éclatèrent de rire.

— Non, mais pour lui, je veux bien rompre.

— Oh, ce n'est pas la peine, ça ne le dérange pas, répondit tranquillement Emily. Vous avez un stylo et un bout de papier ?

La femme fouilla dans son sac à main, en sortit un stylo et déchira une page de son chéquier. Elle les tendit à Emily qui, à son tour, les donna à Gavin.

— Tiens, mon pote. Note ton numéro, fit Emily en lui donnant un coup de coude. Et arrête d'être aussi timide avec les femmes.

Alors que son sourire révélait ses fossettes, Gavin s'empressa de griffonner un numéro et de rendre le papier à leurs voisines. Après un rapide coup d'œil, elle lui sourit.

— C'est Gavin, alors ? Un joli nom pour un joli garçon. Je ne manquerai pas de t'appeler.

Gavin répondit d'un bref hochement de tête et se tourna vers Emily.

— Tu es impitoyable, murmura-t-il en lui lançant une coque de cacahuète sur la tête.

Gloussant, elle l'extirpa de sa chevelure.

— Je t'avais prévenu.

À la fin du match, ils furent nombreux à lui lancer des coques de cacahuètes sur la tête, les Yankees ayant gagné avec trois points d'avance. Dans le métro, pendant tout le trajet du retour, Gavin se fit un devoir de lui rappeler le score final toutes les cinq minutes. Il avoua avoir donné un faux numéro à la jeune femme du stade sous prétexte qu'il n'aimait plus les blondes. Secouant la tête, Emily le taquina pour son petit mensonge. Ils prirent un taxi ensemble, Gavin souhaitant s'assurer qu'elle rentre chez elle sans encombre. Après avoir demandé au chauffeur de laisser tourner le compteur, il l'accompagna jusqu'à la porte de son immeuble.

Cette fois aussi, Emily lui tendit la main.

— C'était un plaisir de passer la journée avec toi, Gavin.

— Je peux te serrer la main ? fit-il en souriant. Je ne veux plus enfreindre aucune règle.

— Ça, tu peux.

Il lui prit donc la main, éprouvant le même afflux de chaleur que chaque fois qu'il avait eu l'occasion de la toucher. Comme il se faisait l'effet d'être le plus malveillant des deux - l'égoïste en demande - il se résigna à la lâcher.

— Tout le plaisir est pour moi.

Prenant une profonde inspiration, Emily le regarda s'éloigner. Après cette merveilleuse journée, elle se sentait guillerette. Elle s'exhorta à se calmer, consciente que cela n'aurait jamais dû arriver. Il l'avait attendrie. Une boule se serra dans sa poitrine, un mélange de regain de désir et de tristesse à l'idée de ce qu'il avait vécu.

Afin de le chasser de ses pensées, elle se concentra sur le fait que Dillon l'attendait peut-être. À son grand soulagement, elle le trouva installé sur son canapé. Il passa une heure à lui raconter par le menu de quelle manière il avait remporté l'un des plus gros contrats que son entreprise ait décrochés depuis plus de dix ans.

Elle se demanda si elle devait lui parler de sa journée avec Gavin, et décida finalement de le garder pour elle pour éviter d'altérer la joie de Dillon. Il ne lui restait plus qu'à se convaincre que sa bonne humeur était sa seule raison de faire des cachotteries. Elle mit un terme à ce combat intérieur de la manière la plus simple qui soit. Puisqu'il ne lui demandait pas comment sa journée s'était passée, elle ne lui raconta rien.

10

Rien qu'un p'tit peu

— Mon Dieu, Emily, tu accapares le miroir ! s'exclama Olivia en lui donnant un coup de hanche pour se faire une place. Tu es splendide. Maintenant, laisse-moi me regarder.

Emily se passa la main dans les cheveux pour donner un peu plus de gonflant à ses boucles.

— Tu es dans ma salle de bains, copine. Va dans la tienne.

Soupirant, Olivia fronça les sourcils.

— Je préfère ton miroir. Allez, bouge. (Elle lui donna un coup de hanche plus virulent.) Ton amie t'attend dans l'autre pièce, alors ne sois pas grossière. Je n'en ai que pour une seconde, et ensuite nous pourrons faire la fête jusqu'au bout de la nuit !

Riant, Emily s'accorda un dernier coup d'œil dans le miroir avant de quitter la pièce. Elle souleva ses vêtements qui étaient posés sur le lit. Après avoir passé sa jupe courte noire et un chemisier rouge à manches courtes, elle enfila des chaussures à talons noires et demanda l'avis d'Olivia. Emily tournoya sur elle-même pour mieux montrer sa tenue.

— Une vraie bombe, approuva Olivia.

Emily sourit et se rendit dans le salon.

Fallon bondit du canapé, les yeux écarquillés.

— La vache, Emily, cette petite douche t'a fait du bien.

Les poings sur les hanches, Emily fit un sourire satisfait.

— Je le prends comme un compliment.

— Oui, Country, c'est un compliment. (Elle rejeta sa chevelure rouge mêlée de mèches blanches par-dessus sur son épaule.) Je ne t'ai jamais vue porter autre chose que ce sinistre uniforme noir et blanc.

— Merci, Fallon. Pour une serveuse obligée de porter un sinistre uniforme noir et blanc, tu n'es pas mal non plus. Je ne pourrais jamais porter les bas résilles aussi bien que toi.

Posant les pieds sur la table basse, Fallon fit un sourire malicieux.

— Ces vieux trucs ? Si je pouvais vivre en combinaison à résilles, je le ferais. En général, je me fiche de ce qu'on pense de moi, mais les gens ne trouveraient pas ça très convenable.

Emily secoua la tête en riant.

— Je suis de ton avis.

Olivia surgit de la chambre en robe rouge et escarpins assortis. Elle avait relevé ses cheveux, et sa tenue mettait ses formes pulpeuses en valeur. Après avoir tournoyé devant Emily et Fallon, elle alla dans la cuisine, où elle sortit trois petits verres du placard, qu'elle remplit de tequila.

— Allez, les filles, cria Olivia d'une voix perçante. On se met dans l'ambiance avant de partir.

Les trois jeunes femmes partagèrent un shot, enthousiasmées à l'idée de sortir. Après qu'elles eurent bu un second verre d'échauffement, on frappa à la porte. Dillon entra.

— Pourquoi tu t'embêtes à frapper à la porte, Ducon ? demanda Olivia. (Emily lui donna un coup de coude dans le ventre.) Euh, pardon, Dillon, bien sûr, dit-elle entre deux souffles.

Dillon jeta un regard glacial à Olivia puis il nota la présence de Fallon. Il considéra Emily d'un air critique.

— Qu'est-ce que tu fais ? Je croyais qu'on passait la soirée ensemble ?

Souriant, Emily lui mit les bras autour du cou.

— Non, je t'ai dit qu'on avait prévu une soirée entre filles, avec Fallon et Olivia.

Dillon la tint par les hanches et se pencha à son oreille.

— Je peux te parler en privé ?

Au moment où Emily acquiesçait, il la prit par la main et l'entraîna dans la chambre. Il claqua la porte et croisa les bras.

— C'est quoi, ce truc ? murmura-t-il.

— De quoi tu parles ?

— Cette espèce de créature gothique de l'espace, répondit-il en se rapprochant. Putain, elle porte un collier à pointes, Emily. Elle a des piercings à la lèvre, au nez, au sourcil et qui sait où encore ?

Emily grogna en allant vers la porte, mais il lui bloqua le passage et lui agrippa le bras.

— Tu tiens vraiment à ce qu'on se dispute ? C'est une fille sympa, Dillon. On s'en moque de son allure.

— Comment veux-tu que je m'en moque si tu comptes sortir avec elle ? Comment crois-tu que les gens vont réagir, avec sa dégaine ?

Emily dégagea ses bras d'un geste sec.

— Peu importent les réactions des autres, murmura-t-elle d'une voix furieuse.

Il se passa les mains dans les cheveux.

— Et toi, quel genre de réactions tu penses soulever dans cette tenue ?

— Je n'entrerai pas dans ton jeu, Dillon. Pas ce soir, continua-t-elle d'une voix hostile en forçant le passage.

Il la rattrapa par la taille.

— D'accord. Je suis désolé. Tu es très belle. (Il frotta le nez contre sa joue en plaçant les bras d'Emily sur ses épaules.) Vous allez dans quelle boîte ?

— Au *Cielo*, répondit Emily en soupirant.

— Sur la 12e ?

— Oui.

— Très bien, je vais appeler des gars du bureau pour voir s'ils ont envie de faire un truc. (Il l'attira contre lui et l'embrassa.) Tu as un gage pour ce soir.

Elle répondit au bord de ses lèvres.

— Je t'avais prévenu, Dillon.

Il poussa un grognement sourd.

— J'ai dû oublier. Je travaille tard en ce moment avec ce nouveau client - tu le sais. (Il caressa sa taille.) Tu rentres à quelle heure ?

— Aucune idée, dit-elle en se tortillant pour se dégager de son étreinte, mais il faut que j'y aille. Elles m'attendent.

Il la serra le temps d'un dernier baiser et la suivit à la cuisine. Emily lui présenta Fallon, l'avertissant d'un regard de ne faire aucun commentaire. Il se contenta de sourire, mais Emily savait bien qu'il enrageait. Après que les filles eurent pris leurs affaires, il les accompagna à l'extérieur, héla un taxi et paya la course.

Il passa la tête par la vitre.

— Pas trop tard, hein ? Nous déjeunons avec mes parents demain.

Emily acquiesça et se pencha pour l'embrasser. Le chauffeur démarra rapidement.

— Ton copain est, euh... sympa, commenta Fallon tout en pianotant sur les touches de son téléphone.

Olivia tenta de cacher son rire avec sa main.

— Merci, Fallon, répondit Emily en jetant un regard à Olivia. Il peut se montrer un peu trop possessif parfois, mais c'est quelqu'un de bien.

Alors qu'Olivia éclatait de nouveau de rire, Fallon poussa un cri.

— Oh, la vache ! J'ai un ami qui fait une soirée chez lui ce soir, à Staten Island. (Elle poursuivit ses échanges frénétiques sur son téléphone.) Sa maison est à tomber, et ses fêtes sont toujours exceptionnelles. Allons plutôt là-bas.

— Comme vous voulez, répondit Olivia en fourrageant dans son sac. (Elle consulta Emily du regard.) Et toi, ça te va ?

— Nous ne sommes pas un peu trop habillées pour une soirée privée ?

Fallon sortit une flasque de son sac, dévissa le bouchon et but une gorgée. Elle secoua la tête.

— Non, c'est le genre de fêtes où tout passe, crois-moi. (Elle proposa la flasque à Emily.) Tiens, c'est ma spécialité.

Elle en renifla le contenu.

— C'est quoi ?

— Goûte, tu verras bien, intervint Olivia.

— Je suis déjà un peu pompette avec les shots de tequila, et j'ai bu du vin en me préparant. (Elles la fixèrent, attendant qu'elle boive.) Bon, d'accord.

Elle sentit une dernière fois la flasque avant de prendre une gorgée. Elle se mit à tousser, et cligna les yeux en ravalant les larmes qui menaçaient.

— C'est quoi, ce truc ?

Les yeux de Fallon pétillèrent d'amusement.

— Du Moonshine[1], biquette.

— Ah, génial, s'exclama Olivia en s'emparant de la flasque. J'y ai goûté une fois, au lycée.

Elle en avala une gorgée. Grimaçant, elle remua la tête de droite à gauche.

1. Alcool de contrebande, proche de l'eau-de-vie, à très haut degré alcoolique. (*N.d.T.*)

— Alors, on va à la fête de mon pote ? demanda Fallon en riant.

Emily haussa les épaules.

— Allons-y.

Après avoir indiqué la nouvelle adresse au chauffeur, elles s'arrêtèrent une demi-heure plus tard devant une maison cossue de trois étages du quartier de Todt Hill, sur Staten Island. Olivia paya la différence, et elles sortirent du taxi en titubant. La musique faisait vibrer les fenêtres et le sol sous les pieds d'Emily. Elle eut le hoquet, rit, et elles entrèrent dans la maison.

Des tours d'enceintes se dressaient dans tous les coins du rez-de-chaussée, amplifiant tant le son qu'Emily s'entendait à peine penser. Scrutant la foule, elle comprit ce que Fallon avait voulu dire. C'était un rassemblement de gens de tous horizons. Certaines filles étaient en tenue décontractée, tandis que d'autres, à peine vêtues, semblaient parées pour une fête étudiante.

Se tenant par la main, Emily, Olivia et Fallon se frayèrent un chemin parmi la centaine d'invités, jusqu'au maître des lieux, Jacob.

Après l'avoir embrassé, Fallon cria pour couvrir la musique.

— Jake, je te présente Emily et Olivia.

Sans dire un mot, il leur fit un grand sourire et les souleva du sol chacune leur tour, les enlaçant comme s'ils étaient des amis de longue date. Après qu'il les eut reposées sur leurs pieds, Emily et Olivia furent prises d'un fou rire.

— Bienvenue à *mi casa*, mesdemoiselles ! s'exclama-t-il d'une voix forte avec un grand sourire. L'alcool est dans la cuisine. Les lap dance des strip-teaseuses les plus sexy de New York sont offertes dans le salon du bas. Les tables de billard se situent à l'arrière de la maison. Il y a des toilettes à chaque étage. Si vous avez envie de vous lâcher avec quelqu'un, il y a des grands lits dans toutes les chambres du premier et du deuxième, dit-il d'une seule traite.

— Putain, la classe ! railla Olivia. Tu as des strip-teaseuses ici ?

Il se passa la main dans ses cheveux roux et fit un sourire diabolique.

— Elles accourent à mes soirées.

Olivia prit la main d'Emily et de Fallon.

— Mon organisme réclame un shot, les filles. (Elle fit un clin d'œil à Jake.) Merci, mec.

Il hocha la tête et disparut dans la foule. Les filles contournèrent les danseurs, parmi lesquels un type se baladait avec une culotte sur la tête, poursuivi par une fille aux seins nus. Plusieurs couples s'embrassaient. Elles finirent par atteindre la cuisine, et le bar bien achalandé.

Après deux shots de tequila chacune, elles se rendirent dans le jardin pour une partie de Flip Cup[1]. Comme Emily avait jeté son dévolu sur le rhum, elle était joyeusement éméchée. Retournant dans la maison avec Olivia, elle s'adossa contre un mur.

— Olivia, bafouilla-t-elle. Je crois que je suis...

— Je sais ce que tu es, Em, la coupa son amie, butant elle aussi sur les mots. Arrête de geindre.

Secouant la tête, Emily rit.

— Non, tu ne m'as pas laissé terminer ma phrase, garce. (Sa tête roula sur le côté.) J'essayais de... (elle hoqueta)... te dire que je suis... (hoquet)... ivre.

— Moi aussi, copine, se moqua-t-elle en grognant comme un cochon.

Emily recommença à faire non de la tête.

— Non, mais... (hoquet)... j'ai l'impression que j'ai des visions aussi. (Elle montra la porte du doigt en plissant

1. Jeu qui consiste à boire tant qu'on n'arrive pas à retourner la tasse vide sans les deux mains. (*N.d.T.*)

les yeux.) Regarde, ces deux gars… (hoquet)… qui viennent d'entrer, on dirait Gavin et Trevor.

Olivia pouffa de rire.

— Tu es bête, tu n'as pas de visions. Ce sont eux.

L'air adorablement confus, Emily força sur ses yeux pour y voir clair.

— Tu me fais… (hoquet)… marcher, hein ? Comment pourraient-ils… (hoquet)… savoir que nous sommes ici ?

Olivia se mordit la lèvre en tanguant.

— Comme je sais que tu fréquentes Gavin - en toute amitié, bien sûr - j'ai téléphoné à mon frère. Ils passaient la soirée ensemble. (Elle regarda Emily d'un air innocent.) J'ai raconté à Trevor un minuscule mensonge pour les faire venir.

Avant qu'Emily ait pu l'interroger sur la nature de son mensonge, Gavin et Trevor arrivèrent vers elles, manifestement inquiets. Gavin posa les mains sur les épaules d'Emily.

— Est-ce que ça va ?

Il la détailla de la tête aux pieds comme pour s'assurer qu'elle n'était pas blessée. En retour, elle le fixa de ses yeux vides.

— Alors, où est ce connard ? demanda Trevor à Olivia en serrant les poings.

— Du calme, frangin, s'écria Olivia. On l'a déjà viré.

Trevor jaugea Emily, soulevant son menton, et en faisant osciller sa tête d'avant en arrière.

— Qu'est-ce qu'il t'a fait exactement ?

Elle avait à présent les mains de Gavin sur ses épaules, et les doigts de Trevor sous le menton. Muette, elle fixa Olivia d'un air interrogateur et hoqueta.

Olivia prit Trevor par le bras.

— Rien. Elle dansait avec ce type et il est devenu un peu trop collant. Mais je te l'ai dit, l'organisateur de la soirée l'a mis dehors.

Gavin recula d'un pas et lâcha les épaules d'Emily.

— Liv, tu as dit que ce mec l'avait frappée.

Olivia plongea le nez dans son gobelet.

— J'ai dit ça ? dit-elle en gloussant.

— Oui, Olivia. À t'entendre, on aurait cru qu'il l'avait violemment frappée et jetée par terre, brailla Trevor.

Fallon surgit en trébuchant, interrompant le début d'une dispute familiale. Elle examina Gavin un instant.

— Hé, tu es le type du resto !

Il sourit.

— Je crois que c'est moi, oui, répondit Gavin en souriant.

Fallon lui rendit son sourire et lança un regard vers Trevor.

— Et toi, tu es... ?

— Je suis le frère aîné de la fille qui en fait des caisses, dit-il en pointant Olivia du doigt. Et toi, tu es ?

— Une fille qui a un faible pour les jolis blonds à lunettes.

— Cool... c'est tout moi, dit Trevor avec un grand sourire. Et je suis un type qui a un faible pour les jolies filles qui disent ce qu'elles pensent. Tu veux danser ?

Fallon lui attrapa la main, entrecroisant leurs doigts, et l'entraîna vers le salon. Trevor se tourna vers Gavin pour lui adresser un signe de victoire.

— OK..., fit Olivia avec un sourire rusé. Je vais me faire offrir une lap dance. À plus tard, tous les deux.

Elle s'enfonça dans la foule, ses gloussements couvrant la musique.

Gavin sourit à Emily. Il remarqua son regard vitreux.

— Tu as l'air d'aller plutôt bien.

Elle fit un pas vers lui et leva la tête pour le regarder dans les yeux.

— On t'a déjà dit que tu es très shmexy ?

— *Shmexy ?* rit-il, ne s'étant pas préparé à cette question. Tu veux peut-être dire *sexy* ?

— Nan, il y a shmexy et sexy. Et toi, mon ami, tu es *shmexy*.

Il haussa un sourcil, excité par sa voix rauque et sensuelle.

— Qu'est-ce qui est mieux ?

— Shmexy.

— Ah, merci. Tu es plutôt shmexy, toi aussi.

Elle le prit par la main et l'entraîna vers la cuisine.

— Viens prendre un shot avec moi, Gavin.

— Tu ne crois pas que tu as déjà assez bu ?

Comme elle s'arrêtait net, le torse de Gavin buta contre son dos. Elle se retourna et trébucha tandis qu'il la rattrapait par la taille.

— On t'a dit que tu avais les yeux bleus les plus incroyables, magnifiques, et shmexy du monde ?

— Qu'est-ce qui te prend de me poser toutes ces questions, copine ? demanda-t-il, amusé.

— Nous sommes amis, et les amis se posent des questions.

Il ramena ses cheveux derrière ses épaules et sourit.

— Oui, on m'a déjà dit que j'avais de beaux yeux.

— Non, ils ne sont pas seulement beaux, hoqueta-t-elle. Ils sont… (elle se tut et s'humecta les lèvres)… Ils donnent envie.

— Donc je suis shmexy et j'ai des yeux qui donnent envie, c'est ça ?

Hochant la tête, elle lui prit la main et reprit son chemin vers la cuisine. S'arrêtant devant un vaste choix d'alcool, elle saisit un gobelet en plastique rouge sur la pile et le lui tendit.

— À quoi tu carbures, l'homme shmexy aux yeux qui donnent envie ?

Croisant les bras, Gavin l'observa un instant.

— Je crois que je vais attendre un peu avant de boire.

Elle écarquilla les yeux en tanguant d'avant en arrière.

— Quoi ? Non, tu prends un shot avec moi. (Elle lui caressa la joue.) Allez, s'te plaît ?

Avec sa manière adorable de le supplier, ses doigts qui s'attardaient sur son visage lui firent changer d'avis, niant ainsi son instinct qui lui criait de ne pas partager un verre avec elle. Il déglutit.

— Un seul alors.

Elle fit un sourire radieux.

— Bon, revenons à ma question. Qu'est-ce que tu bois ?

— Je vais prendre une larme de ce bourbon, dit-il en montrant une bouteille de George T. Stagg d'un mouvement de tête.

— Celui-là ? demanda-t-elle en la soulevant.

Comme il acquiesçait, elle lui tendit son gobelet. Elle commença de le remplir… et continua de verser.

— Eh, une minute ! Tu veux me tuer ! gloussa-t-il en allant en vider les trois quarts dans l'évier. Ça devrait me suffire pour l'instant.

Elle articula le mot « rabat-joie », et lui reprit la main pour le guider vers le salon où l'ambiance était déchaînée.

— Danse avec moi, dit-elle d'une voix éraillée, plongeant ses yeux dans les siens, et esquissant un sourire aguicheur.

— Nan, je vais m'asseoir là. (Il indiqua un canapé occupé par des gens dans le même état qu'elle.) Danse. Je vais me mettre là et t'admirer de mon œil de mâle averti.

Elle redressa le menton avec l'air de le défier.

— Pfff, tant pis pour toi.

Il rit et la suivit du regard tandis qu'elle se mêlait à la foule en se trémoussant. Elle tomba sur Trevor et Fallon qui ne se lâchaient plus. Gavin la vit le fixer. Ses boucles auburn désordonnées se balançaient au rythme de son corps qui bougeait de façon provocante. Il se retint de justesse de se lever pour la prendre dans ses bras. Mais il savait que ce serait dangereux de danser avec elle dans cet état, alors que l'excitation le gagnait. Nul doute qu'elle se donnait en spectacle pour lui. Elle recula contre la poitrine de Fallon et se caressa les hanches. Trevor écarquilla les yeux devant son attitude, ce qui ne l'empêcha pas de se placer derrière Fallon pour frotter son bassin contre ses fesses.

Quand leurs regards se croisèrent, elle lui fit signe de la rejoindre. Les yeux plissés, il pencha la tête sur le côté. Il se montra du doigt en feignant la confusion. Souriant, elle hocha la tête. Il articula le mot « non » et désigna une fille écroulée à côté de lui. Sans l'entendre, il vit Emily glousser et, en faisant un grand sourire, elle continua de frotter son derrière contre Fallon.

Gavin quitta un instant Emily des yeux lorsque sa voisine en piteux état se redressa, trouvant que le coussin sur lequel elle reposait était l'endroit idéal pour vomir. L'une de ses amies le remarqua et aida la fille à se lever pour l'entraîner aux toilettes. Une fois debout lui aussi, Gavin traversa le salon, évitant habilement quelques convives alcoolisés qui se raccrochaient les uns aux autres pour tenir debout.

Il s'adossa contre un mur et chercha Emily dans la foule. Quand il la trouva, Trevor et Fallon n'étaient plus avec elle. Ils avaient été remplacés par un jeune homme qui la tenait par la taille, la déshabillant du regard, sa bouche au bord de son oreille... puis dans son cou. Gavin la jaugea en un coup d'œil et s'aperçut qu'elle semblait ravie. Un élan de jalousie monta en lui et, en quelques enjambées, il se rapprocha d'elle. Les épaules redressées, grinçant des dents, avec un calme menaçant, Gavin toisa l'homme d'un air mauvais. Il n'eut pas besoin de lui parler pour que l'ivrogne saisisse le message et recule lentement.

— Tu es venu danser avec moi, dit Emily, essoufflée, sa peau luisant de sueur.

Sans crier gare, elle remonta les mains le long du torse de Gavin et les enroula autour de son cou. Leurs visages étaient tout près l'un de l'autre.

— J'aime bien danser avec des mecs shmexy.

Gavin fut submergé par un flot de chaleur. Ses lèvres le piquèrent d'anticipation lorsque ses yeux tombèrent sur celles, pleines, d'Emily, et qu'il se souvint du plaisir de l'embrasser. Malgré ses efforts, il échoua à garder ses distances. Sans qu'il s'en rende compte, ses mains descendirent sur sa taille et ses pouces s'insinuèrent dans l'élastique de sa jupe. Il l'attira vers lui, se régalant de la sensation de sa peau humide de transpiration contre lui.

À son tour, Emily prit sa lèvre entre ses dents, le fixant de ses yeux emplis d'un désir brut. Les vibrations de la musique et son excitation pressée contre son ventre alimentaient son désir. Un gémissement s'échappa de ses lèvres. Elle se retourna, plaqua le dos contre son torse et rejeta la tête en arrière. Elle lui arrivait à peine aux épaules. Lentement, il noua les bras d'Emily autour de son cou. Tandis qu'elle enfonçait les mains dans ses cheveux, il suivit le dessin de ses bras, longea le côté de ses seins, s'arrêtant sur sa taille. Leurs corps bougeant à l'unisson sur 50 Cent qui chantait *Just a Lil Bit*, Emily sentit son cœur bondir lorsque les lèvres de Gavin effleurèrent son oreille.

Elle eut envie de se retourner pour voir ses beaux yeux, se délecter de chaque centimètre de son corps appétissant, mais il l'en empêcha. Il la taquinait, elle le savait. Sa peau s'embrasait à son contact, la laissant en manque. Son attention devenait une addiction, la poussant à en demander toujours plus. Si un besoin pressant ne l'avait pas obligée à reprendre pied dans la réalité, elle serait restée dans cette position jusqu'au bout de la nuit.

Pivotant vers lui, elle le fixa.

— Il faut que j'aille aux toilettes, dit-elle, le souffle court.

— Je t'accompagne, dit-il en essuyant la sueur qui perlait sur son front.

— Je peux y aller toute seule.

Il lui sourit d'un air presque interrogateur.

— Je ne vais pas te laisser traverser cette pagaille toute seule.

Elle plia le bras pour faire gonfler ses muscles.

— Je suis une fille forte, tu vois.

— Tu es surtout une fille forte très belle, alors je préfère m'assurer qu'on ne te cherche pas des noises pendant que tu vas évacuer l'alcool de ton organisme.

Elle haussa les épaules.

— Tu as peut-être raison.

Il la prit doucement par le coude pour la guider. Comme la file d'attente s'étirait autour de la cuisine, ils décidèrent de tenter leur chance au premier étage. Emily considéra l'envolée de marches d'un air chagrin. Gavin sourit et l'aida à monter. À son grand désarroi, la queue était encore plus longue. Devant sa réaction, Gavin éclata de rire. Elle secoua la tête et expliqua qu'il y avait des sanitaires au deuxième étage. Comme précédemment, il la guida dans l'escalier. Le dernier étage était globalement désert, et personne n'attendait. Emily entra et ressortit deux minutes plus tard. Elle trouva Gavin appuyé contre le mur, qui la suivait des yeux. Imitant sa position, elle se posta à côté de lui, leurs épaules se touchant presque. Elle leva la tête vers lui.

— Merci d'avoir veillé à ce que je ne me fasse pas attaquer en chemin.

S'écartant du mur, Gavin se plaça devant elle – si près qu'il sentait la chaleur émaner de son corps.

— De rien. Tu es prête à redescendre ?

Contre toute attente, elle fit non de la tête. Les échos de la soirée s'évanouirent. En dehors des battements accélérés de son cœur, Emily n'entendait plus que la voix de

Gavin, ne voyait rien d'autre que ses yeux, et ne sentait plus que son souffle chaud sur sa joue.

Il perçut ses émotions à travers son regard. De l'envie. Du désir. Un besoin. Comme un reflet de ce qu'il éprouvait lui-même. Il se rapprocha d'elle, les yeux dans les yeux.

— Dis-moi ce que tu veux, murmura-t-il.

Sans répondre, cédant à une impulsion, elle se pressa contre lui, se fondit dans son corps ferme et stable. Elle enroula les bras autour de son cou, le fixa dans les yeux, et respira son parfum boisé. Elle s'ancra à lui avec un air coquin, rapprochant leurs bouches, son haleine sucrée aux relents alcoolisés dansant sur son visage.

— Dis-le, Emily, la pressa-t-il dans un râle tout en saisissant ses hanches. J'ai besoin de te l'entendre dire.

Même dans son état d'ivresse, elle savait ce qu'il voulait. Sa poitrine se soulevant, elle articula :

— Je... te veux, toi.

Il la plaqua de tout son corps contre le mur, et lécha la zone sensible sous le lobe de son oreille.

— Dis-moi combien tu me désires, souffla-t-il.

Tandis qu'une vague de chaleur lui inondait le ventre, il traça de sa langue une ligne torride et humide dans son cou.

— Mon Dieu, Gavin, gémit-elle, tremblante. Tu occupes mes rêves, mes pensées et ma peau.

Avant qu'elle n'ait repris son souffle, il l'embrassa.

Le contact de ses lèvres lui fit un choc, rompant le rythme de son cœur. Il avait un goût mentholé, avec une pointe d'alcool, et une saveur qui lui était propre. Une délicieuse vague de chaleur imprégna chaque parcelle de son corps. Une main dans le creux de ses reins, il enfonça l'autre dans sa chevelure emmêlée. Emily geignit en sentant le feu de sa bouche imprégner ses lèvres. Elle était si bouleversée qu'il n'y avait pas la place pour la moindre pensée. S'il lui coupait le souffle comme lors de leur premier baiser, il lui ravissait aussi son cœur.

Grisée, débordante de désir, Emily se rendit à peine compte qu'ils entraient en chancelant dans une chambre vide. Gavin referma la porte d'un coup de talon. Ils s'enlaçaient comme un boa s'enroule autour de sa proie. Gavin gémit au moment où leurs bouches se séparèrent, le temps qu'Emily lui enlève son tee-shirt. Gavin tritura les boutons de son chemisier qu'il finit par lancer sur le sol. Ils se tenaient face à face, se fixant, le souffle court – Emily en soutien-gorge, jupe et talons, et Gavin seulement en pantalon.

Sans la quitter des yeux, Gavin pencha la tête pour l'embrasser fougueusement, dévorant ses lèvres encore plus délicieuses que dans ses souvenirs. Ses mains exploraient sa peau douce comme s'il en étudiait les moindres détails, déchiffrant son corps tel un texte en braille. Elle n'était que pur désir. Il l'embrassait comme si le court laps de temps qu'ils avaient passé l'un sans l'autre avait attisé ses besoins les plus primaires. Emily gémit lorsqu'il passa la langue sur son oreille, dans son cou, descendant le long de sa gorge. Ce cri – discret et avide – déchaîna Gavin corps et âme. Ils tombèrent sur le lit.

Le visage familier de Dillon apparut à l'esprit d'Emily, ainsi qu'un sentiment de culpabilité, mais il s'évanouit dès que Gavin baissa le bord dentelé du bonnet de son soutien-gorge blanc. Écartant ses jambes à l'aide de son genou, il lécha son sein rebondi, suçant tendrement sa pointe rebondie. Emily rougit, et son désir s'accrut encore lorsqu'elle se souleva pour aller à la rencontre de sa bouche, se tortillant de plaisir sous lui. Sa langue provoquait une délicieuse vague de chaleur dans son ventre à chaque cercle qu'elle dessinait.

Gavin remonta sa jupe au-dessus de sa taille, sa bouche s'affolant tandis que ses mains serpentaient à l'intérieur de ses cuisses. Emily gémit lorsqu'il s'empara de sa culotte. Il la regarda retenir son souffle quand il insinua deux doigts, puis un troisième, entre ses replis mouillés. Elle arqua le dos pour mieux le sentir en elle. Pantelante, elle ne le quittait pas des yeux. Elle releva les bras au-dessus de sa tête, nouant les doigts dans les cheveux de Gavin, et rapprocha leurs bouches. Leur baiser se faisant plus fougueux, Gavin répondit d'un long râle qui accrut sa convoitise.

Sa bouche chaude la dévorait, sa langue allant et venant, savourant son goût sucré jusqu'à ce que ça ne lui suffise plus. Il vibra de plaisir lorsqu'elle enfonça les ongles dans ses épaules, le griffant tandis qu'elle faisait rouler son bassin contre sa main. S'écartant, il rompit leur baiser sans cesser de masser son intimité. Sous son regard pénétrant, elle haletait de plus en plus fort.

Pendant que Gavin fixait ses yeux verts parsemés de paillettes dorées, un nœud se forma dans sa poitrine, bloquant presque sa respiration. Elle était un fruit défendu qu'il désirait ardemment croquer. Il était prêt à tout pour la posséder. Mais bien qu'il la désirât plus que tout, il prit conscience qu'il ne pouvait pas profiter de son ivresse. Pour lui, il était impensable de coucher avec elle dans cet état, chez un inconnu qui plus est. Il la voulait en pleine possession de ses moyens, dans son propre lit. Il souhaitait se réveiller auprès d'elle, et il avait besoin de savoir qu'elle n'avait pas succombé sous l'effet de l'alcool. Décidé à tout arrêter, il dégagea sa main mais elle lui saisit le poignet et aspira ses doigts mouillés dans sa bouche – les tétant un à un.

Ce geste simple l'excita de plus belle, son sang affluant dans tous ses membres. Il l'embrassa fougueusement, avalant ses gémissements lorsque ses doigts retrouvèrent le chemin de son intimité. Il l'embrassa dans un regain de désir, et geignit lorsqu'elle coinça son bassin entre ses jambes. Quand elle lâcha ses cheveux, et descendit la main sur son ventre pour déboutonner son pantalon, il se souvint qu'il était encore temps de tout arrêter. Se faisant violence, il se leva d'un bond. Il traversa la pièce en se passant la main dans les cheveux.

Allongée sur le lit, ahurie, le souffle court, Emily le regardait, les joues empourprées par le désir.

— Qu'est-ce qui ne va pas ? demanda-t-elle dans un souffle d'une voix éraillée.

— Je ne peux pas, Emily.

Il ramassa son tee-shirt et l'enfila. Prenant le chemisier de sa partenaire, il le lança sur le lit pour éviter de se rapprocher d'elle. Sinon, il allait atteindre le point de non-retour.

— Lève-toi et rhabille-toi.

Assise et en proie à l'humiliation, Emily passa son haut. Essoufflée, elle était si confuse qu'elle n'arrivait pas à réfléchir.

— Je croyais que tu en avais envie.

À court de mots, fixant son beau visage tandis qu'il tentait d'apaiser ses élans, Gavin déglutit et secoua la tête.

— Mon Dieu, je me doutais que ça se passerait comme ça, murmura Emily, se relevant en titubant, prise de tournis. Tu n'as pas envie de moi. Tu n'as jamais eu envie de moi. Je suis à peine bonne à combler l'un de tes vides pour la nuit – un pion de plus dans ton jeu de tombeur.

En deux brèves enjambées, Gavin se retrouva devant elle. Lui tenant le menton, il caressa sa lèvre inférieure du pouce.

— Non, Emily, écoute-moi.

Les larmes aux yeux, elle repoussa sa main.

— Comment j'ai pu faire ça ? Quelle idiote.

— Emily, chuchota-t-il. (Constatant qu'elle était encore très saoule, il se sentit honteux.) Ne va pas croire que je n'ai pas envie de toi. Ce qui vient de se passer… ce qu'on vient de faire…, dit-il en indiquant le lit. Ce tout petit bout de toi que je viens d'avoir me donne envie d'en découvrir tellement plus. Je n'ai jamais rien connu de pareil. Je te désire plus que tout, Emily, mais pas comme ça.

Imperméable à son explication, elle s'efforçait de boutonner son chemisier.

— Faut que je parte.

Elle renifla et se dirigea tant bien que mal vers la porte. Gavin la rattrapa par le coude et l'obligea à se tourner vers lui. Quand il la saisit par les hanches, elle voulut se dégager mais entre la poigne ferme de Gavin et la quantité d'alcool qui coulait dans ses veines, elle lutta en vain. Il se pencha pour la fixer dans les yeux.

— Tu crois que je n'ai pas eu du mal à arrêter ? Tu n'imagines pas à quel point j'ai envie de faire ça avec toi... de continuer de te toucher, murmura-t-il en lui caressant la joue. De te savourer. Te sentir pleinement sous moi. (Il joua avec ses cheveux.) Je te désire plus que tout mais pas ici, pas dans cette maison, pas alors que tu es saoule.

Elle fronça les sourcils tout en essuyant une larme sur son visage.

— Tu viens d'avoir une révélation, c'est ça ? Va te faire foutre, Gavin, lança-t-elle en se dégageant de son étreinte.

Elle partit en titubant vers la sortie.

Toujours décidé à l'aider, il la souleva de terre d'un mouvement fluide, la portant comme une jeune mariée pour franchir le pas de la porte. Faute de mieux, elle s'accrocha à son cou en haletant.

— Repose-moi.

— Tu arrives à peine à marcher.

— J'en suis tout à fait capable. Pose-moi tout de suite !

Ignorant sa requête, il ouvrit la porte. Le couloir, presque désert un instant plus tôt, ressemblait à présent à un bordel, envahi de couples se pelotant dans tous les coins. Songeant qu'il venait de vivre le même genre de scène avec Emily, il se sentit encore plus mal. Il se hâta de descendre avec elle. Malgré ses protestations, il ne la lâcha pas. Sa tête roula en arrière, et ses paupières se fermaient un peu plus à chaque pas. Elle était tellement ivre que même la musique assourdissante ne parvint pas à la tirer de sa somnolence.

Scrutant la foule débridée, Gavin croisa le regard de Trevor qui tenait Fallon blottie sur ses genoux dans un fauteuil inclinable. En les voyant, Trevor eut l'air inquiet. Fallon, dans un état second, resta rivée au fauteuil quand son cavalier se leva pour aller à la rencontre de Gavin.

— Qu'est-ce qu'elle a ?

— Elle ne se sent pas très bien, répondit Gavin. Va chercher ta sœur. On se retrouve à la voiture.

Emily releva la tête de son épaule avec précaution. Elle sourit plus ou moins en direction de Trevor.

— Je me sens très bien, Trevor, bafouilla-t-elle. Mais Gavin est un trou du cul.

Elle ferma les yeux, sa tête retombant en arrière contre l'épaule de Gavin, ses bras pendant sur le côté. Trevor haussa un sourcil.

— Ne pose pas de questions, l'avertit Gavin. Contente-toi de faire ce que je t'ai demandé.

— Je suis quasiment sûr de passer la nuit chez Fallon, annonça Trevor avec un grand sourire. Va mettre Emily dans la voiture. Je t'envoie Liv.

Gavin hocha la tête et se fraya un chemin dans la foule. Quelques garçons sifflèrent et le félicitèrent de ramener chez lui « une jolie petite nana bourrée ». Luttant contre l'envie de poser Emily pour les assommer, Gavin continua de jouer des coudes jusqu'à la porte.

Emily battit des paupières lorsque Gavin voulut la mettre debout le temps d'ouvrir la portière côté passager.

— Je refuse de m'asseoir à l'avant avec toi, Gavin, bafouilla-t-elle.

Reculant en titubant, elle s'agrippa à la portière arrière qu'elle ouvrit avant de s'écrouler sur la banquette. Elle se rendormit aussi sec.

Secouant la tête, Gavin monta en voiture, démarra et alla se garer devant la maison. Quelques minutes plus tard, Olivia grimpa à l'avant avec l'aide de son frère.

Après avoir refermé la portière, Trevor passa la tête dans la voiture.

— Merci de reconduire les filles chez elles. Je t'appelle demain.

Gavin acquiesça.

— Je t'aime, frangin. (Olivia lui envoya un baiser quand ils démarrèrent. Elle lança un coup d'œil à Emily, enleva ses escarpins et posa les pieds sur le tableau de bord.) Elle est dans les vapes, hein ?

Gavin s'abstint de répondre et regarda droit devant lui. Après un autre coup d'œil à Emily, elle scruta le conducteur.

— Oh merde. Il s'est passé un truc entre vous ?

Il pressa le levier de vitesse dans sa main.

— Rends-moi service, Olivia. Quand elle se réveillera, dis-lui que si j'ai arrêté, c'est pour de bonnes raisons.

Olivia le connaissait bien. Elle n'insista donc pas et resta silencieuse pendant le trajet. Emily ne se réveilla qu'au moment où Gavin s'arrêta au péage du pont Verrazano-Narrows. Elle bredouilla quelque chose et retomba dans le sommeil. Quand ils arrivèrent devant chez elles, Olivia s'était elle aussi assoupie et Gavin dut la réveiller.

Le bruit des portières tira Emily du sommeil. Elle se redressa en chancelant. Voyant flou, elle distingua la silhouette de Gavin en conversation avec Olivia à côté de la voiture. Glissant en travers de la banquette, Emily ouvrit la portière à la volée et faillit dégringoler sur le trottoir en essayant de descendre de voiture. Gavin la rattrapa par le bras avant que ses genoux ne se cognent contre le béton.

Emily lui lança un regard glacial en dégageant sèchement son bras.

— Ne me touche pas !

La prenant par la taille, il la coinça entre lui et la voiture en la toisant. Olivia les observa, les yeux ronds.

— Rentre chez toi, Liv, dit-il sans la regarder. Je la raccompagne dans une minute.

— Gavin, je suis désolée. Tout ça, c'est ma faute. Je n'aurais pas dû...

— Tu n'y es pour rien. Rentre chez toi, répondit-il plus sévèrement.

Olivia se plaqua la main sur la bouche et s'éloigna.

Emily le considéra avec un sourire désabusé.

— Tu aimes briser des cœurs, toi, hein ?

Tout en la dévisageant d'un air pensif, Gavin prit sa nuque en coupe et réunit leurs bouches. Emily ne chercha pas à résister. En fait, elle s'accrocha à ses cheveux, l'attirant violemment contre elle. Gémissant, Gavin dominait aisément ce baiser. Peu lui importait que les passants les regardent – ça lui aurait même été égal que Dillon tombe sur eux. Tout ce qui comptait, c'était qu'Emily sache à quel point il la désirait.

Gavin rompit leur baiser aussi vivement qu'il l'avait initié. Rejouant le rôle du fiancé qui porte sa belle, il souleva Emily pour l'emmener dans l'ascenseur. Quand il la reposa sur ses pieds, ils se fixèrent un long moment. En quelques secondes, leurs bouches se retrouvèrent dans un élan irrépressible. Dans une lutte de pouvoir débridée, leurs mains se fouillèrent, le dos d'Emily plaqué contre le mur, elle lui tirait les cheveux, enroulant les jambes autour de sa taille. Gavin fut pris du besoin de lui arracher ses vêtements et de s'enfoncer en elle sur-le-champ.

Quand les portes coulissèrent, la bataille cessa. Gavin se passa les mains dans les cheveux, ne faisant que les ébouriffer un peu plus, et Emily rajusta sa jupe. Quand ils entrèrent dans l'appartement, ils trouvèrent Olivia endormie sur le canapé. Il suivit Emily dans sa chambre et la regarda se pelotonner dans son lit. Sans lui accorder un dernier regard, elle roula sur le côté, soupira et s'endormit.

Gavin était appuyé contre l'encadrement de la porte, les bras croisés. Il observa sa poitrine se soulever dans son sommeil. Si la porte d'entrée n'avait pas claqué, le ramenant à la réalité, il aurait pu passer le restant de la nuit à l'admirer. Gavin longea le couloir et surgit dans la cuisine au moment où Dillon lançait ses clés sur le plan de travail.

Il le toisa avec méfiance.

— Qu'est-ce que tu fiches ici ?

— Les filles sont allées à une soirée à Staten Island et Emily a eu des ennuis avec un connard. Olivia a téléphoné à Trevor, et nous sommes allés voir ce qui se passait.

Dillon prit un air intrigué.

— Quoi ? Elles étaient chez quelqu'un ? Elle m'a menti, la garce. Elles étaient supposées aller au *Cielo*.

Comme Gavin s'apprêtait à répondre, Dillon le devança.

— Et pourquoi personne ne m'a appelé ?

N'appréciant pas le ton de son ami, Gavin le considéra entre ses yeux étrécis.

— J'imagine qu'elles ont préféré aller à cette soirée à la place. Aux dernières nouvelles, elles ont le droit de changer d'avis. (Gavin fit un pas vers lui.) S'il t'arrivait de vérifier ton téléphone quand tu sors, tu aurais vu que Trevor avait essayé de te joindre. Pourquoi tu ne vides pas ton répondeur pour qu'on puisse éventuellement te laisser un putain de message ?

Croisant les bras, Dillon le toisa d'un regard glacial.

Gavin le fixa un instant, tentant de calmer l'afflux d'adrénaline qui lui mettait les nerfs en pelote, et reprit avec un calme sinistre.

— Je te l'ai déjà dit, nous sommes allés voir ce qui se passait, et je les ai reconduites ici. (Il sortit ses clés de sa poche sans quitter Dillon des yeux.) Sois un petit copain prévenant, et laisse-lui de l'aspirine et un verre d'eau à portée de main pour quand elle se réveillera. Elle va en avoir besoin.

Sur ces mots, il sortit.

11

Mer d'incertitude

Le lendemain matin, Gavin prépara son petit déjeuner en comptant sur la caféine pour détourner ses pensées d'Emily. Se rapprochant de la fenêtre, il constata que des nuages gris menaçants avaient envahi le ciel. Ça correspondait pile à son humeur. Il se reprochait son manque de self-control à mesure que leurs baisers lui revenaient en mémoire. Le parfum d'Emily l'imprégnait encore, d'une manière toujours plus enivrante. Si son corps vibrait toujours de leur échange, il était empêtré dans un sac de nœuds émotionnel. Un coup donné à la porte interrompit les images débridées qui tournaient en boucle dans sa tête. Allant ouvrir, il se retrouva face à Trevor, qui affichait un sourire radieux. Il était dans de bien meilleures dispositions que Gavin.

— La vache, mec, tu as une tête à faire peur, dit Trevor en s'asseyant sur le canapé, ses longues jambes étendues devant lui.

Gavin se servit une tasse de café et se percha sur un tabouret haut de la cuisine.

— Je n'ai pas fermé l'œil de la nuit.

— Désolé pour toi. Moi, j'ai dormi comme un bébé dans les bras de Fallon.

Gavin esquissa un petit sourire.

— On dirait que ça s'est bien passé.

— Encore mieux que ça, répondit-il d'un air victorieux. Elle me branche bien. Elle est cool, et pour couronner le tout, elle est un peu fofolle. Elle marche à voile et à vapeur, tu vois.

Gavin fit un sourire narquois.

— Ta sœur aussi est bi.

Trevor se hérissa.

— Tu es obligé de me mettre ces images-là en tête ?

Gavin haussa les épaules. Trevor le fixa un instant comme s'il essayait de lire dans ses pensées.

— Alors, tu me racontes ce qui se passe avec Emily ?

— Rien, rétorqua-t-il sèchement.

— Mec, on se connaît depuis quatorze ans. J'ai bien senti qu'il y avait un truc entre vous. La nuit dernière n'a fait que confirmer mes soupçons.

Gavin se leva et marcha jusqu'à la fenêtre pour se donner le temps de réfléchir à sa réponse. Il choisit de lui faire part de ses craintes.

— Je suis dedans jusqu'au cou.

— Hé, ne me dis pas que tu as couché avec elle ?

Il se retourna et le toisa.

— Non, je n'ai pas couché avec elle, Trevor.

— Alors, qu'est-ce qui se passe ?

Se mordillant la lèvre, Gavin se mit à arpenter la pièce comme un lion en cage. Il ne savait pas comment expliquer ce qu'il éprouvait pour Emily. Il se demandait quelle image Trevor aurait de lui s'il lui confiait tout. Il ne parvenait pas à y voir clair, et, en cet instant, ça lui était égal. Il ressentait ce qu'il ressentait.

Fin de l'histoire.

— Crache le morceau.

Gavin se passa les mains dans les cheveux et le regarda depuis l'autre bout de la pièce.

— Je crois que je suis en train de tomber amoureux d'elle.

L'air désapprobateur, Trevor resta bouche bée. Il se leva pour aller vers lui.

— Tu n'as pas oublié que Dillon est notre ami, j'espère ?

— Où veux-tu en venir ? demanda Gavin, l'air renfrogné.

— Enfin, Gavin, comment peux-tu tomber amoureux de la copine d'un pote ?

— Je l'ai rencontrée avant de savoir que c'était la copine de Dillon, expliqua-t-il, les dents serrées.

Il alla terminer sa tasse de café.

— Attends, je croyais que tu avais fait sa connaissance le soir où nous nous sommes retrouvés en boîte ?

Gavin soupira et croisa les mains derrière sa tête.

— Non, c'est compliqué. Elle a livré des plats au bureau. Je lui ai demandé son numéro...

Il marqua une pause, son ventre se serrant au souvenir de leur toute première rencontre. Même avec le recul, penser à cet instant lui coupait le souffle.

— Ou alors, j'ai voulu lui donner mon numéro. Je ne suis pas fichu de m'en souvenir, c'était en juin. Je suis allé au resto où elle bosse le lendemain pour la voir, et nous avons été présentés l'un à l'autre quelques jours plus tard.

Trevor se rassit lourdement sur le canapé.

— Écoute, je vais être franc avec toi. (Gavin le regarda depuis la cuisine.) Il a prévu de l'épouser. Bientôt.

Sur le point d'étouffer, Gavin déglutit et s'appuya contre le comptoir.

— C'est ce qu'il t'a dit ?

— Il ne t'en a pas parlé ?

— Si, mais je ne l'ai pas vraiment pris au sérieux.

Une douleur vive lui écrasa le ventre et le torse.

— Il ne l'aime pas. Tu crois vraiment qu'il a arrêté de coucher avec Monica ?

— Tel que je le connais, ça m'étonnerait. Mais je n'y pense pas. C'est pas mes oignons. Emily est avec lui pour des raisons qui lui sont propres, et en ce qui me concerne, elle fréquente qui elle veut. C'est aussi simple que ça.

— Pour moi, c'est plus compliqué, répondit-il en haussant le ton.

— T'as pas le choix, tu dois oublier ce qui se passe entre vous.

— Je ne pense pas en être capable. (Hésitant, il prit une longue respiration, et reprit plus calmement :) Elle est faite pour moi.

— Mec, non, ça va mal finir. Gavin, il faut que tu réfléchisses à ce que tu fais. Réfléchis. Elle l'aime aussi.

— Elle ne l'aime pas, railla-t-il. Elle est perdue, c'est tout. On est peut-être amis, mais comme pour tout, il se fout de sa gueule, il la force à se plier à ses besoins en lui racontant des bobards.

— Non. C'est toi qui te mens en te convainquant qu'elle ne l'aime pas. Prends un peu de recul et écoute un peu ce que tu racontes. (Gardant le silence, Gavin lui coula un regard assassin.) Mec, j'essaie juste de te parler franchement. Ça risque de mal tourner. Tu le sais aussi bien que moi.

— Je sais bien que c'est compliqué ! tonna Gavin. Tu me prends pour qui ? Il aura beau faire des efforts, il ne changera jamais ! Il ne lui fera que du mal !

Expirant bruyamment, Trevor partit dans l'entrée. Il se retourna pour regarder Gavin.

— Tu es comme mon frère mais je crois que tu dénigres Dillon dans ton propre intérêt. Pour tout te dire, tu me fais jouer le sale rôle. Je sais d'avance que cette histoire va partir dans tous les sens, et je ne veux rien avoir à faire là-dedans.

Eh merde. La dernière chose que voulait Gavin, c'était mettre Trevor dans cette position. Se rasseyant, il le regarda depuis la cuisine, terrassé par un sentiment de défaite.

— Et tu veux que je fasse quoi ?

— Tu dois l'oublier. C'est une grosse erreur de la fréquenter. Et surtout, tu dois te souvenir que Dillon est ton ami. (Trevor souffla, et secoua la tête avant de sortir.) Je t'appelle plus tard, frangin.

Son conseil était simple. L'oublier. Mais Emily ne serait jamais une erreur pour lui, peu importait qu'il blesse des gens en chemin. Quand Gavin avait affirmé qu'elle était faite pour lui, il était sincère. Dès le premier regard, il l'avait ressenti tout au fond de lui. Même si elle était inaccessible, tout son être lui criait de foncer, quelles qu'en soient les conséquences. Il espérait seulement que la femme qui le hantait partage ses sentiments.

En se réveillant, Emily eut la sensation d'avoir avalé une poignée de clous. La gorge à vif, des images de la soirée la submergèrent. Ces pensées éclatées provoquèrent des élancements dans ses tempes qui se développèrent en migraine sévère. La culpabilité d'avoir fait cela à Dillon la rongeait autant que son désir insatiable pour Gavin.

La respiration tremblante, elle leva la tête pour jeter un œil dans la chambre. Dillon n'était pas dans le lit. Elle soupira de soulagement lorsque son regard tomba sur la table de chevet. À côté d'un petit mot expliquant qu'il n'était pas parti pour longtemps, il avait laissé deux cachets d'aspirine et un verre d'eau qu'elle s'empressa d'avaler. Le liquide frais et les petites pilules magiques coulèrent dans son estomac, lui apportant un soulagement rapide.

Grommelant, elle fixa la lumière grise qui filtrait à travers les stores. Elle rabattit les couvertures sur sa tête. Elle voulait conjurer les images de Gavin couché sur elle, l'embrassant, la touchant, la savourant ; elle voulait les faire fondre puis disparaître dans un lieu banni où elle ne les retrouverait plus jamais.

Cependant, plus elle ressassait le plaisir indéniable qu'il lui avait donné lors de leur échange interrompu, plus elle se languissait de lui. Ses baisers dominateurs et doux à la fois, ses caresses fermes mais tendres, la manière dont ses doigts – oh, mon Dieu, ses doigts s'insinuant en elle – lui avaient à peine donné un avant-goût de ce dont il était capable. Même la pire des gueules de bois ne pouvait empêcher son corps d'être en manque. L'odeur de son eau de toilette dans ses cheveux ne l'aida pas à rejeter les pensées qui taquinaient son entrejambe, menaçant de lui donner un orgasme instantané.

Malgré tout cela, sa tête subissait l'assaut des paroles de sa mère. « Dillon est quelqu'un de bien, Emily. Fais tout ton possible pour ne jamais le perdre. »

Elle repensait aux moments où il l'avait épaulée pendant la maladie. Emily était effondrée juste avant sa mort. Figée par la peur, et incapable d'assister sa mère dans ses tout derniers jours, ce n'était pas elle qui l'avait veillée – ce n'était pas non plus sa sœur, Lisa, qui venait d'avoir un accident dans lequel elle avait failli perdre la vie –, c'était Dillon. Il avait donné de son temps sans compter. Il lui avait tenu les cheveux pendant qu'elle vomissait dans un bassin tandis qu'Emily, sous sédatif, restait sous le choc. En plus d'avoir pris en charge les frais d'hôpital et d'inhumation, il avait laissé à Emily et à Lisa la modeste somme versée par l'assurance-vie.

Et c'est comme ça que je le remercie ?

Cette idée fit couler de grosses larmes d'impuissance sur ses joues. Elle se leva et se rendit d'un pas traînant dans la salle de bains. L'alcool clapotait encore dans son ventre vide. Elle s'aperçut alors qu'elle était toujours en tenue de soirée. Frissonnant d'horreur, elle s'en dépouilla avec l'envie de jeter ses vêtements au feu, comme tous les souvenirs de la nuit.

Pour débarrasser sa peau du maquillage de la veille et ses lèvres de la saveur de Gavin, elle s'aspergea le visage d'eau chaude savonneuse, le ventre noué par les remords. Elle s'observa dans le miroir avec dégoût, colère et haine – mais en cet instant, elle décida qu'elle n'allait pas se laisser aller à décortiquer ses actes. Elle avait trop bu ; elle allait s'en tenir à cela. Sobre, rien de tout cela ne serait arrivé. Si son corps désirait Gavin, son intellect ne partageait en aucun cas cette envie. Comme un serpent, Gavin avait sournoisement éveillé son démon sexuel. C'était du moins ce dont elle essayait de se persuader...

S'attardant devant le lavabo pour laisser l'eau fraîche couler dans ses mains en coupe, elle bondit lorsqu'on toucha son épaule.

— La vache, Dillon, tu m'as fait peur, dit-elle d'une voix chargée d'un affolement mal contenu qu'elle tentait désespérément de chasser.

Est-ce que ça se voit ? Suis-je différente ? Oh non, j'ai peut-être encore son odeur sur moi...

Avec un sourire tendre, à voix basse, il répondit d'une voix presque apaisante :

— Tu trembles, bébé. (Il écarta ses cheveux mouillés de son visage.) On va sous la douche, d'accord ?

Ravalant la bile qui lui montait dans la gorge, elle hocha la tête tandis qu'il baissait sa culotte. Elle dégrafa son soutien-gorge. Il la guida sous la douche et ouvrit le robinet, lui faisant signe de se placer sous l'eau. Nerveuse, la respiration irrégulière, elle le regarda se dévêtir. S'emparant du savon, elle se frotta pour effacer toute trace de la salive de Gavin. Une fois sous la douche, Dillon ramena le dos d'Emily contre son torse tout en lui massant les épaules. Prenant de profondes inspirations, elle laissa aller sa tête en arrière en appréciant la chaleur procurée par l'eau.

— Olivia est réveillée ? demanda-t-elle dans le but d'initier un semblant de conversation.

— Je ne crois pas. La porte de sa chambre est fermée. (Il continuait de lui masser les épaules.) Elle a dû se lever du canapé parce que c'est là qu'elle comatait quand je suis rentré.

— À quelle heure on doit rejoindre tes parents ? demanda-t-elle sans entrain.

— Il faut qu'on se prépare dès qu'on aura pris notre douche. Tu étais pas mal bourrée hier soir, j'ai l'impression.

Elle prit la bouteille de shampooing en se mordant la lèvre.

— Ouais, carrément.

— Tu as fait quoi de ta soirée, Emily ? s'enquit-il d'une voix assez dure pour qu'elle frémisse.

S'efforçant de contrôler sa respiration, elle se tourna face à lui.

— Co... comment ça ?

La fixant intensément, il lui passa le pouce sur le menton.

— Tu m'as menti.

Son cœur bondissant dans sa poitrine, Emily secoua la tête en ravalant ses larmes.

— Je... je n'ai pas menti.

Il prit le shampooing, en versa une noisette dans sa main et l'étala dans les cheveux d'Emily. Sans la quitter des yeux, il rassembla sa chevelure pour la laver.

— Je suis tombé sur Gavin en rentrant cette nuit.

Tentant de cacher son trouble, mue par l'envie de disparaître sous terre, peut-être même de mourir là, sous la douche, Emily lui rendit son regard sans parvenir à répondre. Une boule se forma dans sa gorge, menaçant de l'étouffer.

— Il m'a dit que vous n'étiez pas allées au *Cielo*.

Déglutissant, l'air emplit de nouveau ses poumons.

— Oh, dit-elle dans un souffle. Euh, oui, nous avons finalement préféré aller à une fête chez un ami de Fallon.

— Donc, tu as menti.

— Je n'ai pas menti, Dillon, murmura-t-elle en rinçant ses cheveux, consciente d'abriter un plus gros mensonge. Nous avons changé nos plans à la dernière minute. C'est tout.

La serrant contre lui, il survola sa joue de sa bouche.

— Le changement de dernière minute, c'est ce que tu m'as caché. (Il passa les bras autour de sa taille.) Et si j'étais allé au *Cielo*, Emily ? J'aurais cru que quelque chose t'était arrivé.

— C'est vrai, admit-elle.

C'était le moins qu'elle puisse faire dans ces conditions. Il aurait très bien pu lui passer un coup de fil pour prendre de ses nouvelles, mais elle préféra ne pas insister.

— J'aurais dû t'appeler. J'ai trop bu, et honnêtement, je n'y ai pas pensé. Je suis désolée. La prochaine fois, je te tiendrai au courant.

L'air satisfait, il lui tendit le savon et se retourna, posant les mains sur le carrelage.

— Tu veux bien me laver le dos ? (Elle le savonna.) Je ne suis pas sûr qu'il y ait une prochaine fois. Je n'ai pas très envie que tu traînes avec cette allumée.

— Mais, Dillon, elle...

— Écoute, je ne suis pas d'humeur à me disputer avec toi, Emily. Je ne t'ai jamais vue dans un état pareil. J'ai essayé de te réveiller mais tu n'as pas bougé d'un pouce. (Il fit rouler sa tête et ses épaules.) À un moment, j'ai même cru que tu faisais un coma éthylique et puis tu as marmonné un truc. Elle a une mauvaise influence sur toi. Point final. Tu ne sortiras plus avec elle.

À court de mots, elle arrêta de le frotter. Se retournant, il tira sur ses cheveux pour l'obliger à basculer la tête en arrière et l'embrassa. S'il ne les voyait pas, des larmes silencieuses coulaient sur ses joues, se mêlant au jet de la douche. Aujourd'hui, en cet instant précis, même si son discours était ridicule, elle ne pouvait pas émettre d'objections. Elle en était incapable. L'énergie lui faisait défaut après ce qu'elle avait fait moins de douze heures auparavant. Quand Dillon entreprit de lui faire l'amour, ses mains attisèrent le sentiment de la culpabilité qui la mettait à fleur de peau, germant en elle comme une maladie. Ses dernières ressources allaient lui servir à batailler contre la honte qui menaçait de l'engloutir.

Assise dans un restaurant italien de l'Upper East Side, en face de Joan Parker, la mère de Dillon, Emily triturait ses couverts.

— Oui, je commence la semaine prochaine.

— C'est fantastique, dit Joan en croisant les doigts. Je suis ravie que mon Dillon t'ait décroché ce poste à Greenwich Village. Les écoles sont formidables dans ce quartier. (Soudain, Joan parut contrariée.) Mais ça m'horrifie que tu aies sérieusement envisagé d'aller travailler à Bushwick. Ce coin est absolument répugnant.

Sans être vraiment choquée, Emily dut ravaler une réponse grossière. Joan était connue pour s'entourer uniquement de gens conduisant des voitures de sport hors de prix. Entre ses cheveux teints en blond, dont l'entretien lui coûtait une fortune, ses injections mensuelles de Botox, ses faux ongles, Emily se demanda s'il lui restait un seul vestige de son corps d'origine – même ses seins étaient suspects. Tout ce qui était authentique chez cette poupée Barbie, c'était son côté snob, prétentieux et vénal.

— Joan, je suis sûr qu'Emily n'avait aucune connaissance de la population locale lorsqu'elle a envoyé ses candidatures, intervint Henry, le père de Dillon. (Passant la main dans ses cheveux bruns, il s'adossa à sa chaise et lui adressa un sourire chaleureux.) Je me trompe ?

— C'est exact, monsieur Parker. Je me suis simplement rendu sur le site du Département de l'Éducation de l'État de New York, et j'ai postulé à toutes les offres proposées.

Prenant la main d'Emily, Dillon décocha un regard noir à sa mère.

— J'assume l'entière responsabilité de son manque d'information. J'aurais dû la mettre en garde. Elle ne connaît pas la ville.

Emily sourit en lui pressant la main.

— Dillon, mon trésor, on dirait que tu la défends alors qu'elle ne s'est pas donné la peine de faire quelques recherches avant d'emménager ici.

Elle tapota le dos de son fils au moment où Emily perdit le sourire.

— Ç'aurait été suffisant pour éviter...

Emily lui coupa la parole en veillant à cacher son hostilité.

— Au cas où vous l'auriez oublié, j'avais d'autres soucis en tête. Ça a dû m'échapper avec la mort de ma mère.

Emily souligna sa réponse d'un joli petit mouvement de tête.

— Évidemment, je ne l'ai pas oublié, s'empressa-t-elle de gazouiller en rejetant ses cheveux derrière ses épaules. Je voulais seulement dire...

— Mère, coupa Dillon d'un ton ferme. Arrête.

Il posa ses couverts et planta les coudes sur la table, la toisant d'une manière qui imposait le silence.

Ahurie, Joan s'agita sur sa chaise et ajusta le col de son tailleur Chanel en tweed qui avait dû coûter l'équivalent de deux mois de loyer.

Posant le bras sur le dossier de la chaise de sa femme, Henry la regarda.

— Oui, parlons d'autre chose, tu veux bien ?

Joan répondit d'un hochement de tête sec, et prit son verre de vin rouge.

— Très bien.

Pendant la demi-heure qui suivit, Emily garda le silence tout en cherchant un prétexte pour s'enfuir. En haut de sa liste d'excuses valables arrivèrent une cécité soudaine, une détresse respiratoire, et même un arrêt cardiaque. La tension était palpable. Une migraine abrutissante s'installait dans son crâne et ne faisait que renforcer son besoin de partir. Elle salua l'intervention du père de Dillon, qui brisa le silence en racontant l'une de ses blagues tristement célèbres impliquant une prostituée et un poulet.

Dillon regarda Emily après que le serveur eut débarrassé leurs assiettes.

— Bébé, tu vas prendre un dessert, n'est-ce pas ?

Elle fit non de la tête. Puis, tout bien réfléchi, l'idée d'engouffrer plus de nourriture et de vomir sur la table lui apparut comme un excellent moyen de clôturer ce cauchemar.

— Finalement, je vais en prendre un.

Tout en attendant son tiramisu, Emily remarqua que Dillon transpirait et qu'il avait le visage blême. Sauf erreur de sa part, il était lui aussi dans un sale état. Posant la main sur sa joue, elle s'enquit :

— Tu es sûr que ça va ?

Il hocha la tête et saisit sa serviette d'une main tremblante pour s'éponger le front. Emily lui servit un verre d'eau, qu'il vida en quelques gorgées. Inquiète, elle scruta la réaction de ses parents et les trouva souriants comme des bienheureux.

Hein ?

Dillon se leva en glissant la main un peu trop brutalement dans la poche de son pantalon. Pendant les quelques secondes qui suivirent, Emily perçut les images et le son au ralenti.

Son cœur s'emballa comme celui d'une petite souris fuyant son prédateur.

Dillon écarta sa chaise de la table.

Boum…

Dillon se mit en appui sur un genou.

Boum… boum…

Dillon brandit un petit écrin en velours noir.

Boum...

Boum...

Électrocardiogramme plat...

Biiiiip...

Quelque part dans le brouillard, son cerveau embrumé enregistra les cris de joie des clients devant le geste de son petit ami. Sa gorge s'assécha au point de lui coller la langue au palais. Elle scruta la foule sans vraiment la voir – la plupart affichant de grands sourires, certains la montrant du doigt. Un homme cria même « vas-y, mec » avant de siffler avec ses doigts.

Lorsqu'elle baissa les yeux vers Dillon, agenouillé devant elle, son anxiété était telle qu'elle bredouilla :

— Dillon... qu'est-ce... que tu fais ? murmura-t-elle.

Prenant une inspiration, il porta la main d'Emily à sa bouche, déposa un baiser sur le dessus et reprit en chuchotant d'une voix tremblante :

— Je t'aime, Emily.

Il ouvrit la boîte, révélant une bague de fiançailles taille princesse qui dépassait largement les trois carats. Ses yeux brillaient de ce qu'elle reconnut comme des larmes.

— Tu fais de moi un homme comblé de toutes les façons possibles. Acceptes-tu de me faire l'honneur de devenir ma femme ?

Tout en s'appliquant à assimiler sa demande en mariage et à respirer à un rythme normal, Emily prit sa joue dans sa main et marmotta d'une voix à peine audible :

— Dillon, on pourrait se parler en privé ?

Presque aussitôt, son sourire s'évanouit, mais sa mère répondit avant lui. Son visage se tordit comme si elle était offensée.

— Tu vas dire oui à mon fils, bien entendu ? s'enquit-elle d'une voix tracassée.

Henry lança à sa femme un regard assassin pour lui imposer le silence.

Sans répondre, Emily se mordit la lèvre et baissa les yeux vers ses doigts qu'elle tordait sur ses genoux.

Dillon se leva lentement et examina sa mère un instant. Il prit la main d'Emily sans brusquerie.

— Euh, bon, très bien, répondit-il d'une voix si faible qu'elle paraissait sur le point de se briser. Allons dans la salle de réception.

Emily expira alors tout l'air qu'elle retenait. Gênée, la tête baissée, elle le suivit dans le fond du restaurant. Du coin de l'œil, elle vit les curieux se redresser dans leurs chaises et se remettre à manger en silence. Les murmures qui s'élevaient dans la salle résonnaient dans ses oreilles telle une fanfare.

Dillon referma la porte de la salle déserte, sa question dressée entre eux. Son air abattu parlait pour lui. Il croisa les bras et alla vers une fenêtre d'un pas lent.

Pourtant à peine plus forte qu'un chuchotement, la voix d'Emily traversa la pièce jusqu'à lui, qui restait immobile.

— J'ai besoin de temps, Dillon.

Sans se retourner, il souffla, et répondit d'une voix faible :

— Je ne comprends pas, Emily. Nous en avons discuté pas mal de fois, il me semble. Je croyais que tu m'aimais.

Emily se mit à sangloter, bien qu'elle se soit fait la promesse de ne pas flancher.

— Mais, Dillon, évidemment je t'aime. Je t'aime plus que tu ne pourrais jamais l'imaginer.

Ses mots sonnaient d'autant plus faux que des images de la nuit passée lui donnaient encore un goût amer dans la bouche. Il fallait absolument qu'elle évite de penser à Gavin, mais c'était peine perdue. Il continuait de hanter ses pensées. Son sourire... ses yeux... son rire... tout en lui alimentait son trouble. Sa théorie selon laquelle elle ne voulait pas de lui était réduite en pièces. Et son cœur se serra plus fort.

— Nous ne vivons même pas encore ensemble. Je croyais que ce serait notre premier pas vers le mariage.

Dillon lui fit face.

— Je voulais que tu viennes vivre avec moi dès ton arrivée à New York, Emily. C'est toi qui n'étais pas prête à t'engager.

Tandis qu'elle essayait de se ressaisir, il se rapprocha. D'une main tremblante, il lui caressa la joue.

— Je t'aime. C'est ça notre premier pas, bébé. Je t'en prie, dis-moi si ça a un rapport avec les agissements de ton père… Crois-moi, je ne te ferai jamais ça, Emily. Je te le jure.

Emily replongea dans des souvenirs vieux de presque vingt ans. Elle avait beau nier se rappeler quoi que ce soit… c'était faux. Un souvenir en particulier lui revint : le matin où il avait définitivement quitté la maison et sa vie. Des flashs d'elle à cinq ans, levant les yeux vers une grande silhouette – que même à cet âge, elle aimait de tout son cœur –, affluèrent devant ses yeux. L'image de ses petits bras agrippant sa jambe pour le retenir s'imposa tristement. Malgré ses efforts, elle ne s'était pas accrochée assez fort. Il était trop costaud pour son petit corps. Elle entendait encore les cris déchirants de sa mère et les pleurs de sa sœur tandis que lui, ivre, les rabaissait avec des mots que leurs petites oreilles n'auraient jamais dû entendre.

Un ours en peluche serré contre sa poitrine, Emily l'avait suivi en l'appelant jusqu'à ce qu'il sorte en titubant. C'était une journée ensoleillée – un souvenir de plus. Le soleil brillait derrière lui, détourant son corps comme l'ange qu'elle croyait qu'il était, pendant qu'il s'éloignait et montait dans sa voiture. Elle se rappelait avoir espéré son retour, mais il n'était jamais revenu. Malgré tout le temps qu'elle avait passé à jouer à la dînette avec ses poupées en l'attendant, il n'avait jamais reparu. C'était tout ce qu'elle avait fait – attendre quelqu'un en vain. Parti. Envolé. Ce souvenir douloureux lui fit monter de nouvelles larmes aux yeux.

Cependant, ces souvenirs n'avaient rien à voir avec son souhait de ne pas précipiter leur union. Elle avait peur. Ou plutôt, elle était terrifiée. Elle avait besoin de vivre avec Dillon avant de prendre une décision. Pour l'instant en tout cas, c'est ce qu'elle pensait. Avec le recul, elle se dit qu'elle aurait peut-être dû emménager avec lui dès le début, mais elle ne pouvait pas revenir en arrière. Néanmoins, le passé revenait frapper à sa porte de plusieurs manières épouvantables. Même si elle refusait de laisser son sentiment de culpabilité influencer sa réponse, elle ne pouvait pas s'empêcher de s'interroger sur sa moralité – ivre ou pas.

— Ça n'a rien à voir avec mon père, murmura-t-elle en le fixant dans les yeux. J'ai juste besoin de quelques jours de réflexion.

Pinçant les lèvres, Dillon hocha la tête.

— Très bien, prends le temps qu'il te faut.

— Tu m'en veux ? demanda-t-elle en se remettant à pleurer.

Il secoua la tête et essuya tendrement ses larmes.

— Non, Emily. Je suis abasourdi, confus, oui, mais pas en colère.

Dillon la prit dans ses bras et embrassa le dessus de sa tête. Tremblante, elle se laissa aller à sangloter. Elle ne pouvait pas affronter ses parents – surtout sa mère – pas plus qu'elle ne pouvait retourner dans la salle du restaurant. Son embarras était trop grand. Sentant son anxiété, Dillon lui donna le ticket du voiturier et la guida vers une sortie annexe.

Sortant dans une petite allée, elle se força à se tourner vers lui. Soutenant son regard, Dillon hésita un instant avant d'aller chercher son sac à main. Son regard débordait d'une tristesse dont elle était la cause, et son dos habituellement droit était courbé. L'homme plein d'assurance qu'elle connaissait avait perdu quelque chose au cours de ce dimanche après-midi de la fin août. Elle avait plus mal qu'elle ne l'aurait imaginé. Son visage peiné resterait longtemps gravé dans sa mémoire. Lorsqu'il referma la porte, Emily se rendit compte qu'elle avait les paumes moites, les yeux rougis par les larmes, et que la tristesse la touchait elle aussi.

Quelques jours... J'ai juste besoin de quelques jours avant de lui dire...

12

Pour en finir avec toi

Le texte était simple, le style élégant et raffiné. Dans le silence qui entourait Gavin, seul résonnait le bruit de la carte gaufrée qu'il tapait en rythme sur son bureau. Il ne comptait plus le nombre de fois où il l'avait relue.

Devant nous s'ouvre le chemin...
un avenir empli d'amour éternel...
Faites-nous l'honneur de vous joindre à nous
EMILY M. COOPER & DILLON R. PARKER
Pour célébrer nos fiançailles
Le samedi 23 septembre
À 18 heures
Au Diamond Room

L'écho incessant de la carte tapant sur le bureau n'était pas le seul bruit de la pièce. Il y avait aussi ceux de son cœur broyé et de sa respiration accélérée. Si Gavin n'était pas surpris, c'était la preuve indéniable qu'elle poursuivait sa route sans lui.

Il avait appris la nouvelle quelques jours plus tôt. Dillon avait annoncé ses fiançailles avec ravissement, réduisant l'espoir de Gavin à néant. Au cours de leur brève conversation, il avait eu le sentiment d'être Jekyll et Hyde, puisqu'il avait dû lui témoigner sa joie pour eux. Il s'en était mieux sorti qu'il ne l'aurait cru puisqu'il avait réussi à le féliciter avec un enthousiasme de circonstance. Après avoir raccroché, il avait épuisé ses dernières réserves de sang-froid en se retenant de lancer son téléphone contre le mur. De toute façon, son cœur était déjà blessé, mutilé.

Gavin était tellement absorbé par l'invitation qu'il ne vit pas Colton entrer dans la pièce. Détachant son regard de ce maudit faire-part qui le torturait, il avait découvert son frère. Informé de la nouvelle, ce dernier affichait son inquiétude. Gavin savait ce qu'il allait dire, et il ne souhaitait surtout pas l'entendre.

— C'est comme ça, frangin. Il faut que tu l'ou...

— Ferme-la, Colton, siffla-t-il. Tu n'as aucune idée de ce que je vis en ce moment.

Colton accusa le coup puis fronça les sourcils.

— Alors va la conquérir, Gavin. Quand on veut quelque chose aussi fort, on ne laisse pas tomber. On se bat jusqu'au bout. Nous avons ça dans le sang, chez les Blake, alors ça devrait être facile. Et puis, je ne connais personne de plus borné que toi.

Gavin faillit s'étouffer avec un rire amer, mais il réfléchit à la suggestion de son frère. Il savait qu'il pouvait débouler dans la vie d'Emily et briser ses défenses. L'idée de la garder prisonnière chez lui, dans ses bras, dans son lit jusqu'à ce qu'elle craque et jure de devenir sa femme lui semblait de plus en plus attrayante. Il savait qu'elle cachait ses sentiments pour lui, et il comprenait sa peur. Le risque était énorme pour l'un comme pour l'autre. Une fois qu'ils se seraient avoué leur besoin d'être ensemble, le jugement des autres serait dur à vivre, mais ensemble, ils le supporteraient.

Mais à quoi bon lui courir après ? L'idée de gagner du temps et peut-être – non, sûrement – tomber amoureux d'elle pour qu'au final elle ne veuille pas être avec lui l'effrayait. Ce serait idiot de l'envisager. Mais il ne pouvait rester sans rien faire alors qu'il ne pensait qu'à elle. Son impuissance le rongeait.

— Tu as perdu la tête ? Me battre pour elle ? Elle va l'épouser.

— C'est toi qui me dis ça ? demanda Colton d'un air incrédule. (S'asseyant en face de Gavin, il inclina la tête sur le côté.) Frangin, tu as non seulement décidé d'assister à leurs fiançailles mais tu as aussi accepté d'être l'un de ses garçons d'honneur. Lequel de nous deux a perdu la raison ?

— Comment aurais-je pu refuser ? grommela Gavin. Je dois faire comme si de rien n'était.

Il haussa les épaules.

— Tu peux toujours dire que tu es souffrant.

Gavin rit jaune.

— Crois-moi, j'en suis à envisager de réserver un voyage à l'autre bout du pays. (Se levant, il saisit sa veste de costume et l'enfila.) J'ai besoin d'un remontant.

— Bonne idée.

— Tu viens ou pas ?

— D'accord, si c'est moi qui choisis le bar.

Vingt minutes plus tard, ils se garèrent devant un bar à cocktails de l'East Village. Gavin était impressionné par le choix de Colton. St. Mark's Place, l'eldorado des artistes, des musiciens des étudiants et des écrivains débordait d'énergie pendant l'*happy hour*. Le but de Gavin était simple : s'enivrer pour en finir avec les images d'Emily qui le hantaient. Il était convaincu qu'une juste dose de bourbon ferait l'affaire.

S'abrutir.

Il allait s'engourdir l'esprit.

Juste avant d'entrer, Colton s'immobilisa.

— Tiens, ça pourrait t'aider à penser à autre chose, dit-il en désignant une femme devant sa voiture en panne.

Gavin l'observa alors qu'elle ressortait la tête de sous le capot. Tenant son portable à l'oreille, elle paraissait stressée, et son regard paniqué croisa celui de Gavin. De beaux cheveux longs – de la même couleur caramel que ses yeux – virevoltaient dans le vent, comme sa jupe à longueur de genoux. Chancelant sur ses talons, elle passa la bandoulière de son sac sur son épaule en refermant le capot.

Colton donna un coup de coude à Gavin.

— Va lui filer un coup de main.

— Elle est déjà au téléphone. Quelqu'un va venir la dépanner.

Gavin avait à peine terminé sa phrase qu'elle s'avança vers lui, le visage baigné de larmes.

— Je suis désolée de vous déranger mais l'un de vous pourrait-il me prêter son téléphone ? Le mien n'a plus de batterie.

— Bien sûr, répondit Gavin en le sortant de sa poche.

— Merci, dit-elle en reniflant.

Elle le prit et composa un numéro en s'éloignant de quelques pas.

Gavin regarda son frère.

— Va lui chercher un mouchoir. J'attends là avec elle.

Devant le petit sourire en coin de Colton, Gavin leva les yeux au ciel. Lorsque Colton poussa la porte du bar, la musique jouée par un groupe de jazz se mêla aux bruits de la ville.

L'inconnue revint vers Gavin.

— Merci, c'est gentil à vous. Mon frère dirige une entreprise de remorquage. Il va bientôt arriver.

— Il n'y a pas de quoi, s'écria-t-il en rangeant son portable. On dirait que votre joint de culasse est mort.

Elle renifla et jeta un œil vers sa voiture.

— Vous le savez sans l'avoir examiné ?

— De la fumée blanche sort du pot d'échappement. C'est généralement un signe révélateur.

— Vous êtes mécanicien ?

Gavin sourit.

— Non, j'aime les voitures, c'est tout. (Elle lui répondit d'un sourire penaud.) J'ai envoyé mon frère vous chercher un mouchoir.

— Merci. Je me sens un peu bête de pleurer comme ça. Ces dernières semaines ont été difficiles.

Bien qu'il soit désolé pour elle, il ne savait pas quoi dire. Ainsi, lorsque Colton reparut, il éprouva un certain soulagement.

Lui donnant le mouchoir, Colton demanda :

— Vous avez réussi à joindre quelqu'un ?

Elle hocha la tête et précisa qu'elle attendait son frère.

— Puisque vous devez patienter, vous voulez venir prendre un verre avec moi et mon petit frère ? proposa Colton en adressant un petit sourire à Gavin. C'est nous qui invitons, bien sûr.

Gavin lutta contre l'envie soudaine de l'assommer en pleine rue.

L'air anxieux, la femme sourit.

— C'est une bonne idée. Un verre ne me ferait pas de mal, c'est sûr.

Ouvrant la porte, Colton décocha un autre sourire malicieux à son frère.

— J'en connais d'autres qui ont besoin d'un verre.

Secouant la tête, Gavin entra dans le bar. Les notes mélodieuses d'un saxophone jouant *La Vie en rose* emplissaient la salle. Avec le temps, Gavin avait fini par adorer le jazz. Ce style de musique avait fait partie de son enfance, son père en étant amateur. Au souvenir de ses parents dansant langoureusement dans la véranda sur cette chanson, Gavin sourit. Comme les paroles correspondaient pleinement à ses sentiments pour Emily, il s'imagina valser avec elle blottie dans ses bras. Mais à présent, son fantasme d'une vie à ses côtés était plus éloigné de la réalité que jamais. Comme si un feu le consumait, il était dévoré par le besoin d'être avec elle – et d'ingurgiter une certaine quantité de bourbon.

Après avoir trouvé une table près de la piste de danse, la femme, qui s'appelait Stephanie, alla se remaquiller aux toilettes. Pressé de s'assommer, Gavin commanda trois shots de bourbon et une bière. Le serveur revint au bout de quelques minutes avec son anesthésiant, et Gavin vida deux verres en lançant un regard noir à son frère.

— Ne m'embête pas avec ça ce soir.

Souriant, Colton se carra dans son siège.

— Je n'ai rien dit.

— Pas la peine, répondit-il d'une voix menaçante. C'est écrit sur ton visage et je ne suis vraiment pas d'humeur.

Haussant un sourcil, Colton gloussa.

— Alors, voyons voir, tu préfères choisir le chemin qui te précipitera inévitablement vers l'auto-apitoiement sans fond ?

— Tu n'as vraiment rien compris, hein ?

— Non, frangin, au contraire. Comme je te l'ai déjà dit, tu as le choix entre te battre pour elle ou laisser tomber.

Contrarié, Gavin vida le troisième verre.

— Je n'ai pas besoin de tes leçons de morale, Colton.

— Je sais bien, petit frère. Toutefois, tu as le choix entre boire pour essayer d'oublier Emily et profiter de la belle demoiselle en détresse qui est en train d'essuyer son mascara autour de ses jolis yeux, fit-il remarquer en haussant tranquillement les épaules.

— Alors maintenant tu me conseilles de profiter des femmes ? souffla-t-il en ouvrant sa cannette de bière. Non seulement tu m'emmerdes, mais tu es une contradiction ambulante.

Colton rit.

— Tu as compris ce que je voulais dire. Saisis la chance qui se présente au lieu de courir après l'impossible.

Sa remarque nonchalante atteignit sa cible, mais Stephanie revint, évitant à Colton d'essuyer une rebuffade. Elle s'assit en face de Gavin en souriant.

— Je suis désolée d'avoir été aussi longue.

— Ce n'est rien, répondit Gavin. Que désirez-vous boire ?

— Je veux bien une vodka canneberge avec une tranche de citron vert.

Gavin fit signe au serveur et commanda. En examinant leur invitée, Gavin la trouva aussi belle que l'avait dit Colton. Ses cheveux châtain foncé étaient brillants bien que légèrement décoiffés, et ses yeux clairs en amande étaient bordés de cils épais. En temps normal, il lui aurait fait quelque compliment, mais pas ce soir. Imperturbable, Gavin réduisit la conversation au strict minimum, préférant se concentrer sur sa lutte intérieure. Cependant, Colton veilla à lui faire passer un agréable moment, lançant quelques blagues sur son frère.

Au fil de la soirée, Gavin remarqua que Stephanie le fixait de plus en plus intensément. Se reprochant de ne pas lui prêter attention, il commanda une autre tournée et tenta de s'intéresser un peu à elle. Il apprit qu'elle était en école de journalisme et serait diplômée en mai. Avec son frère aîné, elle avait grandi à Lindenhurst, une ville de taille moyenne de Long Island. Elle aimait l'art, la musique, les voyages, bien manger, sa famille, ses amis, et les paisibles journées d'été.

Toutefois, malgré toutes ces belles qualités, Gavin ne pouvait pas s'empêcher de la comparer à celle qu'il désirait vraiment et dont il avait irrévocablement besoin pour aller bien.

Emily...

Quand Stephanie parlait, il ne frissonnait pas. Ses rires ne le touchaient pas. Même lorsqu'elle passait de temps à autre la main sur son bras en parlant, ça ne lui faisait aucun effet.

Rien.

Pour toutes ces raisons, et parce qu'il lui faisait la conversation en sachant qu'il lui plaisait, il avait l'impression d'être un salaud.

Et surtout, il était clair pour lui qu'elle ne l'intéressait pas.

Néanmoins, peut-être parce que l'alcool avait fini par avoir l'effet escompté ou parce qu'il avait fini par se convaincre qu'avoir Emily dans sa vie était une mauvaise idée, à la fin de la soirée ils échangèrent leurs numéros.

— C'était vraiment obligé qu'elle vienne avec nous ? demanda Olivia d'un air dégoûté.

— Tu crois que j'avais envie qu'elle soit là ? murmura Emily en sortant la tête de la cabine d'essayage des robes de mariée. (La mère de Dillon passait en revue les nombreuses robes avec une conseillère.) Elle tenait tellement à être présente, je n'allais pas me disputer avec elle. Et puis elle a une sorte de gala de charité à 19 heures, elle va bientôt partir.

Faisant claquer sa bulle de chewing-gum, Olivia leva les yeux au ciel.

— Cette femme est une plaie, elle dévaste tout sur son passage. Je n'ai jamais pu la blairer.

Emily prit une inspiration et tourna le dos à Olivia. Elle examina la robe de mariée Reem Acra qu'elle portait. Tournoyant d'un côté puis de l'autre, elle demanda :

— Comment tu la trouves ?

Olivia enroula une boucle de ses cheveux autour de son doigt.

— Tu veux une réponse honnête ou flatteuse ?

— Allez, Liv, dit-elle, les poings sur les hanches.

— Tu ressembles à une fichue sirène. (Emily secoua la tête.) Faut pas me demander mon avis si tu n'es pas prête à l'entendre, lança Olivia. (Comme si une idée lumineuse venait de jaillir dans son cerveau, elle ajouta :) Tiens, j'y pense, et si c'était toi qui choisissais ta robe de mariée, puisque c'est ton mariage ? Je te promets que si la Plaie t'oblige à en essayer une autre, je lui botte le train.

— Tu veux bien te calmer ?

— Non, Emily, je ne me calmerai pas. Je suis tellement perturbée par toute cette histoire de mariage que je ne sais même plus quoi penser.

Se massant les tempes, Emily ferma les yeux.

— Qu'est-ce que tu veux que je te dise ?

— Je veux que tu me rappelles pourquoi tu précipites les choses. Je n'ai même pas eu le temps d'assimiler l'idée. Je vais être franche avec toi : je félicite Cornichon qui s'est accroché jusqu'à ce que tu lui donnes ta réponse et qui a bien voulu te laisser le temps de réfléchir. Mais tout de même, Emily… en novembre ? On est déjà début septembre !

— Je te l'ai dit, Liv, Dillon est le dernier des petits-enfants à se marier, et ils ont peur que sa grand-mère ne vive pas plus de six mois. Elle est très malade, répondit-elle en faisant signe à Olivia de l'aider à déboutonner sa robe. C'est important pour eux qu'elle assiste au mariage.

Olivia se leva et alla vers elle.

— Bah oui, comme si tu devais fonder ton avenir sur un vieux fossile qui risque de passer l'arme à gauche une heure après la cérémonie.

— Ce n'est pas l'unique raison, et tu le sais. Tu connais le temps d'attente pour obtenir une salle de réception au Waldorf Astoria ? Trois ans, Olivia. Les parents de Dillon ont des relations, et il y a eu une annulation. C'était la seule date disponible, alors nous l'avons prise.

Olivia l'aida à se dégager de la robe.

— Je vais dire deux autres choses, que ça te plaise ou non.

— Je m'y attendais, soupira-t-elle en s'emparant d'une robe trapèze en mousseline de soie qu'elle avait choisie.

— Primo, il n'y aurait pas eu de mal à attendre trois ans une salle du Waldorf si c'est le temps dont tu avais besoin pour être sûre de toi.

Emily voulut protester mais Olivia lui plaqua un doigt sur la bouche. Elle la prit par les épaules et plongea ses yeux dans les siens sans ciller.

— Et deuzio, tu as oublié de mentionner ton amour pour Dillon parmi tes raisons, copine.

Emily soutint son regard un instant, se retourna et enfila la robe qui était l'opposé d'un déguisement de sirène sans dire un mot.

— Tu sais que je l'aime.

Emily s'approcha pour fermer le dos de sa robe. Elles se regardèrent dans le miroir.

— Je sais aussi ce qui s'est passé entre toi et...

— Non, s'empressa de l'interrompre Emily, prise d'une douleur trop familière au ventre.

Olivia se pencha pour lui murmurer à l'oreille :

— Il fait peine à voir, Emily. Trevor m'a dit qu'il ne l'avait jamais vu aussi mal en point.

Le cœur d'Emily se serra à l'idée d'avoir blessé Gavin, mais elle ne pouvait pas céder à ses sentiments pour lui – plus maintenant. C'était mal. Elle avait beau édulcorer la situation autant que possible, c'était mal.

— Je n'ai pas envie de parler de ça, Olivia, chuchota-t-elle en descendant du piédestal.

— Et toi aussi tu es malheureuse, Emily. Je le vois bien. Depuis cette nuit-là, tu n'es plus comme avant.

— Je ne suis pas malheureuse, dit-elle dans un souffle en essayant d'ouvrir sa robe. J'étais saoule, j'ai agi sur un coup de tête et j'ai fait le mauvais choix. Toute cette histoire est une erreur.

— Tu veux un coup de main ? proposa gentiment Olivia.

— Je veux bien, soupira-t-elle troublée.

Tout en l'aidant à agrafer sa robe, Olivia reprit à voix basse.

— Il arrive que les mauvais choix nous conduisent aux bonnes personnes, Emily.

Tandis qu'elle enfonçait ses ongles dans les paumes de ses mains, Emily fut parcourue d'un frisson de la tête aux pieds. Gavin soulevait en elle des vagues d'émotions plus intenses et plus dangereuses que tout ce qu'elle avait connu. La confusion, le chagrin, la peur pour lui et pour elle-même ne faisaient qu'alimenter la tempête qui grondait en elle.

Tout remonta à la surface en cet instant, et juste avant qu'elle ne flanche, une autre source de tumulte fit son apparition. Sous la forme d'une femme en tailleur Valentino, avec des talons aiguilles et un carré en soie Hermès qui se balançait à chacun de ses pas.

— Donna, dit Joan à la vendeuse, je vais m'en occuper.

La vendeuse consulta Emily du regard.

— Tout va bien, dit Emily en souriant. Merci pour vos conseils.

— Je vous en prie, mademoiselle Cooper. N'hésitez pas à m'appeler si vous avez besoin de quoi que ce soit, répondit-elle avant de les quitter.

— Oh, Emily, tu n'envisages pas sérieusement de porter une robe trapèze, j'espère ? demanda Joan dans un soupir. C'est trop banal. Et puis, tu es petite avec des formes généreuses. Cette Elie Saab me convient mieux.

Elle brandit une robe qui lui donna un haut-le-cœur.

Olivia partit d'un rire théâtral.

— C'est une blague ? Je ne la laisserai jamais porter un truc pareil - encore moins le jour de son mariage. Elle va ressembler à un cacatoès, là-dedans.

Joan lui décocha un regard assassin.

— Tu n'as jamais su tenir ta langue, Olivia.

— Je suis vexée, ironisa cette dernière avec le sourire.

— Joan… (Emily tendit la main vers la robe, et Joan détacha son regard d'Olivia.) J'aime beaucoup Elie Saab, mais pas ce modèle. (Emily tint la masse de plumes à bout de bras et s'empara de la robe Monique Lhuillier qu'elle avait essayée plus tôt.) Je pense que je vais garder celle-là. J'aime beaucoup l'appliqué en dentelles et le décolleté arrondi. En plus, ses manches longues sont parfaites pour un mariage d'hiver.

Joan poussa un soupir.

— C'est celle qui triple le volume de tes hanches.

Les yeux ronds, Emily ouvrit la bouche puis la referma.

— La vache, bredouilla Olivia. Emily, d'une, tu es trop petite pour avoir des hanches larges. (Elle lança un regard noir à Joan avant de poursuivre :) De deux, il faut battre le fer tant qu'il est chaud, dit-elle en ôtant ses boucles d'oreilles avant de remonter ses manches.

Joan la toisa.

— Non, s'interposa Emily en se ruant vers son amie. Assieds-toi, Liv, la supplia-t-elle.

Olivia, croisant les bras, se laissa tomber sur une chaise, à bout de patience.

— Très bien, je vais l'essayer, mais vous n'avez pas un rendez-vous ?

Joan consulta sa montre en inspirant, l'air pincé.

— Tout à fait, dit-elle en s'emparant de son sac à main. Bon, alors tu essaies la Elie Saab. J'ai également montré à Donna une robe trompette qui serait magnifique sur toi. N'oublie pas de lui demander de te l'apporter. (Acquiesçant, Emily se força à sourire.) Très bien. Je t'appelle plus tard.

Joan sortit à vive allure après avoir échangé un regard haineux avec Olivia.

Olivia se leva d'un bond.

— Ne me dis pas que tu vas…

— Essayer ce truc horrible ? termina Emily en riant. Tu n'as même pas besoin de m'interdire de la porter. Je refuse catégoriquement de l'enfiler.

Emily remit son jean, son sweat asymétrique et ses Converse noires. Elle prit son sac à main et se dirigea vers l'accueil. Elle informa Donna qu'elle avait arrêté son choix sur la robe Monique Lhuillier et tendit la carte de crédit de Dillon à la réceptionniste pour régler l'acompte. Après avoir discuté et programmé quelques essayages en vue d'ajuster le vêtement, elles organisèrent également l'essayage de la robe de la demoiselle d'honneur, la sœur d'Emily, qui vivait à l'autre bout du pays. Étouffant sous les obligations, Emily se réjouit de sortir de la boutique.

— Je meurs de faim, dit Olivia quand elles surgirent dans l'air frais. Il y a un petit sushi bar sympa pas très loin où ils servent des rouleaux corrects. Tu veux y aller ?

— Je te suis.

Quelques rues plus loin, le sushi bar était en vue. Avant d'entrer, Emily se mit à fourrager dans son sac à main.

La main sur la poignée, Olivia lui demanda ce qu'elle faisait. L'ignorant, elle continua de retourner tout le contenu du sac.

— Ouh, ouh, Emily, qu'est-ce que tu cherches ?

— J'ai un méchant mal de tête. Je sais que j'ai de l'Advil dans mon sac, répondit-elle en écartant les reçus de cartes de crédit, ses lunettes de soleil et une trousse de maquillage bourrée à craquer.

Dès qu'elle trouva les comprimés, elle sourit en soupirant de soulagement. En se dirigeant vers l'entrée, elle vit le visage d'Olivia se transformer comme sous le coup de la stupeur.

— Qu'est-ce qui t'arrive ? s'enquit Emily en lui posant la main sur l'épaule.

— Euh, retourne-toi, Emily.

Intriguée, elle pivota sur elle-même.

Mon Dieu...

Le souffle coupé, elle remarqua la BMW de Gavin garée en double file devant le restaurant. Colton, qui occupait le siège conducteur, secouait la tête en regardant son frère descendre du côté passager avec un manque d'agilité évident.

— Je vais nous garder une table, dit Olivia.

— Non, attends, murmura Emily dont le front se recouvrait de sueur. Tu n'as pas intérêt à me laisser là toute seule.

Olivia plissa les yeux mais répondit d'une voix neutre.

— Il faut que tu lui parles.

Sans attendre, elle ouvrit la porte et s'engouffra dans le restaurant.

Le cœur battant, Emily tâcha de se ressaisir le temps qu'il vienne vers elle.

— Tu es saoul, dit-elle dans un souffle en remarquant qu'il tanguait.

Tandis qu'il tentait de recoiffer sa masse de cheveux noirs, un grand sourire illumina son visage.

— Et toi, tu es délicieuse.

La tonalité pâteuse de sa voix alcoolisée faillit la réduire en cendres en plein cœur de Manhattan. Cherchant toujours à rassembler ses pensées, elle le fixa, la gorge nouée. Malgré son allure négligée – sans veste, le nœud de cravate desserré, les manches enroulées à la va-vite – elle était en pâmoison. Ce n'était pas seulement physique, même si c'était l'homme le plus sexy du monde. C'était aussi sa présence qui la bouleversait.

Il se rapprocha d'un pas lent et mal assuré.

— Tu es délicieuse... et fiancée maintenant, dit-il à voix basse en saisissant sa main gauche.

Il examina sa bague. Malgré son envie, elle ne l'en empêcha pas. Comme si son geste la paralysait, elle était incapable de bouger.

— Mmm, malgré toute ma fortune, je n'aurais pas opté pour quelque chose d'aussi tape-à-l'œil – pas pour une main aussi délicate que la tienne. Elle mérite mieux. J'aurais choisi un bijou plus élégant.

Les flots de piétons les évitaient tandis qu'ils restaient immobiles, lui tenant sa main. Mais ni l'un ni l'autre ne les remarquaient. Le mélange de klaxons, de rires et de musique provenant d'un club voisin résonnait autour d'eux, mais ni lui ni elle ne les entendait. Ils étaient absorbés l'un par l'autre, plus rien d'autre n'existait. Emily détacha son regard de lui, et presque au même instant, Gavin la prit par le menton pour l'obliger à le fixer dans les yeux. Seul un petit cri étouffé parvint à franchir ses lèvres.

— Après notre brève aventure, je n'aurais jamais imaginé que Dillon soit le chanceux qui passe une bague à ce joli doigt.

Respirant difficilement, Emily déglutit sans cesser de le scruter. L'audace avec laquelle il exprimait sa détermination inébranlable était si séduisante qu'elle eut l'impression de sentir le sol trembler.

— J'étais saoule, murmura-t-elle. Je... j'avais besoin de ça pour tirer un trait sur toi.

Sans lâcher son menton, il passa lentement le pouce sur ses lèvres et poursuivit d'une voix aussi basse qu'elle :

— Trésor, tu vas tirer un trait sur moi aussi bien que j'ai réussi à le faire avec toi. C'est impossible.

Avant qu'elle n'ait pu assimiler sa déclaration, il se pencha vers elle et saisit sa lèvre inférieure entre ses dents pour la suçoter. Elle s'écarta un peu, sans grande conviction. Insinuant la langue entre ses lèvres, il serra son menton un peu plus fort pour l'empêcher de bouger. Dans un long râle, Gavin tira une dernière fois sur sa lèvre avec ses dents d'une manière qui lui fit perdre pied. Emily l'aurait vu sourire si elle n'avait pas fermé les yeux. Il pivota gracieusement sur ses talons et s'éloigna, la laissant déboussolée. Tendant la main vers la porte, le souffle court, elle observa Gavin qui remontait en voiture pour disparaître rapidement.

Après ce moment d'euphorie et de stupéfaction, Emily traversa la salle de restaurant sur un petit nuage, l'entrejambe mouillé, plus confuse que jamais. Elle avait absolument besoin de quelques verres de saké.

13

Confidences en tout genre

Emily avait réussi à se convaincre qu'elle était prête, mais elle n'aurait pas pu être plus éloignée de la vérité. Alors qu'avec Dillon elle accueillait les invités de leur dîner de fiançailles, l'angoisse lui donnait des vertiges. Consultant sa montre, elle se sentit engloutie dans un tourbillon d'émotions à l'idée de devoir bientôt affronter Gavin. Elle avait l'impression de se disloquer. Ses pensées se calmèrent lorsque Dillon effleura son bras. Ce soir, elle devait à tout prix se focaliser sur lui.

— Est-ce que ça va ? demanda-t-il en l'enlaçant.

Il l'embrassa sur les lèvres et dégagea ses cheveux de ses épaules.

— Oui, très bien, répondit-elle en lissant les revers de sa veste de costume noire.

— Tu es splendide ce soir, susurra-t-il. Quand cette soirée sera terminée, je te mangerai pour le dessert.

— J'ai tout entendu, Dillon, lança Lisa d'un air malicieux. Essaie de ne pas trop évoquer ma petite sœur comme un dessert, veux-tu ?

Avec un sourire en coin, il pressa Emily tout contre lui.

— Mais elle est tellement... appétissante, Lisa. Sincèrement, je ne m'en lasse pas.

Emily secoua la tête en riant.

— Bon, je n'ai pas besoin de précisions. (Elle tira le bras d'Emily, l'écartant de leur étreinte.) J'aimerais parler à ma sœur en privé, si je peux te l'enlever une seconde.

— Elle est tout à toi, répondit-il en donnant un dernier baiser à Emily.

Lisa la guida entre les grappes d'invités qui peuplaient la salle de banquet. Emily souriait en saluant les gens sur son passage.

Tandis que les deux sœurs traversaient la réception, Emily constata que les parents de Dillon n'avaient pas lésiné sur les dépenses. Le restaurant était d'un luxe enchanteur. Un bar en ébène était situé dans un coin, près d'une immense fenêtre qui donnait sur le port de New York. Des canapés en cuir rouge et des fauteuils à oreilles assortis étaient disposés en divers endroits. Des chandeliers ouvragés ornaient les murs, tandis qu'un lustre diffusait un éclairage tamisé. Près du splendide piano à queue - duquel jouait un musicien - un feu crépitait dans la cheminée, apportant une touche romantique à la soirée.

Après avoir bifurqué vers un couloir, elles se faufilèrent dans une salle vide dont Lisa referma la porte. Elle posa les mains sur les épaules d'Emily et la considéra avec inquiétude.

— Je vois bien que tu es sur les nerfs.

Emily se passa la main dans les cheveux, esquissant un faible sourire.

— Ça se voit tant que ça ?

— Pas pour les autres, mais je te connais mieux que quiconque, dit-elle avec douceur en prenant la main de sa sœur. Il est arrivé ?

— Non. Quand il sera là, tu peux me croire, tu le sauras, répondit-elle avec un rire nerveux. (Se mordant la lèvre, elle marqua une pause, et son visage se détendit.) J'aurais tellement aimé que Maman soit là, Lisa.

— Oh, ma chérie, moi aussi, murmura-t-elle en la prenant dans ses bras.

Emily la serra de toutes ses forces, sa chaleur lui rappelant celle de la femme qui leur manquait. La peine lui gonfla la poitrine.

— Mais même si elle était là, Emily, elle te conseillerait d'écouter ton cœur. Elle ne pourrait pas décider à ta place. J'aimerais juste savoir – tout comme Maman si elle était là – si c'est vraiment ce que tu veux.

— Oui, c'est ce que je veux, répondit-elle après une légère hésitation.

— Très bien, alors allons profiter de ta soirée.

Main dans la main, elles retournèrent dans la salle de réception.

Le nombre d'invités avait doublé – la majorité étant composée de la famille de Dillon, ses collègues et ses amis. Emily en avait rencontré certains au cours de l'année, mais, pour l'essentiel, ce n'était qu'une image floue d'oncles, de tantes et de cousins qu'elle avait brièvement côtoyés lors de réunions de famille. Les gens qu'Emily connaissait parmi ces invités tenaient autour d'une seule table.

En cet instant, alors qu'elle se trouvait dans cette salle bondée, elle se sentait curieusement seule – jusqu'à ce que son regard croise celui de Gavin. Pour Emily, le monde s'arrêta. La musique se résuma à un murmure lointain, et les voix se firent étouffées. Malgré la distance, leur indéniable connexion fut instantanément évidente. C'était là – inébranlable et implacable. Submergée par un raz-de-marée émotionnel qui l'attirait comme un courant incontrôlable, elle eut du mal à respirer.

Elle le survola du regard. Un costume gris charbon couvrait sa carrure puissante mais gracieuse. En dessous, il portait une chemise blanche et une cravate à rayures fines noires et grises. Ses cheveux noirs brillants étaient décoiffés de manière séduisante comme s'il ne s'était pas donné la peine de se peigner en sortant de la douche. Sa présence imposante reflétait son pouvoir tout en finesse, sa grâce naturelle et son autorité inflexible. Il dégageait une force qu'elle ne pouvait s'empêcher de remarquer. Bien qu'il tienne une jeune femme splendide par la taille, il accordait toute son attention à Emily. Il lui adressa un sourire désarmant, qui la plongea dans une mer de désir, de besoin... Elle dut se débattre pour refaire surface.

Serrant la main moite d'Emily, le regard pétillant de curiosité, Lisa demanda :

— C'est lui ?

Emily fit oui de la tête, une boule lui bloquant la gorge tandis qu'elle voyait Dillon aller vers Gavin en l'invitant à les rejoindre. Se léchant ses lèvres sèches, elle pressa la main de Lisa et, anxieuse, partit vers eux.

Mon Dieu, elle est si belle, se dit Gavin en regardant Emily avancer vers lui. Son corps chaloupait avec élégance sous sa robe de soirée en soie vert émeraude. Il suivit du regard ses jambes fuselées jusqu'à ses talons aiguilles argentés à lanières. Il fit de son mieux pour s'empêcher de remonter le long de ses courbes délicates et de ses boucles auburn. Il luttait pour contrôler son attirance mais, quoi qu'il fasse, son corps réagissait plus violemment à mesure qu'elle approchait. Il sentit ses pupilles se dilater lorsqu'elle se passa la langue sur les lèvres, accélérant les battements de son cœur à un rythme inquiétant.

Il désirait chaque centimètre de son corps – son haleine sucrée, le goût de sa langue, la douceur de sa peau, sa voix rauque murmurant à son oreille. Elle assaillait ses sens telle une soif constante exigeant d'être étanchée. Malgré tout cela, c'étaient surtout ses yeux qui le captivaient – ces océans d'un vert profond qui lui donnaient l'impression d'accéder à son âme. Si ses mains étaient agrippées à la taille de Stephanie, en vérité elles serraient Emily.

Quand Emily et Lisa furent tout près, Dillon la plaça devant lui.

— Bébé, je te présente l'amie de Gavin, Stephanie.

Forçant un sourire, Emily prit une longue inspiration tremblante.

— Enchantée, Stephanie.

— Moi aussi, répondit-elle en rabattant des mèches de cheveux couleur caramel derrière son oreille. (Ses traits délicats mettaient en valeur ses grands yeux ambrés.) Et toutes mes félicitations pour vos fiançailles.

— Merci, répondit Emily.

Le regard de Gavin retint celui d'Emily.

— Oui... félicitations, dit-il en souriant.

Sa voix était si calme, si posée, qu'Emily se demanda si elle était la seule à être une boule de nerfs. Souriant, elle le remercia d'un hochement de tête. Aussitôt, son ventre se noua alors qu'elle fut certaine de distinguer une lueur d'amusement dans ses yeux.

— Simple supposition, poursuivit Gavin en s'adressant à Lisa, mais il doit y avoir un lien de parenté entre vous. Vous vous ressemblez beaucoup.

— Oui, je suis sa sœur.

— Plus âgée ou plus jeune ? demanda-t-il avec décontraction, un sourire creusant ses fossettes.

— Quel charmeur, rit Lisa en regardant Emily. J'ai dix ans de plus qu'elle, mais merci pour le compliment.

— C'est tout lui, effectivement, déclara Emily de but en blanc en s'agitant contre Dillon.

Gavin esquissa un sourire narquois mais il se retint de réagir.

— Je préfère garder mes réflexions sur le sujet pour moi, lança Dillon avec un sourire narquois. (Gavin secoua la tête.) Mais dans l'immédiat, j'ai besoin d'un verre. Bébé, tu veux encore du vin ?

Pour elle, il n'y avait qu'un seul moyen de survivre à la soirée. Elle sourit.

— Je crois que je vais prendre quelque chose de plus fort, dit Emily en souriant.

Dillon hocha la tête et disparut.

Gavin coula un autre regard amusé vers Emily. Elle voyait bien qu'il la sentait flancher, et cela la faisait enrager. Avant qu'elle puisse s'attarder sur l'urgence de le chasser de ses pensées, Trevor et Fallon arrivèrent près d'eux. Emily leur sourit, ravie qu'ils s'affichent en tant que couple. Ils aimaient passer du temps ensemble, et semblaient former un équilibre de feu et de glace. Elle était prête à parier que Dillon n'était pas de son avis. Néanmoins, cela le forçait à accepter Fallon dans son cercle d'amis. Et pour que les choses soient bien claires, Fallon était l'une de ses demoiselles d'honneur.

Les présentations furent faites en bonne et due forme entre Stephanie et Fallon, puis Trevor demanda s'il pouvait leur voler Emily le temps d'une danse. Elle le suivit, et plaça la main dans le pli de son coude tandis qu'il l'entraînait vers la piste. Ils commencèrent à onduler sur *Summer Wind* de Frank Sinatra joué par le pianiste.

— Je ne savais pas que tu aimais les slows, dit-elle en levant les yeux vers lui.

Il gloussa.

— En fait, je déteste ça. (Emily le regarda d'un air interrogateur.) Je cherchais une occasion de te parler de ce que je t'ai dit la dernière fois.

Emily savait qu'il faisait référence à son histoire compliquée avec Gavin. Trevor lui avait téléphoné pour lui faire part de son sentiment sur leur relation. S'il ne s'était pas montré brusque à proprement parler, son approche avait pour le moins manqué d'empathie.

— Oh. Je comprends que cela te mette dans une position délicate mais, si tu veux tout savoir, il n'y a plus rien entre nous.

Se radoucissant, il baissa le ton.

— Tu es comme ma sœur, et je voulais m'excuser pour ce que j'ai dit – enfin, surtout pour la manière dont je l'ai dit. Je voulais que tu saches que, quoi que Gavin et toi décidiez de faire, ça ne me regarde pas. Vous êtes deux adultes responsables. J'apprendrai à faire avec, même si Dillon est mon ami.

Écarquillant les yeux, elle inclina la tête sur le côté.

— Trevor, je suis fiancée maintenant, et je te l'ai dit, il n'y a plus rien entre nous. (Il sourit d'un air sarcastique qui fit briller ses yeux d'amusement.) C'est quoi, cette tête ?

— Je porte peut-être des lunettes, Emily, mais je ne suis pas aveugle.

— Qu'est-ce que je suis censée comprendre ? demanda-t-elle en s'écartant légèrement.

Il l'attira doucement à lui.

— Primo, je connais Gavin depuis qu'on est petits, et quand il veut quelque chose, il fait tout pour l'obtenir. Et deuzio, même si je te connais depuis moins longtemps, ce que tu ressens se voit comme le nez au milieu de la figure.

Elle se figea mais Trevor relança la danse.

— Je n'ai pas envie de parler de ça, dit-elle avec le sourire pour cacher son trouble aux invités.

— Pas de problème. Je voulais juste que tout soit clair.

— Merci de me donner ta bénédiction, même si ce n'est pas nécessaire dans ce cas précis, *Papa*. (Il rit.) Maintenant, passons à autre chose, d'accord ?

— Parfait, assura-t-il avec entrain. Alors, ça ne t'ennuie pas que Dillon s'absente en octobre ?

— Il va quelque part ? Il ne m'a rien dit.

— Oui, on part tous les deux. La société nous envoie quelques jours en Floride pour décrocher un compte-client avec un magnat japonais, Takatsuki Yamamoto, dit-il en butant sur son nom.

— Quoi ? Mais Dillon m'a parlé de cette affaire comme étant déjà conclue, répliqua-t-elle d'un air confus.

— Non, pas encore. Tu dois confondre. Nous essayons de remporter le contrat en ce moment.

Fouillant dans sa mémoire, elle fut quasiment certaine que Dillon avait invoqué ce motif pour justifier son absence à leur pique-nique à Central Park. Elle se souvenait qu'il avait affirmé être dans le New Jersey. Cependant, il s'était passé tant de choses entre-temps qu'elle avait des doutes.

Dillon coupa court à ses pensées d'un raclement de gorge.

— Puis-je vous interrompre ? demanda-t-il en regardant Trevor.

Faisant une révérence, ce dernier gloussa.

— Vas-y. On se voit plus tard.

Trevor partit retrouver Fallon, Stephanie et Gavin. Olivia et Tina s'étaient jointes au groupe dans l'intervalle. Souriant, Dillon prit Emily par la taille.

— Tu passes une bonne soirée ? murmura-t-il dans ses cheveux, lui caressant le bras de sa main libre.

— C'est assez émouvant, mais oui. (Il la serra contre lui.) Je peux te poser une question, Dillon ?

— Si c'est au sujet des positions dans lesquelles j'ai l'intention de te prendre ce soir, bien sûr.

Elle soupira.

— Je suis sérieuse, Dillon.

Il prit un air sincère.

— D'accord, très bien. Qu'est-ce qu'il y a ?

— Pourquoi tu m'as dit que tu étais dans le New Jersey le jour où nous devions nous retrouver à Central Park ?

Il inclina la tête sur le côté, resserrant son étreinte.

— Parce que j'étais dans le New Jersey. Ça remonte à plusieurs semaines. Pourquoi tu me demandes ça maintenant ?

— Et dans quel but vas-tu en Floride en octobre ?

Il s'immobilisa et plissa les yeux.

— Pourquoi tu réponds à ma question par une autre question ?

— Parce que tu n'as pas répondu à la mienne, répondit-elle sans hésiter.

Il la lâcha.

— Emily, par pitié, où veux-tu en venir ?

Déstabilisée, elle l'observa.

— Tu m'as dit que tu étais dans le New Jersey ce jour-là parce qu'un client japonais était venu pour te rencontrer personnellement, c'est ça ?

— Mais oui, Emily, il a demandé à me voir. Je l'ai rencontré et j'ai décroché le contrat. Va droit au but.

Choquée par sa vive réaction, elle prit une inspiration.

— Je vais te dire où je veux en venir, Dillon. Trevor vient de m'apprendre que vous partiez en voyage d'affaires dans deux semaines pour rencontrer le même Japonais avec lequel tu affirmes avoir déjà signé.

Emily le vit survoler la salle du regard comme s'il cherchait une réponse. Elle croisa les bras en signe d'impatience.

Se pinçant l'arête du nez, il reporta son regard sur elle.

— Très bien, j'ai menti.

— Quoi ? demanda-t-elle, le souffle coupé, sentant la bile lui remonter dans la gorge. Où étais-tu ?

Elle voulut s'écarter, mais il s'empressa de l'enlacer.

— C'est le matin où... (il eut une seconde d'hésitation)... où je suis allé chercher ta bague de fiançailles. (Elle s'apprêta à parler mais il poursuivit :) Ils ont cru qu'il y avait un problème d'ajustement, et ça a duré plus longtemps que prévu. J'ai failli devenir dingue, et je commençais à me dire que j'allais devoir en trouver une autre.

Avant qu'elle ait pu creuser le sujet, Joan surgit, sa chevelure blonde ramenée en chignon serré.

— Dillon, ton oncle Bruce et ta tante Mary viennent d'arriver. Ils ne se sentent pas très bien avec leur emphysème. Je hais les fumeurs. Enfin bref, ils aimeraient vous dire bonjour à tous les deux. Sois gentil, va les voir.

D'un geste du poignet, elle indiqua un couple installé à une table. Ils étaient chacun reliés à un appareil respiratoire.

Dillon prit la main d'Emily.

— Bien sûr, on arrive.

— Je dois aller aux toilettes, répondit Emily en s'éloignant. Va les voir, je vous rejoins.

Se passant la main dans les cheveux, Dillon la regarda en hochant la tête. Tandis qu'il traversait la salle avec sa mère, Emily soupira. Ce n'était pas d'aller aux toilettes qu'elle avait besoin, mais plutôt de faire le tri dans ses pensées. Elle était en proie à la confusion. Pourquoi avait-il continué de lui mentir après qu'elle lui avait expliqué être au courant qu'il allait partir en voyage d'affaires ? Elle comprenait qu'il n'ait pas pu lui dire où il se trouvait ce fameux matin, mais pourquoi n'avait-il pas saisi l'occasion pour tout admettre ? Lorsqu'un serveur passa devant elle avec un plateau de coupes de champagne, elle saisit deux verres, en vida un, et le remercia. Se tournant ensuite vers la terrasse, elle s'aperçut que Gavin surveillait le moindre de ses mouvements. Sans lui prêter attention, elle alla prendre l'air.

Gavin s'agita sur sa chaise, s'efforçant de détacher son regard d'Emily. On aurait dit une princesse, d'une telle beauté que sa poitrine était oppressée par le besoin de la toucher. Malgré les rires qui fusaient et la conversation qui allait bon train entre Stephanie, Fallon et Tina, il ne pouvait résister à l'envie de la suivre. L'occasion se présenta à l'arrivée de Trevor.

— Quelqu'un veut boire quelque chose ? proposa-t-il. Je vais au bar.

— Un Alabama Slammer pour Tina et un pour moi, s'il te plaît, demanda Olivia en rajustant les bretelles de sa robe argentée. Mets-en deux chacune, tout compte fait.

Trevor hocha la tête. Une fois debout, Gavin sourit.

— Il m'en faut un autre, je t'accompagne. (Il se tourna vers Stephanie.) Tu veux quelque chose ?

— Non, ça va, merci.

Se faisant l'effet d'un traître en la laissant là, Gavin chercha Dillon du regard. Il le trouva en grande conversation avec des hommes de son âge. Il se dit qu'ils devaient être d'anciens camarades d'école. Tandis qu'il accompagnait Trevor au bar, à son regard il lui apparut clairement que son ami se doutait de quelque chose.

Trevor passa commande, et se tourna vers Gavin.

— Le verre, c'était juste une excuse. Je me trompe ?

— Pas du tout, admit Gavin en survolant la salle du regard. J'aimerais parler à Emily quelques minutes. Garde un œil sur Dillon pour moi.

Le barman posa les verres devant Trevor.

— Et Stephanie ?

— Dis à Olivia de l'occuper. Elles s'entendent bien.

Secouant la tête, Trevor but une gorgée.

— Tu joues avec le feu, mon pote.

— Contente-toi de faire ce que je te demande.

Sans rien ajouter, Gavin se fraya un chemin dans la foule, entre la marée de robes du soir et de costumes sur mesure. Quand il sortit sur la terrasse, Emily était dos à lui, ses cheveux soulevés par le vent frais de la fin septembre. Il fit tout son possible pour se retenir de courir vers elle. Ces dernières semaines, il avait vécu un enfer. Il s'était appliqué à les préserver tous les deux en s'interdisant de lui rendre visite. Cependant, en sa présence, il avait le sentiment de perdre tous ses moyens. Une tempête d'étincelles éclatait en lui. Peu importait la situation, dans l'immédiat il avait besoin d'aller la voir.

Dès qu'il esquissa un pas, elle se retourna, comme si elle avait senti sa présence.

— Qu'est-ce que tu fais là ? demanda-t-elle d'une voix faible, presque tremblante.

Il s'arrêta à quelques pas d'elle.

— Il faut que je te parle.

— Nous n'avons rien à nous dire, déclara-t-elle en lui tournant le dos.

— Il y a des tas de choses dont nous devons discuter, retourne-toi, Emily, murmura-t-il d'une voix autoritaire et masculine.

Le ton qu'il venait d'employer figea un instant son cœur. Elle pivota sur elle-même et le regarda droit dans les yeux. Il la scrutait comme s'il essayait de lire dans ses pensées, si bien qu'elle se sentit nue. Il était si séduisant, dangereux et totalement sûr de lui qu'elle en fut bouleversée. Malgré son arrogance, sa requête la projetait dans une spirale de désirs. Comme une adolescente rebelle défiant ses parents, elle croisa les bras et attendit qu'il parle.

— Est-ce que tu sens ma présence quand je ne suis pas là, Emily ?

Choquée, elle rit nerveusement.

— C'est quoi, cette question ?

— C'est celle que je te pose, grommela-t-il, parce que moi, oui.

— On recommence avec ça ?

— Oui. Maintenant sers-toi de tes jolies lèvres pour répondre à ma question, exigea-t-il en faisant un pas vers elle.

Son armure de verre éclata dans un élan de désir. C'était le point de rupture. Elle n'allait plus nier ses sentiments. Gavin l'avait poussée à bout, elle ne pouvait plus faire demi-tour. Son ventre se noua à l'idée de ce qu'elle s'apprêtait à confesser.

— Tu veux l'entendre de ma bouche ? siffla-t-elle.

Il la sentait si fort en cet instant.

Dans un moment d'effronterie, il fit le geste qui allait assurément l'enflammer : il pinça sa lèvre entre ses dents en la fixant dans les yeux.

— Oui, je veux l'entendre de ta bouche.

— Très bien ! J'ai autant envie de te baiser que tu as envie de me baiser, Gavin, bafouilla-t-elle sèchement. J'en ai envie depuis la toute première fois que je t'ai vu. Je rêve de toi. Je te sens quand tu n'es pas avec moi. Je me suis même masturbée en pensant à toi. Voilà, tu es content ?

Zut, il ne pouvait pas compter le nombre de fois où il s'était caressé en pensant à elle, mais ce n'était pas la réponse qu'il attendait. Son visage afficha un mélange de stupeur, de colère et de vexation.

— Non, ça ne me va pas. Tu crois que j'ai juste envie de te *baiser* ?

Elle éclata de rire.

— Arrête ton char. Qu'est-ce que ça peut être d'autre ? Je sais qu'il m'arrive d'être naïve mais je ne suis pas idiote, Gavin.

Une lueur dans ses yeux l'ébranla. La pointe de vulnérabilité dans sa voix lui alla droit au cœur. Mais combiné à son air de défi et à sa colère, son besoin d'elle l'accablait. Il fit un pas dans sa direction, passa les bras autour de sa taille, la plaquant contre sa hanche, et l'entraîna dans un coin reculé. Ils avaient eu de la chance jusque-là mais cet instant risquait d'être interrompu à tout moment.

— Qu'est-ce que tu fais ? souffla-t-elle en se débattant, ses talons claquant sur le sol.

Submergé par la colère, il la plaqua contre un mur sur le côté de la terrasse en la fixant d'un air courroucé.

— Ça n'a rien à voir avec le sexe.

— Ah, vraiment ? fit-elle dans un souffle, dégageant ses cheveux de son visage.

— Non, parce que tu oublies un peu vite que j'ai eu l'occasion de te baiser.

Plaçant la main sur le mur, il se pressa contre elle. Elle tenta de le repousser, mais il était plus fort qu'elle. Frottant la bouche contre son oreille, il murmura lentement :

— J'aurais pu te baiser encore... et encore... et encore, et même sans problème mais j'ai arrêté parce que ce n'est pas comme ça que je te veux.

Oppressée, le cœur battant, trempée de désir, elle détourna le regard.

— Alors que veux-tu de moi, Gavin ? demanda-t-elle.

Il lui prit le menton pour l'obliger à le regarder.

— Mais enfin, Emily, c'est nous que je veux ! Tu es faite pour moi, pas pour lui, railla-t-il. Chaque partie de toi est faite pour moi. Tes lèvres sont faites pour m'embrasser, tes yeux sont faits pour me voir te regarder au réveil, dans mon lit, tous les matins, et ta bouche pour prononcer mon nom. Je suis plus sûr de nous que d'avoir besoin d'oxygène.

Aussi tranchants qu'une lame, ses mots lui coupèrent le souffle. Elle était au bord des larmes et elle s'apprêtait à parler lorsque Gavin posa la main sur sa bouche. Il secoua la tête d'un geste sec. Sur le coup, elle ne comprit pas, jusqu'à ce qu'elle perçoive les voix de Dillon et de Trevor. Les yeux ronds, affolée, elle fixa Gavin.

— Alors, où est-elle ? demanda Dillon d'une voix chargée de colère et d'inquiétude. Et où est ce putain de Gavin ?

Trevor mit quelques secondes à répondre. Le cœur d'Emily battait si fort qu'elle craignait que Dillon ne l'entende. Il suffisait qu'il tourne à l'angle pour tomber sur eux, tapis dans l'ombre.

— Gavin a dû répondre à un appel pour le boulot. Comme il y avait trop de bruit à l'intérieur, il est monté chercher un endroit calme. (Trevor toussota à plusieurs reprises.) Viens, on retourne dans la salle. Je vais demander à Olivia de vérifier une nouvelle fois aux toilettes si elle n'y est pas.

Emily entendit Dillon pousser un long soupir, puis leurs pas s'éloignèrent.

Parvenant enfin à respirer, Gavin ôta la main de sa bouche. Hormis l'écho lointain des rires et des conversations, ils se fixaient dans un silence assourdissant. Emily s'écarta du mur et elle avait à peine fait quelques pas que Gavin l'appela. Elle s'arrêta net mais ne se retourna pas.

Il arriva dans son dos, passa les mains sur ses bras, et murmura dans son cou :

— Je ne te ferai jamais de mal, Emily. Arrête de me repousser. Arrête de lutter.

Enivrée par son contact, le cœur battant la chamade, elle repartit à l'intérieur d'un pas mal assuré avec la brusque envie de s'étourdir. Elle vérifia que Dillon n'était pas en vue. Une fois rassurée, elle se faufila entre les invités. Quelqu'un la prit par le coude, elle sursauta. Ce n'était qu'Olivia, elle se détendit.

— Suis-moi, la pressa-t-elle en la guidant vers l'entrée du restaurant. (Elles sortirent, et Olivia lui tendit une boîte d'aspirine.) Dis à Dillon que tu avais mal à la tête et que tu as demandé à un voiturier de t'amener la voiture pour prendre les cachets dans la boîte à gants.

— C'est Dillon qui a le ticket du parking, objecta Emily.

Olivia lui sourit.

— Ne t'inquiète pas pour ça. On a été… très proches, dit-elle en indiquant un voiturier qui les observait.

Avec un sourire en coin, Emily lui lança un regard.

— Quoi ? C'était avant que j'aime les femmes, et il avait une dette envers moi. J'ai tout arrangé avec lui, il est d'accord pour te couvrir.

Emily hocha la tête.

— Bon, ça va marcher, hein ?

— Oh, ton *fiancé*, répondit Olivia en fronçant le nez, est déjà en rogne mais oui, il va gober ton excuse.

Elles retournèrent se mêler à la soirée. À peine étaient-elles reparues qu'Emily croisa le regard de Gavin. Il revenait de la terrasse et ne la lâchait pas des yeux. Il se dirigea d'un pas tranquille vers Stephanie, lui prit la main et lui dit quelques mots. Avec la jeune femme à son bras, il se fraya un chemin dans la foule, droit vers Emily.

Olivia lui donna un coup de coude.

— Il faut avouer que cette situation est super drôle, copine.

Emily la regarda de travers. C'était loin de l'être. C'était douloureux, troublant, épuisant, mais avant qu'elle n'en ait fait part à Olivia, Gavin et Stephanie se retrouvèrent devant elles.

S'il souriait, sa peine était évidente.

— Il se fait tard. On va y aller, s'écria-t-il. Tu diras à Dillon qu'on s'appelle dans la semaine.

Emily hocha la tête, rongée par l'envie de le réconforter. Après cette soirée, elle avait le sentiment qu'ils iraient tous les deux noyer leur peine dans le sommeil.

— Je lui dirai, répondit-elle d'une voix à peine audible.

— Contente de vous avoir rencontrée, conclut Stephanie en souriant. Et encore toutes mes félicitations à vous deux.

— Merci, répondit Emily.

Olivia enlaça Gavin, qui lança un dernier regard las à Emily. Sans rien ajouter, il quitta la soirée.

Même sans alcool, Emily se sentait abrutie. Le chagrin et la confusion la poursuivirent jusqu'à la fin de la réception. Olivia avait vu juste : Dillon avait cru à son histoire d'aspirine, mais ça n'avait pas aidé Emily à se sentir mieux. Pendant qu'elle faisait la conversation aux invités, les paroles de Gavin résonnaient dans sa tête, marquant son cœur au fer rouge. Quelques mois plus tôt, Emily avait cru pouvoir le cerner sous ses multiples facettes.

Cependant, ce soir, c'était Gavin qui l'avait mise à nu.

14

Brisée

Une nouvelle quinte de toux secoua Emily. Elle suivit Dillon du regard tandis qu'il faisait le tour du taxi après avoir refermé sa portière. Peu importait que Gavin soit là ou non ; elle se sentait mal, et elle était pleine de courbatures. Sa présence ne serait qu'une douleur de plus, au point où elle en était. Elle se demandait encore comment Dillon avait pu la convaincre de l'accompagner mais le fait est qu'elle avait fini par céder devant son ton sans appel.

Déjà ivre, il se glissa maladroitement sur la banquette et donna l'adresse au chauffeur.

Il chercha son portefeuille dans les poches de son pantalon puis regarda Emily.

— Oh, allez, bébé, ça doit aller mieux maintenant.

Entre son haleine qui empestait l'alcool et les médicaments qui lui donnaient la nausée, elle crut qu'elle allait vomir.

— Non, Dillon, je ne me sens pas mieux.

Elle soupira et reposa la tête contre la vitre. Un bar bondé, c'était le dernier endroit où elle avait envie d'être.

— Je ne vois pas ce que ça change si je ne viens pas.

Secouant la tête, il passa un bras autour de ses épaules.

— C'est l'anniversaire de Trevor, tu ne peux pas lui faire ça.

— Je l'ai déjà prévenu. Je lui ai dit que j'étais malade et que je ne viendrais pas. (Après une nouvelle quinte de toux, elle ajouta :) Il a très bien compris.

— Je pars en Floride demain matin. (Il la serra contre lui et posa ses jambes sur ses genoux.) Tu ne veux pas passer du temps avec moi avant ?

— Tu sais très bien que ça n'a rien à voir, répondit-elle en toussant. Nous aurions pu rester à la maison tous les deux. Et puis j'ai du mal à comprendre que tu veuilles sortir ce soir alors que tu prends l'avion de bonne heure.

Il insinua la main sous sa jupe, ses doigts dessinant de petits cercles sur sa culotte en dentelles.

— Je vais gérer le réveil, bébé. Espérons que *toi* tu arrives à me gérer *moi* en rentrant.

Ahurie, elle voulut repousser sa main.

— Tu n'imagines pas sérieusement qu'on fasse des trucs ce soir, j'espère ?

Elle s'écarta en glissant sur la banquette, stupéfaite qu'il ait de telles idées alors qu'elle était malade.

D'un mouvement rapide, il la saisit par le bras et la tira vers lui. Il coinça ses jambes entre les siennes.

— Je *sais* que tu vas t'occuper de moi, ce soir, Em. (Il lécha son cou tout en replongeant la main sous sa jupe.) Je serai absent pendant plusieurs jours. Tu dois me donner de quoi tenir le coup.

— Lâche-moi, Dillon. Tu es déjà saoul !

Elle se dégagea en essayant d'ignorer le regard insistant du chauffeur dans le rétroviseur. Afin de dissuader Dillon de revenir à la charge, elle cracha ses poumons dans sa direction, espérant que ses microbes s'introduisent dans ses narines.

Malheureusement, ça ne l'empêcha pas de retenter sa chance mais, par bonheur, son téléphone sonna, la mettant à l'abri d'une nouvelle tentative. Lui décochant un regard glacial, il sortit son portable de sa poche. Emily se glissa contre la portière et disposa son manteau et son sac à main entre eux.

Soupirant, elle ne prêta pas attention à sa conversation. Cependant, elle ne pouvait ignorer l'angoisse qui l'assaillait à l'idée d'être en présence de Gavin. Depuis leur dernière rencontre, la vie avait été... difficile. Elle avait eu beau s'immerger dans son nouveau poste, dans sa quête d'appartement avec Dillon et dans les préparatifs du mariage, Gavin restait dans le fond de sa tête comme une ombre planant sans relâche.

Elle souffrait, elle était perdue et ses souvenirs l'étouffaient. Certaines chansons qu'il appréciait l'arrêtaient net dès qu'elle les entendait. Quoi qu'elle fasse, elle était distraite. Dès qu'il venait la hanter, elle n'arrivait à rien. Il stimulait ses émotions, sa nervosité et tous ses sens. Même si elle désirait Gavin, elle s'en voulait d'éprouver de telles émotions pour lui... elle devait se marier dans moins d'un mois. Elle détestait le fait d'être impuissante face à lui. Qu'il ait éveillé des émotions qui auraient dû rester enfouies. Il lui donnait envie de prendre des risques. Il la poussait à s'interroger sur son mariage avec son premier amour – le seul homme qui ait jamais été là pour elle. Elle ne savait pas qui ou quoi rendre responsable : Gavin, elle-même ou le destin, mais cette situation la déchirait.

Lorsqu'ils se garèrent devant un bar de Tribeca, elle prit une profonde inspiration avant de sortir dans la nuit fraîche de la fin octobre. Le moins qu'on puisse dire, c'est qu'elle n'avait pas hâte que la fête commence.

Gavin remarqua la présence d'Emily dès son arrivée. Comment aurait-il pu faire autrement ? Même parmi une foule animée, elle brillait comme une étoile dans le ciel noir. Son ciel noir.

Un câble invisible se resserra autour de sa gorge. Elle était splendide dans sa jupe noire, ses bottes qui montaient jusqu'aux genoux, son pull vert moulant ses formes avantageuses. Gavin n'avait jamais vu de femme aussi belle. Il s'était jeté à corps perdu dans le travail ces dernières semaines pour éviter de penser à elle. Il voulait la chasser de ses pensées, mais plus il essayait, plus elle s'installait dans son esprit.

Elle n'était pas supposée venir – c'est du moins ce que Trevor lui avait appris. Mais alors qu'il la regardait se faufiler parmi les clients du bar, il crut que son cœur allait exploser. Son corps vibrait d'une énergie renforcée par son désir, son besoin d'elle. Tandis qu'elle se trouvait encore à plusieurs mètres de lui, la voix de la raison lui intima d'en terminer avec elle. Mais il était déjà en action. Elle agissait sur lui comme une addiction. Lorsque leurs regards se croisèrent, elle tourna la tête comme pour l'ignorer. Après avoir serré la main à Dillon, Gavin la vit aller vers Trevor.

— Tu es venue ! s'exclama-t-il en enlaçant Emily. Alors ça va mieux, j'imagine ?

Elle toussa et lui adressa un triste sourire.

— Non, ça ne va pas vraiment mieux, tu ferais bien d'éviter de t'approcher de moi.

Trevor sourit et la serra malgré tout contre lui. Elle leva les yeux vers lui.

— Trevor, je suis sérieuse. Je suis contagieuse.

Il la pressa encore plus en riant.

— Em, j'ai assez d'alcool dans le sang pour anéantir tous les fichus microbes que tu risques de me refiler.

Se forçant à rire, elle lui rendit son étreinte.

— Bon, comme tu voudras. Joyeux anniversaire, mon grand. Tu en es où ? Tu arrives au chiffre rond ?

— Pas tout à fait. Vingt-neuf, la fleur de l'âge, répondit-il en prenant Fallon par la taille. Et ça va être une fameuse année, ajouta-t-il en la regardant.

Fallon l'embrassa puis regarda Emily.

— Je suis une veinarde.

— C'est sûr, tu as de la chance et lui aussi. Ne l'oublie pas, dit Emily en souriant. J'adore ta nouvelle couleur.

Fallon ébouriffa sa chevelure pourpre.

— C'est vrai ? Je n'ai pas l'habitude d'avoir tous les cheveux de la même couleur.

— Moi si, et ça te va bien. Où sont Olivia et Tina ? demanda Emily en les cherchant du regard.

— Apparemment, tu n'es pas la seule à être tombée malade à Manhattan, répondit Trevor. Tina n'était pas en forme et Olivia l'a reconduite chez elle.

Emily hocha la tête et alla s'asseoir à côté de Dillon. Il commandait plusieurs shots, décidé à poursuivre sa plongée vers le néant.

— Si vous voulez bien m'excuser, dit Trevor, je vais aller remuer mes fesses avec ma jolie dulcinée.

Emily les regarda disparaître sur la piste. Pendant la demi-heure qui suivit, elle et Gavin n'échangèrent que de rares coups d'œil nerveux. Elle l'écouta parler base-ball avec Dillon. Les Yankees avaient atteint les éliminatoires et le troisième jeu passait sur plusieurs grands écrans dispersés dans le bar. Comme par hasard, ils jouaient contre les Baltimore Orioles. Emily ne put que sourire.

Comme elle ne pouvait pas boire à cause des médicaments, elle endura la situation du mieux que possible - sans porter attention ni à l'un ni à l'autre. Tandis que le barman lui servait un verre d'eau fraîche, son téléphone vibra.

C'était un SMS d'un numéro inconnu :

Je dois l'admettre... Tu joues bien à ce jeu...

Intriguée, elle répondit :

Qui est-ce ?

Quelques secondes plus tard, elle reçut :

Tes chouchous jouent comme des pieds...
ça équilibre.

Le cœur battant, elle tourna aussitôt la tête vers Gavin. Il était assis face à Dillon, mais restait dans son champ de vision. Il la fixait avec un large sourire. Elle coula un regard vers Dillon. Il ne leur prêtait aucune attention et était encore plus grisé qu'à l'arrivée. Il parlait du match avec un client du bar. Ils riaient et partageaient des verres.

Un autre message lui parvint :

Regarde le score...

Nerveuse, elle lança un regard vers Gavin.

Souriant, il cala le menton dans sa main et indiqua un écran avec sa bouteille de bière.

Portant son regard sur la télé qui lui apprit que les Yankees menaient de cinq points, elle respira enfin. Quand elle le regarda, il lui sourit encore plus.

Emily répondit :

Comment tu as eu mon numéro ?

Lui :

Avoue que tes chouchous n'ont aucune chance
contre mes Yankees... et je répondrai
peut-être à ta question.

Toussant, elle haussa un sourcil dans sa direction. Il sourit et haussa les épaules. « Il m'énerve ! » marmonna-t-elle en écrivant :

Jamais de la vie...

Malgré son air perplexe, il souriait toujours quand il tapota son écran.

Alors il ne te reste plus que ta supposition
de départ sur mon identité... Je te traque
et tu es ma belle proie. Bouh.

Éberluée par ses mots d'esprit, la curiosité la poussa à poursuivre :

D'accord, mes chouchous ne sont pas
au meilleur de leur forme.

Soupirant, elle entendit Gavin éclater de rire.
Il renvoya :

Je vais faire court : ton équipe est NULLE.
Et comme tu as refusé d'admettre que tes chouchous
n'avaient aucune chance face à mes chers Yankees,
j'ai comme un vif besoin de t'obliger à... me supplier.
C'est pervers, hein ? J'attends ta réponse
avec impatience...

Elle but une gorgée d'eau. *Il a perdu la tête*, se moqua-t-elle devant son sourire supérieur.
Alors qu'elle commençait à lui répondre pour lui faire savoir qu'elle ne le supplierait jamais, elle reçut un SMS de sa part :

Finalement, comme mon équipe botte le train
de la tienne, je me sens d'humeur généreuse.
Oublie l'idée de me supplier... ce que tu aurais fait,
de toute façon... Renvoie le mot magique
et je te révélerai l'information que tu désires.
Indice : ça commence par S...

Elle leva les yeux au ciel et renvoya :

S'il te plaît.

Sa réponse arriva rapidement :

Je savais bien que tu finirais
par me supplier... Molly.

Cette fois, elle ne put s'empêcher de rire. Sa réponse prit un ton plus pressant :

Emily à « la fouine qui me traque » :
je n'ai pas supplié. Je veux l'info.

Il fit un sourire à la fois obscène et malicieux.

Tu as supplié, poupée, et je crois... non je sais
que je pourrais te pousser à me supplier
pour des tas de choses si le moment s'y prêtait.
Des tonnes. Mais, pour répondre à ta question,
c'est Olivia qui m'a donné ton numéro.
J'imagine que ça ne te choque pas tant que ça...

Elle soupira.

Pas d'accord pour supplier. J'appelle ça de la politesse.
Je sais pas trop quoi répondre au reste, à part
« Quelle arrogance ! » Non, ça ne m'étonne pas
qu'Olivia soit ta complice... Vous êtes timbrés.

Entre les échanges de messages qui l'accaparaient et les cris des fans des Yankees, Emily ne remarqua pas que Dillon avait disparu. Maintenant, il n'y avait plus qu'un tabouret vide entre elle et Gavin. Lorsqu'il se glissa à côté d'elle, sa gorge se serra. Il s'accouda au comptoir, toujours avec son sourire malicieux.

— Alors, tu continues de nier que mon arrogance t'a obligée à me supplier ?

Son ton railleur lui était si familier qu'un frisson lui parcourut l'échine. Avec un sourire sarcastique, elle poussa un soupir exaspéré.

— Tu ne renonces jamais.

— Jamais, répondit-il de but en blanc. (Il but une longue gorgée de bière sans la quitter des yeux.) Je me suis dit que ce serait un bon moyen de détendre l'atmosphère.

— Tu as une drôle de façon de détendre l'atmosphère, Gavin.

— Pourquoi tu dis ça ?

— Voyons voir... Tu essaies de me forcer à admettre que je t'ai supplié. (Elle croisa les jambes puis ajouta rapidement :) Ce qui est faux.

— Tu l'as fait, poupée, mais je ne vais pas remuer le couteau dans la plaie.

Riant, elle secoua la tête.

— J'abandonne, tu as gagné.

Il sourit et, l'espace d'un instant, il se perdit dans son regard et dans le souvenir de ses caresses.

— Plus sérieusement, je me suis dit qu'une petite séance de textos pourrait te faire du bien. (Une lueur désolée assombrit son regard.) En tout cas, je l'espère.

Il avait raison ; elle avait l'impression de se détendre. Prenant une profonde inspiration, elle hocha la tête.

— Ça a marché.

Il glissa vers elle une capsule de bouteille en souriant.

— Vraiment ?

Baissant les yeux vers le comptoir laqué, elle prit la capsule et la fit rouler entre ses doigts avec un petit sourire. Elle devait jouer franc jeu avec lui – et avec elle-même. Emily savait que le destin s'amusait avec leurs cœurs. Dans leur cas, il avait enfreint des règles en créant un jeu où tous les coups étaient permis, et ces manigances les démolissaient. Ce jeu les affaiblissait et la poussait à douter de ses choix – mais elle n'allait pas le laisser détruire leurs vies. Prenant une autre inspiration, elle croisa son regard et acquiesça.

— Oui, Gavin... Vraiment.

Profondément soulagé, il détailla son visage en espérant graver son image dans sa mémoire. Il avait l'impression de ne pas l'avoir vue depuis une éternité.

— Alors, comment tu vas en ce moment ?

— Ça va. Et toi ?

— Pas mal, mentit-il en priant pour qu'elle ne s'en aperçoive pas. (Devant son petit sourire, il douta de ses talents d'acteur.) Olivia m'a dit que, puisque Dillon part pour affaires demain, c'est elle qui t'accompagnera au gala de charité de ma mère ce week-end.

— C'est ça. Tina va rendre visite à ses grands-parents dans le Texas, alors nous avons décidé de passer du temps ensemble.

— Sympa, dit-il en s'adossant à sa chaise. Vous allez sûrement bien vous amuser.

Hochant la tête, elle toussa.

— J'ai hâte.

— Tu n'as pas l'air en forme, dit-il en lui posant la main sur le front. (Malgré un léger mouvement de recul, elle sourit.) On dirait même que tu as de la fièvre.

— Tu le sais rien qu'en me touchant le front ? (Après avoir imité son geste, elle chercha ses médicaments dans son sac.) Si je résume ton CV, tu es homme d'affaires, baby-sitter et docteur.

Il haussa les épaules.

— La fonction de baby-sitter englobe celle de docteur. Je me suis souvent occupé de Timothy et Teresa quand ils étaient malades. (Il but une gorgée de bière.) Tu aurais dû rester chez toi, dans cet état.

Elle soupira.

— Oui, je sais. (Il la regarda d'un air interrogateur tandis qu'elle avalait son cachet.) C'est une longue histoire.

Même s'il était à peu près sûr de savoir qui l'avait obligée à sortir, il n'insista pas.

Poussée par la curiosité, Emily se demanda pourquoi il n'était pas accompagné.

— Alors, qu'est devenue la fille qui t'accompagnait à mon dîner de fiançailles ?

Elle n'était pas toi...

— Elle est partie vivre sur la côte Ouest pour se rapprocher de sa famille, inventa-t-il avec naturel.

— Oh, je suis désolé pour toi.

— Ce n'est pas grave.

Trevor et Fallon vinrent vers eux, en sueur d'avoir dansé.

— Country, dit Fallon, essoufflée, en s'essuyant la nuque, viens faire un tour aux toilettes avec moi. Faut que j'arrange mon maquillage. Je dois en avoir partout.

— Si tu veux, dit Emily en descendant de son tabouret haut. Tu peux surveiller mon sac à main ? demanda-t-elle à Gavin.

Il hocha la tête, mais Trevor s'en empara et le passa en bandoulière.

— Je le surveille. Blake risque de te piquer des trucs.

Dans un éclat de rire général, elles partirent vers les commodités. En se faufilant parmi les supporters des Yankees, Emily aperçut Dillon qui jouait au billard avec d'autres gens. Elle comprit qu'il faisait des efforts pour rester droit mais, quand il but un shot, son corps chancela. Lorsqu'il mit la bille numéro huit dans le trou, la foule s'esclaffa.

— C'est comme ça qu'il passe la soirée avec moi, marmonna-t-elle.

Fallon poussa la porte des toilettes.

— Je sais que je ne connais pas très bien Dillon, mais j'imagine qu'il t'a forcée à sortir ce soir.

— J'aurais pu refuser, répondit Emily en s'examinant dans le miroir.

Déchirant un morceau de papier toilette, Fallon le mouilla et s'essuya le visage et les bras. Elle fit un sourire en coin.

— Oui, mais tu ne l'as pas fait.

Emily haussa les épaules.

— Ça m'ennuyait de ne pas être là. J'aime beaucoup Trevor.

Fallon jeta le papier toilette dans la poubelle et scruta Emily d'un air inquiet.

— Et Trevor t'aime beaucoup, mais tu dois apprendre à t'imposer avec Dillon. Il a besoin que tu le remettes à sa place, de temps en temps.

Emily la dévisagea un instant, troublée.

— Ça m'arrive figure-toi, Fallon.

Penchant la tête sur le côté, elle posa la main sur son épaule.

— Je n'ai pas l'intention de me fâcher avec toi, Country. Je pense juste que tu pourrais être plus ferme avec lui, c'est tout.

Emily se contenta d'esquisser un sourire. Fallon la prit par la main pour l'entraîner à l'extérieur. Elles eurent du mal à se frayer un chemin parmi le groupe agglutiné devant la porte.

— Merde, dit Fallon. Je crois que j'ai mes règles. Va rejoindre les garçons au bar, j'arrive.

Emily poursuivit sa traversée de la salle.

— On dirait que tu es coincée, cria un homme à côté d'elle pour couvrir la musique. (Malgré son sourire doux, il était d'une taille impressionnante. Il se passa la main sur son crâne rasé.) Je peux te porter si tu veux.

— Euh, non merci. Je vais y arriver toute seule, soupira Emily en jouant des coudes.

— Eric, dit-il en lui tendant la main tout en écartant la foule.

Elle lui serra la main.

— Emily. Enchantée.

— Emily, je suis venu avec quelques amis. Viens prendre un verre à notre table. Ils sont juste là, proposa-t-il en désignant un box voisin. Si on y arrive. Ça n'avance pas vite avec tout ce monde.

— Merci pour l'invitation mais je suis venue avec mon fiancé.

— Tu vas te marier ? C'est cool. C'est quand, le grand jour ? Pas Halloween, j'espère ?

— Non, mais ça aurait été une idée sympa. (Elle se hissa sur la pointe des pieds pour jeter un œil par-dessus les têtes.) C'est le 24 novembre.

— Génial. Je peux voir ta bague ?

Si elle trouva sa demande étonnante, elle se dit qu'elle pouvait s'en servir à son avantage.

— Et si on passait un marché, Eric ? Je te montre ma bague et tu écartes la foule comme la mer Rouge pour que je puisse rejoindre mes amis.

— C'est toujours mieux que rien, admit-il avec un grand sourire. (Emily brandit sa main et il la saisit. Les yeux ronds, il resta bouche bée.) Tu parles d'un caillou ! Eh bien, félicitations à toi et à ton fiancé. Je vous souhaite à tous les deux...

— Emily, interrompit Dillon d'une voix courroucée. (Il lui lança un regard noir qui la fit frissonner. Quand il arracha sa main de celle d'Eric, elle ouvrit la bouche mais Dillon était focalisé sur l'homme.) Pour qui tu te prends à tenir la main de ma fiancée ?

— Dillon, bredouilla Emily, il allait...

— Ferme ta gueule, Emily, tonna-t-il. Et réponds à ma question, connard. Pourquoi tu la touches ?

Eric plissa les yeux.

— Détends-toi, mec. Je lui ai demandé de me montrer sa bague de fiançailles.

Sans prévenir, Dillon lui envoya un coup de poing dans le nez et la tête d'Eric partit en arrière. Son sang gicla sur le pull d'Emily. Choquée, elle sentit son cœur s'emballer lorsque Eric s'effondra contre un mur. Se relevant tant bien que mal, il se frotta le nez et chargea Dillon en titubant.

Quand Fallon surgit des toilettes, elle ouvrit des yeux ronds.

— Putain de merde !

— Dillon ! cria Emily lorsqu'il s'élança vers Eric, le plaquant contre le mur.

— Je vais chercher Trevor et Gavin ! cria Fallon en écartant les clients qui s'étaient rassemblés en cercle autour des deux hommes.

Emily pleurait en criant le nom de Dillon, sous le choc devant les deux hommes qui se frappaient. Tandis que les clients assoiffés de sang assistaient à la bagarre en rugissant comme des fauves, Emily était poussée en tous sens dans une ambiance hystérique. En quelques secondes, des videurs imposants surgirent dans la foule, prêts à cogner. Sans trop d'efforts, l'un d'eux attrapa Dillon par le bras et le tira hors de portée de son adversaire tandis que l'autre entraînait Eric à l'opposé. Ils hurlaient de dégager le passage en menaçant d'expulser tout le monde. Cédant à la menace, les clients se retranchèrent devant le comptoir, toujours sous le coup de l'excitation.

Tandis que la foule se dispersait, Fallon, Trevor et Gavin apparurent, les deux hommes avec un air furieux, et Fallon offusquée.

— Oh, mon Dieu, Dillon, tu saignes, s'écria Emily.

Gavin regarda Dillon.

— Qu'est-ce qui s'est passé, bordel ? demanda-t-il d'une voix ferme.

— C'est à cause d'elle, putain ! Prends tes affaires, Emily !

Face au regard fou de Dillon, Emily n'osa pas le contrarier. Elle ne lui avait jamais vu cet air dur et vindicatif. Le corps tremblant, elle regarda le videur l'escorter brutalement vers la sortie. En larmes, Emily se figea et, la main sur la bouche, jeta des coups d'œil désespérés autour d'elle.

— Mon sac. Qui a mon sac ?

— Moi, dit Fallon en s'empressant de le lui donner.

Une fois sur le trottoir, Emily trouva Dillon en train d'arpenter le parking, tenant ses cheveux des deux mains.

— Dillon, cria Gavin en allant vers lui. Qu'est-ce qui s'est passé ?

Sans répondre, Dillon alla prendre Emily dans ses bras. Elle voulut lui échapper mais il l'empoignait avec force. Il la prit par le menton pour la forcer à lever la tête.

— Tu laisses le premier venu poser la main sur toi ! À quoi tu joues... à la sale pute ?

Gavin vit rouge. Les poils de ses bras se hérissèrent. Serrant les dents, la posture menaçante, les yeux lançant des flammes, Gavin frappa brutalement Dillon à la mâchoire. Sa tête partit en arrière. Il heurta le bitume dans un bruit sourd terrifiant, et resta inerte – assommé.

Secouée par le coup, Emily tomba en arrière. Glissant sur les graviers, elle s'écorcha les paumes et les poignets.

Sans prêter attention à son ami inconscient, Gavin regarda aussitôt Emily. Son cœur se serra. En un geste délicat, il la souleva de terre et l'examina avec inquiétude.

— Mon Dieu, Emily, j'espère que je ne t'ai pas fait mal.

Il caressa ses joues striées par ses cheveux. Tremblant, il la regarda dans les yeux.

— S'il te plaît, dis-moi que je ne t'ai rien fait, murmura-t-il tendrement.

Encore sous le choc, elle déglutit.

— Non, tu ne m'as pas touchée, dit-elle d'une voix étranglée tandis que les larmes coulaient sur son visage.

Pour la deuxième fois de la soirée, Gavin éprouva un vif soulagement.

— Je vais te reconduire chez toi, dit-il en lui frottant les bras.

— Je... je ne peux pas le laisser là, Gavin, bredouilla-t-elle en s'essuyant les yeux.

— Si, et c'est ce que tu vas faire, répondit-il doucement. Tu le ramèneras chez toi pour la nuit, dit-il à Trevor.

Trevor s'accroupit à côté de Dillon et lui prit le pouls.

— D'accord, mais aide-moi à le charger dans ma voiture, répondit-il.

Malgré son envie de jeter Dillon dans le coffre et de le balancer dans l'océan Atlantique, Gavin finit par accepter. Il reconduisit ensuite Emily chez elle. Tandis qu'elle lui expliquait ce qui s'était passé en pleurant, la tristesse lui serrait le ventre. Elle paraissait vulnérable, et rongée par un tas de questions sans réponses.

En arrivant chez elle, Gavin la fit asseoir sur le canapé le temps d'aller chercher un gant et des pansements dans la salle de bains. Il remplit un bol d'eau fraîche et, en revenant de la cuisine, la trouva se berçant d'avant en arrière, le visage dans les mains. Le cœur lourd, il fut tenté de la prendre dans ses bras pour la soulager de son chagrin.

S'asseyant sur le sol devant elle, Gavin trempa le gant dans l'eau et lui prit le poignet. Elle fit un bond en arrière quand il commença à nettoyer sa plaie. Devant sa douleur, il fut submergé par une vague de colère et maudit Dillon, le seul responsable. Gavin serra les dents en rinçant le gant dans l'eau, qui virait au rose. Ce sale con avait fait couler le sang de cette belle femme. Ce salaud ne méritait ni son sourire, ni le droit de la toucher, ni sa chaleur, ni son amour.

Rien.

Alors qu'il fut tenté de lui assurer qu'il saurait mieux la traiter que lui, qu'il comblerait tous ses désirs et prendrait soin d'elle, Gavin échoua à formuler sa phrase par crainte d'ajouter à son trouble.

— Je suis désolée d'avoir provoqué tout ça, Gavin. Pardon, murmura-t-elle, les joues baignées de larmes.

L'air concentré, il fixa le dernier pansement puis leva les yeux en essayant de comprendre pourquoi elle s'excusait.

— Tu crois que c'est ta faute ?

— Oui, Dillon a raison. Si je n'avais pas laissé ce type me toucher, rien de tout cela ne serait arrivé.

— Emily... (Il marqua une pause et prit sa joue en coupe.) Tu n'es pas responsable de ce qui s'est passé. Tu m'entends ?

Elle renifla et secoua la tête de droite à gauche en le regardant dans les yeux.

— Non, Gavin, je suis la seule responsable. Pour commencer, je n'avais pas le droit de parler à ce type. (Elle se mit à sangloter de manière incontrôlable.) Toi et Dillon, vous étiez amis, et vous ne le serez plus après ça. Comment j'ai pu causer autant de mal ?

Le mélange de confusion et de chagrin inscrit sur son visage acheva de le bouleverser. *Maudit Dillon*. Il avait plus d'emprise sur elle qu'il ne l'avait imaginé.

— Il te fait croire que c'est ta faute, Emily, murmura-t-il avec fermeté. Notre amitié, ce n'est pas ce qui m'inquiète pour l'instant. Ça ne m'a jamais inquiété. Je me fais du souci pour toi, Emily, pas pour lui.

Elle pleurait tant qu'elle avait du mal à respirer. Gavin s'assit sur le canapé à côté d'elle. Plaçant un coussin sur ses genoux, il la fit s'allonger. Il ne fut pas surpris qu'elle n'émette aucune résistance. La femme qu'il avait appris à connaître était brisée – déchirée par un homme qui abusait de ses faiblesses. Des faiblesses qu'il retournait contre elle à la moindre occasion. Gavin lui caressa les cheveux jusqu'à ce qu'elle s'endorme. De ses yeux injectés de sang, il regarda sa poitrine se soulever paisiblement. À chaque minute, peut-être à chaque heure qui passait puisqu'il avait perdu le sens du temps, il était de plus en plus convaincu que, pour son bien, il devait l'éloigner de Dillon.

15

Laisse tomber

La pleine lune brillait dans le ciel dégagé de cette nuit froide d'octobre lorsque Emily et Olivia quittèrent leur immeuble. Prenant une profonde inspiration, Emily admira les étoiles qui scintillaient tout autour des gratte-ciel. Cette saison lui avait manqué. Cette atmosphère, malgré la fraîcheur, lui réchauffait le cœur en lui rappelant le Colorado.

Elle n'avait jamais eu tant besoin de sa mère qu'en cet instant.

— Nous sommes splendides, cocotte, s'écria Olivia en hélant un taxi. Ma mère dit toujours qu'on ne peut pas mieux dépenser son argent qu'en coiffure, maquillage et manucure pour une soirée comme celle-ci.

Avant qu'Emily n'ait eu le temps d'acquiescer, une élégante limousine noire se gara devant elles. Quand le chauffeur en descendit, Emily reconnut l'homme qui les avait conduites chez Gavin dans les Hamptons.

— Bonsoir, mademoiselle Martin, dit l'homme bien en chair aux cheveux grisonnants à l'intention d'Olivia. Je vous prie d'excuser mon retard. De nombreuses rues ont été fermées pour travaux sans que j'en aie connaissance.

— Salut, Marcus, répondit Olivia en souriant. C'est le petit filou qui vous a envoyé ?

— Oui, mademoiselle Martin. M. Blake m'a demandé de passer vous prendre, vous et Mlle Cooper, à 18 heures tapantes. Je vous présente de nouveau mes excuses.

— Ah, j'adore les surprises. Et moi qui croyais devoir attraper un taxi. (Olivia se tourna vers Emily en haussant les sourcils.) Apparemment, M. Blake ne prend soin que des personnes qu'il tient absolument à voir... parce que c'est la première fois qu'il vous envoie.

Emily secoua la tête en se faufilant dans la limousine. Après qu'elles se furent confortablement installées, Olivia fit sauter le bouchon d'une bouteille de champagne et les servit.

— Dillonstein t'a encore téléphoné aujourd'hui ?

— Dillonstein ?

— Ouais, comme le monstre de Frankenstein. Il t'a rappelée ?

— Tiens, c'est nouveau, dit Emily en soupirant. À ton avis ?

— Je me disais qu'il avait peut-être fini par comprendre puisque tu ne lui réponds plus. (Elle haussa les épaules.) Et comme on ne t'a pas livré de fleurs à la maison aujourd'hui, j'ai pensé qu'il avait enfin laissé tomber.

Emily savait que Dillon n'était pas du genre à renoncer aussi facilement.

— Peut-être pas à la maison, mais il en a envoyé chez *Bella Lucina* dans la journée.

— J'te crois pas ! s'exclama Olivia, les yeux ronds. Combien cette fois ?

Emily la regarda par-dessus le rebord de son verre.

— Disons qu'il y en avait assez pour qu'Antonio décore toutes les tables, le bar, et qu'il en restait une douzaine pour sa copine.

Vidant son verre, Olivia s'adossa à la banquette, l'air attendri.

— Je suis fière de toi, tu ne cèdes pas. J'espère que tu vas tenir bon à son retour. Quand j'ai parlé avec Trevor dans la journée, il m'a raconté toutes les absurdités qu'il débite depuis qu'ils sont là-bas et de quelle manière il compte te récupérer.

Emily admira les lumières de la ville par la vitre. Tandis qu'elle les regardait défiler, elle repensa à son sentiment de culpabilité le soir de la bagarre. Son cœur saignait encore des blessures infligées par Dillon. Ses mots lui revenaient sans cesse, toujours aussi blessants que la fois où il les avait prononcés.

Elle ne pouvait nier qu'elle se reprochait d'être la cause de la situation. Elle savait qu'elle aurait pu l'empêcher. Toutefois, elle ne céderait pas. Impossible. Elle avait réglé son portable de manière à diriger tous ses appels vers la boîte vocale. Il était même allé jusqu'à lui téléphoner à l'école où elle travaillait. Elle avait également ignoré ces messages-là. Cependant, sa plus grande surprise avait été de voir surgir sa mère, Joan, chez elle, à l'improviste. Emily avait abrégé sa visite en lui claquant la porte au nez.

— Il faudra que je lui parle à son retour, soupira Emily. Je ne peux pas rompre sans clarifier les choses.

— Pourquoi pas ? Il ne mérite aucune explication.

— Ce n'est pas ça, Olivia. J'ai besoin de lui dire que c'est fini. (Emily vida sa flûte et s'empressa de la remplir.) On peut dire ce qu'on veut, il a fait beaucoup pour moi et ma famille. Je sais qu'il a mal agi mais il avait trop bu, et je ne dois pas l'oublier.

Olivia lui lança un regard noir.

— Tu es en train de retomber dans son piège.

— En quoi, Olivia ? Il n'est même pas là.

Elle se tapota la tempe du bout du doigt.

— Tu parles, il s'est implanté dans ta petite tête comme un champignon. Quand mon frère se bourre la gueule, il ne s'en prend pas à Fallon. (Olivia se pencha pour se resservir.) Je suis sortie avec plein de mecs qui picolaient, et aucun ne m'a joué un tour comme ça. Tu as sûrement eu des copains qui buvaient sans devenir violents.

— Je n'ai pas connu beaucoup de garçons avant Dillon. Je manque de points de comparaison.

— C'est pas la question, Em ! Ivre ou sobre, énervé ou calme, triste ou joyeux, aucun mec n'est supposé être agressif envers une femme. Jamais. C'est pas plus compliqué que ça ! (Buvant une gorgée, Emily détourna le regard.) Je suis sérieuse. Tu imagines peut-être que la manière dont ton père traitait ta mère est normale, mais ça ne l'est pas, copine. Loin de là. (Déglutissant pour repousser ces tristes souvenirs, Emily fixa son amie.) Si je peux te donner un conseil, tire un trait sur ton besoin de lui parler une dernière fois. Ce salaud est exactement comme ton père. Emballe le foutoir qu'il a laissé chez nous, et on demandera à mon frère de récupérer tes affaires chez Cornichon. (Croisant les jambes sous sa robe de soie rouge, elle ajouta :) Heureusement que tu n'as pas signé le bail pour cet appartement que vous avez trouvé.

— Je ne veux plus parler de ça pour le moment, dit Emily d'une voix suppliante. J'aimerais profiter de la soirée sans penser au pétrin dans lequel je me suis mise avec Dillon. S'il te plaît, Olivia.

— D'accord, mais demain j'en remets une couche.

— Très bien, soupira Emily.

Cinq minutes plus tard, la limousine s'arrêta devant l'hôtel *St. Regis*. Marcus leur ouvrit la portière. Elles le remercièrent pour le trajet. Dépliant son châle sur ses épaules, Emily donna le bras à Olivia et elles se dirigèrent vers le hall.

Après qu'Olivia eut déposé son manteau au vestiaire, elles se rendirent dans la majestueuse salle de bal. Le gala battait son plein. Un groupe jouait une musique d'ambiance, et des serveurs à gants blancs traversaient la salle en proposant du champagne et du caviar. L'espace était dominé par des plafonds hauts et voûtés tachetés de nuages qui mettaient les lustres dorés en valeur. Sur les tables aux nappes de soie blanche qui retombaient en cascade brillaient des lumières douces, rose clair – la couleur de la lutte contre le cancer du sein. Au centre de chaque table, des roses et des œillets roses se dressaient parmi de somptueux monticules d'hortensias.

Dès qu'elle entra dans la salle de bal, Emily croisa le regard de Gavin et dut se rappeler de ne pas oublier de respirer. Il sourit aussitôt, puis prit congé d'un groupe d'hommes. Non seulement Emily ne voyait plus que lui pendant qu'il traversait la vaste salle d'une démarche fluide, mais elle remarqua que toutes les femmes tournaient la tête sur son passage. Les jeunes, les plus âgées, les grandes, les petites, les Noires, les Blanches – elles ne pouvaient pas s'empêcher de le suivre du regard. Il était à tomber dans son smoking Armani ajusté à la perfection. Se recoiffant d'un geste machinal, il parcourait la pièce d'un pas à la fois sexy et vigoureux.

Olivia l'embrassa dès qu'il arriva.

— Merci de nous avoir envoyé la limousine. (Elle marqua une pause, un petit sourire complice aux lèvres.) Enfin, même si on sait pour qui tu l'as vraiment envoyée, c'est gentil quand même.

Secouant la tête, Emily se mordit la lèvre pour cacher sa gêne.

— C'était pour vous deux, railla-t-il, l'air coupable. Les années passées, je n'y avais pas pensé, c'est tout.

— Bien sûr, si tu le dis, Blake, ironisa Olivia d'un ton sceptique. Où sont tes parents ? J'aimerais les saluer.

— Ils sont par là, répondit-il en indiquant une table centrale.

— Super, on se retrouve plus tard, dit Olivia avant d'aller rejoindre Chad et Lillian.

Gavin se tourna vers Emily, son regard s'attardant sur chaque détail de son corps. Elle était si ravissante qu'elle lui coupait le souffle. Sa robe en velours noir sans bretelles mettait son décolleté en valeur et flottait jusqu'au sol, épousant merveilleusement ses formes. Il survola son ras-de-cou orné d'un diamant et, ignorant son éclat, se concentra plus volontiers sur ses lèvres pleines rouge rubis. Ses cheveux étaient retenus par des épingles décorées de minuscules brillants, quelques mèches encadrant son visage en forme de cœur. Ses paupières étaient maquillées en gris dégradé, faisant ressortir ses magnifiques yeux vert émeraude fixés sur lui.

Reprenant ses esprits, Gavin lui prit la main et la porta à ses lèvres pour l'embrasser.

— Aucun mot ne saurait décrire à quel point tu es belle, ce soir.

— Merci, souffla-t-elle nerveusement en serrant sa pochette contre elle. Tu es très élégant toi aussi.

— Mais je te remercie, dit-il avec un sourire enjôleur. Tu viens ?

Elle hocha la tête avec une certaine appréhension, tandis qu'il calait sa main dans le pli de son coude. Il la guida à travers la salle, faisant des haltes le temps de saluer quelques invités. En chemin, il présenta Emily à certaines familles que sa mère avait aidées au fil des années par le biais de sa fondation. Leurs visages souriants exprimaient toute leur gratitude. Parmi les invités, elle rencontra d'éminents cancérologues new-yorkais, des membres de diverses associations et quelques politiciens dont la famille avait été touchée par la maladie. Emily trouvait la générosité de Gavin et de sa famille d'autant plus admirable qu'elle se sentait personnellement concernée par le sujet.

Gavin lui avança une chaise.

— Emily, tu te souviens de mon frère, Colton, et de sa femme, Melanie.

Emily leur serra la main par-dessus la table.

— Oui, bien sûr. Ça me fait plaisir de vous revoir.

— Moi aussi, répondit Melanie. Mes enfants te réclament tout le temps.

— Vraiment ? fit Emily avec étonnement.

Passant le bras sur le dossier de la chaise de Melanie, Colton répondit :

— Ah, ça oui. Ils disent que tu es la meilleure footballeuse du monde.

— C'est mignon ! dit Emily en souriant. Vous les embrasserez de ma part. Il faut qu'on organise un nouveau match avec eux.

Un sourire aux lèvres, Gavin s'assit à côté d'Emily.

— Ne l'écoutez pas. Si ma mémoire est bonne, c'est moi qui lui ai appris à jouer au foot, dit-il en lui adressant un clin d'œil.

Emily sourit de plus belle et secoua la tête.

Melanie rejeta ses cheveux blonds par-dessus son épaule. Emily lui trouvait un air familier réconfortant.

— C'est ça, beau-frère, récolte toute la gloire. Emily, j'aime autant te prévenir que, chez les Blake, les hommes s'attribuent les lauriers à la moindre occasion. (Emily regarda Gavin rire d'un air dubitatif.) Pour l'instant, c'est *une* Blake qui va profiter d'avoir appris à son mari à danser. (Melanie se leva en prenant la main de Colton.) Pas vrai, trésor ?

Se levant, Colton passa le bras autour de la taille de sa femme et l'embrassa sur le dessus de la tête.

— J'ai deux pieds gauches, alors je t'accorde tout le mérite qui t'incombe.

— Évite de te retrouver sur les fesses, frangin, lança Gavin alors que le couple s'enfonçait sur la piste.

Colton se retourna pour lui faire un doigt d'honneur.

— Y aurait-il comme une sorte de rivalité entre vous deux ? demanda Emily.

— C'est même une guerre ouverte, répondit-il en apostrophant un serveur. Je ne rate aucune chance de me payer sa tête.

— Tu me fais vraiment rire.

Gavin fit un sourire malicieux.

— Je sais, mais il le mérite.

Le serveur vint à leur table avec un très bon cru de champagne.

— Qu'aimerais-tu boire ? demanda Gavin.

Sachant que lorsqu'ils buvaient, tout partait de travers, Emily préféra rester sage.

— Juste un verre d'eau avec des glaçons.

Il fronça les sourcils.

— Tu es sûre ?

Elle certifia en souriant. Après s'être commandé un bourbon, il se carra dans sa chaise en la regardant.

— Je suis content de voir que tu n'es plus malade.

— Merci. J'ai eu quelques jours difficiles.

— Je n'en doute pas, répondit-il en sachant que c'était une période pénible, malade ou non. Je suis passé au restaurant prendre de tes nouvelles mais Fallon m'a dit que tu étais déjà partie.

— Je sais. Je voulais t'appeler mais ça m'est sorti de l'esprit. Je suis désolée.

— Ce n'est rien. Je voulais juste m'assurer que tu allais bien.

— C'est gentil, dit-elle en dépliant sa serviette sur ses genoux. Ça me fait plaisir. Mais franchement, ça va.

Derrière son petit sourire, Gavin vit de la tristesse dans ses yeux. Pendant toute la soirée, il se fit un devoir de la divertir en parlant de sujets légers, évitant avec soin tout ce qui avait trait à Dillon. Gavin apprit que si, au départ, on lui avait proposé un poste d'enseignante à temps complet, en fin de compte elle ne faisait qu'un remplacement à temps partiel. Quoi qu'il en soit, ça semblait lui plaire. Il la taquina de nouveau à propos des Yankees et de leur qualification aux mondiaux, jurant qu'avant la fin de sa vie, il réussirait à faire d'elle une fan. Malgré ses protestations, il la fit rire et c'était tout ce qui comptait.

À la fin du dîner, les parents de Gavin vinrent à leur table. Ils se tenaient par le bras, le visage empourpré d'avoir dansé et bu du champagne.

— Olivia, dit Chad d'un air espiègle, ma merveilleuse épouse m'a donné la permission de danser avec toi.

Elle le regarda d'un air incrédule.

— Ah, elle a fait ça ?

— Tout à fait, répondit-il en lui prenant la main.

— Vous êtes sûre, Lillian ? Je risque de vous le voler, dit Olivia en se levant.

— Il est plein d'allant, fit Lillian en souriant, le regard pétillant de joie. Il risque de te faire décoller sur la piste, petite, alors je serais prudente à ta place.

— Je vais suivre vos conseils à la lettre, répondit la jeune femme en allant vers lui. Allez, vieux bonhomme. Je vais vous montrer comment nous dansons, nous, les jeunes.

Amusé, Chad embrassa sa femme dans le cou et entraîna Olivia vers la piste.

— Vous êtes très en beauté ce soir, Emily, déclara Lillian en s'asseyant à côté d'elle. J'espère que vous vous amusez bien.

— Merci, madame Blake, vous aussi vous êtes très élégante. Je passe une excellente soirée. Tout est grandiose.

— Non, non, non, dit-elle en tapotant la main d'Emily. Ne me donnez pas du Mme Blake, ça me donne l'impression d'être vieille. Mais je suis contente si vous passez une bonne soirée.

— Merci, Lillian, répondit Emily avec un petit sourire apprêté.

— C'est vrai que tu es très belle ce soir, Maman, assura Gavin qui, se levant, posa la main sur son épaule. Je vais devoir veiller sur toi pour que les hommes ne viennent pas te prendre à Papa.

Levant les yeux vers lui, elle recouvrit sa main de la sienne.

— Tu as toujours été mon plus grand admirateur, Gavin, déclara-t-elle avec une joie évidente. Mais tu sais, après trente-cinq ans de mariage, je ne vais pas m'en aller. On peut à peu près affirmer que ton père n'a pas de souci à se faire sur ce point.

— Pas de souci à se faire à quel sujet ? demanda Colton en les rejoignant, un verre à la main.

— Oh, rien d'important. Ton frère est trop protecteur, voilà tout, rit-elle en se levant. Où est Melanie ?

Colton pointa le doigt dans son dos.

— Elle est dans le hall. Elle appelle la baby-sitter pour avoir des nouvelles des enfants.

— Ça tombe bien, répondit Lillian en prenant le bras de son fils. Tu acceptes de danser avec la femme qui t'a mis au monde ?

— Avec plaisir. (Il vida le fond de son verre.) Je vais faire tout ce que je peux pour éviter de te marcher sur les pieds.

Tandis qu'ils partaient vers la piste de danse, Gavin considéra Emily.

— Tu veux danser ?

Se mordant la lèvre, celle-ci lança des regards dans la salle avant de reporter son attention sur lui.

— Danser ?

— Oui, danser, répéta-t-il avec un air faussement innocent. Je te promets de bien me tenir.

— Ça, j'en doute, mais je vais t'accorder une dernière chance.

Il eut un petit rire chaleureux tandis qu'elle posait sa serviette sur la table. Elle se leva en souriant.

— Mais je dois t'avertir que je ne vaux pas mieux que ton frère.

— C'est impossible, dit-il avec son sourire le plus sincère. Attends-moi une seconde, je reviens.

Elle le regarda marcher vers le groupe, s'entretenir avec le chanteur puis revenir vers elle avec un sourire espiègle.

— Pourquoi tu as l'air de préparer un coup ? demanda-t-elle avec curiosité.

Son sourire s'élargit, creusant ses fossettes, et il lui prit la main en la calant dans le pli de son bras.

— C'est sûrement parce que je mijote quelque chose.

— Et qu'est-ce que ça pourrait bien être ? (Il l'entraîna vers la piste sans rien dire, mais sans se départir de son sourire.) Gavin ! insista-t-elle en riant.

— Emily.

— Qu'est-ce que tu mijotes ?

Il attendit que le groupe commence la chanson qu'il avait demandée.

— Tu aimes le jazz ?

Il posa la main dans le creux de ses reins, la serrant contre lui et lui tenant la main de l'autre.

Prise de court par cette soudaine proximité, il lui fallut un certain temps pour rassembler ses pensées.

— Hmm, oui, ça m'arrive d'en écouter. Ma grand-mère en écoutait en cuisinant.

— Et cette chanson, tu la connais ?

— Je ne connais ni le titre ni le nom de la chanteuse, répondit-elle en s'efforçant d'ignorer son parfum excitant. Mais je me souviens de l'avoir trouvée belle la première fois que je l'ai entendue.

Baissant les yeux vers elle, Gavin remarqua sa nervosité à sa façon de se tenir tandis qu'il menait leurs pas lents. Son cœur gonfla dans sa poitrine.

— Ça s'appelle *La Vie en rose*, et à l'origine, elle était chantée par une Française qui s'appelle Édith Piaf, mais je préfère la version de Louis Armstrong.

— C'est beau.

— Je trouve aussi. Et c'est ça que je mijotais, lui chuchota-t-il à l'oreille.

Le souffle coupé, elle se mordit la lèvre tandis qu'un frisson lui parcourait l'échine.

— Comment ça ?

— Eh bien, je nous ai imaginés danser ensemble sur cette chanson-là.

— Ah bon ? fit-elle en cachant tant bien que mal sa surprise.

Elle rit intérieurement en songeant à ses propres confidences.

— Oui. Alors je te remercie pour cette danse, dit-il d'une voix pleine d'affection.

— De rien.

Il avait cette lueur dans les yeux, celle qui menaçait de l'absorber chaque fois qu'il la fixait de cette manière. Elle porta le regard vers ses parents qui dansaient non loin.

— C'est merveilleux qu'ils soient ensemble depuis si longtemps. C'est presque impossible de croire qu'un amour aussi fort existe.

Gavin l'observa pendant qu'elle contemplait ses parents. À son ton las et à son regard lointain, il sentit qu'elle se languissait de vivre une relation plus forte que ce que Dillon lui offrait. En cet instant, Gavin sut plus que jamais qu'il voulait se réveiller chaque matin à ses côtés. Il rêvait de voir ses yeux verts encore lourds de sommeil. Ses cheveux emmêlés étalés sur ses bras et son sourire au réveil. Les jours d'hiver, quand les couvertures ne la réchaufferaient pas assez, il voulait lui donner sa chaleur. Et surtout, il souhaitait qu'elle tombe amoureuse de lui. Ça allait au-delà du désir physique ; il avait besoin de son cœur et de son âme. S'il pouvait partager une seule nuit avec elle, Gavin saurait la convaincre qu'ils étaient faits l'un pour l'autre. Ses doigts remontèrent lentement le long de son dos, s'arrêtant sur sa nuque.

— Tu mérites qu'on t'aime comme ça, susurra-t-il dans ses cheveux.

Quand il s'écarta, leurs bouches étaient si proches qu'un simple mouvement suffisait pour qu'elles se rencontrent. Son murmure sensuel coupa le souffle à Emily et électrisa sa peau. Sous l'effet de son contact et de sa voix, le désir aiguisa ses sens. Sa respiration s'accéléra. Quand elle sentit son regard balayer ses seins, elle tourna la tête sans rien dire.

Quand Gavin s'immobilisa, elle examina son visage. Le sentir contre elle était presque intolérable.

— J'ai le goût de ta peau sur mes lèvres, confia-t-il en la transperçant du regard.

Son cœur bondissant dans sa poitrine, Emily se retrouva incapable de réfléchir et s'abandonna au toucher de ses mains qui effleuraient tendrement sa taille. Comme les mots ne lui venaient pas, elle le regarda dans les yeux.

— Sentir ton corps contre moi me manque. (S'humidifiant les lèvres, il serra sa taille.) Comme sentir ton cœur battre plus fort quand je te touche.

Il déglutit, ferma les yeux et respira son parfum enivrant de jasmin. Quand il rouvrit les paupières, il lui prit le visage entre les mains et ajouta d'une voix plus basse, encore plus douce :

— Je veux prendre mon temps avec toi, frôler du bout des doigts tous les points qu'il a négligés. Il ne t'a jamais aimée comme tu le mérites. Laisse-moi aimer chaque partie de toi. Ton esprit... (ses doigts sillonnèrent son cou). Ton corps... ton cœur... tes cicatrices... (Ses mains descendirent vers sa taille.) Tes petites manies... ton quotidien... tes pensées... tout ce qui fait que tu es toi. Donne-moi tout, Emily.

La gorge nouée, elle tremblait de la tête aux pieds. Elle s'écarta en évitant son regard.

— Je ne peux pas faire ça avec toi, Gavin. Nous... nous ne pouvons pas faire ça, dit-elle d'une voix faible.

(Il voulut se rapprocher d'elle mais elle recula.) Dis à Olivia qu'on se rejoint à la maison.

Elle tourna les talons et alla chercher son sac à main et son châle sur sa chaise.

Sous le choc, Gavin la suivit du regard tandis qu'elle traversait la salle d'un pas rapide, se frayant un chemin dans la foule. Cependant, il n'était pas disposé à la laisser partir. Il n'allait pas la laisser disparaître de sa vie.

Ni maintenant, ni jamais.

En quelques longues enjambées, il la rattrapa dans le hall. Il la considéra d'un air confus, le cœur battant à tout rompre.

— Pourquoi tu me fuis, Emily ?

— Je ne te fuis pas, murmura-t-elle, les larmes aux yeux.

Soupirant, il se passa la main dans les cheveux.

— Tu es partie d'un coup et je veux savoir pourquoi.

Elle détourna le regard pour éviter ses yeux chagrinés, tout comme elle refusait d'éprouver la peine qui lui serrait le cœur.

— Ça ne marchera jamais. Dillon est ton ami, et il n'acceptera pas que nous soyons ensemble.

— Quoi ? lâcha-t-il sans y croire. Comment crois-tu qu'il puisse contrôler ce qui se passe entre toi et moi ?

— Il le fera, dit-elle tandis que les larmes coulaient sur ses joues.

— Et alors ? souffla-t-il en esquissant un pas vers elle. (Sans la laisser s'écarter, il la prit par la taille et essuya ses larmes.) Tu es faite pour moi et tu le sais. Tu as dit toi-même que tu ressentais ma présence, même quand je n'étais pas à tes côtés. (Il baissa la tête pour la regarder droit dans les yeux.) Mon Dieu, Emily, s'il te plaît… Il faut que tu nous donnes une chance. Laisse-moi prendre soin de toi. Laisse-moi t'aimer.

Elle attendit de trouver les mots justes, mais rien ne vint. Posant la main sur sa bouche, elle recula en chancelant, et sentit Gavin lâcher sa taille. Un flot constant de larmes coulait de ses yeux. Elle le regarda un instant, tandis que son cœur éclatait en morceaux, et sans un mot de plus, elle s'enfuit.

Gavin la regarda monter dans un taxi, figé, le cœur en miettes alors qu'il essayait de comprendre ce qu'il venait de se passer. Il savait que Dillon avait une certaine influence sur elle, mais le fait qu'Emily pense qu'il puisse faire barrage à leur histoire l'ébranlait. Sans réfléchir, il sortit ses clés de sa poche et partit chercher sa voiture. Après avoir prévenu son frère par SMS de son départ, il se retrouva à errer dans les rues de la ville. D'un côté, il avait envie de se rendre chez elle mais, selon toute vraisemblance, il était déjà allé trop loin. Comme il ne pouvait rien faire de plus, il ne lui restait plus qu'à rentrer chez lui.

Une fois chez lui, Gavin enleva sa veste de smoking, attrapa la bouteille de bourbon et se servit un verre. Après l'avoir vidé d'un trait, il arracha son nœud papillon, ôta ses chaussures et s'assit au comptoir de la cuisine. Il éclata de rire même si, intérieurement, il se sentait d'humeur sombre. Son besoin d'elle le submergeait de plus en plus. Tapant du poing, il se maudit de ne pas être allé chez elle. Se souvenant de la phrase de son frère, Gavin comprit qu'il ne s'était pas assez battu. Il se leva, fit les cent pas en fixant son téléphone tout en réfléchissant à ce qu'il devait faire. Il commença de composer le numéro d'Emily puis s'arrêta. La situation ne méritait pas un coup de fil. Il devait aller la voir – et cette fois, rien ne l'arrêterait.

— Et merde, dit-il en prenant ses clés.

Ouvrant la porte à la volée, il sortit sans chaussures, détail qu'il oublia dès qu'il tomba face aux plus beaux des yeux verts. Ils ne se saluèrent pas. Les mots n'étaient pas utiles. Ils savaient tous deux qu'ils allaient longuement s'exprimer dans l'action d'ici au lever du soleil.

Pris d'une même fougue, ils plongèrent l'un vers l'autre – se percutant – leurs bouches se cherchant avidement. La porte se referma en claquant et Gavin fut dépouillé de sa chemise.

L'attrapant par la nuque, Gavin embrassa Emily avec une force explosive. Il la souleva de terre et la plaqua contre le mur. Remontant ses bras au-dessus de sa tête, il saisit ses poignets tandis qu'elle enroulait les jambes autour de ses hanches. Alors que son buste se pressait contre elle, sans cesser de l'embrasser avec fièvre, Gavin posa sa main libre sur sa cuisse et remonta sa jupe jusqu'à sa taille. Il arracha sa culotte dans un bruit sec. Impatiente, elle frottait son intimité contre le tissu de son pantalon. Prise d'une furieuse vague de désir, Emily libéra ses poignets et détacha sa ceinture d'un geste fébrile.

— Je n'arrivais pas à descendre du taxi, Gavin. Impossible de sortir, gémit-elle au bord de ses lèvres.

Elle ne pouvait plus ignorer ce sentiment d'envie, de besoin, l'impression qu'ils s'appartenaient. Elle ne voulait plus faire semblant. Il était tout ce qu'elle désirait profondément, et sa seule crainte était de le désirer toujours plus.

— J'allais venir chez toi, grommela-t-il en léchant sa joue. Cette fois, je ne pouvais pas te laisser partir.

Emily insinua la main dans son boxer, sillonnant son érection. Elle se mit à caresser son membre, se délectant de sentir une petite goutte perler à son extrémité lorsqu'elle le caressa du pouce. Elle prit son sexe dans sa main pour le délivrer du sous-vêtement ; un râle s'échappa de la gorge de Gavin. Ses lèvres passèrent de sa bouche à son oreille, puis vers sa gorge qu'il mordit tandis qu'elle le malaxait à pleine main.

— J'ai besoin de te sentir en moi. Tout de suite, Gavin, s'il te plaît.

— Je dois aller chercher un préservatif, gémit-il contre sa bouche.

— Je prends la pilule, dit-elle dans un souffle, la sueur luisant dans sa gorge.

À ces mots, il la souleva et l'abaissa sur son membre. Comme il s'introduisait en elle, la tête d'Emily partit en arrière tant c'était délicieux. Elle passa les bras autour de son cou en expirant une longue bouffée d'air. Quand elle se cambra, il s'enfonça entièrement. Sa langue la cherchant avidement, Gavin gémit lorsqu'elle resserra les jambes autour de sa taille, les mains dans ses cheveux. Son dos se cognait au mur à chaque mouvement, mais il lui procurait un tel plaisir qu'elle ne sentait pas la douleur.

Gavin s'écarta pour la regarder. Leurs poitrines se soulevaient à l'unisson, à chacun de leurs halètements. Au moment où des vagues de plaisir firent trembler Emily, Gavin plaqua sa bouche sur la sienne tout en la portant jusqu'à sa chambre.

Emily laissa échapper un petit grognement dès qu'il posa ses pieds sur le sol. Elle resta debout devant lui, le corps tressaillant, tout en essayant de reprendre son souffle. Il se défit du reste de ses vêtements, son regard de prédateur fixé sur ses lèvres frémissantes.

Le regard d'Emily survola son beau visage, puis descendit vers son ventre ferme, le V la menant directement vers la réponse qu'elle attendait depuis trop longtemps : le point de départ de son tatouage. C'était une œuvre magnifique. Le dessin serpentait sur le côté gauche de son flanc, s'incurvant autour de sa hanche avant de plonger encore plus bas. Tandis qu'Emily suivait son tracé du regard, elle admira le dessin élaboré à l'encre noir qui encerclait sa cuisse, la queue du dragon en faisant plusieurs fois le tour. Elle imagina suivre le même chemin avec ses doigts, ou même avec sa langue.

— N'importe quel homme rêverait d'être à ma place, dit-il en lui prenant le visage en coupe.

Comme une bête sauvage traquant sa proie, il tourna lentement autour d'elle, promenant ses lèvres sur son épaule, léchant sa nuque.

— Ta mémoire et ton corps n'oublieront jamais les choses que je vais te faire cette nuit. Je vais explorer chaque centimètre de ta peau.

Malgré l'effet que ses mains et sa langue lui faisaient, ses promesses la plongèrent dans un état d'excitation encore plus intense.

— Oh, mon Dieu, dit-elle dans un souffle.

— Oui, dit Gavin avec un sourire coquin.

Il continua de la tourmenter ainsi, la recouvrant de doux baisers, puis il s'arrêta dans son dos. Son souffle réchauffant son cou, il lui embrassa l'oreille. Elle battit des cils puis ferma les yeux, le plaisir l'envahissant un peu plus chaque fois qu'elle sentait ses lèvres. Gavin ouvrit lentement la fermeture de sa robe et la regarda chuter à ses pieds.

— Viens, dit-il avant de défaire les barrettes qui retenaient ses cheveux.

Sa chevelure retomba en cascade sur ses épaules et ses seins. Le souffle coupé, elle fut prise d'un tel désir que sa peau était électrisée. Toujours derrière elle, Gavin dégrafa son soutien-gorge d'une main, l'autre planant au-dessus de son ventre. Elle se figea. Enfouissant le visage dans son cou, Gavin saisit l'arrière de sa cuisse et remonta sa jambe sur le lit. Un gémissement s'échappa des lèvres d'Emily lorsqu'il glissa ses doigts en elle. Un plaisir ardent l'attisa de la tête aux pieds. Tendant les bras dans son dos, elle enfonça les mains dans les cheveux de Gavin en s'agrippant de son mieux. Il la prit par le menton pour l'inviter à tourner la tête de manière à pouvoir l'embrasser. L'une de ses mains fouillait son intimité, l'autre massant l'arrondi de son sein, faisant rouler la pointe durcie entre ses doigts. Un élan de désir transperça le ventre d'Emily avant d'irradier dans tout son corps. Haletant, elle amena les doigts de Gavin dans sa bouche, suçant et enroulant la langue autour d'eux. Soudain, Gavin la tourna face à lui et l'embrassa vivement.

— Tu me rends dingue quand tu fais ça, grogna-t-il d'une voix éraillée.

— C'est à toi de me rendre dingue, gémit-elle, le corps vibrant d'un désir inassouvi.

— Compte sur moi, dit-il en déposant des baisers le long de sa gorge. Allonge-toi sur le lit, ma beauté, mais garde tes bas et tes escarpins, ordonna-t-il.

Ses mots suffirent à la faire frissonner. Elle ne pouvait que se plier à sa demande. Son corps était si ardent que les draps de soie lui parurent froids lorsqu'elle s'étendit sur le grand lit. Il vint se placer devant elle, si près qu'elle sentait émaner de lui sa chaleur et son désir. Le cœur d'Emily s'emballa lorsqu'elle sentit son regard détailler son corps nu, la dévorant entièrement.

Tout en la pénétrant du regard, Gavin s'agenouilla et la tira au bord du lit. Il lui écarta les jambes et les posa sur ses épaules, l'exposant pleinement. Avant même de la toucher, il savoura ses gémissements. Caressant son ventre d'une main, il embrassa sa cheville à travers le bas.

— Dis-moi si tu as envie que je te goûte, murmura-t-il en léchant son mollet tout en traçant des cercles du doigt à l'entrée de son intimité.

Elle était tellement trempée de désir qu'il avait du mal à se contrôler.

— Oh, mon Dieu, Gavin, s'il te plaît, l'implora-t-elle en soulevant son bassin et en pressant ses seins.

Écartant un peu plus ses jambes, il souffla de l'air chaud sur son sexe avant de lécher son clitoris. Insinuant les doigts en elle, il plongea sa langue à son tour, savourant tout son suc de peur de ne plus en avoir l'occasion.

C'était du miel à l'état pur. Gavin était prêt à tout donner pour avoir le plaisir de la déguster aussi intimement, tous les jours jusqu'à la fin de sa vie. La goûter mais aussi explorer chaque centimètre d'elle.

— Tu as un goût délicieux, dit-il dans un souffle, enfonçant plus profondément ses doigts.

La respiration saccadée d'Emily résonnait dans la pièce tandis qu'elle s'arc-boutait contre lui en tremblant, ne faisant qu'attiser son désir. Son membre était chaud et dur, son corps possédé par l'envie de la pénétrer. Chaque fois qu'elle prononçait son nom, il se tirait les cheveux pour contrôler son désir. Il était au bord de l'explosion avant même de s'être enfoncé en elle. Quand il la sentit s'approcher de l'orgasme, il ralentit ses coups de langue le temps qu'elle se calme, puis il raviva son désir jusqu'au moment où il perçut qu'elle n'en pouvait plus. Lorsque ses cuisses se crispèrent sous l'effet de l'orgasme, il agrippa ses hanches, l'attirant plus près de sa bouche affamée. Et quand elle cria son nom, il mordilla, tira, suça, attirant son bouton de chair veloutée entre ses dents.

Sans la laisser redescendre des sommets de l'extase, il lécha langoureusement son ventre. S'arrêtant là, il la regarda dans les yeux, admira son visage empourpré, et sa respiration hachée.

— Comme tu es belle, grommela-t-il en remontant sur elle.

Il enfouit le visage contre son sein, sa langue agaçant la pointe dressée. Il attrapa l'arrière de son genou et ramena sa jambe autour de sa taille.

Emily avait le souffle coupé par l'anticipation tandis qu'il continuait de taquiner son sein. Il pesait chaque geste, le moindre coup de langue comme étudié pour provoquer ses réactions. Et ses soupirs retentissaient dans la chambre, son souffle lourd bourdonnant dans ses oreilles. Emily se soulevait pour aller à la rencontre de sa bouche diabolique, de sa langue qui s'enroulait autour de son sein, la mordillant de temps à autre.

Lorsqu'il s'enfonça enfin en elle, la jeune femme fut dévorée par des flammes la léchant intérieurement. Son sexe dur et long lui faisait un effet magique. Aucun homme, pas même Dillon, ne lui avait provoqué de telles sensations.

L'espace d'un instant, ils savourèrent ce lien en se regardant dans les yeux, laissant ces émotions inédites les transporter. C'est à ce moment-là qu'Emily sentit qu'elle lui appartenait. Elle avait perdu son corps, qui n'était plus qu'à lui.

Gémissant, Gavin se coula un peu plus dans son intimité, Emily haleta, et il l'embrassa. Il faisait aller et venir sa langue dans sa bouche, les mains perdues dans ses cheveux tandis que leurs respirations s'accéléraient.

— Tu aimes sentir ta sève sur ma langue ? demanda-t-il d'une voix essoufflée et rauque.

Pantelante, elle enfonçait ses ongles dans son dos tout en l'embrassant plus intensément.

— Oui.

— Ton corps est fait pour moi. (Il lécha sa joue, ses mains lui tenant l'arrière de la tête.) Chaque parcelle de ta peau est faite pour moi, Emily.

Gavin l'embrassa en lui caressant les cheveux pendant qu'Emily enfonçait la tête dans l'oreiller, soulevant les hanches pour mieux suivre le mouvement de son bassin. Leurs corps bougeaient à l'unisson comme s'ils avaient été conçus sur mesure, ondulant l'un et l'autre sous l'effet de leur fougue. Gavin était tout en muscles, mais ses mouvements étaient doux et tendres. Il ne faisait rien ni trop vite ni trop fort. Il se délectait de chaque instant, vénérant chaque centimètre du corps d'Emily. Leurs haleines se mélangeaient dans leurs baisers joueurs. Accélérant le rythme, Gavin prit le sein d'Emily dans sa main pour en sentir pleinement la volupté tandis que ses gémissements lui faisaient l'effet d'une douce musique.

— Tu es mon point faible, Emily, gémit-il dans son cou. Ma douce faiblesse.

Enfonçant les mains dans ses cheveux, Emily rapprocha leurs bouches alors qu'il sombrait toujours plus dans son fourreau. Gavin la sentit au bord de l'orgasme lorsqu'elle agrippa ses biceps, plantant les ongles dans sa chair tandis que son sexe lisse se crispait autour de lui.

Il glissa le bras sous elle pour la serrer contre son torse.

— Jouis pour moi, Emily, grommela-t-il en léchant ses lèvres.

Il tremblait à force de se retenir. Dès qu'il sentit son corps succomber, il libéra sa jouissance. Leurs corps enlacés plongèrent ensemble dans le tourbillon du plaisir ultime. En sueur, unis, ils s'élevèrent vers les hauteurs du plaisir en se demandant s'ils pourraient un jour en revenir.

Leurs souffles se calmant peu à peu, Gavin la regarda dans les yeux. Il dégagea tendrement ses cheveux de son visage en s'émerveillant de la tenir contre lui. Il prit son temps pour l'embrasser avec passion, sa langue remerciant sa bouche, son cou et ses épaules.

Les yeux levés vers lui, elle lui rendait son adoration, ses doigts caressaient tendrement sa chevelure, son visage ciselé, pour enfin suivre le dessin de sa bouche.

Gavin n'avait jamais ressenti une telle connexion avec personne. La tenir dans ses bras le comblait, lui donnait un sentiment de plénitude.

— Je t'aime, Emily, murmura-t-il au bord de ses lèvres. Je crois que je t'aime depuis la première seconde où j'ai posé les yeux sur toi, dit-il, poussé par le besoin de partager ce qu'il éprouvait. (Emily voulut parler mais il posa un doigt sur ses lèvres.) Je ne m'attends pas à ce que tu me dises la même chose. J'aimerais seulement que tu saches que ce n'est pas qu'une histoire de sexe pour moi. (Il embrassa tendrement le bas de sa joue.) Je veux tout, Emily. Je veux passer mes nuits à te donner la main, je veux qu'on s'envoie des messages à longueur de journée. (Il embrassa sa tempe et caressa sa joue.) Je veux des rires et des baisers sur le front. (Il joignit le geste à la parole.) Je veux qu'on passe nos soirées à regarder des films. Qu'on prépare le petit déjeuner ensemble. (Il joua avec ses cheveux, prit sa lèvre entre ses dents.) Je veux qu'on se balade en voiture la nuit, qu'on admire le coucher du soleil, je veux les disputes et les pleurs. (Sans cesser de l'embrasser, il sourit.) Et je tiens à ce qu'on se réconcilie sur l'oreiller après ces disputes et ces pleurs. Je veux le meilleur, le pire et tout ce qui existe entre les deux. C'est tout ça qui va faire que nous serons merveilleusement bien ensemble.

Bien qu'elle eût du mal à déglutir, elle ne fut pas longue à répondre, tant tout était clair dans sa tête. Emily avait l'intime conviction qu'elle l'aimait en retour. La manière dont il la touchait, les émotions qui transparaissaient dans ses paroles, sa sincérité chassaient toutes ses craintes.

Admirant son beau visage, elle croisa les mains derrière sa nuque, les larmes coulant sur ses joues.

— Je t'aime aussi, Gavin.

Relevant la tête, elle embrassa ses lèvres et sentit la stupéfaction s'insinuer en lui. Elle l'embrassa plus intensément pour l'aider à accuser le coup. Et bientôt, elle le sentit se détendre.

— Je veux les mêmes choses que toi… Je ne veux rien d'autre que les partager avec toi. Je souhaite te rendre heureux.

Front contre front, il prit son menton dans sa main, et caressa ses lèvres du pouce.

— Je serai toujours heureux avec toi. Le contraire est impossible.

Gavin roula sur le côté, entraînant Emily avec lui. Ils firent l'amour, passionnément et tendrement, jusqu'aux premières lueurs du jour.

16

Ouvrez les vannes

L'éclat du soleil qui filtrait à travers les stores sortit Emily de l'une des meilleures nuits de sommeil qu'elle ait eues depuis des mois. Après s'être paresseusement étirée, elle ramena la montagne de couvertures emmêlées autour de sa poitrine, s'assit et s'adossa contre la tête de lit. Elle examina la chambre luxueuse de Gavin. L'écho de la douche lui parvenait aux oreilles tandis qu'elle s'émerveillait de se sentir aussi bien.

En temps normal, elle ne s'inquiétait jamais de son image au réveil. Toutefois, ce matin, c'était différent – très différent. Certaine que ses cheveux ressemblaient à un sac de nœuds et que son maquillage avait dû couler, elle se leva promptement, entraînant la couverture avec elle. En rencontrant le marbre froid, ses pieds butèrent contre une grosse boîte nouée par un ruban rouge. Elle se rassit sur le lit après s'en être emparée. Elle lui était adressée. Enfin, pas à elle, mais à Molly.

— Petit malin, va, se dit-elle en riant.

Secouant la tête, elle s'apprêtait à l'ouvrir lorsqu'elle perçut du mouvement sur le côté. Elle eut le plaisir de voir Gavin sortir de la salle de bains, une serviette blanche enroulée autour de la taille. Emily resserra la couverture autour de sa poitrine et remonta jusqu'à la tête de lit. Coiffant ses cheveux mouillés de la main, son amant lui sourit et s'étira, révélant pleinement ses muscles fermes. Elle était incapable de se retenir de l'admirer. Il incarnait la beauté – non seulement son corps, mais aussi son visage. Sa mâchoire carrée puissante complétée par ses pommettes hautes et sa repousse de barbe renforçaient sa virilité... et faisaient s'accélérer sa respiration.

Et ce tatouage...

— Tu as trouvé ton cadeau, dit-il en souriant.

Emily haussa un sourcil.

— Eh bien, j'ai trouvé un cadeau pour Molly, plus exactement.

Avec un petit rire, il alla s'asseoir à côté d'elle.

— Si mes souvenirs sont bons, c'est toi qui as dit que j'allais te le faire payer, alors je ne fais que répondre à tes attentes.

Elle lui donna une tape sur le bras. Il rit en calant une mèche de cheveux derrière son oreille.

— Mmm, je savais bien que tu étais jolie au réveil.

Elle se mordit la lèvre avec une gêne évidente et détourna le regard.

Fasciné par son expression, Gavin n'en revenait pas qu'elle ignore à quel point elle était belle. Ses lèvres, de la même teinte intense qu'un bon vin, ses yeux d'un vert charmant et ses formes subtiles captivaient ses sens. Tandis qu'il admirait chaque détail de son visage, son cœur battait pour elle. Pas seulement pour sa beauté, mais pour tout ce qu'elle était, jusqu'à l'odeur de sa peau. Elle l'avait réchauffé toute la nuit comme un pull un jour d'automne, et il était prêt à tout sacrifier pour la garder pour lui seul. Elle perçut les vibrations de ce souhait ardent – celui de partager avec elle ses aspirations, qu'elle lui avoue que ses envies étaient réciproques, dans un moment de confiance absolue que seuls les amoureux pouvaient connaître.

Gavin en avait le tournis. Aucune fortune ne pouvait acheter ce sentiment. Lui relevant le menton, il la regarda dans les yeux.

— Tu es magnifique, murmura-t-il en l'obligeant à lui rendre son regard.

Il pencha la tête pour l'embrasser avec tendresse et passion. Emily enfonça aussitôt les doigts dans ses cheveux, tirant assez fort pour lui arracher un gémissement. Ils s'embrassèrent comme deux adolescents.

Au bout de plusieurs minutes à savourer son haleine mentholée, Emily s'écarta. Gavin la regarda comme s'il lui faisait l'amour avec les yeux.

— Qu'est-ce qu'il y a ? demanda-t-il avec un sourire enfantin.

— Je… euh, il faut que je me brosse les dents, dit-elle en remontant les couvertures sur sa poitrine.

Avec un petit rire, il souleva le cadeau et le lui tendit. Il l'embrassa à pleine bouche.

— Tu as un goût délicieux mais tiens, ouvre ça.

Elle fit un petit sourire.

— C'est une grosse boîte pour une brosse à dents.

Il lui caressa la joue de ses phalanges.

— Tu trouves, toi aussi ?

Avec une moue renfrognée, elle le fixa d'un air suspicieux.

— Quoi ?

— Quand as-tu eu le temps de sortir faire des emplettes ?

— Eh bien, marmotte, il n'est pas si tôt que ça, dit-il en montrant le réveil qui affichait un peu moins de 11 heures. Mais pour répondre à ta question, j'ai demandé à mon assistante d'aller me chercher deux ou trois choses.

— Ah, ton assistante.

— Oui, mon assistante, confirma-t-il d'un air joueur. Mais je suis disposé à la remplacer par la femme stupéfiante qui est assise dans mon lit.

— Ah tiens, tu veux m'engager comme assistante personnelle ?

— Sans hésitation, murmura-t-il dans son cou, tandis qu'il lui mordillait l'épaule. (Emily s'abandonna à son contact.) Mais je ne suis pas sûr qu'on abatte beaucoup de boulot tous les deux. Allez, ouvre ton cadeau, dit-il en s'écartant avec le sourire.

Tenant les couvertures contre elle d'une main, Emily essaya de dénouer le ruban de l'autre. Gavin rit sous cape en comprenant qu'elle s'appliquait à cacher sa nudité. Il trouva cela à la fois diablement adorable et sexy. Sans dire un mot, il lui prêta main-forte.

À l'intérieur, elle trouva deux boîtes de taille moyenne et une plus petite. Avec un grand sourire, Gavin dégagea l'une des plus grandes et en sortit un survêtement composé d'un haut à capuche des Yankees.

— Cette fois, tu es devenu complètement fou, s'écria-t-elle en pouffant de rire. (Elle le lui prit des mains, décidée à exprimer son désaccord, mais au fond d'elle, elle trouvait très mignon qu'il cherche à faire d'elle une fan de son équipe préférée.) Si tu imagines que je vais sortir comme ça, tu te fais des illusions.

Il survola son visage du regard, ses lèvres tout près de sa bouche.

— Qui a dit que nous allions mettre le nez dehors ?

— Euh, on ne va pas sortir ?

— Non, je te garde en otage, répondit-il dans un murmure avant de l'embrasser. Cette tenue est uniquement destinée à mon plaisir personnel.

— Intéressant, répondit-elle en lui rendant son baiser. Et qu'as-tu prévu exactement pour nous, aujourd'hui ?

Lui mordillant la lèvre inférieure, il sourit.

— Je me disais que nous allions nous faire livrer à manger.

— Ah oui, c'est vrai, il faut manger, gémit-elle tandis qu'il faisait planer sa bouche au-dessus de la sienne.

— Faire une sieste puisque nous nous sommes couchés tard.

— Oui, nous devons reprendre des forces, dit-elle en lui caressant la nuque.

Sans cesser de l'embrasser, il passa l'autre bras d'Emily sur son épaule, faisant tomber la couverture.

— S'installer sur mon canapé et regarder des films d'horreur.

— J'aime bien les films d'horreur, affirma-t-elle en lui massant la tête d'une manière qui lui mettait les sens en émoi.

Pinçant sa lèvre entre ses dents, il malaxa ses seins nus. Il sourit en l'entendant gémir. Il raffolait de la façon dont elle réagissait à son contact.

— Entre manger et regarder un film, j'aimerais rejouer les événements de la nuit, pas à pas.

Il l'attira sur ses genoux, les cheveux d'Emily retombant sur ses épaules lorsque leur baiser devint plus pressant.

— Encore... et encore... et encore.

Au moment où Emily entreprit d'ôter la serviette enroulée autour de sa taille, le téléphone de Gavin sonna mais il ne parut pas décidé à aller décrocher. Le souffle court, Emily le regarda.

— Vous devriez prendre cet appel, monsieur Blake.

Il rapprocha leurs bouches.

— Sûrement pas, grogna-t-il en s'allongeant contre la tête de lit pour renforcer son baiser. Qui que ce soit, il attendra.

— Non, non, non, répondit-elle en lui échappant avec un sourire aguicheur. (Elle avait envie de s'amuser un peu dans ce jeu où il pensait être le maître.) Ça pourrait être ta mère.

Il se frotta le visage en grommelant. Ses lèvres ébauchèrent un sourire sensuel.

— Tu me tues, Emily... littéralement.

Elle fit un petit sourire satisfait, ravie de faire craquer un homme de son envergure. Roulant sur le lit, elle éclata de rire.

— Alors, lequel de nous supplie maintenant ?

Secouant la tête, il posa les pieds par terre.

— Alors là, tu vas me le payer. C'est promis.

Tout en l'écoutant parler au téléphone, elle sourit en sillonnant son dos, espérant qu'il tienne promesse.

— Ça ne peut pas attendre ? demanda-t-il à son interlocuteur. (Emily se mit à genoux pour embrasser ses épaules. Gavin pencha la tête sur le côté pour profiter pleinement de ses lèvres, l'invitant à l'embrasser sur la bouche, ce qu'elle fit jusqu'à ce qu'il reprenne la parole.) Très bien, laisse-moi une minute. (Couvrant le micro, il se tourna vers elle.) C'est Colton. J'ai quelques documents à revoir avec lui. Des trucs de boulot. Je risque d'en avoir pour un petit moment.

Emily hocha la tête. Il caressa sa joue du plat de la main, longeant l'arrondi de son menton. Il l'embrassa tendrement.

— Ouvre les autres cadeaux, va prendre une douche, et je nous préparerai un petit déjeuner dès que j'en aurai fini avec lui.

Elle acquiesça, le suivant du regard tandis qu'il quittait la pièce. Elle prit une inspiration pour apaiser ses sens et commença de déballer les dernières boîtes. Elle trouva, en plus d'une paire de baskets rose et noir, tout un nécessaire de toilette. Il avait pensé à tout, optant pour une gamme de gels douche et de rasoirs. Elle découvrit également un flacon de parfum Jimmy Choo : c'était son préféré. Il avait dû parler avec Olivia. Ouvrant la plus petite boîte, elle sourit en découvrant un ensemble de sous-vêtements en dentelle noire.

Après avoir tout rassemblé, Emily se dirigea vers la salle de bains pour prendre une douche apaisante. Si son corps était comblé et pleinement détendu, dans sa tête c'était le chaos. Le retour de Dillon n'allait pas être facile. En toute franchise, cette idée la terrifiait. Elle ressassa tout ce qu'elle avait l'intention de lui dire. Cependant, elle n'arrivait pas à se défaire de l'idée que son scénario allait partir en fumée – les consumant elle, Gavin et Dillon. Sortant de la douche, elle se sécha en s'appliquant à repousser les idées noires qui s'incrustaient dans son esprit.

Après avoir revêtu sa tenue complète des Yankees qui n'avait rien de sexy, elle se rendit dans le salon en balayant du regard l'assortiment de photos en noir et blanc de Gavin. La plupart étaient de grandes dimensions. Elle prit le temps de les examiner. Toutes les images représentaient un édifice ou un monument célèbre. Elle reconnut le Panthéon de Rome, le château de Versailles. Elle admira le Taj Mahal, la tour Eiffel, et le Gateway Arch. Elle se demanda si Gavin avait déjà visité toutes ces villes ou si ce n'était qu'une liste d'endroits à voir.

Avec cette pensée en tête, elle suivit la voix de l'homme qu'elle désirait mieux connaître. Elle le trouva assis à un imposant bureau en ébène, devant un mur vitré donnant sur tout Manhattan. Il ressemblait à un roi sur son trône.

Et ce roi était désormais sien.

Le regard baissé sur son ordinateur portable, son oreillette Bluetooth en place, Gavin, plongé dans le travail, ne remarqua pas sa présence dans l'encadrement de la porte. À sa grande déception, il s'était déjà habillé. Néanmoins, même dans cette tenue décontractée composée d'un bas de survêtement noir, d'un tee-shirt blanc à encolure en V et de lunettes de vue, il l'attirait. Elle traversa la pièce sans faire de bruit. Il ne releva la tête que lorsqu'elle fut tout près, un sourire contagieux illuminant son visage. Il leva le doigt pour lui demander un instant – mais elle ne pouvait pas attendre. Au lieu de quoi, elle baissa lentement son bas de survêtement en le fixant intensément.

Aujourd'hui, elle était la chasseuse... et Gavin était sa proie.

Elle le vit déglutir, sa pomme d'Adam rebondissant alors qu'il s'adossait à son fauteuil en cuir, les bras croisés. Il sourit encore plus largement, poursuivant sa conversation d'une voix calme et monotone qui ne laissait transparaître aucune émotion devant son strip-tease. Son sexe en revanche réagit en se dressant.

Se positionnant devant lui, elle posa le pied sur sa chaise, entre ses jambes. Un sourire lubrique releva les coins de sa bouche tandis qu'elle se glissait sur le bureau, aussi lentement qu'un serpent. Alors qu'il avait la tête à hauteur de son ventre, il fit rouler son fauteuil vers l'avant et l'agrippa par la taille en la regardant. Aspirant sa lèvre inférieure, il fit un petit sourire et secoua la tête comme pour lui promettre de merveilleux moments de félicité.

— Colton, c'est une mauvaise idée, dit-il.

Il marqua une pause, l'écoutant sans quitter Emily des yeux. Une vague de chaleur inonda Emily lorsque ses mains se resserrèrent autour de sa taille, ses pouces traçant des cercles paresseux sur son ventre. Aussi impitoyable que lui, elle remonta son sweat-shirt d'une manière aguicheuse, son pied nu longeant son entrejambe. Son air provocant faillit avoir raison de lui.

Si Emily ne se méprenait pas, un gémissement grondait dans le fond de sa gorge. C'était le son le plus érotique qu'elle ait jamais entendu. Sa présence interdite devenait douloureuse, son intimité se crispant sous le coup du besoin. Elle rejeta la tête en arrière et promena les doigts sur la dentelle noire de son soutien-gorge, pressant ses seins dans l'espoir d'abréger la conversation.

— Bien, je comprends, mais ce compte ne sera d'actualité que dans plusieurs mois, alors je n'ai pas à m'en préoccuper pour l'instant, conclut-il d'une voix qui se brisa légèrement. Écoute, je dois te laisser. On en parle plus tard.

Il arracha son oreillette et la lança sur son bureau.

Bingo...

Il s'apprêtait à enlever ses lunettes mais Emily l'en empêcha en saisissant son poignet.

— Non, garde-les, dit-elle d'une voix éraillée en balayant son visage du regard. Tu es sexy avec ça sur le nez.

Affichant un sourire enfantin, il inclina la tête sur le côté et l'examina.

— Je suis sexy avec mes lunettes ? demanda-t-il en écartant les cuisses d'Emily. (Hochant la tête, elle expira, les paumes de ses mains glissant sur le bois du bureau.) Mmm, j'en suis moins sûr que toi.

Il poussa sa culotte et insinua un doigt en elle. Il le ressortit pour lécher son miel, puis en enfonça deux avec délicatesse.

— Gavin, oui, continue, gémit-elle, arquant le dos, roulant des hanches pour mieux accueillir ses doigts.

Tandis qu'il l'excitait d'une main, il déchira de l'autre son sous-vêtement et le lança à travers la pièce.

— Putain, tu es toute mouillée, siffla-t-il en serrant les dents.

Il se leva de sa chaise et, de sa main libre, se dépouilla de ses vêtements tandis que l'autre allait et venait en elle. Son rythme était lent et régulier, son pouce traçant des cercles sur son clitoris excité. Le sexe d'Emily libérait son suc sur ses doigts tandis qu'elle se cramponnait aux côtés du bureau.

— C'est moi qui te fais ça, Emily. C'est moi qui mets ton corps dans cet état.

Gémissant, elle porta la main sur son membre, le parcourant sur toute la longueur. Elle le guida entre les plis de son sexe trempé et, quand il s'immisça enfin en elle, elle inspira en appréciant la manière délicieuse dont il l'enveloppait. Après avoir enlevé son tee-shirt, elle dégrafa son soutien-gorge et le lança sur le côté.

— Tu es tellement étroite, dit-il en l'observant avec intensité. J'adore être en toi.

Serrant les poings dans ses cheveux, Gavin rejeta la tête en arrière dans un râle. Il la pilonnait durement, et Emily adorait ça. Elle avait le visage en feu, la peau trempée de sueur, et son corps tremblait tandis qu'il s'enfonçait plus loin en elle. Accrochée à son cou, elle voulut l'embrasser mais il résista.

— Qu'est-ce que tu fais ? demanda-t-elle d'une voix haletante entre ses coups de reins fougueux. Je veux t'embrasser, Gavin.

Sortant légèrement d'elle, il la fixa d'un air malicieux.

— Je sais, mais je ne te laisserai pas faire.

Les ongles enfoncés dans ses épaules, elle se pencha en avant pour attraper sa bouche mais il la tint à distance. Il passa le pouce sur ses lèvres en plongeant en elle. Le souffle coupé, elle se cambra. Elle avait l'impression que des flammes la dévoraient intérieurement.

— Pourquoi tu ne me laisses pas t'embrasser ? demanda-t-elle dans un souffle.

Arrachant ses lunettes, elle les posa sur le côté alors que des vagues de plaisir la torturaient.

Il fit un sourire satisfait puis, dans un coup de boutoir lent et brusque, il geignit.

— Je veux voir ton beau visage. T'admirer quand je suis en toi - et quand tu jouis pour moi.

Il donna un coup de boutoir plus brutal en s'accrochant à ses cuisses. Ses parois compressaient toute la longueur de son membre. Elle se mit à trembler et se crispa autour de lui.

— Tu vas me laisser te regarder jouir, Emily.

Trouvant sa demande délicieusement sensuelle, elle perdit la tête, avalée par un désir féroce de lui donner ce qu'il voulait. Tout son corps frissonna et, en quelques secondes, un orgasme la fit trembler de la tête aux pieds, l'extase la rendant incapable de réfléchir.

Dès qu'elle jouit, Gavin lui tint la nuque pour plaquer sa bouche sur la sienne. Dans un râle, il prononça le nom d'Emily puis donna des coups de langue dans sa bouche. Alors qu'il continuait ses va-et-vient, Gavin succomba au plaisir. Elle sentit son liquide chaud se répandre en elle pendant qu'il gémissait dans son cou, secoué par les tremblements de sa jouissance.

Tandis que l'odeur du sexe imprégnait le bureau et que leurs corps étaient en proie à un séduisant mélange d'amour et de phéromones, Gavin souleva Emily et la porta jusqu'au salon. La déposant sur le canapé, il s'écroula à côté d'elle, non sans prendre une couverture pour recouvrir leurs corps nus. Il serra ensuite la jeune femme contre son torse.

— Tu es merveilleuse, murmura-t-il en l'embrassant sur le front.

Elle soupira de bien-être et lui sourit. Enlacés, ils s'abandonnèrent aux sensations qui suivent le plaisir extrême, leur respiration se calmant progressivement. Gavin écarta les mèches de cheveux humides du visage d'Emily puis caressa ses lèvres et les contours de sa joue. Repus, ils s'endormirent sans avoir envie de quitter ce rêve.

Alors que le soleil se couchait, le seul bruit que Gavin entendait dans l'appartement était la respiration légère d'Emily qui balayait son torse nu. Tout en dégageant les cheveux de son épaule, il prit conscience que cette parenthèse à deux touchait à sa fin. Fermant les yeux, Gavin inhala son parfum pour profiter de l'instant présent mais un sentiment inhabituel l'habitait.

De la peur.

Si d'habitude rien ne l'atteignait, en cet instant la crainte le rongeait. Même si Dillon ne serait pas de retour avant mardi, Gavin savait qu'ensuite, les choses risquaient de changer entre lui et Emily. Il était convaincu qu'elle ne l'aimait pas ; ces dernières vingt-quatre heures en étaient la preuve. Cependant, il ne pouvait pas ignorer l'éventualité qu'elle se ravise en le revoyant. Il savait qu'elle se sentait liée à lui, que les marques de gentillesse qu'il lui témoignait de-ci de-là l'attachaient à lui. Ce salopard s'en servirait sûrement contre elle. Admirant son corps endormi blotti contre lui, Gavin l'embrassa sur le front. Il pria pour que la femme qui avait comblé le vide de son existence ne succombe pas lorsque Dillon la supplierait de le reprendre.

Gavin se leva en prenant soin de ne pas la réveiller et se rendit dans la cuisine. Il prit une carte pour commander un dîner. Se souvenant de leur rencontre devant un restaurant de sushis, il arrêta son choix sur la cuisine asiatique. Après avoir passé commande, il alla chercher leurs vêtements éparpillés dans son bureau et s'habilla. Quand il regagna le salon, il trouva Emily réveillée. Elle lui sourit en s'étirant avant de se lever du canapé, la couverture serrée contre elle. Gavin regarda la femme qui avait ravi son cœur marcher vers lui, son souffle s'accélérant à mesure qu'elle se rapprochait. La couverture enroulée autour d'elle, Emily se hissa sur la pointe des pieds, passa un bras autour de son cou et l'embrassa. Souriant, Gavin la prit par la taille pour la serrer contre lui, absorbant son haleine douce, son parfum et le contact de sa peau.

Elle l'observa de ses yeux pleins de sommeil.

— Il fait presque nuit. J'ai du mal à croire que j'aie dormi autant.

Il fit un petit sourire malicieux.

— Il faut dire que tu as tout fait pour que nous restions très... actifs depuis hier soir.

— Et tu n'y es pas pour rien, monsieur Blake, déclara-t-elle du tac au tac. D'ailleurs, sauf erreur de ma part, tu en as apprécié chaque minute.

— Mmm, je plaide coupable. J'en ai aimé chaque centième de seconde. (Elle rit, et il prit sa joue dans sa main en la caressant.) Je ne suis pas réveillé depuis longtemps, moi non plus. Tu dois avoir faim, j'imagine.

— Je suis affamée.

— J'ai commandé des sushis. Ça te va ?

— Parfait, répondit-elle en l'embrassant sur la joue. Je reviens. Je vais faire un brin de toilette et revêtir cette magnifique tenue des Yankees que tu m'obliges à porter.

Avec un petit rire, il la suivit du regard.

— Petit malin ! cria-t-elle avant de refermer la porte de la salle de bains.

Emily gloussa, mais elle perdit le sourire en croisant son reflet dans le miroir. Sa mine faisait peine à voir. Entre sa chevelure emmêlée, ses lèvres gonflées par leurs baisers fougueux et ses yeux cernés, une douche rapide s'imposait.

Une fois lavée, elle se souvint d'avoir laissé son élégant ensemble des Yankees dans le bureau. S'enroulant dans une serviette, elle ouvrit la porte et tomba sur Gavin, qui tenait ses vêtements à la main. Il passa la tête à l'intérieur en tendant ses habits à bout de bras. Dès qu'elle essayait de s'en emparer, il écartait le bras.

— Tu veux bien arrêter ? geignit-elle en tentant de les lui prendre.

— Tu te rends compte du sang-froid dont je fais preuve, là ? (La tête sur le côté, elle sourit.) Mais tu as de la chance. Les plats ont été livrés, et ça m'ennuierait que tu meures de faim. (Il lui donna ses vêtements.) En revanche, je ne promets pas de me tenir après le repas.

— J'ai hâte.

Il l'embrassa et la laissa seule, mais il s'arrêta dans le couloir et se retourna.

— Emily.

— Gavin.

— N'oublie pas, mes mains impatientes ont arraché ta culotte, ce matin, alors on dirait que tu vas avoir les fesses nues, poupée, dit-il en faisant semblant de la menacer.

— Gavin, dit-elle en imitant son ton.

— Emily.

— J'ai apprécié chaque centième de seconde du moment où tu as arraché cette culotte.

Gavin voulut se faufiler dans la salle de bains mais Emily parvint à fermer la porte à clé.

— Les sushis vont refroidir, cria-t-elle en essayant de retenir un rire.

— Les sushis, ça se mange froid. Et je te donne cinq minutes pour sortir de là et venir dîner, gronda-t-il. Sinon, je serai obligé de défoncer la porte, et c'est toi que je mangerai, mademoiselle Cooper.

Riant, elle l'entendit s'éloigner et dut lutter contre l'envie soudaine de le laisser la dévorer en plat principal. Malgré l'attrait de sa menace, elle s'habilla, se sécha les cheveux et se rendit dans le salon. À sa grande surprise – et pour son plus grand plaisir – il avait créé un éclairage tamisé, allumé un feu dans la cheminée, et installé un pique-nique de fortune devant le foyer. Comme il n'avait pas remarqué sa présence, elle put l'observer à loisir. Subjuguée, elle le regarda servir le vin avec décontraction, assis en tailleur sur la couverture. S'appuyant contre le mur, elle croisa les bras et se demanda à quoi aurait ressemblé l'année qui venait de s'écouler s'il avait accompagné Trevor à la place de Dillon lorsqu'il était venu rendre visite à Olivia. Cependant, un paradoxe troublant lui vint à l'esprit. Même si sa relation avec Dillon avait mal tourné, elle n'oublierait jamais tout ce qu'il avait fait pour l'aider à surmonter les épreuves, et une partie d'elle l'aimerait toujours pour ça. Néanmoins, son cœur appartenait désormais à Gavin. Il était son nouvel amour, un nouveau chemin et la nouvelle route qu'elle souhaitait suivre.

Soupirant, elle alla s'asseoir à califourchon sur Gavin. Il sourit en passant les bras autour de sa taille. Quand elle l'embrassa sur la bouche, une vague de chaleur l'envahit – mais aussi un vif sentiment de culpabilité. Pas seulement vis-à-vis de Dillon, mais parce que, par sa faute, Gavin allait avoir des ennuis. Ils avaient ouvert la porte à quelque chose qui risquait de les dévaster tous les deux. Elle ne pouvait qu'espérer qu'il soit assez fort pour braver la tempête au retour de Dillon.

— Je t'aime, Gavin, murmura-t-elle.

Il fouilla son regard.

— Je t'aime aussi, Emily, dit-il en lui caressant les cheveux. De tout mon cœur.

Elle lui fit un petit sourire et alla s'asseoir sur la couverture en veillant à ne rien renverser. Elle ouvrit une boîte et disposa quelques sushis dans son assiette.

Gavin lui tendit des baguettes et, ayant noté son changement d'humeur, il l'observa un instant. Son cœur se serra malgré lui.

— Tout va bien ?

Elle but une gorgée de vin.

— Oui, ça va.

— Tu es sûre ?

— Mais oui, dit-elle en se penchant pour lui caresser la joue. Merci pour tout ça. C'est super.

Rasséréné par son geste, il expira en souriant.

— C'est à moi de te remercier.

— Ne dis pas n'importe quoi, dit-elle, le front plissé. Merci pour quoi ?

— Pour tout, Emily, répondit-il avec douceur.

Elle le regarda, alertée par le ton de sa voix.

— Merci d'être tombée amoureuse de moi. Merci de te donner à moi. Merci de ne pas avoir eu envie de m'étrangler chaque fois que je t'ai couru après. Je sais que je t'ai mise dans une situation délicate mais je ne pouvais pas...

Il marqua une pause, prit une longue inspiration et baissa les yeux. Quand il releva la tête, elle avait les larmes aux yeux.

— Je ne parvenais pas à me passer de toi, reprit-il à voix basse. Je l'ai senti dès que tu es entré dans mon immeuble. Tiens, même avant que tu n'entres. Je n'ai jamais rien connu de semblable. Des images m'arrivaient par flashs : le mariage, les enfants, vieillir ensemble. Tu m'attirais et je savais... J'ai tout de suite su que nous étions faits pour être ensemble.

Cette fois, elle ne craignit pas de tout renverser. À genoux, elle traversa la couverture et se blottit contre lui. Passant les bras autour de son cou, elle l'embrassa. Si elle avait douté qu'il supporte les pressions à venir, ses craintes s'évaporèrent.

— Tu pleures, murmura-t-il au bord de ses lèvres en essuyant une larme sur sa joue. Je te fais tout le temps pleurer.

— Ce sont des larmes de bonheur, Gavin, dit-elle en reniflant.

— Il n'y aura jamais de larmes de tristesse entre nous, assura-t-il avant de l'embrasser. Je jure qu'il n'y en aura pas d'autres, Emily.

Toujours assise sur ses genoux, elle s'empara des baguettes et pinça un sushi.

— Ouvre la bouche. Je vais te donner à manger.

Il obéit et mâcha en souriant.

— Je risque de m'y habituer.

— J'imagine, dit-elle, prise d'une envie de rire.

Il but une gorgée de vin.

— Encore, demanda-t-il en ouvrant grand la bouche.

Elle en déposa un autre sur sa langue.

— Je peux vous poser une question personnelle, monsieur Blake ?

— Tout ce que tu veux.

— Tu es allé dans toutes ces villes ? dit-elle en désignant les photos encadrées d'un geste de la main.

Il avala et prit le temps de les regarder.

— Oui, pour les étudier.

— Avec l'école ? Je croyais que tu avais fait des études de commerce.

— J'ai étudié la gestion d'entreprise, précisa-t-il en souriant. Mais au départ, je voulais être architecte. Je suis fasciné par les processus de création – aussi bien par l'écriture de romans que par la construction de bâtiments.

Il suivit le contour de sa joue du doigt, descendit dans son cou et remonta sur son épaule, la sentant frémir.

— Ça me fascine qu'une idée puisse engendrer quelque chose de beau et de bouleversant – seulement à partir d'une vision ou d'un concept.

— Alors pourquoi tu n'as pas fait des études d'art ?

Il balaya les photos du regard.

— À la mort de ma grand-mère, Colton et moi avons touché un héritage assez considérable. Mon frère a voulu monter Blake Industries. (Il engloutit un sushi et haussa les épaules.) Il avait besoin de ma part d'héritage pour monter la boîte. Au lieu de rester un partenaire passif, j'ai préféré m'investir au quotidien. Le milieu de la publicité, c'est créatif, alors je me suis dit « pourquoi pas ». Et puis il y tenait vraiment, alors je ne pouvais pas le laisser tomber.

Emily tint sa joue dans sa main.

— Tu l'as fait pour lui.

— En quelque sorte, mais je n'irai jamais le dire à ce couillon.

— Mais ça te plaît ? Ça te rend heureux ?

— Je suis heureux de voir que nous avons réussi. Et dans les faits, je vais rarement au bureau avant dix heures du matin, c'est un avantage.

— Quel veinard. J'aimerais commencer aussi tard, moi aussi, soupira-t-elle. Mais tu n'as pas répondu à ma question, Blake. (Il sourit pendant qu'elle prenait une position plus confortable.) Est-ce que tu es heureux dans ta vie professionnelle ?

— Tu veux que je te réponde honnêtement ?

— Oui, on dirait bien que c'est pour ça que j'insiste.

— Je déteste ce boulot. Ça m'ennuie à mourir.

— C'est important d'aimer son métier, dit-elle en l'embrassant. Tu as déjà envisagé de vendre tes parts ?

Il l'embrassa sur le front après avoir écarté les cheveux de son visage.

— J'y ai pensé, et je le ferai un jour. Mais comme on vient tout juste de redresser la barre, j'attends que l'entreprise soit stable avant de passer à l'acte.

— Tu es un gentil frère, tu sais ?

— Oh, ça, je suis le plus cool de tous. (Ils rirent et Gavin la serra contre lui.) Assez parlé de moi. Qu'est-ce qui t'a donné envie de faire carrière dans l'enseignement ?

— Eh bien, je suis dyslexique. Enfant, je suis allée dans une école qui n'a pas reconnu mon trouble ou qui n'avait pas le personnel nécessaire pour m'aider. (Elle prit son verre de vin et but une gorgée.) Les autres gosses se moquaient de moi parce que ça m'empêchait d'avancer sur certains points. J'ai bossé dur pour aller jusqu'au bout de mes études, et j'ai décidé d'enseigner parce que les dyslexiques se reconnaissent entre eux. Je me suis dit que si je pouvais aider à diagnostiquer ne serait-ce qu'un enfant, ça méritait de tenter le coup.

Il la fixa un instant puis sourit.

— Tu sais que tu es la plus cool des nanas.

— Oh, c'est vrai ? demanda-t-elle avec un sourire radieux. On ne m'a jamais trouvé cool. Jamais.

Il enroula les jambes d'Emily autour de sa taille et l'embrassa doucement.

— Oui. Tu es la femme la plus cool que je connaisse, dit-il en suçant sa lèvre inférieure. Et je te promets de souvent te le répéter.

— Merci, c'est sympa, gloussa-t-elle. Et je te promets de souvent te répéter que tu es un petit malin.

— Mmm, tu as la permission de m'appeler comme tu veux.

Elle sourit et continua de profiter de sa bouche habile. Au bout de quelques minutes, Gavin s'écarta, mal à l'aise.

— Je peux te poser une question à mon tour ?

— Bien sûr, répondit-elle en l'embrassant sur la joue.

— Comment allons-nous l'annoncer à Dillon ?

Gavin sentit Emily se tendre. Posant la main sur sa nuque, il rapprocha leurs visages en la regardant avec tendresse.

— Emily, susurra-t-il. Nous. J'ai dit nous. Je ne vais pas te laisser lui en parler seule, tu entends ?

Déglutissant, elle hocha la tête.

— Oui, mais on pourrait discuter de ça plus tard ?

Gavin fouilla son regard. Il voyait qu'elle était nerveuse et il savait qu'elle prenait plus de risques que lui, mais cela ne l'empêchait pas d'être troublé.

— C'est important qu'on en parle, Emily.

— Je sais, répondit-elle en prenant son visage entre ses mains. Seulement, il ne rentre pas avant mardi. On est dimanche et j'ai envie que cette soirée soit la nôtre. Rien que toi et moi, Gavin.

Elle l'embrassa fougueusement, poussée par le besoin de chasser Dillon de ses pensées. Gavin resserra son étreinte et gémit. Elle s'écarta lentement pour le regarder.

— Demain soir, d'accord ? Nous parlerons de tout ça demain soir.

— Très bien, mais tu dois me promettre de ne rien lui dire avant ça. (Il passa la main dans ses cheveux.) Je veux être présent. Il s'agit de nous deux.

— Je sais. Merci, murmura-t-elle en posant son front contre le sien. Mais tu sais, je n'ai répondu à aucun de ses appels.

— D'accord, je veux juste être certain…

Emily le fit taire en posant un doigt sur sa bouche, et il sourit.

— Stop, dit-elle en remplaçant son doigt par ses lèvres.

Tandis qu'il insinuait la langue dans sa bouche, elle essaya de se détendre. La conversation fut vite oubliée.

— Tu passes la nuit avec moi, je suppose, murmura-t-il en traçant le contour de sa joue avec ses lèvres.

Elle inclina la tête lorsqu'il l'embrassa dans le cou.

— Je ne peux pas. Je fais un remplacement, j'ai des bulletins à remplir. Et puis je dois être à l'école à 7 heures demain matin.

— Tu fais classe à des CP, non ? demanda-t-il en enlevant son sweat-shirt.

Elle dégrafa son soutien-gorge et le lança dans la pièce.

— Oui, pourquoi tu me demandes ça ?

Admirant ses seins voluptueux, Gavin sourit avec émerveillement. Il se lécha les lèvres sans répondre. Emily souleva son menton du bout du doigt.

— Pourquoi ? insista-t-elle.

Il commença à l'embrasser.

— Pourquoi quoi ? demanda-t-il en lui mordillant la lèvre.

— Gavin, tu m'as demandé si je faisais classe à des CP, rit-elle.

— Ah oui, fit-il avec un petit rire en se débarrassant de son tee-shirt d'un geste vif. Tu as dit que tu ne pouvais pas passer la nuit avec moi parce que tu avais des bulletins à remplir, c'est bien ça ?

— Oui.

— À cet âge-là, ils ne passent pas automatiquement au niveau supérieur ? demanda-t-il en passant la main sous ses genoux pour la porter dans la chambre. Je veux dire par là que, tout ce qu'ils font, c'est du coloriage et des trucs comme ça.

— Non, ils ne passent pas automatiquement en CE1, affirma-t-elle avec une pointe d'amusement dans la voix, frottant le nez dans son cou. Et ils ne font pas que du coloriage.

Il la déposa sur le lit et la regarda se glisser sur les oreillers. Il se dévêtit entièrement et grimpa sur le lit.

— Qu'est-ce que je peux te dire, ou plutôt, qu'est-ce que je peux te faire pour que tu restes avec moi cette nuit ?

Elle sourit en lui passant la main sur les épaules.

— Je ne peux vraiment pas. Mais tu as le droit d'essayer de me convaincre.

— Mmm, tu es dure en affaires, souffla-t-il en déposant des baisers le long de sa gorge. Mais je relève le défi, mademoiselle Cooper.

Pendant les heures qui suivirent, Gavin et Emily reprirent plusieurs fois du *dessert*, mais il ne réussit pas à la persuader de rester. Quand il la reconduisit chez elle, malgré ses baisers passionnés et tendres, et après être allé jusqu'à lui proposer un an de salaire si elle restait, il la regarda à regret fermer sa porte.

En proie à une vive excitation, le cœur gonflé d'amour, Gavin dut redoubler de prudence pour ne pas avoir un accident de voiture au retour. Des images vivaces de ces dernières vingt-quatre heures tournaient en boucle dans sa tête, formant une histoire d'amour bouleversante. *Casablanca* ne leur arrivait pas à la cheville. Il était tellement amoureux qu'il se sentait pousser des ailes.

Maintenant, il avait tout.

Lorsqu'il entra dans le hall de son immeuble en sifflotant, il était conscient de ressembler à un imbécile heureux. Le portier le salua en soulevant son chapeau, et le considéra avec curiosité. Même lui avait remarqué que Gavin avait changé. Souriant, il lui tapota l'épaule, lui serra la main et marcha vers les ascenseurs.

Gavin décida qu'il prendrait sa douche plus tard pour garder l'odeur d'Emily sur lui, mais il était déjà plus de 23 heures lorsqu'il s'installa devant son ordinateur pour travailler. C'est à cette heure tardive qu'on sonna à la porte. Relevant la tête, il sourit malgré lui en allant ouvrir. Emily avait promis de revenir en cas de changement. En ouvrant la porte, il se retrouva face à deux yeux verts familiers.

Malheureusement, ce n'étaient pas ceux qu'il espérait. Se sentant pâlir, la confusion embrouilla ses pensées.

— Qu'est-ce que tu fiches ici ?

— En voilà une façon d'accueillir la femme avec qui tu as passé cinq ans de ta vie, répondit Gina en essuyant son visage baigné de larmes. (Elle empestait l'alcool. Gavin avança la tête pour vérifier le couloir.) Qu'est-ce que tu fais ? demanda-t-elle en chancelant.

— Je cherche l'équipe de la caméra cachée, grommela-t-il en fronçant les sourcils.

— Non, Gavin, ce n'est pas un canular, bredouilla-t-elle. Je sais que je suis la dernière personne que tu as envie de voir, mais si je suis ici c'est parce que mon père est mort.

Se pinçant l'arête du nez, il baissa les yeux et secoua la tête.

— Gina, qu'est-ce que tu veux ? demanda-t-il d'une voix plus calme.

— Enfin, Gavin, je viens de te dire que mon père est mort, sanglota-t-elle en se rapprochant de lui. Mon frère est en Grèce. Tu sais que je n'ai personne d'autre, dit-elle entre deux sanglots, le visage dans les mains. (Quand elle releva la tête, elle avait les yeux gonflés et les lèvres tremblantes.) Tu peux au moins me laisser entrer quelques minutes ?

Déglutissant, il la considéra longuement en imaginant toute sorte d'excuses pour échapper à la situation. Devant la femme avec laquelle il avait vécu plusieurs années, alors qu'elle tremblait comme une enfant perdue au cœur brisé, il ne put s'empêcher de penser à Emily. Il se demanda ce que dirait celle qu'il aimait à présent s'il laissait entrer son ex-fiancée.

— S'il te plaît, Gavin. J'ai besoin de parler à quelqu'un, murmura-t-elle la tête basse, en titubant.

— Gina, tu comprends que si tu entres, ce sera seulement pour parler ? (Elle essuya ses larmes en hochant la tête.) Je tiens à ce que ce soit clair. Je te donne un quart d'heure et après tu t'en vas.

— D'accord, dit-elle en sanglotant. Merci.

Il se passa nerveusement la main dans les cheveux et la laissa s'avancer à contrecœur. Il n'était pas fier d'avoir cédé. Elle entra dans le salon en trébuchant, enleva sa veste et la laissa tomber sur le sol comme un mouchoir sale.

— Tu as quelque chose à boire ? De l'alcool ? demanda-t-elle en s'effondrant sur le canapé.

— Je crois que tu as assez bu comme ça, répondit-il en s'asseyant en face d'elle. Qu'est-il arrivé à ton père ?

— Il s'est pendu, s'exclama-t-elle dans un sanglot en se tenant le ventre comme si elle souffrait. Il s'est mis dans le pétrin et il a tout perdu. Cette fois, il m'a entraînée dans sa chute.

Gavin comprit aussitôt de quoi il retournait. Il avait passé les cinq années de leur relation à aider son père à éponger ses dettes de jeu – il avait tout claqué, entre les courses de chevaux et ses longs week-ends à Las Vegas. Les arriérés se chiffraient à plus de trois cent mille dollars. Poussant un profond soupir, il croisa les mains et se pencha en avant.

— Tu as besoin d'aide pour payer les frais d'enterrement ou ton loyer ? C'est l'un ou l'autre.

Rejetant sa chevelure blonde en arrière, elle prit un air indigné.

— Comment oses-tu me dire ça ? Tu crois que je suis venue pour te réclamer de l'argent ?

— En toute franchise, j'en suis presque certain.

S'essuyant le nez d'un revers de la main, elle le fixa, bouche bée.

— Comment peux-tu me dire ça, après...

— Après quoi ? l'interrompit-il avec dureté. Tu es sortie de ma vie, et d'un coup, tu te pointes à ma porte pour me raconter tout ça ! Si tu cherches une épaule pour pleurer, ce n'est pas vers moi qu'il faut te tourner.

Il se dirigea vers la cuisine et ouvrit un placard d'un geste énervé. Sortant une bouteille de bourbon, il se servit un verre qu'il avala cul sec.

— Je suis désolé pour ton père, sincèrement, mais je ne vois pas ce que tu attends de moi.

— Gavin, je suis venue là parce que tu es la seule personne au monde qui me connaisse et me comprenne, dit-elle, exaspérée, avec un regard blessé. Tu sais que ma mère nous a quittés. Je n'ai personne. Comment peux-tu être aussi insensible ?

— Oui, bien sûr, c'est moi qui suis sans cœur. J'ai été à bonne école, ne l'oublions pas. Si tu as besoin d'argent, dis-le clairement au moins. Putain de merde !

Il fit claquer son verre sur le plan de travail avec une telle colère que Gina sursauta.

Malgré son énervement et les sanglots de Gina, Gavin crut percevoir la sonnerie de son téléphone. Sur le moment, il eut l'impression d'être cloué au sol. Il avait du mal à croire que la femme qui lui avait fait tant de mal, qui lui avait brisé le cœur, soit assise sur son canapé et lui demande d'alléger son chagrin. Secouant la tête, Gavin sortit du salon pour aller chercher son portable. Le temps qu'il arrive dans son bureau, ça ne sonnait plus. Lorsqu'il vit que c'était Emily qui avait cherché à le joindre, son cœur se serra. Il s'assit dans son fauteuil de bureau, tapa son code et écouta son message.

— Salut, le petit malin. Je sais qu'il est assez tard et j'étais sur le point d'aller me coucher mais j'ai eu envie de te parler, et de te remercier de m'avoir fait passer la plus belle nuit et la plus belle journée de ma vie. Je sais que la suite ne va pas être facile... (Après une pause, elle reprit plus doucement :) Avant, j'avais des craintes mais maintenant je n'ai plus peur, Gavin. Plus du tout. Tu m'as enlevé tous les doutes que j'avais sur nous. Je ne sais pas. Je m'égare un peu mais je voulais encore te dire que je t'aime, et j'ai hâte de vivre la merveilleuse vie qui nous attend. On se voit demain soir. Fais de beaux rêves.

Gavin réécouta le message d'Emily un nombre incalculable de fois, sa voix lui semblant angélique comparée au cauchemar qui se trouvait dans son salon. Soupirant, il se frotta le visage en se demandant s'il devait lui envoyer un SMS. Il décida de ne pas le faire pour éviter de la réveiller. Il se leva et retourna dans le salon, où il découvrit son abominable ex profondément endormie sur son canapé, en pull et petite culotte. La bouteille de bourbon presque vide gisait sur le sol, à côté de son jean.

— Comment une si belle journée peut-elle se terminer aussi mal ? marmonna-t-il en allant vers le canapé. Gina, dit-il en lui secouant l'épaule, tu dois partir maintenant.

Elle voulut lui taper la main mais la manqua.

— Je suis trop saoule pour aller où que ce soit, bafouilla-t-elle. Ne t'inquiète pas, je ne vais pas te piquer tes millions pendant que tu dors.

— Non, Gina, je ne veux pas que tu dormes ici, insista-t-il. Lève-toi.

— Tu n'as qu'à me porter si tu veux me faire bouger, gloussa-t-elle en attrapant la couverture.

Gavin eut un frisson d'horreur. La couverture qui recouvrait son ex ivre était celle sous laquelle il avait passé la journée avec Emily. Il prit la décision de la jeter au feu dès le lendemain matin.

— Je ne te porterai pas. Tu n'es même pas habillée, dit-il d'une voix de plus en plus impatiente. (Il lui donna un coup dans l'épaule.) Lève-toi, Gina. Je suis sérieux.

Si elle ne répondit pas par des mots, ses ronflements lui firent comprendre qu'elle n'était pas près de partir.

Gavin ramassa la bouteille et alla vider le restant de son contenu dans l'évier. Poussant un profond soupir, il la jeta à la poubelle et, accoudé au plan de travail, il regarda Gina. Après avoir envisagé de la jeter dehors avec le canapé, Gavin finit par se résigner. Il semblait clair qu'elle allait rester toute la nuit chez lui. Il éteignit les lumières et alla dans sa chambre, en proie à une tension extrême aggravée par la colère. Il était minuit passé lorsqu'il se mit au lit, et il décida que le lendemain, lorsqu'il discuterait de Dillon avec Emily, il amènerait un autre sujet sur le tapis : son invitée de dernière minute.

En espérant qu'Emily comprenne.

17

La Reine de la Supercherie

Gavin sentit ses doigts longer son cou, suivre le dessin de ses pectoraux puis descendre vers son ventre. Il sourit ; comment faire autrement ? Tandis qu'elle plongeait la main dans son bas de survêtement et le lui enlevait, il sentait ses cheveux soyeux retomber sur ses hanches nues. Gavin prit une profonde inspiration lorsque sa langue lécha son érection, s'enroulant autour de son extrémité. Sans ouvrir les yeux, il serra le poing dans ses cheveux et suivit le mouvement de va-et-vient de sa tête. Sa bouche l'aspira pleinement, sa langue le léchant avec gourmandise. Il entendait ses joues se gonfler à chaque aspiration et ça le rendait fou. Poussé par le besoin d'admirer la belle femme qu'il aimait si fort le suçant jusqu'à l'étourdissement, il se plaça en appui sur ses coudes et se retrouva face à son pire cauchemar en pleine exploration – son regard diabolique.

Gina.

Gavin remonta d'un bond contre la tête de lit et se rendit compte que ce n'était qu'un mauvais rêve. Se passant les mains dans ses cheveux humides, il soupira de soulagement. Pris de sueurs froides, il scruta la chambre. Le cœur battant, il s'assit au bord du lit puis se rendit dans le salon.

— Gina, lève-toi, cria-t-il en allant se préparer du café dans la cuisine.

Il trouva l'idée d'agrémenter son café d'alcool attrayante mais, étant donné l'état de celle qui dormait sur son canapé, il renonça. Avant de se coucher, il avait téléphoné au frère de Gina, qui lui avait appris que son histoire n'était qu'un tissu de mensonges – une énorme tromperie montée de toutes pièces dans le but de le reconquérir ou de lui soutirer de l'argent. Son frère avait confirmé que leur père croulait de nouveau sous les dettes de jeu, mais qu'il se portait bien et se planquait au Mexique.

Elle grommela quelques mots inaudibles et ramena la couverture sur elle en lui tournant le dos. Elle lui fit signe de déguerpir comme s'il était l'intrus de ce beau lundi matin.

— Je suis sérieux. Tu dois te barrer de chez moi. N'oublie pas que tu as un enterrement à organiser. Et au stade où j'en suis, ce ne sera peut-être pas pour ton petit papa.

Prenant une tasse, il constata à sa montre qu'il était 7 h 15. Comme Gina ne bougeait toujours pas, il décida d'augmenter la mise.

— Je n'ai jamais agressé physiquement une femme de toute ma vie, mais tu m'obliges à remettre mes principes en question. Debout. *Tout de suite.*

Alertée par le ton de sa voix, elle se redressa mollement et se frotta les yeux.

— Pourquoi es-tu aussi pressé que je parte ?

— Tu n'as jamais cessé de m'étonner, siffla-t-il en secouant la tête. (Il but une gorgée de café.) Jamais.

Elle se leva et marcha vers la cuisine, jambes nues.

— Allez, Gavin, dit-elle en lui frottant la joue. (Il recula d'un bond.) Qu'est-ce qui te prend ? demanda-t-elle les yeux ronds. Avant, tu aimais que je te touche. Tu réagis comme si j'avais une maladie contagieuse.

Il posa sa tasse sur le plan de travail et plissa les yeux.

— Tu es contaminée de fond en comble, murmura-t-il, les dents serrées. Je dois prendre une douche. Quand je sortirai de la salle de bains, si tu es toujours là, je te mettrai dehors de force.

Il voulut quitter la cuisine mais elle le rattrapa par le bras.

— Je t'aime toujours, s'écria-t-elle tandis qu'il dégageait son bras. J'ai fait la plus grosse erreur de ma vie en te quittant, Gavin. S'il te plaît, donne-nous une seconde chance.

— Pour la dernière fois, quand je sortirai de la salle de bains, si tu es toujours là, je te jette à la rue, dit-il sur un ton sans appel. (Il partit en direction de sa chambre, mais avant d'entrer, il se tourna face à elle avec un sourire satisfait.) Au fait, je suis raide dingue d'une autre femme. C'est comme un rêve entre nous. Elle est ton opposé. Alors j'imagine que je dois te remercier. Merci, Gina. Merci de m'avoir quitté et d'avoir fichu ma vie en l'air pendant un moment. C'est la meilleure chose que tu aies faite pour moi.

Sans se départir de son air sarcastique, il fit une révérence, rit et entra dans sa chambre.

— Va te faire foutre, Gavin, cracha-t-elle, ahurie devant son rejet ferme et définitif.

Il ferma la porte de sa chambre, non sans avoir éclaté d'un rire guttural une dernière fois.

L'odeur paradisiaque des bagels fraîchement sortis du four flottait dans le taxi qu'Olivia partageait avec Emily. Alors que la neige fondue martelait le véhicule, bourdonnant comme des pièces de monnaie tombant du ciel, Emily eut du mal à ne pas en croquer un.

— J'entends ton ventre gargouiller malgré l'averse, dit Olivia en tendant une pomme à Emily. Tiens, mange au moins ça pour tenir le coup jusque chez lui.

— Mais je veux prendre le petit déjeuner avec lui, répondit-elle en l'attrapant. C'est pour ça que je suis allée chercher des bagels. C'est ce qu'il préfère le matin.

Emily regarda défiler les rues de New York qui s'étaient encombrées au cours de la nuit. Les chasse-neige s'affairaient pour dégager le mélange hivernal. Elle était d'autant plus stupéfaite par les caprices de la météo que ce n'était que la fin octobre mais, en un sens, elle était ravie. En se réveillant, elle avait trouvé un message lui annonçant que l'école serait fermée pour la journée. Elle avait préparé une visite surprise à Gavin. Comme il ne partait travailler qu'en milieu de matinée, elle se réjouissait de voler quelques heures à deux.

Olivia pencha la tête sur le côté en riant.

— C'est ça, comme si vous alliez manger. Avale cette fichue pomme.

Emily croqua dans le fruit.

— Mais si, nous allons manger... (Elle marqua une pause et prit un air espiègle.) Ensuite, il partira au travail avec le sourire... après avoir savouré sa surprise la plus succulente.

Elles partirent d'un fou rire. Emily, prenant conscience qu'elle avait bel et bien faim, termina sa pomme.

— Je t'envie de ne pas travailler aujourd'hui, grogna Olivia en s'étirant les bras. Je vais peut-être devenir prof, comme ça, je pourrai sécher les cours les jours de grand foutoir.

— Ce serait l'enfer pour toi. Tu aimes travailler dans une galerie.

— Je pourrais enseigner l'art, dit Olivia en haussant les épaules. (Elle plongea la main dans le sachet de bagels, en prit un et mordit dedans.) Finalement, tu as raison. Ça serait l'enfer. Je ne m'entends pas si bien que ça avec les gosses. (Emily secoua la tête.) Hé, bonhomme, cria Olivia au chauffeur. Je vais descendre à l'angle de la prochaine rue. Il vaudrait mieux ralentir. Les rues sont pleines de pièges mortels.

Le chauffeur à la mine patibulaire leva les yeux au ciel.

— Vous arrivez à l'heure à destination, rétorqua-t-il en s'arrêtant devant le lieu de travail d'Olivia. Vous êtes toujours vivante, alors ne vous inquiétez pas. Ça fera vingt-deux dollars cinquante. Sans le pourboire.

Olivia leva les yeux au ciel à son tour et chercha l'argent dans son sac.

— Ouais, je sais comment ça marche. Gardez la monnaie, dit-elle en lui tendant trente dollars.

Il la remercia d'un grand sourire. Remontant la bandoulière de son sac sur son épaule, Olivia embrassa Emily sur la joue.

— Bon, à part prendre le petit déjeuner et baiser mon pote millionnaire jusqu'à plus soif avant qu'il parte travailler, tu as prévu de faire quoi aujourd'hui ?

La question d'Olivia sembla piquer la curiosité du chauffeur, qui leur fit un petit sourire en coin dans le rétroviseur.

Bouche bée, Emily écarquilla les yeux.

— Olivia !

— Quoi, c'est la vérité, souligna-t-elle. Et puis tu vas passer pas mal de temps avec lui puisqu'il habite juste à côté d'ici. Alors baise, baise, baise autant que tu veux, Emily !

— Bon, je mets officiellement un terme à cette conversation, déclara Emily en la poussant hors du taxi. (Elle se pencha pour ouvrir sa portière.) Descends, foldingue.

Olivia sortit en riant, manquant glisser sur le trottoir enneigé.

— Essaie de remplir le frigo, au moins.

— Oui, j'irai faire des courses. Je rentrerai assez tard ce soir. J'ai des trucs à faire et je dois rejoindre Gavin à son bureau à 17 heures. Nous allons dîner et réfléchir quant à la manière de l'annoncer à Dillon.

Olivia plongea la tête dans la voiture et prit le menton d'Emily entre ses doigts.

— C'est un grand pas vers le bonheur que tu as fait en le quittant. Ne l'oublie pas.

Elle embrassa son amie sur le front, recula et claqua la portière.

Soupirant, Emily la regarda se diriger vers la galerie. Moins de deux minutes plus tard, c'était son tour de chercher de l'argent dans son sac pour régler le restant de la course. Elle sortit du véhicule en remerciant le chauffeur. Le portier s'empressa de venir l'aider à avancer sur le trottoir glissant. Replongeant la main dans son sac, elle lui tendit un pourboire qu'il refusa en expliquant qu'il était toujours content de rendre service. Après l'avoir remercié, elle entra dans le vestibule et se dirigea vers les ascenseurs. En montant, elle repensa à toutes les fois où elle avait emprunté cet ascenseur. Cette fois, elle avait le cœur léger, malgré un certain trac.

Après avoir longé le couloir menant à l'appartement de Gavin, Emily sonna à la porte. Quand celle-ci s'ouvrit, le choc et la confusion l'écrasèrent d'un bloc. Le cœur battant à tout rompre – au rythme d'un marteau-piqueur – elle absorba l'image de la femme qui se tenait devant elle, en pull et sous-vêtements.

Trempée de la tête aux pieds, le souffle court, Emily parvint à articuler :

— Qui êtes-vous ?

Gina considéra Emily de haut en bas.

— Je suis Gina. Et vous, qui êtes-vous ?

Une phrase que Gavin avait prononcée lors du match de baseball resurgit du fond de ses souvenirs. « En plus, elle s'appelle Gina, et avec moi, ça fait deux G. C'était un mauvais présage. Nous étions voués à l'échec. »

Comprenant qui elle était, Emily crut recevoir un coup de poing dans le ventre. Gavin lui avait fait croire qu'elle avait sa chance avec lui, mais c'était faux. Elle ne pouvait pas rivaliser avec le grand amour de sa vie – la femme qu'il avait aimée au point de vouloir l'épouser. Emily tourna vivement les talons et fonça vers les ascenseurs. Elle refusait de lui parler. Elle en était incapable. Si elle trouvait la force de marcher, c'était seulement par fierté.

— Hé, cria Gina, vous allez répondre à ma question ? Qui êtes-vous ?

— Apparemment, je ne suis personne. Je me suis trompée de porte, répondit-elle, prise d'une brusque envie de pleurer.

Pleurer pour se sentir vivante.

Pleurer pour se prouver qu'elle était encore capable d'avoir des émotions.

En l'occurrence, elle n'avait pas à se soucier de perdre la capacité à éprouver des sentiments puisque son cœur était déjà en mille morceaux. Elle n'était que souffrance, et dut faire appel à toute sa volonté pour ne pas vomir. Elle se sentait vaincue, brisée, abattue, déchirée suite au passage éclair de l'homme auquel elle avait eu la naïveté de faire confiance. Elle avait été assez stupide pour croire qu'il l'aimait vraiment.

Quand l'ascenseur s'arrêta au rez-de-chaussée, malgré ses efforts pour contrôler sa nausée, l'estomac d'Emily remporta la bataille et rejeta son contenu. Au beau milieu du hall bondé, elle posa le sachet de bagels pendant les derniers haut-le-cœur. Embarrassée, elle remarqua à peine les protestations dégoûtées d'une femme. Se plaquant la main sur la bouche, Emily s'enfuit de l'immeuble en courant. En sueur, elle plongea dans l'air glacial qui lui fit l'effet d'un électrochoc.

Bousculée par la foule de passants qui couraient au travail, marchant en tous sens dans les rues de l'une des plus grandes métropoles du monde, Emily lutta pour ravaler son chagrin. Cependant, ses blessures restaient tenaces, soufflant comme les bourrasques de la tempête qui faisait rage autour d'elle. Agrippée à son sac à main, elle se mit à marcher sans s'en rendre compte, tandis que ses pensées déraillaient librement. Elle entra dans un petit restaurant et s'installa à une table. Si ses mains tremblaient, ce n'était pas de froid.

Enlevant son manteau détrempé, elle recoiffa ses cheveux mouillés, et tout à coup, elle craqua. Les larmes coulèrent abondamment sur ses joues alors qu'elle essayait de trouver un sens à ce qui venait de lui arriver. Elle s'appliqua à comprendre comment son jugement avait pu être faussé à ce point. À ses yeux, il était maître dans l'art de la supercherie puisque ses discours n'étaient que des tissus de mensonges. Le traître. Le long bout de chemin qu'ils étaient supposés faire ensemble était désormais jonché des miettes de son cœur – des miettes qu'il avait disposées à des points stratégiques de manière à la faire trébucher. Il était tout ce qu'elle désirait et manifestement, elle n'était rien pour lui.

Rien.

Il lui avait montré ce qu'elle représentait à ses yeux : un bouche-trou de plus. Emily ignorait combien de temps elle était restée dans ce petit restaurant à pleurer, sans se soucier des clients qui chuchotaient et la fixaient. Quand elle héla un taxi pour rentrer chez elle, elle était anéantie et avait l'impression que son cœur avait été passé au mixer. Les yeux embués par les larmes, elle alla dans sa chambre se débarrasser de ses vêtements trempés et enfila un tee-shirt et un bas ample.

Après s'être brossé les dents, elle retourna dans le salon où elle s'effondra sur le canapé, toujours tremblante. Gavin l'avait poignardée en plein cœur. Il avait minutieusement ouvert sa poitrine en deux, injectant ses mensonges à l'intérieur, et aucun point de suture ne pourrait refermer la plaie. Elle avait renoncé à ce qu'elle était pour devenir la moitié de leur couple. Mais rien de tout cela n'était réel ; ce n'était qu'une illusion. Elle lui avait fait confiance et avait cru l'avoir décodé. Mais la vérité était simple : elle avait été la marionnette d'une nuit de Gavin, et elle avait dansé au son des belles mélodies qu'il avait jouées. Cependant, elle ne le laisserait plus lui faire de mal.

Jamais.

Toute la journée, elle ignora ses innombrables messages dans lesquels il prétendait avoir hâte de la voir. Il téléphona une fois, mais elle rejeta son appel. Elle effaça son message sans l'écouter. À son sens, il était évident qu'il ignorait avoir été démasqué et cela ne faisait que la dégoûter un peu plus.

Tandis qu'elle ressassait la situation, un coup donné discrètement à la porte la tira temporairement des mensonges délirants de Gavin. Par réflexe, elle se leva mollement du canapé. En ouvrant la porte, elle endura un nouveau coup dur en découvrant Dillon. Il n'était pas supposé rentrer avant le lendemain. Elle voulut lui demander ce qu'il faisait là mais les mots restèrent coincés dans sa gorge dans le silence qui les enveloppait.

— Je t'en prie, parle-moi, dit-il d'une voix faible en la fixant de ses yeux larmoyants.

Paralysée, elle le fixa sans qu'aucune réponse cohérente franchisse ses lèvres. Il leva le bras d'un geste hésitant, posa sa main tremblante sur sa joue et essuya ses larmes. Les pieds d'Emily restaient enracinés dans le sol mais elle éclata en sanglots tandis que son corps flanchait, cédant à la pression. Dillon la rattrapa par les bras, et posa son front contre le sien. Elle recula en titubant, et le bruit de la porte se refermant résonna dans l'appartement.

— Em, je suis désolé, bébé.

Tombant à genoux, Dillon passa les bras autour de sa taille, enfouissant son visage contre son ventre et se mettant à pleurer. Les tremblements d'Emily redoublèrent face à sa peine.

— Bébé, je te jure, je vais me faire soigner. Je vais arrêter de boire, Emily. S'il te plaît, je ne peux pas te perdre, bébé. Je ne peux pas.

Emily crut qu'elle s'égarait. À un moment de sa vie, Dillon avait été sa raison de vivre, et maintenant, il était l'une des deux raisons pour lesquelles elle avait envie de mourir. Elle craignait que ses larmes ne lui fassent croire qu'il détenait un quelconque pouvoir sur elle, mais le pire de tout ça, c'était que l'homme à genoux devant elle l'aimait vraiment. Gavin, quant à lui, avait tenté le coup, il l'avait testée et torturée en lui mentant cruellement, mais son cœur allait toujours vers lui. Ses pensées étaient traversées par des tirs croisés de pensées conflictuelles. À une certaine époque, Dillon avait représenté son idéal, puis cette image avait éclaté en morceaux, et il n'en restait plus que des fragments – un collage de ce qu'il avait symbolisé dans sa vie. Tandis qu'elle se débattait pour garder la tête au-dessus des eaux empoisonnées dans lesquelles il l'avait plongée, elle comprit qu'elle était à bout.

Se reculant prudemment, elle baissa les yeux vers lui.

— Je ne peux... Je n'ai pas la force de parler de ça maintenant, murmura-t-elle, le corps tremblant. Tu dois partir, Dillon. S'il te plaît. Il faut que tu t'en ailles.

Toujours agenouillé, il enfouit son visage entre ses mains. Ses sanglots transperçaient les oreilles d'Emily, faisant remonter un frisson le long de son dos.

— Emily, par pitié. Je n'y arriverai pas sans toi. Je vais me suicider si tu me quittes.

Il se leva et, tremblant, fit un pas vers elle. Il prit ses joues baignées de larmes entre ses mains.

— Bébé, laisse-moi une seconde chance. Regarde dans quel état tu es. Tu es aussi bouleversée que moi. Nous avons besoin l'un de l'autre.

Quand elle lui agrippa les poignets, il posa son front contre le sien en la fixant intensément.

— Laisse-moi tout arranger. Tout ira mieux après. J'étais ivre, Emily. Tu sais que sinon, je ne t'aurais jamais touchée. Jamais je n'aurais fait ça, bébé.

— S'il... s'il te plaît, Dillon, bredouilla-t-elle en secouant la tête. Il faut que tu partes. Je ne peux pas...

— Non, bébé, écoute-moi, s'écria-t-il, toujours front contre front. Je repense sans cesse à notre premier baiser. Je repense à la première fois où nous avons fait l'amour. Tu t'en souviens ? Emily, je ne te prendrai plus jamais pour acquise. S'il te plaît.

Lorsqu'elle voulut répondre, il l'en empêcha en l'embrassant avec force. Elle essaya de s'écarter mais il prit sa nuque entre ses mains, tandis que ses larmes ruisselaient.

— Tu te rappelles ce que ta mère nous a dit avant de mourir, Emily ? reprit-il.

Cette fois, elle se dégagea. Elle plissa les yeux en pleurant de plus belle.

— Comment oses-tu la mêler à ça ? Comment oses-tu ? dit-elle, le souffle court.

Il esquissa un pas et posa ses mains tremblantes sur ses joues.

— Elle nous a dit de prendre soin l'un de l'autre. De nous serrer les coudes chaque fois que la vie mettrait une nouvelle épreuve sur notre route et de ne jamais négliger notre couple. Ça, c'est mon combat, Emily, et tu vas m'abandonner maintenant ? Laisse-moi arranger les choses, murmura-t-il en reniflant. Je vais tout arranger et, ensemble, nous serons plus heureux que jamais.

Elle le fixa longuement. Ses larmes étaient comme de l'acide. Avant qu'elle n'ait eu le temps de répondre, le bruit d'une clé tintant contre la serrure interrompit leur échange.

Olivia entra dans l'appartement, ahurie.

— Qu'est-ce que tu fiches ici ? cracha-t-elle en toisant Dillon.

Se passant les mains dans les cheveux, il s'éloigna d'Emily et s'emporta.

— Ne m'emmerde pas. C'est pas le moment, Olivia.

— Écoute-moi bien, répondit-elle en allant vers lui d'un pas décidé, montrant qu'il ne l'intimidait pas. Si tu ne dégages pas illico de chez moi, j'appelle les flics. Et histoire de t'emmerder encore plus, siffla-t-elle en enfonçant le doigt dans son torse, je ne manquerai pas de te balancer au meilleur ami de mon père, qui se trouve être procureur.

À bout, prise de nausée, Emily se précipita vers les toilettes et tomba à genoux devant la cuvette. Son corps convulsa pour expulser de la bile, tandis que des larmes lui montaient aux yeux.

— Espèce de salaud, hurla Olivia à Dillon en se dirigeant vers les toilettes. (Il la suivit de près. Elle se pencha au-dessus d'Emily, lui tenant les cheveux.) Regarde ce que tu lui fais ! Maintenant, dégage de chez moi !

— Dillon, s'il te plaît, parvint à dire Emily malgré le goût âcre qui lui piquait la langue. Je t'appelle plus tard... Va-t'en !

Il entra dans les toilettes et tendit le bras pour aider Emily, mais Olivia le repoussa.

— Tu as entendu ce qu'elle a dit ? Pars d'ici tout de suite, Dillon !

Il se frotta le visage, dévisagea Olivia un instant et, le dos voûté et la tête basse, sortit de l'appartement.

Quand la porte claqua, Emily sursauta. Elle se leva, s'appuya contre le mur le temps de reprendre son souffle. Olivia la soutint pour la guider vers le lavabo. Ouvrant le robinet, elle imbiba un gant d'eau fraîche et le passa sur le visage de son amie, qui continuait de sangloter de manière incontrôlable. Après s'être brossé les dents, Emily ouvrit l'armoire à pharmacie et survola les flacons de médicaments d'une main tremblante. Elle en cherchait un en particulier : le Valium que son médecin lui avait prescrit à la mort de sa mère. Elle remplit un gobelet d'eau et avala le cachet en espérant oublier temporairement ce cauchemar. Elle retourna dans le salon.

Elle s'écroula sur le canapé, se recouvrant les yeux de son bras tout en essayant de se calmer. Elle se souvint de s'être trouvée dans le même état à trois reprises dans sa vie : le jour où sa mère était décédée, le jour de la veillée et le jour de son enterrement. Emily était dans un état de nervosité qui dépassait l'entendement. Tout ce qu'elle voulait, c'était disparaître.

Olivia vint s'asseoir à côté d'elle et allongea les jambes d'Emily en travers de ses genoux.

— J'ai du mal à croire qu'il ait eu le culot de venir ici. Comment tu te sens ? demanda-t-elle avec inquiétude.

Sans relever le bras, elle hocha la tête.

Olivia soupira et frotta la jambe d'Emily.

— Tu vas voir quand Gavin apprendra ce que ce connard a fait. Il va péter les plombs. (Elle consulta sa montre.) Au fait, il est déjà 17 heures. Tu ne dois pas le retrouver au bureau ?

— Non, je n'y vais pas, dit-elle en se remettant à pleurer.

Olivia fronça les sourcils.

— Em, qu'est-ce qui ne va pas ?

— Quand je suis arrivée chez lui, ce matin, c'est Gina qui m'a ouvert la porte, sanglota-t-elle en se levant. (Elle se rendit dans la cuisine et secoua la tête comme pour tenter d'assimiler les événements.) Elle était à moitié nue. Ce salaud a eu l'audace d'essayer de me joindre toute la journée en plus.

Olivia bondit sur ses pieds, les yeux écarquillés.

— Bordel de merde ! Quoi ?

— Je ne comprends pas, renifla-t-elle en prenant une serviette en papier pour se moucher. Je me sens conne. Il s'est servi de moi.

Elle jeta le mouchoir à la poubelle et s'assit à la table de la cuisine, le visage dans les mains. Olivia prit une chaise et dégagea les cheveux de ses épaules.

— Mais je sais ce qui s'est passé, Liv. Il n'a pas pu m'avoir tout de suite, alors je suis devenue une sorte de défi pervers pour lui. Il s'est juste mis en tête de me conquérir.

— Tu lui as parlé depuis ?

— Sûrement pas. Je ne lui ai pas parlé et je n'ai pas l'intention de le faire.

— Eh bien, je vais appeler ce crétin. J'ai du mal à y croire, souffla-t-elle en se levant.

Quittant la pièce d'un pas nerveux, elle s'empara de son sac à main en murmurant des injures.

— Non, Liv. Je ne veux pas que tu l'appelles. Sinon il va venir et j'ai eu ma dose pour aujourd'hui.

Elle prit son téléphone et le consulta comme si Emily n'avait rien dit.

— On dirait que ce n'est pas la peine.

Emily s'essuya le nez d'un revers de la main.

— Comment ça ?

— J'ai quatre appels en absence et deux SMS de lui. (Olivia les consulta et fit des yeux ronds.) Il arrive.

— Quoi ? fit Emily en bondissant vers elle.

Elle lui arracha le téléphone des mains et parcourut les messages.

Gavin :

J'ai téléphoné et laissé plusieurs messages
à Emily. Tu lui as parlé aujourd'hui ?
Elle ne m'a pas répondu.
G.B., toujours aussi impatient et un peu nerveux.

Gavin :

Laisse tomber. Je viens de parler à ton frère,
et il m'a dit que Dillon était rentré plus tôt que prévu.
Je viens chez vous. Je pars du bureau. G.B.

— On dirait que tu vas lui parler ce soir, Emily.

— Non, je ne peux pas l'affronter dans cet état.

Emily se mit à faire les cent pas. Même si son organisme devait commencer à assimiler le Valium, elle ne se sentait pas moins agitée.

— Entre Dillon qui a débarqué ici et tout ce qui s'est passé aujourd'hui, je n'ai pas la force, Olivia.

— Bon, alors qu'est-ce qu'on va faire ? demanda cette dernière. (Elle alla poser une main sur son épaule.) Il a envoyé le dernier message il y a vingt minutes. Même s'il y a des embouteillages, il sera là d'une minute à l'autre.

— Dis-lui que je suis malade.

— Copine, si je lui parle, je vais m'énerver. Je l'adore mais là, je suis en pétard et je n'arriverais jamais à tenir ma langue. Comme ça, il saura tout et il ira quand même te parler.

Sans hésiter, Emily alla chercher son téléphone sur le plan de travail pour lui envoyer un SMS.

Emily :

Je suis à la maison, au lit, malade.

Il répondit relativement rapidement.

Gavin :

Tu aurais dû me le dire, trésor. J'aurais pris soin
de toi aujourd'hui. Suis là dans 5 min. Je suis au bout
de la rue. Tu as besoin de quelque chose ? Je t'aime.

Secouant la tête de dégoût, elle essaya vainement de ravaler un sanglot. Elle tapa sa réponse d'une main tremblante.
Emily :

Ne viens pas. On se parle une autre fois.

Il mit un peu plus de temps à réagir. Emily commença à se sentir nerveuse, mais sa réponse finit par arriver.
Gavin :

Qu'est-ce qui se passe, Emily ? Dillon est avec toi ?
Je sais qu'il est rentré.

— Eh merde, il croit que Dillon est ici, dit-elle en essuyant ses larmes. Je réponds quoi ?
Olivia soupira.
— Emily, tu dois lui parler.
— Liv, c'est hors de question. Qu'est-ce que je dis ?
Emily n'attendit pas sa réponse. Cédant à la panique, elle envoya un message qui lui parut judicieux.
Emily :

Je ne suis pas chez moi.

— Alors, qu'est-ce que tu as écrit ? demanda Olivia.
— Je lui ai dit que je n'étais pas à la maison.
Elle lança son téléphone sur la table. L'idée de le mettre en pièces lui semblait de plus en plus séduisante.
— Comme ça, il ne viendra pas, reprit-elle.
— Oh, mon Dieu, Emily, maintenant c'est sûr qu'il va venir.
— Pourquoi veux-tu qu'il vienne s'il croit que je ne suis pas là ? se défendit-elle.
— Parce qu'il n'est pas idiot, voilà pourquoi. (Olivia alla chercher une bouteille d'eau dans la cuisine.) Ou

plutôt, il va se mettre dans le crâne que Dillon est ici avec toi.

— Il ne va pas venir, répondit-elle en s'enfonçant dans le canapé.

— Copine, tu peux me croire, il arrive.

À peine Olivia avait-elle terminé sa phrase qu'on donna des coups violents à la porte. Le cœur battant, Emily bondit sur ses pieds et se dirigea sans bruit vers la porte. Elle regarda par le judas et vit Gavin dans le couloir.

— Putain, murmura-t-elle.

Olivia vint la rejoindre.

— Je te l'avais dit. Qu'est-ce que tu vas faire, maintenant ? chuchota-t-elle.

— Dis-lui que j'ai menti, que je suis ici. Que je suis malade, que je dors et… (Elle se tut le temps d'essuyer ses larmes et de rassembler ses pensées.) Que je ne voulais pas le voir parce que j'ai une sale tête.

— Comment veux-tu que je l'empêche d'entrer ? demanda Olivia d'une voix pressante.

Gavin frappa une nouvelle fois, et Emily eut l'impression d'être menacée d'une arme.

— Aucune idée mais ne lui dis pas ce que je sais pour l'instant. Je lui parlerai bientôt. Mais là je ne peux pas…

Plaquant sa main sur sa bouche, Emily se remit à pleurer.

— Em, je comprends, d'accord ! Je ne lui dirai rien. Va dans ta chambre, éteins la lumière et couche-toi. Je vais essayer de l'empêcher d'entrer.

La gorge serrée, Emily suivit les conseils d'Olivia et se précipita dans sa chambre. Olivia ouvrit la porte et sortit dans le couloir avant de refermer la porte derrière elle. Croisant les bras, elle regarda Gavin d'un mauvais œil.

Gavin la fixa un instant, rongé par un mauvais pressentiment.

— Qu'est-ce qui se passe ici ? Il est à l'intérieur avec elle ?

— Non, Gavin. Elle est couchée, malade et très seule. Elle a pris des médicaments et elle a sombré.

— Pour commencer, elle m'a envoyé un message il y a cinq minutes. Ensuite, pourquoi a-t-elle changé de version tout d'un coup ?

— Eh bien, elle supporte mal certains médicaments. Et je lui en ai donné un il y a une bonne demi-heure, avant qu'elle t'envoie un SMS. (Olivia prit une profonde inspiration.) Quant à son changement de version, disons simplement qu'elle a eu une journée difficile et qu'elle a une sale tronche. Elle n'a pas envie que tu la voies dans cet état.

Il fit un sourire sarcastique.

— Est-ce que tu trouves que j'ai une tête d'abruti, Olivia ? cracha-t-il d'un air qui la surprit. Parce que dans ce cas, tu te mets le doigt dans l'œil. Si elle est à l'intérieur, en train de se prendre la tête avec lui, elle pourrait au moins me le dire au lieu de mentir.

— Je viens de t'expliquer qu'il n'est pas là. Tu me connais depuis assez longtemps pour savoir que je ne suis pas une sale menteuse, Gavin. (Soupirant avec exagération, elle s'examina les ongles.) C'est dommage que je ne puisse pas en dire autant de certains de mes amis.

Malgré sa confusion, Gavin voyait qu'Olivia cherchait à lui faire comprendre quelque chose, mais il n'était pas d'humeur à jouer aux devinettes. Cependant, il était décidé à vérifier qu'elle ne se payait pas sa tête. Il la contourna pour ouvrir la porte et entra. Le cœur battant à tout rompre au point d'en avoir mal au ventre, il scruta le salon en quête d'Emily.

— Je t'ai dit qu'elle était au lit et qu'elle dormait, insista Olivia.

Le mot « lit » résonna dans sa tête comme un roulement de tambour, alors que la nausée s'accentuait. Sans réfléchir – avec l'impression de se comporter en paranoïaque psychopathe avéré – Gavin emprunta le couloir en direction de la chambre d'Emily.

— Putain de merde ! Qu'est-ce que tu fiches, Blake ? cria Olivia, sur ses talons. Elle dort.

Tout en faisant le vœu qu'Olivia dise vrai, il ouvrit doucement la porte de sa chambre. Le rai de lumière provenant de la cuisine lui permit de distinguer Emily seule au lit. Gavin poussa un tel soupir de soulagement qu'il fut certain de l'avoir réveillée. Il s'appuya contre l'encadrement de la porte et se passa les mains dans les cheveux.

— Tu vois ? Elle dort, Gavin, murmura Olivia. Viens. Elle ne se sent pas bien.

Gavin se trouva misérable d'avoir douté de la femme en qui il était supposé avoir confiance. Mais il n'arrivait pas à partir. Il était subjugué par le bruit de sa respiration – le souffle de la femme qui lui avait répété qu'elle l'aimait moins de vingt-quatre heures plus tôt. Malgré tout son amour, son adoration pour elle, il avait douté de sa parole l'espace d'un instant. Il avait besoin de la toucher – en prenant soin de ne pas la réveiller. Il avait besoin de poser la main sur le corps de son ange. En dépit des protestations d'Olivia, Gavin traversa la chambre. Il s'approcha du lit dans lequel Emily était allongée, dos à lui. Un sourire doux-amer retroussa ses lèvres lorsqu'il passa le bout des doigts dans ses cheveux. Il se pencha au-dessus d'elle avec précaution tout en effleurant sa joue de ses doigts repliés.

— Je t'aime, Emily, chuchota-t-il avant de l'embrasser tendrement derrière la tête. Je regrette de ne pas avoir passé la journée à tes côtés pour prendre soin de toi, ma poupée.

C'était tout ce dont il avait besoin – juste ce petit instant volé. Après cela, il pourrait partir le cœur léger.

Tandis que son souffle s'accélérait sous son contact, Emily pensa très fort : *Tu m'exaspères. Tu me dégoûtes.*

Tu m'as brisée. En même temps, son cœur criait : *Reste, s'il te plaît. J'ai besoin de toi dans ma vie. Nous devions être merveilleusement bien ensemble.* Une larme chaude coula sur sa joue tandis qu'elle serrait les poings, s'enfonçant les ongles dans la paume de ses mains, mais elle ne bougea pas. Elle resta immobile jusqu'à ce qu'elle l'entende quitter sa chambre. Olivia le reconduisit à la porte – hors de sa vie. Relâchant l'air qu'elle retenait depuis son arrivée, Emily se retourna. Les larmes aux yeux, elle distingua la silhouette d'Olivia sur le seuil.

Alors qu'Olivia rentrait, Emily s'écria :

— J'ai besoin d'être seule. D'accord ? Je suis... désolée de te mettre dans cette situation, Olivia, vraiment désolée, bredouilla-t-elle en pleurant. Merci mille fois. Mais je ne peux pas... je ne peux pas en parler.

— Tu es sûre que ça va aller, Em ? murmura Olivia d'une voix inquiète. J'ai rendez-vous avec Tina ce soir mais je peux rester, si tu as besoin de moi.

Reniflant, Emily secoua la tête.

— Non, vas-y. Va t'amuser. Ça va aller.

Olivia resta interdite un instant, poussa un profond soupir, puis elle referma lentement la porte.

Dans le noir complet, Emily resserra les couvertures autour de son corps tremblant, tout en essayant d'assimiler les épreuves de la journée.

Dormir.

Elle avait besoin de dormir autant que d'oxygène, d'eau, de nourriture – et pourtant, elle avait la certitude de ne pas trouver le sommeil de la nuit. Non. Le sommeil n'était pas son allié de la soirée.

La solitude, le chagrin, la confusion et la souffrance allaient emplir sa nuit.

18

Avalé entier

Il essaya de la joindre et laissa quelques messages.

Rien.

Il envoya plusieurs SMS.

Aucune réponse.

Assis à son bureau du siège de Blake Industries, Gavin vérifia son téléphone pour la centième fois de la matinée. Il le reposa, s'adossa à son fauteuil et croisa les doigts sous son menton tout en faisant le tri dans les sentiments troublants qui s'enracinaient dans sa tête. Quelque chose clochait. Même si Emily était toujours malade, il aurait dû avoir de ses nouvelles depuis la veille. Cependant, son côté raisonnable l'exhorta au calme. Plusieurs raisons pouvaient expliquer son silence. Étant donné qu'elle avait raté une journée de travail, il était tout à fait possible qu'elle soit occupée à rattraper certaines obligations.

Oui. Il allait s'en tenir à cette explication pour l'instant.

Néanmoins, alors que la matinée touchait à sa fin, Gavin dut admettre qu'il se voilait la face. Bien qu'il ait dû assister à plusieurs réunions, son esprit n'y était pas. Ses pensées se résumaient à d'insupportables scénarios qui lui comprimaient un peu plus le cœur à mesure que les minutes s'égrenaient et qu'il restait sans nouvelles d'elle.

Après avoir terminé une conférence téléphonique avec un client potentiel, il se leva et traversa son bureau en se demandant ce qu'il faisait. Baissant les yeux vers la rue et le désordre typique de l'heure de pointe, il décida d'appeler une nouvelle fois Emily.

Avant qu'il ne passe à l'acte, la voix de sa secrétaire se fit entendre dans l'interphone, interrompant ses pensées troublées.

— Monsieur Blake, un certain Dillon Parker demande à vous voir.

Se retournant, Blake fixa la porte de son bureau. Malgré l'afflux d'adrénaline qui inondait son organisme, il maîtrisait ses mouvements. Avant de répondre, il alla vers son bureau et, d'un geste rapide, enleva sa veste de costume et la posa sur le dossier de son fauteuil. Il se hâta de desserrer son nœud de cravate et d'enrouler les manches de sa chemise. Son instinct masculin lui soufflait que son ami savait qu'il était avec Emily, et Gavin avait le pressentiment que sa visite allait être très... percutante. Gavin avait conscience qu'il risquait de passer la nuit en prison. Prenant une inspiration, il se détendit la nuque, carra les épaules, et appuya sur le bouton de l'interphone.

— Vous pouvez me l'envoyer, Natalie. Merci.

La mâchoire serrée, Gavin regarda Dillon entrer dans son bureau, et ils se mesurèrent du regard dès qu'il eut refermé la porte.

Après un silence de plus en plus tendu, Dillon prit la parole ;

— Ce que tu as fait est inacceptable, déclara-t-il d'un air mauvais.

Croisant les bras, Gavin se pencha au-dessus de son bureau en toisant Dillon du regard.

— Peut-être que si tu traitais Emily correctement, je ne l'aurais pas fait. Tu as pensé à ça ? répondit-il d'une voix mesurée malgré sa fureur.

Pris entre le souvenir de Dillon empoignant Emily et le fait qu'elle en ait parlé à Dillon sans lui, Gavin était prêt à exploser.

Dillon restait aussi immobile qu'une statue.

— Tu n'avais aucun droit de faire ça.

— Peut-être, mais ce qui est fait est fait, affirma-t-il en se rapprochant de lui. Si tu l'avais traitée comme un vrai homme doit traiter sa femme, les choses seraient peut-être différentes pour toi aujourd'hui.

— J'étais saoul. Sinon je ne l'aurais jamais touchée, dit-il sans quitter Gavin des yeux. Tu m'as frappé, espèce de salaud. C'est pas cool du tout, mec.

Gavin se frotta distraitement le menton. Apparemment, Emily ne lui avait rien dit.

— Dis donc, c'est original. « J'étais saoul », alors ça excuse tout ? (Il ne laissa pas Dillon répondre.) Que les choses soient bien claires… (avec un petit rire, il secoua la tête)… Tu es venu me prendre la tête parce que je t'ai assommé quand tu as malmené Emily ?

— Ouais. Pour quelle autre raison veux-tu que je sois là ?

Gavin décida d'esquiver sa question.

— J'aimerais que tu comprennes bien la façon dont je vois les choses, Dillon. Si je t'avais vu faire ça à un chien, j'aurais réagi de la même manière, alors ne parlons pas d'Emily. Tu pensais vraiment que j'allais rester là à regarder un mec malmener une femme ? Dis-moi, parce que ça m'intrigue. Et toute cette histoire commence même à m'amuser.

L'expression de Dillon s'adoucit imperceptiblement.

— Bon, écoute, je ne suis pas venu pour me disputer avec toi. Je suis…

— Ah, vraiment ? l'interrompit-il. On dirait pourtant le contraire. Si tu ne comprends pas pourquoi j'ai agi de cette manière, nous n'avons aucune raison de poursuivre cette conversation. Si tout ce que tu trouves pour justifier tes actes, c'est cette pitoyable excuse, « j'étais saoul », alors il n'y a vraiment aucune raison de continuer de discuter. La porte est juste là, si tu veux jouer cette carte avec moi, dit Gavin en indiquant la sortie.

Les yeux plissés, Dillon le fixa un instant.

— Je te l'ai dit, je ne veux pas me disputer avec toi, Gavin. Je suis prêt à admettre que j'ai merdé, et j'ai déjà dit à Emily que j'allais mieux me comporter maintenant.

Gavin inclina la tête sur le côté en se demandant quand précisément ils s'étaient parlé, puisque Emily avait affirmé qu'elle ne prenait pas ses appels. Optant pour le silence, il laissa Dillon poursuivre.

— Mon problème, c'est que *tu* sembles faire plus grand cas de ce qui s'est passé que ma fiancée elle-même.

— Fiancée ? demanda Gavin en tentant d'ignorer que sa voix se brisait et la bouffée de chaleur qui l'envahissait. Elle a rompu.

— Ouais, mais on a discuté et le mariage est de nouveau d'actualité.

Dillon poursuivit, et bien que Gavin le regardât droit dans les yeux, il n'entendait plus rien. Déglutissant, il sentait ses oreilles bourdonner, son murmure insidieux piquant ses poumons comme une attaque acide. Une douleur brutale s'insinua dans son organisme.

Levant le bras, Gavin se recoiffa nerveusement.

— Le mariage est de nouveau d'actualité ? demanda-t-il d'une voix faible, chargée d'incompréhension.

— Ouais, mon pote. On va se marier, répondit-il d'une voix confuse. (Dillon expira en secouant la tête.) Bon, écoute, j'ai saisi le message. Tu as raison. Je n'aurais pas dû me servir de l'alcool comme excuse. Même si je persiste à affirmer que tu n'aurais pas dû me frapper, je suis prêt à te pardonner.

— Tu t'imagines que j'ai besoin de ton pardon ? lança Gavin, bouleversé par le coup de couteau qu'il venait de recevoir en plein cœur. Tu as du culot de venir me trouver au bureau pour me dire que tu es disposé à me pardonner. Tu as de la chance que je ne te refasse pas le portrait.

— Tu vois, c'est exactement ce que je voulais dire. J'essaie d'arrondir les angles avec toi, et tu as une réaction démente. C'est quoi ton problème, mec ?

Gavin le considéra un long moment tandis que des images d'Emily dansaient devant ses yeux. Croisant les bras, il marcha vers la fenêtre. Le soleil était descendu derrière les immeubles, et la pleine lune s'était installée haut dans le ciel. Prenant une longue inspiration, il hocha la tête. Il était hors de question qu'il lui témoigne la moindre bienveillance, et une chose était sûre, il ne pardonnait pas à Dillon. Son unique objectif était de clore le débat et de contacter Emily à tout prix. Par conséquent, dans l'immédiat, il était contraint d'abonder dans son sens.

Il avait le vague souvenir qu'elle serait du soir au *Bella Lucina*. Comme plusieurs mois plus tôt, il allait lui rendre une visite surprise. Cependant, cette fois, c'était un homme brisé, en proie à la confusion, qui allait la trouver. Son seul espoir était d'obtenir des réponses à ses questions.

— Tu as raison, Dillon, dit-il d'une voix si vide d'expression qu'il se choqua lui-même. J'y suis allé un peu fort. (Il lui fit face, affichant une expression impassible.) Puisque tu es disposé à me pardonner, je dois pouvoir passer l'éponge sur ce que tu as fait à Emily.

Gavin observa Dillon baisser la garde.

— Bon, alors, tout est arrangé entre nous ? demanda Dillon.

Gavin, bras croisés, se contenta d'acquiescer d'un geste.

— Bon, super, dit Dillon en consultant sa montre. Je vais prendre un verre ou deux avec des potes du boulot. Je crois qu'un apéro nous ferait du bien à tous les deux. Tu veux te joindre à nous ?

— J'ai du travail, répondit-il d'une voix neutre. Des choses *très* urgentes à régler.

— Bon, si tu ne termines pas trop tard, je serai à l'*Ainsworth Prime* du côté de Penn Plaza.

Gavin fit oui de la tête puis Dillon s'apprêta à sortir.

— Une dernière chose, dit Gavin en traversant la pièce. (Quand Dillon se tourna vers lui, Gavin le toisa.) Si jamais tu poses encore la main sur elle, je te tue.

Inclinant la tête sur le côté, Dillon lui rendit son regard et ouvrit la bouche pour répliquer mais il se ravisa. Il secoua la tête puis sortit. Emporté dans un tourbillon de pensées troubles, Gavin s'accorda quelques minutes pour se ressaisir. Tremblant, il s'efforça de respirer calmement. Toujours sous le choc de ce qui s'était passé à son insu, il alla s'effondrer dans son fauteuil. Mais les paroles d'Emily tournaient en boucle dans sa tête, c'était peine perdue. Comment pouvait-il recouvrer son sang-froid ? Son cœur tambourinait dans sa poitrine et sa vue se brouillait. Emily l'avait subjugué, elle lui avait menti en prétendant vouloir faire sa vie avec lui, puis elle l'avait rejeté dès que Dillon était revenu. Incapable d'attendre plus longtemps, Gavin ferma les yeux, inspira et sortit ses clés de sa poche. Il se leva et quitta son bureau. À chaque pas, son cœur se serrait un peu plus. Il savait qu'Emily ne terminerait pas sa journée avant plusieurs heures mais il allait l'attendre à la sortie.

— Country, dit Antonio en s'approchant de la table où elle était assise avec Fallon. Tu peux partir si tu as terminé.

Emily leva les yeux vers lui en vissant le bouchon d'une salière. Elle hocha la tête.

— Merci, Antonio.

— Et moi alors ? demanda Fallon en déposant des couverts dans une corbeille en plastique.

— C'est pas ton jour de chance, petite, rit-il. Tu es de fermeture ce soir.

Fallon fit la moue.

— Allez, Antonio. Il pleut des cordes, et je n'ai eu que deux tables en trois heures. Il est déjà 20 heures. C'est mort, ce soir. Tu peux te débrouiller sans moi.

Secouant la tête, il grommela en italien et s'éloigna.

Fallon fit un petit sourire en coin.

— J'imagine que ça veut dire non ?

— On dirait bien, confirma Emily en se levant. (Elle fit rouler sa tête d'une épaule à l'autre et dénoua son tablier.) Trevor vient te chercher ce soir ?

— Bien sûr, nous allons au bowling, répondit-elle avec un sourire radieux.

— Sympa comme projet. Amusez-vous bien.

Emily alla chercher son sac à main derrière le comptoir. En se relevant, elle trouva Fallon à côté d'elle, l'air inquiet. Emily la considéra avec méfiance.

Enroulant une mèche de cheveux noirs autour de son doigt, son amie semblait hésiter.

— Trevor m'a dit que tu t'étais remise avec Dillon.

— C'est exact. Nous avons eu une longue discussion, dit-elle en décrochant sa veste du portemanteau. Pourquoi tu me parles de ça maintenant ?

— Eh bien, je ne voulais pas te rendre triste pendant le service.

— Pourquoi ça me rendrait triste ?

Fallon haussa les sourcils d'un air incrédule.

— Emily, je sais ce qui s'est passé avec Gavin.

Emily essaya vainement d'ignorer la peine qui lui serra la poitrine. La douleur se répercuta dans tout son être. Elle enfila sa veste et considéra Fallon d'un air interrogateur.

— Comment tu es au courant ?

Fallon cligna les yeux et haussa les épaules.

— C'est Olivia qui me l'a dit.

— Évidemment.

Elle soupira et partit vers la sortie. Elle boutonna sa veste, passa la bandoulière de son sac sur son épaule et soupira encore.

— Bon, je vais très bien, murmura-t-elle en mentant le plus naturellement possible.

Elle n'allait pas bien du tout. Elle était même dans tous ses états, et à en croire l'expression de sa collègue, elle l'avait remarqué.

Fallon vint vers elle et posa la main sur son épaule.

— Pourquoi tu veux te marier avec lui, Emily ?

Celle-ci parut choquée.

— Fallon, dit-elle, exaspérée, qu'entends-tu par là ?

— Je pense que la question est assez claire, Country. (Elle lâcha son épaule.) Pourquoi tu veux te marier avec lui alors que tu es amoureuse de Gavin ?

Stupéfaite par la tournure de leur conversation, Emily préféra répondre le plus honnêtement possible.

— C'est assez simple, Fallon. Je vais épouser l'homme qui m'aime. On en parlera une autre fois, dit-elle en se ruant au-dehors.

— Emily, attends ! cria Fallon.

Emily signifia d'un geste que la conversation était terminée avant de pousser la porte. À peine avait-elle mis le pied dehors qu'elle croisa, le souffle coupé, les yeux bleus de Gavin. Sous le choc, elle ne put pas détacher son regard de lui. Il était appuyé contre sa voiture sans se soucier de la pluie froide qui battait autour de lui. Les bras croisés, Gavin la détaillait de la tête aux pieds et, si Emily ne faisait pas erreur, ses yeux étaient noirs de colère. D'abord confuse, elle sentit la fureur l'envahir. Même si elle n'était pas disposée à entendre ses excuses lamentables, l'heure n'était plus à la fuite. Elle n'avait plus qu'à l'affronter. Prenant une brève inspiration, elle rassembla tout son courage et avança sur le trottoir.

— Ah, la voilà, la fille qui a mis mon cœur en miettes ! dit-il d'une voix forte et menaçante. C'était ton unique but, me briser le cœur ? Parce que si c'est le cas, tu as brillamment réussi.

— Comment oses-tu me dire ça ? hurla-t-elle dans un élan de colère.

— Je t'ai juste servi à passer le temps en son absence ! (Il fit un pas vers elle en levant les mains.) C'est une sorte de blague malsaine ? (Il rit jaune.) J'ai lu beaucoup de choses sur ton joli visage, mais tu m'as bien caché ton côté fourbe.

Emily en resta bouche bée. Elle ne sentait même plus le froid. Elle tombait de haut et en était presque paralysée. Cependant, elle opta pour le silence. S'il voulait jouer au plus fin, qu'il s'amuse, mais elle en sortirait gagnante. Son instinct l'avisait de le laisser s'enfoncer tout seul. Elle croisa les bras, une lueur de défi dans les yeux, comme pour l'inviter à son propre enterrement.

Devant cet air qui le rendait fou, Gavin allait mordre à l'hameçon. Elle avait beau l'avoir anéanti, pour lui il était inenvisageable de ne pas la toucher. De s'empêcher de l'embrasser. Il fallait qu'il l'embrasse sur-le-champ, sous la pluie. Gavin alla vers elle avec l'aisance d'un tigre attaquant sa proie. Avant qu'Emily ait pu reculer, il l'attrapa par la taille et plaqua brutalement sa bouche sur la sienne, sa langue forçant le barrage de ses lèvres tandis qu'elle essayait de le repousser.

Un instant, elle sentit le goût de sa fureur, de sa contrariété et de sa possessivité, et cela ne fit que la troubler et la faire enrager un peu plus. Alors qu'il aspirait la pluie qui recouvrait sa lèvre inférieure, un éclair zébra le ciel et le tonnerre gronda dans le lointain.

— Tu es dingue, Gavin ? siffla-t-elle dans un mouvement de recul, se tortillant pour échapper à son étreinte.

— Moi, je suis dingue ? J'ai eu confiance en toi, en nous, comme un imbécile ! gronda-t-il en haussant le ton tout en la tenant fermement par la taille. (Il la regarda dans les yeux, observant les gouttes de pluie qui perlaient sur ses cils et coulaient sur ses joues.) Quand t'es-tu réconciliée avec lui, Emily ? Réponds à ma question !

Des flaques d'eau s'étalaient autour de leurs pieds, et des passants trempés se ruaient autour d'eux. Elle le fixait, le cœur battant, d'un air révolté.

— Je me suis réconciliée avec lui une heure après que tu es parti de chez moi ! siffla-t-elle d'une voix sournoise destinée à lui faire le plus de mal possible. (Elle tenta une nouvelle fois de lui échapper mais il la retint d'une main ferme.) Je me suis réconciliée avec lui une heure après que tu as eu l'audace d'entrer dans ma chambre et de me dire que tu m'aimais !

La regardant d'un air mauvais, il prit sa nuque dans sa main pour rapprocher leurs visages, nez contre nez. Quand elle sentit son souffle chaud sur ses joues froides, sa poitrine se souleva.

— Tu étais réveillée quand je suis venu chez toi ?

— J'étais réveillée et j'allais même très bien, pour tout te dire, affirma-t-elle avec rage avant d'éclater d'un rire dément.

Gavin avait du mal à en croire ses yeux et ses oreilles. Ce n'était pas la femme avec laquelle il avait partagé une nuit quelques jours plus tôt. Il savait qu'il était possible de perdre temporairement la raison, et en cet instant, il en vint à se demander s'il devait la conduire au service psychiatrique le plus proche.

— Comment peux-tu être aussi tordue ? reprit-il d'une voix tonitruante. (Il poursuivit sans la laisser parler.) Tu as baisé avec lui hier soir, Emily ?

Le souffle coupé, elle sentit son corps s'enflammer lorsqu'il l'obligea à rejeter la tête en arrière en l'empoignant par les cheveux. Il passa les lèvres sur le coin de sa bouche, puis descendit vers son oreille, sa repousse de barbe grattant sa peau.

— Et si tu as couché avec lui la nuit dernière, murmura-t-il d'une voix rageuse, est-ce que son sexe t'a fait autant de bien que le mien ? Arrive-t-il à te faire supplier aussi bien que moi ? (Il lui mordilla le lobe de l'oreille, manquant la faire fondre sur place.) J'ai une dernière question pour toi, poupée. Il te fait jouir aussi fort que moi ?

Sous l'averse qui redoublait de violence, elle plissa les yeux, le cœur explosant sous le coup du chagrin et de la colère. Il s'attarda un instant au-dessus d'elle, leurs vêtements détrempés leur collant au corps.

— Il m'a fait jouir plus fort que toi !

Malgré la réaction de Gavin, qui parut choqué et même blessé, elle poursuivit :

— Il est aussi bon en moi que ta queue qui s'enfonce en Gina !

Gavin eut un mouvement de recul.

— De quoi tu parles ?

— Gina, clarifia-t-elle d'une voix haineuse. J'ai voulu te faire une surprise hier matin en t'apportant le petit déjeuner, mais c'est moi qui en ai eu une belle. Tu avais déjà mangé. On venait à peine de se séparer ! Elle a ouvert ta porte pratiquement nue !

Elle vit la gêne troubler son regard.

Gavin savait que ses yeux étaient l'ennemi, en ce qu'ils le trahissaient de toutes les manières possibles, mais il savait également qu'en laissant entrer Gina il s'était exposé à des ennuis. Dans cette bataille, il risquait de perdre Emily.

Désormais, il devait y aller en douceur. La femme qui se tenait devant lui était anéantie, meurtrie, mais il avait la tête vide. Il semblait incapable de former une phrase.

Son absence de réaction parut confirmer les craintes d'Emily. Sachant qu'il avait été pris la main dans le sac, il était à court d'arguments. Avant que Gavin n'évalue totalement la situation, Emily le gifla, la claque résonnant sous la pluie battante. Cueilli à froid, il tituba légèrement.

— Espèce de salaud ! hurla-t-elle sans se soucier des témoins qui se trouvaient par malchance sur le trottoir.

Ses yeux lançaient des flammes mais, quand elle voulut le frapper une seconde fois, il l'arrêta en lui saisissant le poignet.

— Tu dois m'écouter, Emily, souffla-t-il d'une voix ferme. (Quand elle essaya de dégager son poignet, il la plaqua contre son torse. De sa main libre, il ramena les cheveux mouillés d'Emily en arrière.) Elle était déjà partie quand je suis sorti de la douche. J'ignorais totalement que tu étais passée.

Emily écarquilla les yeux et tenta une nouvelle fois de se dégager de son étreinte.

— Non, attends ! Merde ! Ce n'est pas du tout ce que tu crois !

Emily continuait de se débattre, le visage baigné de larmes.

— C'est tout ce que tu as trouvé ? siffla-t-elle avec un ricanement mauvais.

Piégée.

Elle se sentait piégée par l'éclat de ses beaux yeux bleus, mais cette fois, elle n'avait pas l'intention de se laisser happer par leur charme envoûtant.

— Tu as perdu la tête si tu t'imagines que je vais avaler ça ! Tu ne parviendras pas à me reconquérir par le mensonge, Gavin. Je te hais pour ce que tu m'as fait, pour ce que tu nous as fait, et pire que tout, je te hais toi !

Lorsque ces mots jaillirent de sa propre bouche, elle se figea. Ce n'était pas vrai. Elle n'arrivait pas à le maudire. Elle l'aimait – d'un amour profond et sincère. Cependant, avec le temps, il s'était révélé être à la hauteur de la première impression qu'elle avait eue de lui.

Gavin accusa le coup, comme s'il venait de recevoir une autre gifle. Son cœur se serra alors qu'il prenait conscience qu'il risquait de la perdre – et la perdre signifiait courir à sa propre perte.

— Tu ne me hais pas. Tu m'aimes, articula-t-il d'une voix étranglée sans chercher à cacher son chagrin. (Il prit son visage entre ses mains, caressant ses lèvres du pouce.) Crois-moi, Emily, je t'aime et je t'aimerai toujours de tout mon être. Je t'en prie. Ne me quitte pas comme ça, alors que je suis en train de me dire que si je ne l'avais pas laissée entrer, nous n'en serions pas là. Je sais que je n'aurais pas dû mais elle avait bu et son...

— Arrête ! bafouilla-t-elle en le poussant violemment.

Cette fois, elle put se libérer. Elle descendit du trottoir, des larmes brûlantes de colère coulant sur ses joues, et héla un taxi. Mais la pluie était si forte que les chauffeurs, ne la voyant pas, poursuivaient leur route.

Gavin se rapprocha d'elle, vidé intérieurement, pris de vertige. Il la prit par le coude et l'obligea à se retourner. Ils se fixèrent du regard, chacun affichant un air profondément blessé. Il posa son front contre le sien.

— Il faut que tu me croies, murmura-t-il avec empressement, d'une voix lourde de tristesse. Elle s'est écroulée sur mon canapé. J'ai dormi dans mon lit et il ne s'est rien passé du tout.

Emily, qui sanglotait de manière incontrôlable, voulut encore lui échapper mais Gavin la retint.

— Je t'ai dit que je ne te ferais jamais de mal, et j'étais sincère. Tout ce que je t'ai raconté est la vérité. Ne nous fais pas ça, s'il te plaît. Je ne te mens pas. Je ne suis pas comme lui. Je ne suis pas Dillon.

Emily se sentait prise au piège de son regard sombre. Son cœur cessa de battre tandis qu'elle observait les minuscules gouttes d'eau ruisseler sur son visage – jusqu'à ses lèvres sans défaut qui avaient adoré chaque centimètre de son corps. Mais ces lèvres sans défaut avaient également adoré le corps d'une autre femme dès qu'elle avait eu le dos tourné. Ses larmes se remirent à couler de plus belle quand l'idée de ce qu'il avait fait lui apparut avec clarté.

Secouant la tête, elle recula de plusieurs pas, le regard glacial. Elle tourna les talons, leva la main pour arrêter un taxi et, à sa grande surprise, le premier se gara devant elle. Elle s'empressa d'ouvrir la portière mais la main de Gavin la referma aussi sec.

— Laisse-moi partir, Gavin !

— Non, je ne te laisserai pas faire ça ! s'écria-t-il. Tu ne me crois pas ?

— Je ne rigole pas ! Laisse-moi monter dans cette voiture ! ordonna-t-elle d'une voix rageuse qui les surprit autant l'un que l'autre.

Passant la main dans ses cheveux trempés, Gavin serra les dents.

— Tu gobes tous les mensonges pitoyables qu'il te sert au quotidien, et moi, tu ne me crois pas ?

— Ah, nous y voilà, lança-t-elle en essayant de détacher la main de Gavin de la portière. Là, ce n'est pas lui qui m'a menti !

— Arrête ça, Emily ! lança-t-il. (Sans prévenir, il la prit par la taille et la plaqua contre son torse. Indignée, elle le regarda droit dans les yeux.) Ne va pas prendre mon insistance pour une faiblesse. Je ne suis pas un salaud. Je t'ai dit que je ne te mentais pas, mais si tu crois ne serait-ce qu'un instant qu'il ne t'a jamais menti, alors tu as vraiment un truc qui cloche.

— Hé, cria le chauffeur qui s'impatientait, elle monte ou pas ?

— Oui. Non, répondirent-ils en même temps.

Gavin lança un regard furieux au chauffeur.

— Elle ne monte pas. Partez. *Tout de suite.*

L'homme lui décocha un regard furibond et, secouant la tête, redémarra en trombe.

— J'y crois pas, cria Emily, le visage baigné de larmes. (Chacune d'elles allait droit au cœur de Gavin. Elle repoussa son torse mais il l'arrêta en la serrant par la taille.) Pourquoi tu me fais ça ?

— Parce que je t'aime, putain, et parce que je ne te mens pas, répondit-il, la respiration saccadée. Si tu me dis que tu ne m'aimes pas, je m'en irai tout de suite. Je partirai et tu ne me reverras plus jamais.

De sa main libre, il l'obligea à lever la tête vers lui. Il se pencha et sema des baisers délicats sur sa tempe, sa joue, le long de sa mâchoire. Emily ne put retenir un gémissement.

— Je ne te toucherai plus jamais, Emily. Tu n'auras plus à entendre ma voix. Tu ne te réveilleras plus jamais à côté de moi. Dis-moi tout de suite que tu ne m'aimes pas et je m'en irai... pour toujours.

Emily tremblait intérieurement, mais elle refusait de montrer son émoi. Si elle laissait libre cours à ses émotions, elle risquait de s'effondrer. Malgré son vif désir de le croire, elle n'y parvenait pas. Elle avait la conviction que ce n'était qu'une habile tentative de la manipuler. Il était comme un comédien sur scène, perfectionnant ses talents, et Emily était son seul public. Désormais, c'était son tour de réduire son cœur en cendres, dans le même état que le sien.

— Je ne t'aime pas, dit-elle entre ses dents serrées. (Ce mensonge lui déchira le cœur. Les yeux embués de larmes, elle le fixa.) J'avais besoin de coucher avec toi pour te sortir de ma tête. C'est uniquement pour ça que nous avons passé la nuit ensemble.

Un mensonge de plus. Cependant, elle allait conclure par une vérité.

— Et je ne crois pas un traître mot de ce que tu m'as dit.

Gavin tressaillit et ravala ses larmes. Ses mots parasites – chacun d'eux – vidaient l'air de ses poumons. Elle avait conquis son cœur, et l'avait broyé pour en faire une pâte sanguinolente.

Réduit au silence, il fit un pas en arrière et la libéra de son étreinte.

— Merci de m'avoir marqué au fer rouge jusqu'à la fin de ma vie, murmura-t-il d'une voix brisée et vaincue.

Sur ces mots, il enfonça les mains dans ses poches et partit vers sa voiture.

Emily plaqua la main sur sa bouche alors qu'un cri de douleur lui échappa. Il disparut dans la circulation, ses pneus crissant sur le bitume détrempé. Le cœur serré, elle héla un taxi. Les mains tremblantes, elle ouvrit la portière, se glissa à l'intérieur et indiqua sa destination au chauffeur.

Ce soir, le sommeil ne serait pas leur allié, ni à l'un ni à l'autre.

La solitude, le chagrin, la confusion et la souffrance allaient emplir la nuit d'Emily et de Gavin.

19

Le temps au temps

Gavin lança son téléphone sur le canapé, à côté de lui, après qu'il eut sonné pour la vingtième fois. Dillon commençait à se faire trop insistant, mais Gavin s'en moquait comme de sa première chemise. Vidant la dernière bière d'un pack de six, il zappait d'une chaîne à l'autre sans réfléchir. Le liquide frais descendit dans sa gorge et imbiba ses entrailles. Cependant, tout ce qu'il sentait couler dans ses veines, c'était le souvenir d'Emily. Ces deux dernières semaines, malgré tous ses efforts, Gavin n'avait pas réussi à la déloger de là. Mais il avait tenu promesse. Il n'avait pas essayé de la contacter, même si, pour cela, il avait dû faire appel à une résistance hors du commun. Cela ne l'empêchait pas de s'immiscer dans chacune de ses pensées cohérentes ni de hanter chacun de ses cauchemars nocturnes. Emily s'était muée en douleur d'une forme inédite.

Le tic-tac de l'horloge accrochée au mur attira son attention. En jetant un coup d'œil dans cette direction, il imagina Emily sortant de l'église, étant donné que c'était le soir de la répétition du dîner de mariage d'Emily et de Dillon. Gavin n'avait aucune envie de faire savoir au futur marié qu'il n'y assisterait pas. Rien de tout cela ne comptait. Il n'était pas certain de pouvoir en encaisser plus, et se rendre là-bas ne manquerait sûrement pas de l'enfoncer davantage dans le chagrin. Garçon d'honneur ou non, il n'irait pas. Dans moins de vingt-quatre heures, la femme qu'il aimait, avec laquelle il avait imaginé passer sa vie, qui aurait dû porter ses enfants dans ses bras ne serait définitivement plus Emily Cooper. Elle serait Mme Dillon Parker.

C'était plus que Gavin ne pouvait en supporter.

Il se leva et se dirigea vers la cuisine, bien déterminé à entamer un deuxième pack de bière, quand on frappa à la porte. Après avoir sorti les bouteilles du réfrigérateur, il alla ouvrir. Pris au dépourvu devant son visiteur, sans un mot, il retourna s'installer sur le canapé.

— Tu as une sale gueule, fit remarquer Olivia en entrant derrière lui. Je me trompe peut-être, et dis-moi si c'est le cas, mais je pense que tu as les moyens de t'offrir une lame de rasoir. L'homme qui vaut des millions aurait-il fait faillite ?

— Toujours le mot pour rire, marmonna-t-il sans la regarder tout en continuant de zapper. Tu ne devrais pas être au dîner de répétition en ce moment ?

Après avoir posé son sac à main sur le sol, elle enleva son manteau et son écharpe.

— Autant que toi, répliqua-t-elle en se laissant tomber dans un fauteuil en cuir. Tu n'es pas venu à l'église et tu n'es pas du tout habillé pour sortir. Allez, va prendre une douche. Je t'attends pendant que tu te prépares. Oh, et c'est moi qui conduis puisqu'on dirait que tu as picolé.

Secouant la tête, il sortit une bouteille du pack, dévissa la capsule et but une longue gorgée. S'il ne répondit pas, le regard qu'il lui lança était menaçant.

— Quoi ? fit-elle le plus innocemment du monde.

— Arrête ton numéro, Liv. Tu sais très bien que je n'irai pas, dit-il en plissant les yeux.

Elle pencha la tête sur le côté et fit les yeux ronds.

— Eh bien, Gavin, dire que je te prenais pour un battant. Tu es un homme puissant dans tous les domaines et plus du tout pour ça ? Quand il est question d'Emily, tu jettes l'éponge, alors ? (Elle haussa les épaules avec détachement et croisa les jambes.) Bon, on dirait que je te connais mal, tout compte fait.

— Un battant, hein ? lança-t-il d'un ton cinglant. (Il éteignit la télévision et jeta la télécommande sur la table vitrée, produisant un bruit perçant qui fit sursauter Olivia. Il se leva.) Pour quelle raison idiote me battrais-je pour quelqu'un qui ne m'aime pas ? Notre histoire m'a détruit. Crois-moi, tu n'imagines pas les idées qui me sont passées par la tête ces dernières semaines. La kidnapper, par exemple. J'aimerai cette fille jusqu'à ma mort, mais je ne suis pas une chiffe molle. Ton amie est plus déglinguée que je ne l'avais imaginé.

Olivia le regarda faire les cent pas.

— Déglinguée ? Tu te rends bien compte de qui a ouvert ta porte en petite culotte rouge juste après avoir passé le week-end avec Emily ? Oui ? (Il la regarda de travers, mais elle poursuivit :) Elle est anéantie, Gavin. Tu es connu pour quitter les femmes au bout d'une nuit. Mon amie est brisée parce que tu as couché avec une autre dans son dos. Tu t'attendais à ce qu'elle réagisse comment ?

Se passant les mains dans les cheveux, Gavin ferma les yeux.

— Je n'ai couché avec personne dans son dos !

Quand il rouvrit les yeux, il vit la stupeur d'Olivia, mais ça ne le toucha pas.

— Mais tu as raison sur un point, tu ne me connais peut-être pas si bien que ça. Par contre, tu sais que je suis devenu un animal insensible ces dernières années. Pourquoi veux-tu que je me pointe au restaurant où elle travaille pour la reconquérir ? Pourquoi irais-je lui déballer mes sentiments ? Pour la sauter ?

Malgré son petit rire, il n'y avait aucun amusement dans son attitude. Il sortit son téléphone de sa poche et le lui lança.

— Mollo, Gavin.

— Mollo rien du tout. Regarde ma liste de contacts. Je ne suis pas à court de nanas prêtes à me donner leur cul. Il n'y a que ça. Il me suffit de passer un coup de fil pour remplir mon lit. Gina est arrivée ivre ce soir-là, et elle m'a raconté que son père était mort. Oui, peut-être que j'ai eu tort de la laisser entrer. Oui, j'aurais peut-être dû la jeter à la rue comme un chien galeux puisqu'elle ne m'a pas traité mieux que ça. (Soupirant d'un air vaincu, il se rassit dans le canapé et, les coudes plantés sur les genoux, il empoigna ses cheveux.) Mais je ne l'ai pas fait, murmura-t-il. Je ne l'ai pas fait et j'ai perdu Emily. La fille que j'aime ne me croit pas parce que j'ai été assez idiot pour laisser entrer la fille que j'aimais *avant*. Elle s'est endormie là et elle a enlevé son pantalon. Je n'avais tellement pas envie de la toucher que je n'ai pas réussi à la mettre dehors, justement parce qu'elle n'était pas habillée. Je n'arrivais pas à poser les mains sur elle justement parce que je venais de toucher Emily.

Il releva la tête et plongea les yeux dans ceux d'Olivia qui l'écoutait, immobile.

— J'aime Emily. Putain, je l'aime tellement que je serais prêt à tout revivre – même les moments les plus douloureux – pour la tenir encore dans mes bras. Mais je n'ai rien fait de mal, à part ouvrir la porte à Gina. Alors, non, Olivia, ça n'a rien à voir avec ma volonté ou le fait de jeter l'éponge. Tout ça, c'est parce que Emily ne me croit pas, et surtout... elle ne m'aime pas.

Olivia mit quelques secondes à intégrer les explications de Gavin. Elle alla s'asseoir à côté de lui et posa la main sur son épaule.

— Elle t'aime, Gavin. Elle...

— Arrête, Liv, l'interrompit-il en prenant sa bière qu'il vida d'un trait. Elle m'a dit qu'elle ne m'aimait pas. Tu as besoin que je te répète mot pour mot ce qu'elle m'a dit ? Je m'en souviens comme si c'était hier. Bourré ou pas, je devrais y arriver.

— Je sais ce qu'elle t'a dit. (Elle s'empara de sa bouteille vide et la posa sur la table.) Mais je sais aussi ce qu'elle m'a dit après que tu es allé la trouver. (Il s'apprêta à répondre, mais elle le réduisit au silence à sa manière, en posant un doigt sur ses lèvres.) Pour l'instant, elle ne te croit pas, mais elle t'aime, c'est sûr. Elle a dit tout ça pour te rendre tout le mal que tu lui as fait. Elle ne va pas fort en ce moment, Gavin, murmura-t-elle en le regardant avec douceur. Elle s'emporte pour un rien. Elle est déprimée, silencieuse, et tout ça la rend malade. Elle s'est mis en tête qu'elle peut te chasser de ses pensées et retomber amoureuse de Dillon, mais dès qu'il n'est pas avec elle, elle pleure… parce que tu lui manques.

— Tu dis qu'elle m'aime, qu'elle pleure pour moi et pourtant elle va l'épouser, objecta-t-il, peu convaincu.

— Je sais ce que tu penses mais…

— Ah, vraiment ? Parce que moi-même, je ne sais plus du tout ce que je dois en penser, dit-il en se levant.

À ce stade, la bière ne lui faisait plus aucun effet. Quelque chose de plus fort. Il avait besoin d'alcool fort. Traînant les pieds vers la cuisine, il ouvrit la porte du placard et en sortit une bouteille de bourbon et un verre.

Olivia se leva et croisa les bras.

— Tu vas me laisser finir, imbécile ?

— Maintenant je suis un tricheur et un imbécile ? Bah tiens, pourquoi se gêner ? rétorqua-t-il d'un ton sarcastique. (Il remplit un verre de bourbon. Après l'avoir vidé, il fit claquer ses lèvres de satisfaction et la regarda.) Qu'est-ce que tu vas me sortir comme connerie maintenant, Olivia ? Ça ne tient pas debout, ce que tu me racontes.

Le rejoignant dans la cuisine, Olivia rejeta sa chevelure sur le côté et regarda Gavin comme si c'était un extraterrestre.

— Qu'est-ce qui t'échappe là-dedans, Blake ? (Il lui renvoya le même regard, mais elle continua sur sa lancée.) Dillon était une valeur sûre au moment où elle est venue s'installer à New York pour être avec lui. Elle est tombée sur toi, et elle a eu beau lutter, elle n'a jamais eu la moindre chance de t'ignorer, Gavin. Et ne parlons pas de la manière dont vous vous êtes rencontrés. (Elle eut un petit rire.) Elle a craqué dès qu'elle t'a vu. Crois-moi, j'en ai entendu parler du bel homme grand, ténébreux et baisable. (Gavin ne put s'empêcher de manifester sa curiosité.) Après tout ce qu'elle a vécu avec Dillon, c'est toi qui es devenu sa valeur sûre. Mais tout s'est effondré à ses yeux. Malheureusement, tu lui as laissé penser que Dillon était, en fin de compte, *la* valeur sûre.

— Arrête de répéter « valeur sûre », grommela-t-il en se remplissant son verre, toujours intrigué par le surnom qu'il venait de se découvrir.

Olivia soupira et leva les yeux au ciel.

Il s'accouda au plan de travail, avec un petit sourire en coin.

— Si j'ai bien suivi, elle opte pour le prix de consolation, qui se trouve être le salaud qui l'a vraiment trompée ?

Il se tut un instant, et eut un petit rire. Même si sa souffrance était toujours présente, l'alcool commençait à faire son effet.

— Attends, apparemment, c'est moi le salaud qui l'ai trompée.

— Le prix de consolation ? demanda-t-elle, intriguée. C'est un jeu pour toi, Gavin ? Elle souffre.

— Non, ce n'est pas un jeu. C'est de ma vie qu'on parle, celle que j'aurais dû partager avec Emily.

Il siffla un autre verre, s'essuyant la bouche d'un geste de la main.

— Moi aussi, je souffre, mais laisse-moi deviner... tu continues de croire que j'ai couché avec une autre dans son dos. Bah vas-y, dis-moi que toi non plus, tu ne me crois pas.

— Si tu veux la vérité, mon pote, quand je suis arrivée, tout à l'heure, non, je ne te croyais pas, répondit-elle en regardant l'heure. Mais maintenant oui.

— Ah ouais ? fit-il ironiquement. Et comment se fait-il que tu changes d'avis tout à coup, ô Grande Reine Olivia ?

Elle le scruta longuement avant de s'emparer de son sac à main, de son manteau et de son écharpe. En chemin vers la porte, elle se tourna face à lui.

— Parce que même quand tu as touché le fond après le départ de Gina, répondit-elle à voix basse, avec une tristesse apparente, tu n'avais pas cet air barré et torturé que tu as en ce moment.

Tanguant légèrement, il la regarda sans aucune trace de sarcasme.

— Je vous aime tous les deux. Tu es mon deuxième frère, et elle est la sœur que je n'ai pas eue. (Elle expira longuement.) Et ça me tue de vous voir souffrir comme ça.

Se frottant la tête, il se hissa sur le tabouret haut.

— Qu'est-ce que je fais maintenant ? demanda-t-il d'une voix faible, totalement désemparé. Pour la première fois de ma vie... (Il hésita, regarda ses pieds, puis releva les yeux vers elle.) Mon Dieu, pour la toute première fois de ma vie, Olivia, je ne sais pas quoi faire. Elle ne me croit pas.

Bien qu'il soit trop loin pour s'en apercevoir, les yeux d'Olivia s'embuèrent de larmes. Consultant de nouveau sa montre, un sourire timide se dessina sur ses lèvres.

— Arrange-toi pour qu'elle te croie, Gavin. Il te reste moins de vingt-quatre heures pour changer le cours de vos vies. (Son sac sur l'épaule, elle ouvrit la porte.) J'espère qu'on se verra sur place. (Elle sortit dans le couloir puis passa la tête dans l'entrebâillement de la porte.) Au fait, si jamais tu te décides à la reconquérir, fais-toi l'honneur de te raser. C'est clair que tu es mignon, mais honnêtement, je ne suis pas convaincue de ton charme avec cette barbe de trois jours.

Gavin poussa un profond soupir.

— Autre chose ?

— Oui, puisque tu poses la question, répondit-elle en tapotant sa joue du bout du doigt. Laisse tomber ton look jean/sweat-shirt aussi. Bisous, frangin.

Gavin secoua la tête et la regarda fermer la porte derrière elle.

Le temps.

Ce soir, le temps ne jouait ni en sa faveur ni en celle d'Emily. Fixant la pendule, Gavin resta assis pendant quelques minutes, retournant leur discussion dans tous les sens. Il resta là quelques minutes de plus à essayer – en vain – de voir clair dans cet imbroglio. Sa crainte de ne plus jamais être avec elle le rongeait encore, l'idée de surgir au dîner, et de risquer de se faire rembarrer, l'aida à admettre que la décision qu'il s'apprêtait à prendre était la meilleure. Il était indéniable qu'il avait besoin d'elle. Elle lui était aussi vitale que le sang qui coulait dans ses veines et l'air qu'il respirait. Cependant, pour cette fois, Gavin préférait étouffer que devoir affronter le regard et les paroles haineuses d'Emily. Non, il n'irait pas au dîner.

Aussi facilement que ça, Gavin sut qu'il venait de définitivement changer le cours de leur vie.

Elle vacillait. Plusieurs semaines s'étaient écoulées, mais Emily chancelait à la frontière du bon sens et de la folie. Elle avait l'impression d'être en verre et que chacun des deux hommes tenait un petit marteau avec lequel il lui tapait dessus. D'une minute à l'autre, elle allait exploser en milliers d'éclats. Les plus gros morceaux – qui représentaient Dillon – lui entaillaient la chair. Les petits tessons – Gavin – se plantaient sous sa peau. Elle avait le sentiment de s'observer de loin, d'avoir perdu le contrôle de ses pensées et du chemin qu'elle suivait. Tandis qu'elle s'examinait dans le miroir, elle ne pouvait nier le léger soulagement qu'elle avait ressenti à son arrivée à l'église, lorsqu'elle avait constaté que Gavin n'était pas là – et pourtant, elle continuait de se languir de lui. Elle savait qu'elle était fuyante ces temps-ci. Elle essayait de reconstruire sa relation avec Dillon mais une grosse partie de leur couple était réduite en poussière. Mais elle avait besoin de se raccrocher à quelque chose – une minuscule lueur d'espoir, celui de faire renaître ses anciens sentiments. Elle devait retomber amoureuse de lui.

Elle était devenue excellente menteuse, ces derniers temps, se prenant au jeu de résister à l'évidence. Elle se faisait l'effet d'un maître de la supercherie à force d'essayer de se convaincre qu'elle pouvait oublier Gavin. Oublier tous les regards volés, les fois où ils s'étaient effleurés par accident, et tout ce qu'ils avaient partagé – jusqu'à la seconde où elle avait su qu'elle l'aimait. Sa volonté et le tissu de mensonges qu'elle faisait semblant de croire ne suffiraient jamais à protéger son cœur des cicatrices de la catastrophe finale. Alors ce soir – tandis qu'elle fixait le fantôme de celle qu'elle avait été, elle se demandait combien de temps leur mariage survivrait aux illusions, pendant combien de temps Gavin continuerait de hanter ses pensées, et pendant combien de temps elle pourrait se mentir. Tout en s'efforçant de se ressaisir, Emily détacha son regard de son reflet lorsque Fallon entra dans les toilettes.

— Est-ce que ça va ? demanda cette dernière en venant vers elle. Ou tu as toujours la nausée ?

Emily secoua la tête en s'éclaircissant la voix.

— Ça va, c'est fini. (Elle rangea son rouge à lèvres dans son sac à main.) Olivia est là ?

— Elle vient de m'envoyer un message, elle sera là dans deux minutes. (Elle confia son sac à Emily et entra dans une cabine.) Elle avait un truc à faire après l'église.

— Où est passé Trevor ? demanda Emily en posant leurs sacs sur le lavabo.

— En arrivant, il s'est rappelé qu'il n'avait pas d'argent liquide sur lui. Il a couru au distributeur, répondit-elle d'une voix forte.

Prenant une profonde inspiration, Emily ouvrit le robinet et se lava les mains. Olivia surgit dans les toilettes.

— Salut, lança-t-elle en enlevant son écharpe.

— Qu'est-ce que tu avais à faire ? s'enquit Emily en prenant une serviette en papier.

Elle posa ses affaires sur le rebord du lavabo et se regarda dans le miroir. Elle lança un regard à Emily.

— Je... euh, je suis allée au distributeur.

— Pourquoi vous avez tous besoin de liquide ? demanda Emily d'un air intrigué. Tout est déjà payé.

— Et les pourboires des serveurs ? Tu es bien placée pour savoir ça, répondit Olivia avec un haussement d'épaules.

— Ah oui, c'est sûr, répondit-elle distraitement.

— Tu as la tête ailleurs. J'ai bien remarqué. (Emily regarda Olivia d'un air interrogateur.) Je sais que Cornichon ne fait pas attention à toi en ce moment puisqu'il ne s'intéresse à nouveau qu'à son travail, mais moi j'ai remarqué. (Emily ouvrit la bouche mais Olivia ne la laissa pas parler.) J'ai du mal à croire qu'il travaille tous les soirs. Mais bon, puisque tu as l'air de lui faire confiance, j'imagine que c'est tout ce qui compte, pas vrai ?

Emily poussa un soupir exaspéré.

— Oh non, pitié, ne recommence pas avec ça, Liv. Pas maintenant. Je ne peux pas.

— J'essaie juste de comprendre, Emily.

La prenant doucement par le coude, Olivia l'empêcha de sortir. Les larmes aux yeux, Emily se tourna vers elle.

— Tu es amoureuse d'un autre mais tu te maries avec lui. Franchement, arrête deux secondes et réfléchis à ce que tu t'apprêtes à faire.

Sans voix, Emily la dévisagea.

Se mordant la lèvre avec un embarras manifeste, Fallon sortit de la cabine et se lava les mains.

— Je vais vous laisser toutes les deux. On se retrouve à l'intérieur.

— Rien ne t'oblige à faire ça, murmura Olivia une fois que Fallon fut sortie. Même si tu ne crois pas Gavin, tu n'es pas obligée d'épouser Dillon.

— Je l'aime, répondit-elle d'une petite voix en baissant les yeux.

Olivia la tint par le menton pour lui relever la tête.

— Je ne doute pas que tu l'aimes, Emily, mais tu n'es plus amoureuse de lui, et si tu crois que tu peux t'en convaincre, tu te fais des illusions, copine.

Emily essuya une larme sur sa joue.

— Je peux retomber amoureuse de lui.

Elle fixa Olivia un long moment puis se dirigea vers la porte. Elle se retourna, renifla et secoua la tête.

— Demain, je me marie avec lui, Olivia. Que tu me soutiennes ou pas – et j'espère avoir ton appui – je l'épouserai.

Emily ouvrit la porte d'un geste décidé. Avant qu'elle ait assimilé leur conversation, elle croisa des yeux bleus – ces yeux bleus fascinants à l'origine d'une peine de cœur inimaginable, de sa confusion et, en cet instant, de sa respiration accélérée. Figée sur place, Emily resta pétrifiée devant Gavin qui se tenait à l'autre bout du restaurant. Il semblait encore plus mal en point qu'elle n'aurait pu l'imaginer, mais cela ne l'empêcha pas de réagir physiquement à son beau visage sensuel. Il la fixait, affichant un air blessé saisissant. Presque instantanément, elle sentit son cœur tambouriner dans sa poitrine, la sueur perler sur chacun des pores de sa peau et ses poils se dresser. Malgré les flots d'invités qui encombraient le vestibule, se rendant à différentes réceptions, ils ne se quittèrent pas des yeux. Les mains enfoncées dans les poches de son jean, il marchait vers elle. Emily sentit sa respiration se bloquer dans sa gorge. Elle entendit la porte des toilettes se fermer dans son dos quand Olivia en sortit.

— Il faut que tu lui parles, déclara Olivia en posant une main dans son dos.

Avant qu'Emily ait pu protester, Gavin se retrouva devant elle. Entre son parfum et son regard intense, elle crut défaillir.

— Tu es très belle, souffla-t-il en faisant un pas vers elle.

Gavin faillit perdre tout contrôle. Les boucles auburn d'Emily retombaient sur un chemisier blanc associé à une jupe rouge courte et des bottes noires qui montaient jusqu'aux genoux. Il avait eu la bêtise de croire qu'il pouvait garder ses distances après ce qu'Olivia lui avait dit. Ainsi, c'était sa tentative de la dernière chance de la reconquérir.

Déglutissant, Emily recula et buta contre la poitrine d'Olivia.

— Pourquoi es-tu ici ? Il faut que tu partes, dit-elle, lançant des regards angoissés autour d'elle, à la recherche de Dillon.

Gavin fit un petit sourire triste.

— Eh bien, j'ai été invité au mariage mais je pense que la raison de ma présence est évidente, répondit-il dans un murmure. (Quand il se rapprocha, elle sentit son haleine chargée d'alcool.) Et non, je ne partirai pas avant de t'avoir parlé.

Prise au dépourvu, elle ne répondit pas. En réalité, les mots lui manquaient. Elle se contenta de le fixer.

Gavin lança un regard vers Olivia.

— Tu gardes l'œil sur Dillon ?

Olivia hocha la tête.

— Je vais vérifier s'il est occupé. Il y a une salle vide par là, dit-elle en indiquant une porte proche. Mais fais vite.

S'écartant d'Olivia d'un bond, Emily plissa les yeux.

— C'est toi qui as organisé ça ?

Olivia haussa les épaules avec détachement. Après lui avoir décoché un regard assassin, Emily s'adressa à Gavin.

— Je ne veux pas te parler, lança-t-elle avant de s'en aller.

Il l'attrapa par le coude.

— Alors tu vas m'obliger à faire une annonce pendant le dîner.

— Tu ne ferais pas ça, siffla-t-elle en dégageant son bras.

— Là, tu te trompes, dit-il avec un petit rire en titubant. (Il porta son attention sur un homme d'un certain âge qui passait par là.) Excusez-moi, monsieur, cria-t-il avec force.

L'homme aux cheveux gris qui, par chance, ne faisait pas partie des invités, le regarda.

— Que puis-je faire pour vous ?

— Vous voyez, j'ai un problème. Je suis fou amoureux de cette belle jeune femme, dit Gavin en désignant Emily qui écarquilla les yeux d'étonnement. Elle refuse de m'accorder quelques minutes pour que je lui explique un malentendu très fâcheux. Auriez-vous des conseils à me donner pour qu'elle m'écoute ?

Sans témoigner le moindre intérêt, l'homme secoua la tête et reprit son chemin.

— Très bien, murmura Emily d'un ton enragé. Je te donne deux minutes.

Tournant les talons, elle poussa les portes de la salle vide.

Gavin regarda Olivia.

— Occupe-le le plus longtemps possible.

Elle acquiesça. En entrant dans la salle de réception déserte, Gavin trouva Emily les bras croisés, l'air agacé. Dans la pièce obscure, seulement éclairée par la lune, il distinguait des flammes dans ses yeux verts. Lorsqu'il se rapprocha d'elle, elle recula et faillit trébucher sur une tour de chaises empilées.

— Reste là, Emily, dit-il d'une voix autoritaire en se rapprochant.

— Comment oses-tu me dire ce que je dois faire ? vociféra-t-elle, le menton relevé en signe de défi.

Elle continua de reculer, ses pas résonnant dans la pièce. Elle voulait résister à son parfum, à sa voix, à son visage, mais elle savait que, s'il se retrouvait tout près d'elle, ce serait impossible.

Imperturbable, il poursuivit sa traque jusqu'à la coincer contre une table. Emily prit une inspiration pour se maîtriser lorsqu'il passa la main le long de sa joue, remontant vers son oreille, sa nuque. Se mordant la lèvre, il pencha la tête pour la fixer, tous deux respirant avec difficulté.

— J'ai voulu t'appeler, je ne l'ai pas fait, mais j'ai bien failli. Quand j'ai eu besoin de te voir, et tu n'imagines pas à quel point, je suis monté dans ma voiture et puis j'en suis redescendu, murmura-t-il en effleurant sa taille de son autre main. Dis-moi que tu m'aimes, Emily.

— Va te faire foutre, cingla-t-elle.

Il fit un sourire en coin et l'obligea à rapprocher son visage du sien.

— Cette jolie moue cache un mensonge.

Serrant sa taille, il l'attira contre son torse, leurs cœurs battant à l'unisson.

— Tu crois que tu peux me sortir de ta tête ? Tu ne peux pas. Tu es à moi, Emily. À moi, putain, gronda-t-il.

Emily n'arrivait pas à réfléchir. C'était au-delà de ses forces. Sans se rendre compte de ce qu'elle faisait, elle se jeta à son cou et l'embrassa. Elle enfonça les mains dans ses cheveux et gémit. Ce n'était pas un baiser passionné. Non. Il exprimait autant de colère que de possessivité. Cet échange fougueux exprimait leur exaspération. Tout en l'embrassant, Gavin la souleva et la fit asseoir sur une table, écartant ses cuisses tout en s'immisçant entre ses jambes. Emily tenta de reprendre son souffle au moment où il saisit l'arrière de ses genoux pour enrouler ses jambes autour de sa taille. Son haleine chargée d'alcool la grisait presque. Tandis que leurs langues se cherchaient, Gavin étouffa un râle. Plus Emily tirait sur ses cheveux, plus il l'embrassait avec fougue. Plus son baiser s'enflammait, plus elle succombait, au point d'oublier qui elle était, toute notion d'espace, de temps, et même qu'il l'avait fait souffrir.

— Dis-moi que tu m'aimes, articula-t-il contre sa bouche d'une voix rauque tout en insinuant les mains sous sa jupe.

Lorsqu'il baissa sa culotte, Emily ne put plus se concentrer que sur les flammes qui montaient en elle – et ce sentiment menaçait d'anéantir le peu de retenue qu'il lui restait. Sa main se referma autour de sa chair chaude. Il insinua deux doigts dans son intimité trempée tout en massant son clitoris du pouce. Elle cessa de l'embrasser et s'accrocha à son cou dans un souffle qui fut étouffé par son épaule. Dans un élan de colère, d'amour, de passion et de chagrin, elle planta ses dents dans sa chair. Elle avait envie de sang, de lui faire mal pour qu'il ressente un peu de l'atroce souffrance dans laquelle elle baignait depuis ce terrible matin. Gavin geignit et, de sa main libre, empoigna ses cheveux et tira pour l'obliger à rejeter la tête en arrière et à arquer le dos. Il plongea ses yeux dans les siens. Le souffle court, il faisait aller et venir ses doigts en elle, subjugué par ses halètements. Il l'embrassa avec force.

— Si je pouvais, je m'arracherai le cœur pour te montrer à quel point je t'aime. (Il lui mordilla l'oreille alors qu'elle était sur le point de jouir.) Tu me manques tellement ; je t'aime comme un fou. Tu me tues, Emily.

— Espèce de salaud, tu ne m'aimes pas. Je te déteste, Gavin. Je te déteste, s'écria-t-elle en essayant de le pousser.

Loin de renoncer, il passa le bras autour de sa taille pour la rapprocher du bord de la table, ses doigts explorant toujours son sexe. Emily enfonça de nouveau les mains dans ses cheveux en gémissant, tandis que sa tête partait en arrière, exposant sa gorge dans toute sa splendeur. Gavin en profita pour enfouir son visage dans son cou. Ses lèvres tracèrent un chemin torride de baisers mouillés dans son décolleté, la mordillant jusqu'à rejoindre sa bouche.

— J'aimerais te haïr, ce serait plus simple, mais tu n'imagines pas à quel point je t'aime, dit-il dans un souffle en suçant sa lèvre inférieure. Ce n'est pas de la haine que tu ressens. Tu m'en veux pour quelque chose que tu as imaginé. Frappe-moi si tu veux. Si tu as besoin de me faire mal, vas-y, mais arrête de répéter que tu ne m'aimes pas parce que tu te mens à toi-même. Tu nous détruis.

Elle s'écarta. Ils se dévoraient du regard, tous deux à bout de souffle. Tenant ses cheveux d'une main, elle le gifla de l'autre. Le bruit se répercuta dans la salle. Au même moment, elle gémit en sentant les doigts de Gavin sortir d'elle. Leur absence lui fit l'effet d'une torture.

— Je te hais, cria-t-elle, en proie au besoin.

— Non, c'est faux. Tu m'aimes, et je t'aime, tonna-t-il entre ses dents serrées, lui lançant des regards noirs. (Il prit son visage entre ses mains.) Frappe-moi encore s'il le faut. Fais-le. Gifle-moi, crache ta colère.

Sans hésiter, elle le gifla une seconde fois, emportée par la fureur et la confusion, tandis que des larmes de colère coulaient sur ses joues.

La saisissant par la taille, il la fit descendre de la table et l'embrassa avec passion.

— Partons ensemble. Ne te marie pas avec lui, ne fais pas ça, l'implora-t-il, ses mots faisant frémir ses lèvres. (Emily serra son sweat-shirt dans ses poings et ferma les yeux en s'abandonnant à son baiser, son odeur, sa proximité.) Nous lui parlerons ensemble. Je t'ai dit que je ne te laisserais pas seule. Gina ne compte pas pour moi. Je n'aurais pas dû la faire entrer mais, je te jure, je n'ai rien fait avec elle.

La souffrance.

Elle resurgit, aussi vive qu'une plaie ouverte, la balayant entièrement. Elle saignait sans montrer de signe d'apaisement. En lui susurrant des mots doux, en essayant de voiler l'horrible goût de la vérité, il essayait de la réduire en cendres. La dure réalité la heurta de plein fouet, semant le doute dans ses pensées. Sans qu'elle l'ait décidé, les portes de la forteresse qui encerclait son cœur en miettes se refermèrent instantanément. À présent, l'essentiel était d'en préserver les derniers vestiges.

Les mains sur son torse, elle le repoussa de toutes ses forces. Lorsqu'elle baissa la tête pour se rhabiller, elle ne vit pas son air choqué. Sans lui accorder un dernier regard, elle se dirigea vers la sortie. Gavin la rattrapa en quelques vives enjambées. Bien décidé à ne pas la laisser partir, il la prit par le bras et la força à s'arrêter. Essuyant les larmes de ses yeux, elle leva la tête vers lui.

Dévasté par le besoin qu'elle le croie, son visage se contracta sous l'effet d'un immense chagrin.

— Je n'ai jamais autant souffert d'être amoureux. Si tu m'avais dit dès la première fois que tu me briserais le cœur – et que malgré les jours, les mois, et mêmes les années, je continuerais de souffrir autant – ça ne m'aurait pas empêché de tomber amoureux de toi. Mais il y a une chose que j'aurais faite autrement, et ce n'est pas moins t'aimer. (D'un geste lent, il essuya ses larmes sur son beau visage.) Je ne l'aurais pas laissée entrer. C'est la seule chose que je changerais, Emily.

Tremblant de la tête aux pieds, Emily le fixait mais la porte s'ouvrit avant qu'elle n'ait pu dire un mot. Olivia passa la tête à l'intérieur.

— Em, Joan te cherche partout, murmura-t-elle d'une voix pressante.

Reniflant, Emily détacha son regard de Gavin tandis que son cœur saignait. Elle était toujours aussi confuse. S'exhortant au calme, elle prit une profonde inspiration, se lissa les cheveux et quitta la salle. Gavin la suivit, en proie au même trouble qu'en entrant. Emily le regarda tandis qu'Olivia lui tendait un mouchoir.

— Il faut que tu t'en ailles, Gavin.

Cueilli à froid, la colère assombrit son regard.

— Je ne partirai pas, affirma-t-il en secouant la tête. J'ai été invité à ce dîner, alors je reste.

Emily lui lança un regard noir.

— Tout ce que tu veux, c'est me faire du mal.

— Tu sais quoi ? dit-il en déglutissant. C'est possible. Peut-être que j'essaie de te faire souffrir autant que tu me fais souffrir. Le plus triste dans tout ça, c'est que pendant que je te suppliais de rester avec moi, je ne m'étais pas rendu compte que je t'avais déjà perdue. Alors oui, je reste, et j'espère que tu vas souffrir autant que moi. Tu n'as plus qu'à faire avec.

Emily, qui l'avait écouté, bouche bée, fonça aux toilettes.

Olivia la prit par le bas.

— Non ! Tu n'as pas le temps. Tu dois y aller tout de suite, Em.

Elle lui prit le mouchoir des mains et essuya le mascara qui avait coulé sur ses joues.

Gavin l'observait intensément avec un sourire suffisant.

— N'oublie pas les dégoulinures de rouge à lèvres. (Emily le regarda de travers.) Je suis sympa, hein ? Et moi, je n'ai pas de rouge à lèvres sur moi ? (Son sourire s'élargit.) J'adore me faire embrasser par une femme qui affirme qu'elle ne m'aime pas. Ça me donne une érection d'enfer.

Poussant un profond soupir, Olivia passa son rouge à lèvres à Emily.

— Oh, mon Dieu, Gavin, tu parles comme un sale con maintenant, cracha Emily en prenant le tube.

Elle se le passa rapidement sur les lèvres.

— Mmm, tu n'as encore rien vu, menaça-t-il en ricanant. Quelque chose me dit que je vais battre mon record, ce soir. (Il fit quelques pas puis se retourna.) Et si mes souvenirs sont bons, un jour je t'ai dit de ne pas attirer mon attention sur ta jolie bouche. Range ce tube, sinon je te ramène de gré ou de force dans cette salle et je te ferai changer d'avis.

Il se lécha langoureusement les lèvres et la toisa d'un air débordant de désir.

Surprise par son attitude, Olivia le dévisagea tandis qu'Emily restait sans voix.

Malgré son cœur brisé, il pivota sur ses talons avec décontraction, enfonça les mains dans les poches de son jean et se dirigea d'un pas tranquille vers la salle de réception. Scrutant l'espace de taille modeste, occupé par une trentaine d'invités, Gavin accrocha le regard de Dillon. Grommelant, il se hâta d'aller commander un shot de tequila et une bière au bar. Il laissa cent dollars de pourboire au barman et, en se retournant, tomba nez à nez avec Dillon.

Refrénant son envie de le tabasser, Gavin ne put retenir un rire.

— Ah, le voilà, le petit veinard de fiancé.

Tandis qu'il avalait son shot de tequila, du coin de l'œil il observa Emily traverser la pièce.

— Et voilà ta merveilleuse promise, dit-il en la désignant du menton.

L'air suspicieux, Dillon le fixa un instant avant de faire signe à Emily de venir le rejoindre. Si Dillon ne remarqua pas son anxiété, Gavin n'en rata pas une miette. Quand elle se trouva devant eux, Gavin haussa un sourcil et se mordit la lèvre en veillant à ce qu'elle entende le bruit de succion qu'il émit en aspirant le goulot de sa bière. Les yeux d'Emily lançaient des éclairs.

— Est-ce que ça va ? Tu as l'air contrarié, s'enquit Dillon.

— Tout va bien, répondit-elle d'une voix monotone sans quitter Gavin des yeux.

— Tu es sûre ? Tu sembles... absente.

Prenant une inspiration tremblante, elle regarda Dillon.

— Ça va.

Après l'avoir embrassée à la commissure des lèvres, Dillon la prit par la taille et reporta son attention sur Gavin.

— Qu'est-ce qui t'arrive ? demanda-t-il en englobant sa tenue d'un regard. On ne t'a pas vu à l'église et tu te pointes au dîner de répétition de mon mariage dans cet état ?

Tout en observant la manière dont Dillon caressait la taille d'Emily, Gavin bouillonnait de rage. Il coula un regard vers elle.

— J'ai des soucis avec une fille en ce moment, répondit Gavin d'un ton neutre.

— Et alors ? C'est pas une raison pour débarquer dans cette tenue, rétorqua Dillon.

Le cœur battant, Emily remarqua la lueur furieuse qui s'allumait dans les yeux de Gavin.

— Dillon, se pressa-t-elle d'intervenir, c'est si important, la manière dont il est habillé ? Et si on allait s'asseoir ?

— Oui, c'est important. Il...

— Dillon, l'interrompit-elle avec insistance. Je suis sérieuse. Allons nous asseoir. (Il plissa les yeux, ce qui la décida à le prendre par les sentiments.) Je ne me sens pas très bien. Viens, dit-elle en saisissant sa main.

— Je l'écouterais à ta place.

Gavin fit un sourire suffisant et allongea le bras sur le comptoir. Il but une longue gorgée de bière, vidant presque la bouteille.

— Simple hypothèse, bien entendu, mais quelque chose me dit que si tu continues de l'énerver, elle n'hésitera pas à te gifler. (Emily fit des yeux ronds lorsqu'il se passa la main à l'endroit où il avait reçu la claque.) Et je parie que ça pique, ajouta-t-il avant de leur tourner le dos.

Il se focalisa sur la commande d'une autre bière.

— C'est quoi, ton problème, frangin ? demanda Dillon en lui tapotant l'épaule.

Gavin ne se donna pas la peine de lui faire face.

— D'une, je ne suis pas ton frangin, et de deux, je te l'ai déjà dit, j'ai des ennuis avec une femme.

— Je pense qu'il est juste saoul, murmura Emily à l'oreille de Dillon, le cœur battant la chamade. Viens, on va discuter avec ma sœur et Michael.

Dillon continua de fixer le dos de Gavin pendant quelques secondes insoutenables, puis il hocha la tête d'un air pincé. Ses genoux tremblaient, mais Emily put enfin respirer un peu. En traversant la salle en compagnie de Dillon, elle croisa le regard d'Olivia qui bavardait avec Fallon. Secouant la tête, Olivia baissa les yeux. C'est à ce moment précis qu'Emily prit conscience qu'elle et Gavin avaient mis tous leurs amis dans une situation délicate. Cette idée ne fit que renforcer sa nausée. Tentant de refouler son sentiment de culpabilité, elle se composa un sourire de circonstance pour aller saluer les invités au bras de Dillon.

Après avoir supporté des échanges d'amabilités avec des gens qu'elle connaissait à peine, son regard tomba sur sa sœur et son beau-frère. Dans ce climat pour le moins pénible, Emily se détendit un peu en les voyant venir vers eux.

Son beau-frère, un grand sourire amical aux lèvres, la prit dans ses bras.

— Où étais-tu, future madame Parker ?

Croisant les bras, Dillon prit un air intrigué.

— C'est vrai. Où étais-tu en réalité ? Ma mère m'a dit qu'elle t'avait cherchée partout.

Le cœur battant, Emily ouvrit la bouche mais aucun mot n'en sortit.

— Michael, intervint Lisa en jetant un regard entendu à sa sœur. Je t'ai dit qu'elle était sortie prendre l'air.

Lui répondant d'un petit sourire, Emily la remercia intérieurement. L'air perplexe, Michael se passa la main dans ses boucles brunes.

— Euh, peut-être..., dit-il en riant avant de lever son verre. Il n'est pas impossible que j'aie forcé sur l'apéro.

— Pourquoi es-tu allée dehors ? demanda Dillon en posant la main dans le creux de ses reins. Je t'ai demandé si ça allait bien tout à l'heure et tu m'as répondu oui.

Lisa sourit et prit sa sœur par la main.

— Nous, les femmes, on devient émotives avant le grand jour. (Prise d'un léger vertige, Emily pressa sa main.) Michael, pourquoi tu n'expliques pas à Dillon ce que nous projetons de faire de notre fonds de retraite ? J'aimerais parler avec ma sœur de la merveilleuse période de la « lune de miel ».

— Ah oui, dit Michael en se tournant vers Dillon, qui observa un instant Emily en rajustant sa cravate. Si on n'arrive pas à trouver la bonne solution, Lisa et moi ne passerons définitivement pas notre retraite sur une île.

Hésitant, Dillon détacha son regard d'Emily pour reporter son attention sur Michael.

La tirant par la main, Lisa entraîna Emily dans la salle en évitant au mieux les invités qui voulaient lui dire quelques mots. Après s'être assise à une petite table dans un coin, elle regarda Emily avec compassion.

— Qu'est-ce qu'il t'a dit ? murmura Lisa avec une vive curiosité.

Emily se massa les tempes.

— Il soutient qu'il n'a rien fait avec elle, répondit-elle en retenant les larmes qui lui piquaient les yeux. Il a juste... je ne sais pas.

Pinçant les lèvres, Lisa l'observa avec inquiétude.

— Emily, tu crois qu'il y a une chance pour qu'il te dise la vérité ?

Lorsque Emily tourna la tête, elle accrocha aussitôt le regard de Gavin. Comme chaque fois qu'elle le fixait, son cœur s'emballa et sa respiration se fit irrégulière. Tout en parlant avec Trevor, accoudé au comptoir, il l'observait intensément. Il dégageait une tristesse insoutenable. Cet échange lui sembla durer une éternité. Elle se passa la main dans les cheveux tandis que le besoin de croire à son affirmation atteignait son paroxysme. Elle se fit violence pour se concentrer de nouveau sur sa sœur.

— Je suis perdue, Lisa, chuchota-t-elle. Je revois sans cesse le moment où elle a ouvert sa porte. Elle n'était pas habillée... et tellement... belle.

Avant que Lisa ne puisse lui demander des précisions, Joan, à quelques mètres, appela Emily. Celle-ci tourna la tête en tremblant.

— Te voilà, souffla Joan, l'air interrogateur. Je t'ai cherchée...

— Oui, Joan, l'interrompit Lisa en se levant. (Elle prit la main d'Emily pour l'inviter à la suivre.) Nous sommes au courant. Vous avez tout retourné pour la trouver. Elle avait besoin de prendre l'air. Vous comprenez qu'une future mariée soit nerveuse la veille de ses noces.

Elle lui fit un sourire qu'Emily reconnut comme entièrement forcé.

Joan haussa lentement un sourcil.

— Bien sûr, je comprends, lança-t-elle. (Buvant une gorgée de vin blanc, elle indiqua d'un geste vague la table en forme de U au centre de la salle.) Tout le monde doit aller s'asseoir, maintenant. Le maître d'hôtel vient de m'informer que les serveurs n'allaient pas tarder à venir prendre les commandes.

Sans attendre de réponse, Joan tourna les talons, répétant son annonce à l'assemblée.

Lisa leva les yeux au ciel.

— Si elle continue de s'éclaircir les cheveux, elle va faire concurrence au soleil.

Emily prit une longue inspiration et secoua la tête. Lisa se pencha pour lui parler à l'oreille.

— Je t'aime, ma petite sœur. J'aimerais tellement t'aider à trouver la réponse. Le seul conseil que je puisse te donner, c'est d'écouter ton cœur.

Emily la regarda dans les yeux tandis qu'elle repensait à leur mère.

— Peu importe que demain soit le grand jour. Tu peux encore reporter jusqu'à ce que tu aies tiré les choses au clair avec Gavin. Demain représente le reste de ta vie. Tu dois être sûre de le passer avec l'homme qu'il te faut. Tu n'as pas à te sentir coincée. Tu sais que Michael et moi t'aiderons quoi qu'il arrive ?

Serrant la main de sa sœur, Emily hocha la tête et s'enfonça dans la foule. À chaque pas qu'elle faisait, le tic-tac du compte à rebours bourdonnait dans ses oreilles.

Le temps pressait.

Tic...

Les paroles de Dillon quelques heures avant qu'elle accepte qu'il se remette ensemble :

« Tu te rappelles ce que ta mère nous a dit avant de mourir, Emily ? Elle nous a dit de prendre soin l'un de l'autre.

De nous serrer les coudes chaque fois que la vie mettrait une nouvelle épreuve sur notre route et de ne jamais négliger notre couple. »

Tac...

Gavin lui arrachant le cœur en l'implorant sous la pluie :

« *Tu ne me hais pas. Tu m'aimes. Crois-moi, Emily, je t'aime et je t'aimerai toujours de tout mon être.* »

Les paumes des mains moites et le corps tremblant, Emily fit quelques pas de plus.

Tic-tac...

Tandis qu'elle luttait contre ses larmes, la voix de Dillon résonnait dans sa tête :

« *Laisse-moi arranger les choses. Je vais tout arranger et, ensemble, nous serons plus heureux que jamais.* »

Tic-tac... Tic-tac...

« *Partons. Ne fais pas ça. Ne te marie pas avec lui. Nous lui parlerons ensemble. Je t'ai dit que je ne te laisserais pas seule. Gina ne compte pas pour moi. Je n'aurais pas dû la faire entrer mais, je te le jure, je n'ai rien fait avec elle.* »

Tic-tac... Tic-tac... Tic-tac...

Emily se sentait tellement tiraillée qu'elle faillit s'évanouir avant d'arriver à sa place. Lâchant la main de Lisa, elle se laissa tomber sur sa chaise, suivant Gavin du regard tandis qu'il traversait la salle. Il se positionna dans sa diagonale de façon à ce qu'il n'y ait aucun obstacle dans leur champ de vision. Étirant le bras sur le dossier de la chaise de Trevor, à côté de lui, Gavin inclina sa bouteille de bière dans la direction d'Emily avec un sourire désinvolte.

Gênée, Emily s'agita sur sa chaise et se concentra sur Dillon, qui vint prendre place à son côté. Lorsqu'il se pencha pour l'embrasser, elle coula un regard vers Gavin et, sauf erreur de sa part, elle le vit serrer les dents. Déglutissant, elle s'écarta par réflexe.

— Mais qu'est-ce qui te prend, ce soir ? demanda Dillon avec agacement.

Elle s'éclaircit la voix.

— Rien de spécial, je t'ai dit que je n'étais pas dans mon assiette.

— J'espère que d'ici à demain, tu seras redescendue sur terre. Quelque chose me dit que tu mens.

À l'idée qu'il puisse voir clair en elle, un frisson d'effroi la traversa. Sans dire un mot, elle s'empara de son verre d'eau. Le buvant nerveusement, elle tenta d'apaiser le cours de ses pensées. Un serveur vint prendre leur commande, lui offrant un bref répit dans leur conversation. Elle avait terriblement besoin d'un verre d'alcool fort mais, Dillon lui ayant affirmé qu'il n'avait pas bu une goutte depuis son retour de Floride, elle renonça. Elle gardait la tête baissée sur ses mains dans l'espoir d'éviter d'observer Gavin.

— Alors, annonça Peter, un cousin de Dillon, d'une voix forte depuis l'autre bout de la table, on peut supposer que toi et mademoiselle allez vous mettre à l'œuvre pour faire des bébés dès demain soir, après le mariage.

Emily releva la tête et aventura un regard vers Gavin. Il la fixait avec un petit sourire en coin.

— Ils sont faits pour avoir des tas de bébés, et un mini-van vert aussi.

Bouche bée, Emily le regarda s'adosser confortablement à sa chaise. Terminant sa bière d'un trait, il haussa les épaules et eut un rire léger – même si son visage n'exprimait aucun amusement. Tout le monde, à part ceux qui étaient au courant de leur relation, éclata d'un grand rire franc.

— Souhaitons-leur, Gavin, gloussa Henry. Joan et moi aimerions devenir grands-parents le plus vite possible. Et s'ils en ont assez pour remplir un mini-van, nous serons d'autant plus comblés.

— Eh bien, je ne sais pas trop si nous allons faire un enfant dans l'immédiat, mais une chose est sûre, nous n'allons pas nous gêner pour nous entraîner, répondit Dillon en entourant de son bras les épaules d'Emily. (Forçant un sourire, elle se passa la main dans le cou, sentant qu'elle commençait à être en nage.) Par contre, pour le mini-van vert, aucun risque.

— Bon, assez parlé de mini-van, intervint Joan en riant. Peter, puisque tu es le témoin, tu as certainement préparé un petit discours pour ce soir.

— En fait, je n'ai rien préparé, tante Joan, répondit-il en faisant signe à un serveur. Je n'ai écrit qu'un discours pour demain, que j'ai minutieusement noté sur des petites fiches.

— Oh, allez, Peter, dit-elle en calant ses coudes sur la table pour appuyer son menton sur ses mains croisées. Tu n'as pas besoin de tes fiches. Lève-toi et dis quelque chose à nos futurs mariés.

— Moi, je serais heureux de faire un discours en l'honneur de notre merveilleuse future mariée et de son fiancé, intervint Gavin en lançant un regard froid à Emily, dont le cœur faillit cesser de battre.

— Mais non, Gavin, tu ne vas pas te lancer dans un discours, intervint Trevor avec une nervosité indiquant qu'il essayait d'éviter le naufrage. Tu n'as jamais été doué pour parler en public.

Se levant de sa chaise, Gavin chancela légèrement. Il regarda Joan.

— J'ai suivi des cours pour apprendre à m'exprimer en public à la fac, putain. Trevor dit n'importe quoi. Je suis plutôt bon pour ces conneries.

— Tu me sauves la mise, Blake, dit Peter avec enthousiasme. Je suis nul pour les discours, avec ou sans fiches.

— Très bien, Gavin, fais-nous profiter de tes talents d'orateur, s'exclama Joan avec un sourire radieux.

Olivia, qui était assise à côté d'Emily, lui prit la main en murmurant : « Putain... de... merde... la... poisse. »

Emily lança à Trevor un regard suppliant. Il secoua la tête d'un air impuissant.

Gavin pivota vers Emily et Dillon, et planta son regard dans les yeux de la future mariée. Malgré ses efforts pour contrôler sa nervosité, elle se sentait au bord des larmes. Il prit sa bouteille de bière.

— Alors, que dire, que dire..., susurra Gavin sans quitter Emily des yeux. (Ancrant ses pieds dans le sol, il cala son épaule contre le mur et baissa la tête.) Eh bien, je commencerai par la vérité. C'est une bonne idée, pas vrai ? demanda-t-il en haussant le ton.

Il prit le temps de balayer du regard les visages souriants de la tablée. S'écartant du mur, il reporta son attention sur Emily.

— On m'a appris que dire la vérité était toujours une bonne chose... Et la vérité, c'est que si je disais que je vous souhaite à toi et à Dillon d'être heureux, je mentirais... parce que je ne le pense pas vraiment.

Tous les sourires s'évanouirent sur-le-champ. Après que Joan eut poussé un cri d'effroi, le silence s'abattit sur la salle. Le cœur battant à tout rompre, le souffle court, Emily fixait Gavin. Sa profonde tristesse s'immisça dans tout son être. Lorsque Dillon lui pétrit l'épaule, elle se tourna vers lui. Il considérait Gavin, les yeux étrécis par l'animosité.

Trevor se racla la gorge et se leva.

— Bon, je crois que c'est l'alcool qui a parlé à la place de Gavin, dit-il avec un rire nerveux. Je vous l'avais bien dit, il n'a jamais été doué pour ce genre de trucs.

— Assieds-toi, Trevor, grommela Gavin sans quitter Emily des yeux.

— Sérieux, mec. Je crois...

— Pose... tes... fesses... Trevor, articula Gavin.

Remontant ses lunettes sur son nez, Trevor reprit place avec hésitation.

Gavin continua de dévisager Emily intensément pendant un moment, avant de balayer la salle du regard.

— Rigolez, tout le monde, c'était une blague. C'était juste pour rire, bordel. Évidemment que je leur souhaite tout le bonheur du monde. Et qui ne le leur souhaiterait pas, hein ? Ils forment un si beau couple et ils vont nous faire des tas de beaux bébés. (Il croisa les bras en forçant un petit rire.) Et peut-être même qu'ils feront ces gosses à l'arrière d'un mini-van vert, tiens.

— Gavin, intervint poliment Henry. Tu devrais peut-être en venir à la conclusion. Ils vont servir les entrées d'un instant à l'autre.

— Ouais, putain, viens-en au fait, s'écria Dillon avec froideur. (Il serra l'épaule d'Emily encore plus fort, le front plissé.) *Tout de suite*, Blake.

Les lèvres d'Emily frémirent. La pièce se referma sur elle comme si l'immeuble s'effondrait. Le cœur près d'exploser, elle regarda Gavin. Il lui adressa le sourire le plus triste et le plus touchant qu'elle ait jamais vu.

Levant sa bière, il se frotta vigoureusement le visage.

— D'accord, très bien, je termine, dit-il en considérant l'assemblée. Levons tous notre verre à la santé de l'adorable future mariée et du futur marié.

Dans une ambiance tendue, les amis et les membres de leurs familles prirent leur verre d'une main hésitante.

Ne voyant plus qu'Emily, Gavin prit une longue inspiration.

— Aux capsules de bouteille, aux Yankees et aux chouchous, et surtout... (Il marqua une pause et poursuivit d'une petite voix :) Et surtout, à une belle fille qui s'appelle Molly et qui a refusé de croire l'homme qui l'aime – l'homme qui l'aime plus qu'elle ne l'imaginera jamais. (Il eut un petit rire condescendant.) Ah oui, et à Emily et Dillon.

Le doute.

Il était là. Même s'il n'affleura qu'en surface, il se manifesta et la mit aux abois. Dans le fond de sa tête, il lui soufflait qu'il ne mentait peut-être pas. Fermant les yeux, elle ravala un sanglot qui menaçait d'éclater. Les rouvrant, elle se sentit blêmir lorsque Dillon se tourna très lentement vers elle, la dévisageant d'une manière nouvelle. Fronçant les sourcils, il se tourna vers Gavin et lui jeta un regard glacial.

Trevor se leva et prit Gavin par le bras.

— Viens, mon pote, je crois que tu as trop bu. Je vais te reconduire chez toi.

Sans lâcher Emily du regard, Gavin dégagea brutalement son bras.

— Ce dîner est chiant, de toute façon, dit-il dans un reniflement hautain.

Emily perçut le petit cri de panique de Joan. Dillon prit la main d'Emily en se levant.

— Je crois qu'Emily et moi allons te raccompagner jusqu'à la sortie, Gavin, déclara-t-il d'une voix basse, le regard furieux.

Gavin lui lança un regard noir avant de quitter la salle à la suite de Trevor. Emily, sur le point d'étouffer, se leva de sa chaise, secouée de tremblements.

— Je viens avec vous, murmura Olivia en se levant à son tour.

— Nous revenons tout de suite, annonça Dillon en serrant plus fort la main d'Emily.

— Est-ce que tout va bien ? s'enquit Henry.

— Tout va bien, Papa, répondit Dillon en passant devant lui.

La sœur d'Emily la considéra d'un air anxieux. Comme elle s'apprêtait à les suivre, Emily lui fit signe de ne pas bouger. Elle se rassit à contrecœur et murmura quelques mots à l'oreille de Michael.

Tandis que Dillon la traînait dans le hall, Emily avait du mal à suivre le rythme. Sa main moite glissait dans la sienne. Quand ils sortirent du restaurant et plongèrent dans le froid, elle croisa le regard de Gavin. Mais ce n'était pas elle qu'il fixait, c'était Dillon, dont les yeux allèrent plusieurs fois d'Emily à Gavin.

— Vous couchez ensemble ? cracha-t-il entre ses dents serrées.

— Non, répondit Emily, essoufflée, l'estomac noué par la peur et la nausée. Il n'y a rien entre nous. Gavin est simplement ivre.

Le regard de Gavin s'endurcit sous l'effet de la violence qui bouillonnait en lui.

— Tu ne la mérites pas, tonna-t-il. Mais alors vraiment pas.

Le cœur d'Emily eut le temps de manquer un battement avant que Dillon ne prenne de l'élan et ne frappe Gavin à la mâchoire. Choquée, Emily tira sur le bras de son fiancé tout en regardant Gavin reculer en titubant. Tout en retrouvant l'équilibre, il eut un sourire suffisant. Avançant d'un pas, il essuya sa bouche ensanglantée, sans se départir de son air arrogant ni de son regard haineux. Dillon repartit à l'attaque, mais Trevor le retint. Gavin restait de pierre, comme imperméable à la scène. Il cracha, et sa salive teintée de sang atterrit sur la joue de Dillon avant de couler lentement sur son visage. Henry surgit du restaurant, considérant la scène de ses yeux ronds.

— Espèce de fils de pute ! hurla Dillon en se débattant pour échapper à Trevor et Henry. Je vais te tuer, salaud !

— Gavin ! Viens, je te ramène chez toi ! cria Olivia en le tirant par le bras.

Tout en marchant à reculons, Gavin fixait Emily. Elle sentait sa froideur et sa douleur. Plongeant la main dans sa poche, il en sortit une capsule de bouteille et la fit tourner entre ses doigts avant de la lui lancer d'une pichenette. Emily la sentit heurter sa poitrine et baissa les yeux. Comme au ralenti, elle la vit rebondir sur le sol et se mettre à tourner sur elle-même. Elle semblait refléter toutes ses émotions. Parmi les hurlements de Dillon et de plusieurs clients qui s'étaient rassemblés à l'extérieur, le seul bruit qui parvenait aux oreilles d'Emily, aussi perçant que des ongles crissant sur un tableau noir, était le cliquettement de la capsule de bouteille. Il se répercuta dans son âme au moment où une unique larme coula sur sa joue. Relevant lentement la tête, elle se rendit compte que Gavin la scrutait toujours. Son beau visage semblait las, brisé et vaincu. Il se retourna et, comme un fantôme se fondant dans l'éther, disparut dans la voiture d'Olivia. Pendant cette seconde de souffrance extrême, Emily sut que cette dernière image de lui resterait gravée dans son esprit et la hanterait jusqu'à la fin de ses jours.

Tandis qu'elle suivait des yeux les phares arrière de la voiture qui s'enfonçait dans les bouchons de Manhattan, elle sentit la main de Dillon se refermer autour de son bras, si durement qu'il lui brûlait la peau. Sans qu'elle s'en rende compte, il l'entraîna dans le restaurant, le père de Dillon et Trevor à leur suite. Emily essuya ses larmes, tremblant de la tête aux pieds.

Lorsqu'ils pénétrèrent dans la salle de réception, il la lâcha et se dirigea vers la table. Arrachant son sac du dossier de la chaise, il prit ses clés dans sa poche, un masque de colère sur le visage.

— Ma fiancée et moi, nous nous en allons, aboya-t-il en se retournant vers Emily.

— Tu ne peux pas partir comme ça, Dillon, rétorqua Joan d'une voix pressante en survolant la tablée du regard. (Elle se leva et engloba l'assemblée d'un geste.) Tu as des invités. Il est évident qu'il y a un problème entre vous deux, mais tu dois attendre pour régler ça.

Il lança un regard froid à sa mère.

— Comme je l'ai dit, nous partons.

Outrée, Joan voulut protester, mais Henry la fit taire en posant la main sur son épaule.

— Je sais ce que je vais foutre demain, cracha Dillon en se pointant du doigt. (Après avoir saisi la main d'Emily, il montra la pièce du doigt.) Et vous, vous savez ce que vous allez faire demain ?

Leur famille et leurs amis les fixaient sans dire un mot, s'agitant sur leurs chaises. La sœur d'Emily s'apprêta à se lever. Cette fois encore, Emily fit un signe, la suppliant du regard de ne pas intervenir. La mine angoissée, Lisa croisa les bras et considéra Dillon avec méfiance. Cependant, elle s'abstint de tout commentaire.

— C'est bien ce que je me disais. Nous nous verrons demain à 11 heures, déclara Dillon en traînant Emily vers la sortie.

Il les guida à travers le hall, manquant buter contre les autres invités. Une fois devant sa voiture, Emily prit une profonde inspiration dans l'espoir de recouvrer un peu de calme. Se glissant sur le siège, elle se mordit la lèvre en le regardant faire le tour du véhicule d'un air enragé qui alimenta la vague de peur qui la gagnait. Montant en voiture, il claqua la portière et, sans la regarder, démarra.

De l'air.

Emily avait l'impression d'étouffer pendant qu'il manœuvrait pour quitter la place de parking, les mains crispées sur le volant, les mâchoires serrées. Alors que son esprit était envahi par des images de Gavin, elle remarqua qu'ils prenaient la mauvaise direction.

— Il faut que je rentre chez moi, murmura-t-elle, le cœur battant à un rythme qui faisait écho au chagrin qui lui enserrait le cœur.

— Tu délires si tu t'imagines que je vais te laisser rentrer chez toi, rétorqua-t-il d'une voix cinglante sans quitter la route des yeux. (Emily crut que son cœur allait exploser dans sa poitrine.) Tu restes avec moi cette nuit, ajouta-t-il dans un regain d'autorité. Je te conduirai chez toi dans la matinée pour que tu prennes tes affaires.

Cherchant désespérément quelque chose à dire, elle le fixa. Son courage s'envola lorsqu'il tourna la tête vers elle, ses yeux crachant des flammes au point qu'elle crut périr dans l'instant. Pendant toute la suite du trajet, elle resta silencieuse et, lorsqu'ils se garèrent devant sa maison, elle sombra dans le feu ardent de l'enfer. Il descendit de voiture et monta les marches avec elle sans dire un mot.

Prise de tremblements et de frissons d'effroi, Emily sursauta quand Dillon claqua la porte. Après avoir enlevé sa veste, il desserra son nœud de cravate, se rendit dans la cuisine et sortit une bouteille de Jack Daniel's du placard. Il prit un verre sur l'îlot, le remplit à ras bord et en vida la moitié. Les sourcils froncés, le regard brûlant d'animosité, il lui fit signe de s'approcher. Au bord de l'asphyxie, Emily ôta sa veste et posa son sac à main. Elle le scruta depuis l'autre bout de la pièce, la peur lui donnant des sueurs froides.

— Viens ici, Emily, dit-il avec un calme angoissant.

Elle déglutit en soutenant son regard. Tandis que ses pas résonnaient sur le sol carrelé, elle inspira, se rapprochant de la cuisine avec une anxiété grandissante. La bile lui remonta dans la gorge lorsqu'il la saisit par le bras pour la plaquer contre son torse. Sentant son cœur battre contre sa poitrine, elle garda les yeux baissés. Elle ne pouvait pas le regarder alors qu'un sentiment plus noir s'emparait d'elle. S'efforçant de reprendre son souffle, elle examina sa bouche, sur laquelle était plaqué un sourire déséquilibré au pli diabolique.

Glissant le poing sous son menton, il l'obligea à relever la tête et, les yeux dans les yeux, il articula à voix basse :

— Tu as baisé avec lui, pas vrai ?

— Non, murmura-t-elle d'une voix faible alors qu'elle sentait la force la quitter.

Son souffle chaud lui balayant le visage, il garda un ton égal mais son regard s'endurcit.

— Et tu espères que je vais croire ça ?

— Oui, répondit-elle en tentant de contrôler ses tremblements.

Lorsqu'il passa le bras autour de sa taille, posant les doigts en éventail dans le creux de ses reins, Emily sentit son estomac se retourner. Il baissa la tête pour frotter son nez contre le sien et l'obligea à reculer pour la prendre au piège contre le granit froid du plan de travail. Les larmes aux yeux, le cœur battant à tout rompre, elle le fixa.

Ses cheveux blond foncé - d'ordinaire soigneusement peignés - retombaient sur son front.

— Tu sais bien que même si tu as couché avec lui, il s'en fout de toi, siffla-t-il en suivant le contour de son oreille de ses lèvres. Il saute sur tout ce qui écarte les cuisses.

Malgré l'effroi et les peines vives qui lui déchiraient le cœur, elle se garda de répondre, préférant ignorer sa déclaration.

Enfouissant le visage dans ses cheveux, il renforça son étreinte.

— Tu as couché avec lui ?

— Non, je n'ai pas couché avec lui, murmura-t-elle avec une innocence feinte, tremblant toujours comme une feuille.

Il posa la main sur sa joue et passa le pouce sur ses lèvres tremblantes.

— Est-ce que tu m'aimes, Emily ?

Elle fut prise au dépourvu par sa question, ne sachant plus ce qu'elle devait répondre. Par réflexe, elle baissa le regard tout en cherchant ses mots.

— Ces deux derniers mois ont été pénibles, Dillon, chuchota-t-elle en relevant les yeux.

— Tu n'as pas répondu à ma question.

Il baissa la tête, son haleine effleurait sa joue. D'une main, il la tint fermement par la taille tandis que, de l'autre, il lui bloqua la nuque.

— Est-ce que tu m'aimes, Emily ?

Avalant sa salive, elle le scruta et éclata en sanglots.

— Je t'aime, oui, mais je pense...

Il lui coupa la parole en posant les doigts sur sa bouche. Elle grelottait lorsqu'il la lâcha et posa les mains sur le plan de travail de manière à l'emprisonner comme un animal.

— Alors prouve-le, lui dicta-t-il dans un souffle chargé d'alcool, le visage collé au sien. Si tu n'as pas couché avec lui et si tu m'aimes, Emily, prouve-le.

Elle le fixa, prise de tremblements intenses. Les doigts de Dillon longèrent son bras. Il lui prit la main et la tira violemment vers la chambre. Il claqua la porte et entreprit de se dévêtir. Pendant tout ce temps, il ne la quitta pas du regard, la dévisageant avec une intensité qui criait son besoin de la posséder.

— Déshabille-toi, ordonna-t-il en allant vers elle.

Il était entièrement nu devant elle, sa respiration saccadée résonnant dans la pièce. Emily était figée sur place, immobile – et elle mourait intérieurement, à petit feu.

— Tu *vas* me le prouver.

Quand il prit son visage entre ses mains, elle détourna le regard mais il la saisit par le menton pour la forcer à le regarder.

— Parce que sinon, lui susurra-t-il à l'oreille, ça voudrait dire que tu as baisé avec lui. Et tu sais ce qui se passerait, dans ce cas ?

Le cœur d'Emily battait contre ses côtes. Elle déglutit, la gorge asséchée, et fit non de la tête.

— Tu m'obligerais à vous faire du mal à tous les deux, siffla-t-il en triturant les boutons du chemisier de sa compagne.

Tandis qu'elle se tenait entièrement immobile et silencieuse, son instinct lui hurlait de s'enfuir. Mais elle en était incapable. Dans la pénombre de la chambre, les larmes qu'elle s'appliquait à cacher inondèrent ses joues. Toutefois, elles coulaient sans bruit pendant que Dillon la mettait à nu, la réduisant à néant.

La poussant sur le lit, il s'allongea au-dessus d'elle. Son visage était tordu par la colère, le désir et la possessivité. Lui écartant les jambes d'un geste, il s'enfonça en elle. C'est à ce moment-là que le nouveau Dillon lui apparut dans toute son horreur, l'enveloppant comme une ombre froide. Elle sut en cet instant qu'elle s'accrochait à quelque chose qui ne reviendrait pas. Elle ne pourrait plus jamais l'aimer comme autrefois, et surtout, elle ne pourrait jamais éprouver ce qu'elle ressentait pour Gavin. Quand elle se sut à bout de forces, elle succomba à l'engourdissement. Fermant les yeux, elle s'efforça d'ignorer la sensation de son sexe qui la pilonnait, tandis qu'une douleur infinie pulsait dans sa tête. Elle convoqua le souvenir des yeux bleus de Gavin pour remplacer le regard noir et vengeur qui la fixait. Inspirant, elle imagina que c'étaient les mains de Gavin qui lui malaxaient les seins, la transpiration de Gavin qui gouttait sur elle, et les lèvres de Gavin qui l'embrassaient.

Gavin...

Poussant un geignement, Dillon s'écroula sur elle de tout son poids dès qu'il en eut terminé. Il sombra dans un sommeil profond en un instant.

Des heures. Emily resta allongée là des heures, rejouant mentalement les paroles de Gavin. Torturée par l'impression d'avoir trahi son propre cœur, ce cœur qui appartenait à un autre, Emily se leva sans bruit, respirant le plus discrètement possible, et marcha sur le sol glacé.

Demain, il n'y aurait ni voiles de dentelle ni échanges de vœux. Non. On n'allait prononcer ni promesses ni mensonges. Gavin avait raison. Elle lui avait menti, et ces fausses vérités avaient peut-être détruit leur avenir commun. Elle l'aimait, et elle était décidée à aller le rejoindre. Elle n'avait plus qu'à espérer qu'il lui pardonne d'avoir douté de lui et de l'amour qu'il lui portait. Le plus discrètement possible, elle ramassa ses vêtements et se rhabilla. Ce faisant, elle rassemblait le courage dont elle avait tant besoin pour enfin quitter Dillon. Sur le seuil de la chambre, elle observa un instant sa silhouette endormie. Tandis que les larmes lui montaient aux yeux, elle sentait son cœur se briser et se réparer en même temps.

— Au revoir, Dillon, dit-elle à voix basse.

Les pieds nus, manquant trébucher, Emily se rua vers le salon et attrapa ses chaussures et son sac à main. Elle enfila une veste mais garda ses chaussures à la main pour se diriger vers la porte sur la pointe des pieds. Elle tendit la main vers la poignée, prit une profonde inspiration et l'actionna lentement. Même si la porte grinçait, sa crainte de réveiller Dillon était minuscule par rapport à la peur paralysante de perdre Gavin.

Emportée par le besoin vital de le retrouver, elle fut propulsée dans le froid hivernal.

Tic-tac…

Remerciements

L'écriture a toujours été un exutoire pour moi. La première fois que je me suis assise pour écrire *À ta merci,* je n'avais aucune idée du voyage qui m'attendait. Je me disais que je n'allais pas avoir trop de mal à pianoter sur le clavier pour en extraire des mots, donner vie à des personnages et construire une intrigue qui tienne la route. Au lieu de ça, je me suis retrouvée embarquée dans une longue aventure tortueuse, aussi douloureuse que magnifique, bouleversante et belle – autant d'émotions qui ont composé un tout imparfait mais complet. En me mettant dans la peau de mes personnages, je me suis surprise à éprouver un fort attachement pour eux sans m'y être préparée le moins du monde. C'est une expérience que je n'oublierai jamais.

Cela étant dit, je dois adresser mes remerciements les plus sincères à mon mari et à mes enfants, qui ont supporté mes fréquentes sautes d'humeur, des dîners sans plat chaud, et des jours où la mère et l'épouse ont cessé d'exister.

Joe, sans ta patience et ton soutien, rien de tout cela n'aurait été possible. Je jure que ce sandwich et cette Mustang seront à toi un jour. Je t'aime Big Daddy. Pour toujours.

Après mon mari et mes enfants, je dois remercier ma belle-sœur, Cary. Oh, Cary, par quoi commencer ? Durant tout le travail d'écriture, ta grande perspicacité et ton esprit extrêmement positif m'ont aidée à préserver un peu de bon sens – même si cela t'a fait perdre la tête par moments. Combien d'heures et de soirées as-tu passées au téléphone avec moi, à m'écouter hurler, pleurer, lutter pour faire avancer ce livre ? J'aimerais te dire… tous les mots qui me manquent. Merci d'avoir accepté de m'accompagner dans ce voyage. Tiens-toi prête à reprendre la route pour *À ta guise*.

À vous autres, merci de saluer dès que vous entendrez votre nom.

Lisa Kates, mon amie, celle dont je regrette de ne plus être la voisine. Je te remercie pour les longues conversations téléphoniques pendant lesquelles nous laissions dériver notre imagination en évoquant chaque chapitre à mesure que je les rédigeais. Ta franchise, même si elle est parfois brutale, m'a aidée à donner vie à Gavin tel qu'il est dans ce roman. Je t'aime, tu me manques, ma biquette.

Gina, même si la plupart des lectrices n'apprécient pas le personnage qui porte ton nom, je t'aimerai toujours, Chach !

Brooke Hunter, Lisa Maurer, Stephanie Johnson et Teri Bland – mes BCBW – que puis-je dire ? Waouh, les filles, ça, vous m'avez fait rire, pleurer et convaincue qu'il existe quelque part des lectrices qui nous aiment sincèrement, *À ta merci* et moi, de manière inconditionnelle et à cent pour cent. Vous connaissiez toutes mes craintes de me lancer dans cette voie et vous m'avez chacune à votre manière persuadée de ne pas brûler le manuscrit. Vous étiez là malgré les hauts et les bas, et vous êtes restées à mes côtés d'un bout à l'autre. Toujours prêtes à m'encourager, sans vous poser de questions. Je vous aimerai toujours pour le soutien que vous m'avez apporté. Quand je songe à la manière dont nos univers de lectrices et d'auteurs se sont percutés, je n'en reviens pas. *Kismet*. Une pensée à S.A. et Cali, les filles !

À ma graphiste, Regina Wamba de Mae I Design and Photography : Ouah. Juste Ouah. Non seulement ton travail ferait craquer n'importe quel auteur à la recherche de photos, mais ton talent artistique est stupéfiant. Même si je reste pour toujours attachée à la couverture originale d'*À ta merci,* avec la seconde tu as mis dans le mille. J'ai hâte d'avoir de nouveau l'occasion de te rendre folle à mesure que nous découvririons de nouvelles manières de faire transpirer Kevin et Talia sur une couverture sexy !

À « Emily » de Right Now It's Tomorrow : la décision que j'ai prise un jour de te contacter sur ta fabuleuse page Facebook m'a amenée à tomber sur la personne qui m'a aidée à construire le personnage de Dillon (alias le Grand Cornichon). Ta page m'a ouvert les yeux sur le nombre de femmes qui supportent des compagnons narcissiques au quotidien. Tes innombrables explications et indications sur l'évolution de la personnalité de Dillon m'ont été d'un précieux secours, et je n'oublierai jamais tes conseils. Tu es quelqu'un de fort, « Emily ». Tu touches des milliers de femmes en leur rappelant qu'il y a une lumière au bout du tunnel, même s'il leur semble très loin. Cela en dit long sur ta personnalité. J'espère te rencontrer un jour.

À l'écrivain E. L. Montes, il est temps que nous allions nous offrir ce Philly cheese-steak ! Merci pour ton aide et tes messages privés. Nous en avons échangé souvent et chacun m'a aidée à sa façon. Et tant pis pour nos héros, Gavin et Marcus, nous les empêcherons de se chamailler.

À la très longue liste de blogueuses qui font cela uniquement pour l'amour de la lecture : je ne vous remercierai jamais assez. Vous vous reconnaîtrez. Je n'aurais jamais imaginé que le constant « racolage » sur ma page d'auteur Facebook pour rameuter vos merveilleuses lectrices m'aide autant. En chacune d'entre vous, j'ai trouvé une amie que j'espère garder pour la vie. Mesdames, vous êtes stupéfiantes, et j'apprécie d'une manière indicible chacun des services que vous m'avez rendus. Certains de vos blogs m'ont permis de rencontrer des femmes que je suis fière d'avoir pour amies. Quand je vous ai contactées, j'étais un auteur indépendant un peu perdu et vous m'avez accueillie à bras ouverts, me conseillant et m'appuyant dès le début. Certaines d'entre vous sont étudiantes, d'autres ont un emploi à plein temps et une famille, mais vous avez répondu présentes à toute heure du jour. Mesdames, vous êtes mon exemple de modestie permanent.

À ma première éditrice, Jovana Shirley, d'Unforeseen Editing : merci d'avoir su gérer ma nervosité et mes angoisses pendant la préparation d'*À ta merci* – comme si mes messages à 2 heures du matin, quand j'essayais d'améliorer une description ou la structure d'une phrase suite à tes commentaires, n'étaient pas suffisants. Tu es tout simplement une collaboratrice qui déchire.

À ma seconde éditrice, Cassie Cox : mille mercis de m'avoir appris à rendre mon écriture plus percutante. Tu as réellement donné des ailes à la deuxième version d'*À ta merci*. J'ai hâte de continuer avec toi, et ce pour de nombreuses années.

À ma formatrice, Angela McLaurin, de chez Fictional Formats : j'ai l'impression d'être tombée sur une mine d'or avec toi ! Tu es professionnelle, d'une gentillesse incroyable, et tu travailles rapidement. Merci de t'être occupée de moi et de m'avoir proposé d'excellentes idées, et même des titres de chapitre et des sauts de page.

J'aimerais également remercier mon groupe d'écrivains sur Facebook. C'était formidable d'être en contact avec des auteurs qui ont le même amour de l'écriture que moi – et aussi de partager la même peur de publier nos textes.

Enfin, des remerciements et non des moindres, à mes lectrices de FictionPress : vous êtes les premières à avoir soutenu *À ta merci*. Vous m'avez suivie dès le premier chapitre et vous êtes devenues de plus en plus nombreuses à chaque nouvelle partie que je mettais en ligne. Vous n'imaginez pas à quel point les e-mails me demandant de continuer m'ont encouragée. C'est ce qui a fait que j'en suis là aujourd'hui. Vos encouragements m'ont donné envie de faire le grand saut, et d'une idée simple comme « Tiens, je vais peut-être écrire une histoire et on verra si elle plaît », c'est devenu un projet plus vaste que je ne l'aurais jamais imaginé.

Si je n'avais pas eu autant de monde pour me pousser, je ne serais pas là, en cette soirée de Noël, à écrire mes remerciements pour mon premier livre publié. Il n'y a pas assez de mots pour vous décrire à toutes et à tous ma profonde gratitude.

Composition
NORD COMPO

Achevé d'imprimer en Espagne
par CPI BOOKS IBERICA
Le 11 avril 2016.

Dépôt légal avril 2016
EAN 9782290109809
OTP L21EDDN000721N001

ÉDITIONS J'AI LU
87, quai Panhard-et-Levassor, 75013 Paris
Diffusion France et étranger : Flammarion